講談社文庫

密室《ひめむろ》の如き籠《こも》るもの

三津田信三

講談社

目次

●各話扉イラスト　楢　喜八
●目次イラスト　村田　修
●扉・目次デザイン　坂野公一(welle design)

密室《ひめむろ》の如き籠《こも》るもの

首切の如き裂くもの

一

あの、路地にお化けが出る……。

日中でも両側に聳《そび》える高い煉瓦塀《れんがべい》のために薄暗く、地面を黒猫が徘徊《はいかい》したかと思うと上空を烏《からす》が舞い、今なお死者の霊が彷徨《さまよ》っていると噂される何ともおどろおどろしい路地に、身の毛もよだつ怪異が起こっている——。

その噂を最初に鷹部深代《たかべみよ》が耳にしたのは、四年生の冬休みまでもう一ヵ月余りという十一月の下旬だった。

彼女の生まれ育った株小路町《くひこうじまち》は、東京の郊外に位置するとはいえ度重《たびかさ》なる空襲を奇跡的に免《まぬが》れた数少ない地域の一つで、多くの元華族たちが住むことでも有名な、静謐《せいひつ》さの漂う御屋敷町である。そう、昨年の暮れに、あのような忌《い》まわしい事件が起こるまでは……。

戦前の町並みが残るこの町の四丁目で、ちょうど一年前の十一月も残り僅《わず》かという日の夕暮れ時、元侯爵家《こうしやくけ》の令嬢が喉を裂かれて殺されるという事件が発生した。現場は、隣接する元公爵の阿曇目《あずみめ》家と元伯爵の籠手《こて》家の間に位置する行き止まりの路地で、昔から祀《まつ》られている氏神様の祠《ほこら》がある以外は何もない淋しい場所である。

被害者は路地の突き当たりにある祠の前で、喉を剃刀《かみそり》と思われる凶器によって切り裂かれ殺害されていた。祠に多量の血飛沫《ちしぶき》が掛かっていた状況から、犯人は被害者の背後に回り込み、その首を掻《か》き切ったものと見られた。

元侯爵家の令嬢殺しだけに、警察の捜査にも力が入った。だが、刑事たちの懸命な取り組みも虚《むな》しく、その翌週に早くも第二の犠牲者が出てしまう。今度は元子爵《ししやく》家の令嬢が同じ路地で、無惨にも喉を裂かれたのだ。しかも目撃された犯人らしき人物は、なんと無気味な魔物の面を被っていたという、信じられない証言が得られた。

新聞はこぞって、「御屋敷町に喉裂き魔現る」と報じた。しかし地元の人々は、「首《くび》切《きり》が出た」と言って恐れた。江戸時代、この辺りに女性の黒髪ばかりを切る鬼の面を被った通り魔が出没し、それが「髪切」と命名された伝承があることから、そんな呼称が生まれたらしい。

ただし、「喉裂き魔」と「首切」という呼び名の差くらいであれば良かったのだが、一部の雑誌が「株小路町」を捩《もじ》って「首小路町」と記したため、町の錚々《そうそう》たる家柄の権力者たちから出版社だけでなく警察にまで抗議があり、余計に騒ぎが拡大してしまった。

警察は二人の被害者に特別な接点がないことから、上流階級の令嬢を狙った変質者の犯行という見方をした。その結果、年頃の娘を持つ家庭は何処《いずこ》も戦々恐々としたため、町では陽が傾きはじめてから独り歩きをする女性の姿が、ぱったり見られなくなったほどである。

ところが、そこまで皆が警戒したにも拘《かかわ》らず、二つ目の事件の翌週、三人目の犠牲者が出た。しかも今度は意外にも、この町で古くから質屋を営んでいる家の娘が被害者となった。狙われているのは元華族の娘である——という思い込みが、第三の殺人を許してしまった。

たちまち町全体が、恐怖のどん底に突き落とされた。最早どういった家系であろうと、どのような家柄だろうと関係はない。確かなのは、若い娘が危ないということ。いや、人妻であっても安心できないかもしれない。そんな怯《おび》えが、いつしか町中に充ち満ちていた。

だが、惨劇は四たび起こる。しかも、またしても意表を突く人物が被害者となった。現場である路地の左隣に接する阿曇目家で、住み込みの女中をしていたお里《さと》という娘が、同じように殺害された。

実は、警察では三人目の被害者が出た時点で、路地の右隣に位置する籠手家の長男、旭正《あきただ》に疑いの目を向けていた。

この籠手旭正という青年は元伯爵である籠手旭榳《あきみつ》の孫で、学徒出陣して一度は戦死が伝えられながらも数年前に復員し、その後は戦場で受けた精神的な傷を癒《いや》すために自宅で療養を続けている人物だった。

警察が彼に目を付けた理由は、四つあった。

一つは、犯行現場が氏神様の祠しかない行き止まりの淋しい路地であるのに、犯人が被害者の娘たちを易々《やすやす》と連れ込んでいること。一人目はともかく、二人目、そして三人目となるに従い、被害者を誘い込むのは困難となるはずである。なのに、それを苦もなく遣《や》り果《おお》せている。つまり犯人は娘たちに何らかの影響力を持っているのではないか。

そう考えると、出兵前から秘かな恋心を抱く娘が多く、復員後も心に傷を負った姿に独特の陰があるということで、更に恋い焦がれる娘が増えたと噂される旭正が、容疑者として浮かんできた。

二つ目は、戦争の後遺症で精神を病んでいる点である。犯行が極めて猟奇的、発作的、偏執狂的なことから、犯人の精神状態は正常ではないという見方がなされていた。要は謎に包まれた動機が、彼ならば精神医学的に説明できるのではないかと考えられた。

三つ目は、籠手家が現場の路地に面しているだけでなく、そこに出入りできる潜《くぐ》り戸が、庭と犯行現場を隔《へだ》てている煉瓦塀に設けられている事実である。同じような潜り戸は阿曇目家の塀にも存在していたが、こちらには容疑者になるような人物が見当たらない。

そして四つ目、それは彼が南方から無気味な仮面を持ち帰ったという奇妙な噂があったこと……。

こうして徐々に、籠手旭正への容疑が深まっていった。ただし物的証拠が何一つないため、戦後の民主警察としては全く身動《みうご》きができない。そのうえ籠手家が元伯爵というだけでなく、元華族ばかりが住まう御屋敷町で迂闊《うかつ》な捕り物は禁物という躊躇《ためら》いが、どうしても警察の上層部にはあった。この捜査側の逡巡が仇《あだ》となり、遂に四人目の被害者が出てしまう。

ところが、お里が殺害された日の夕刻、路地を見張っていた刑事の「殺しが行なわれた時間帯には誰一人、あそこに入った者はおりません」という証言が決め手となり、警察は籠手家を訪れると旭正に任意同行を求めた。逮捕まで至らなかったのは、もちろん状況証拠だけだったからだ。

しかし突如、旭正は逃げ出した。正門に警官がいると見て取ると庭へと回り、そこから潜り戸を抜け犯行現場の路地へと出た。だが、立ち所に駆け付けた刑事たちが出入口を塞ぐと、四人の娘の血を吸ったと思われる剃刀で己の喉を掻き切り、氏神様の祠の前で自害し果てたのである。何とも気味の悪い魔物の面を被った異様な格好のまま……。

旭正の死後、喉裂き殺人はぴたりと止《や》んだため、警察では彼を犯人と断定した。とはいえ被疑者が死亡しているうえ、何一つ物的証拠を見出せなかった——剃刀から被害者の血痕を検出することはできなかった——ことから、公式には未解決事件として処理された。

なお、例の仮面を民族学者に見せたところ、南方のとある部族の悪霊《あくりょう》の面であることが判明した。

——という一連の話を深代は、鷹部家に出入りしている小倉《おぐら》屋の若旦那が、折に触れ女中のお藤《ふじ》と話し込んでいるのを、そうっと見付からないように立ち聞きして仕入れていた。何と言っても問題の路地は、鷹部家の向かいに建つ阿曇目家の、すぐ右隣に位置していたのだから……。

元華族の御屋敷町という特殊な環境の所為《せい》か、よくある主婦や女中の立ち話による井戸端会議といった風景が、ここでは全く見られない。その代わり、ご近所で「小倉屋さん」と呼ばれ親しまれている彼のような、とにかく事情通の出入り商人たちが、各家庭での噂話の相手になっていた。

その日、学校から帰って来た深代は、ちょうど門を潜った小倉屋の姿を見付け、慌《あわ》てて「ただいま」を言って家に入ると、台所の勝手口を望める廊下の隅へと急いで身を潜めた。

なぜなら数日前、同じ場所で彼女が盗み聞きをしていると、彼が御用を聞き終わって帰る際に、

「それがね、お藤さん――。どうやら出るらしいんですよ」

そんな意味深長な台詞《せりふ》を残したからだ。正に紙芝居で、これから面白くなるというところで、後は続くになってしまったような状態である。いや、きっと若旦那はその効果を図っているに違いないから、深代とお藤は完全に相手の術中に嵌《は》まったことになる。

ちなみにお藤というのは深代が生まれる前から、ずっと鷹部家で働いており、幼い頃の彼女にとっては乳母のような存在だった人である。

「この前、あんたが言ってた、ほら、出るって話だけど……」

商品の受け渡しと新たな注文が終わると、早速お藤が声を低めながらも、身を乗り出すようにして尋ねた。

「ああ、もちろん向かいの路地のことですよ」

「えっ……じゃあ、まさかこれかい？」

お藤は両手を胸元まで上げると、それをだらんと垂らして見せた。

「いえね、どうもこの一年ほどの間に、あの路地の近くで妙なものを見た、聞いた、体験したって人が、ちらほら町内にいらっしゃるらしくて」

「けど、そんな話なんて、ちっとも――」

「そこは、やっぱり御屋敷町は違いますよ。普通なら、たちまち噂が流れるところですが、まず体験者のお嬢さん方が、なかなか家族にも喋らなかったのと、打ち明けられた家でも他言しないよう注意したのとで、今まで漏れなかったわけです」

「そんな話をよくまぁ、あんたは仕入れたね」

「こういう商売をやっておりますと、自然と耳に入るものですから」

謙遜《けんそん》しながらも小倉屋の口調には、何処《どこ》か自慢している感じがある。

「で、どんな話なの？」

「私が聞いた中で多かったのは、路地に差し掛かる手前で、気配を感じたというものです。阿曇目家側の北から来ようが、籠手家側の南から歩こうが同じで、とにかくたった今、誰かが路地に入ったばかりのような感じがする。実際に奥へと消える足音を聞いたという人もいます」

「でも、四丁目通りは直線じゃないの。どっちの方から来たにしろ、路地を曲がった人がいるなら、早くから目に入るでしょうに」

阿曇目家と籠手家の前の道を、町の人は四丁目通りと呼んでいた。

「ええ、その通り。しかし、そんな者はいない。前にも後ろにも歩いているのは自分だけ、という状況らしいです。にも拘らず路地に差し掛かったところで、そう急に思える。それで通り過ぎるとき、恐る恐る覗《のぞ》いてみると……誰もいない」

「猫か烏じゃないの？　路地の突き当たりの向こうは大垣《おおがき》様の御屋敷で、あそこの庭というか森には、鳥や獣が棲《す》み着いてるでしょ」

「でも、猫か烏なら、ちらっとくらい姿が見えませんか。それに人のものらしい、足音を聞いてる方もいるわけですから」

「あっ、もしかすると籠手様側の煉瓦塀の、あの潜り戸から誰かが――」

「いえ、あの戸は事件の後すぐに、伯爵様の命によって、内側から取っ手の部分を針金でぐるぐる巻きにされてますから、人の出入りはできないんですよ。阿曇目様側の煉瓦塀の潜り戸も、同じ処置がされてます」

御屋敷町で御用を伺《うかが》う商人たちは、今でも得意先の主人《あるじ》を爵位で呼ぶ風習があった。

「まぁ気配だけなら気のせい、足音だけなら空耳ということはありますが――」

黙ってしまったお藤を安心させるような台詞を口にしながらも、小倉屋は続けて、

「次に多かったのは、四丁目通りを歩いていると、ふと誰かに見られてるような気がする。それとなく周囲を見回してみるけど、何処にも人の姿はない。おかしいなぁと

思ってると、路地の角から片目だけ覗かせた女の人が、凝《じ》っとこちらを見ているのに気付いて、途端にぞっと――」

「そ、そ、その人たちは……」

「もちろん皆さん、その場で踵《きびす》を返し、わざわざ遠回りして家に帰ったそうです」

次までにもっと具体的な体験談を仕入れてくると約束して、小倉屋は帰って行った。

若旦那が鷹部家に現れるのは夕方が多かったため、それから深代は毎日、学校が終わると家まで文字通り飛んで帰るようになった。

そんな慌ただしい下校が三日ほど続いた夕方、我が家の門を潜る小倉屋の姿を深代は目にした。素早く家に入った彼女は物音一つ立てずに台所へ近付くと、すっかり定位置となった場所でそっと聞き耳を立てた。

その日も一通り用事が終わったところで、小倉屋が徐《おもむろ》に、

「二丁目の隈取《くまとり》様の、下のお嬢さんですがね」

と口を開くと、何の話か察したお藤が、

「ああ、涼子《りょうこ》様ね。この春に学校を卒業されて、しばらくは花嫁修業中心だったのが、何でも秋頃から伯父様の会社でお勤めをされているとか。確かその伯父様の上のお嬢さんも、以前からその会社に勤められてるので、涼子様も誘われたとか。少し堅

苦しいところのあるお嬢さんですけど、礼儀正しくて、いつもきちんとされてる方ですよ」

「ええ、それであの首切事件が起こったときは、学校の寮にいらっしゃったので、町の人ほどご存じなかったんですね。もちろん戻って来られてから、少しは噂を聞かれたとは思いますが、わざわざ事細かに教える人など、この辺りにはいらっしゃいませんから」

「ええ、そりゃ皆様、育ちが違いますよ」

お藤の誇らしそうな声音が響く。だが、それを打ち消すように小倉屋が陰々滅々たる口調で、

「ただね、それが悪い方に出たようで……。あの路地で殺人事件があったのは、さすがにご存じだった。けど、五人も亡くなってることや、その後の気味の悪い体験談などは全く何も知らなかったんですねぇ、隈取様の涼子お嬢さんは――」

約一ヵ月ほどの間に五人もの血を吸った氏神様の祠は、事件の後、阿曇目家によって供養碑も兼ねた社《やしろ》として新しく建立《こんりゅう》されていたが、恐らく隈取家の娘は目にしたこともなかったに違いない。

「尤《もっと》も怪談話については、私らでも最近になって知ったんですから、無理もありません。でも、事件の詳細が分かっていれば、きっと避けられたと思うんですよ」

「な、何があったの？」

「二ヵ月ほど前の夕方、仕事を終えたお嬢さんは、家に向かって歩いておられた。駅から二丁目へ向かおうとすると、四丁目通りを南から北へ進まないといけない」

つまり籠手家から阿曇目家へと、二軒の前を通ることになる。もちろん問題の路地の前も……。

「籠手様の門柱のところまで来たとき、路地の角に立つ女に気付かれたそうです。その女は後ろ向きだったんですが、身体の半分だけ路地に隠れて、残りの半分が道に出ている状態だった。お嬢さんには、女が路地の煉瓦塀に凭《もた》れているように映ったといいます」

「それにしても、妙な格好じゃない」

「ええ。なぜか咄嗟《とっさ》にお嬢さんも、怖い……と感じた。しかも近付いて行くと、はみ出ていた半身が吸い込まれるように、すうっと路地に消えてしまった。いえ、それはいいんですが、だらんと下がった左腕がまだ見えているうちに、その上から片目だけ覗かせた顔が、にゅうっと出たっていうんです」

「…………」

「首を回したにしても、そんな体勢は無理でしょ。でもお嬢さん、それほど変だとは思わなかった。すぐに左腕と顔が消えたこともありますが、次いで右手だけが出てきて、お出《い》でお出《い》でをした……所為もあるんでしょうね」

「よ、呼ばれたの……」

「急に具合の悪くなった女性が、取り敢えず人目を憚《はばか》って、近くの路地へと入ったのだろう。そう現実的に考えたお嬢さんは、少し早足で籠手様の家の前を通り過ぎ、路地を覗いたところで、ぞくっとした。たった今まで、すぐ目の前で、ひらひらと白い右手が揺れていたはずなのに、その女が奥の祠の前に立っていたからです。しかも後ろ向きで……」

「…………」

「仮に走ったとしても、とても無理な芸当でしょ。第一そんなことをする意味がない」

「まさか、涼子お嬢さん――」

「入ったんですよ、路地に……。本当に女性が困ってるといけないと思ったんでしょうね」

「あのお嬢さんらしいですわ」

「あそこの路地は、十数メートルくらいの奥行きがあるでしょうか。もう夕方のことですから、背後から西日が射し込んでいたそうですが、路地の奥は薄暗くて余りよく見えない。けど、辛うじて女が立っていることだけは分かる。それで『大丈夫ですか。ご気分でもお悪いのでは？』と話し掛けながら近付いて行くと、どうも妙なんですね。その女の向こうに、つまり女と祠の間に、更にもう一人いるように見える」

「えっ……」

「それも、やはり後ろ向きの女なんです」

「路地の奥に、二人も？」

「もう、このときは相手の心配よりも、あんなところで何をしてるんだろう、という好奇心の方が勝《まさ》っていたといいます。ところが半ばまで進んだとき、もう一人いることに気付いた」

「………」

「祠の前に、三人の女が並んでいた。こちらに背を向けて」

「ち、ちょっと……」

お藤は話を遮《さえぎ》りたそうな素振りを見せたが、小倉屋は取り合うことなく、

「さすがに涼子お嬢さんも、堪《たま》らなく怖くなったそうです。でも、前へと進む足が止まらない。どんどん路地の奥へと、祠へと、三人の女が立っている地点へと近付いて行く……。もう数歩で、三人目の後ろに着くというところで、お嬢さんは間違いに気付いたといいます」

「な、何の？」

「もう一人いたんです。三人ではなく、四人だった。祠の前に並んでいたのは」
「四人の女……」
「涼子お嬢さんは、恐る恐る尋ねたそうです。
『何をしているんですか』
するとと一番後ろの女が、
『待っています』
『何を待ってるんですか』
今度は、その前の女が、
『あの方を』
『あの方って誰です？』
更に前の女が、
『私たちの愛しい人』
『その愛しい人は、何処から来るんです？』
一番前の女が、
『お前の後ろから！』
と叫んだ瞬間、四人が一斉に振り向いた……」
「ひっ……」

「でも、お嬢さんの方を向いたのは、身体だけでした。首から上は、そのままだったんです」

「…………」

「逃げようと振り返って、路地の出入口を真っ黒な影が塞《ふさ》いでいるのが、目に入ったといいます。西日を後ろから受けた黒々とした人影が……」

「お、お嬢さんは……」

「いつの間にか両手と両足を、それぞれ四人の女に摑《つか》まれていて、全く身動きができない状態になっていた。四人は口々に『あなたも、あの方に喉を裂いて貰《もら》いなさい』と囁《ささや》いている。そこに真っ黒い影が、ゆっくり迫って来て――」

「…………」

「気が付いたときは泣き叫ぶお嬢さんを、派出所のお巡りさんが必死に宥《なだ》めていたらしいです。ちょうど巡回しているとき、路地の奥から悲鳴が聞こえたので、慌てて駆け付けたんですね」

「女たちと黒い影は？」

「お巡りさんは、何も見ていません。路地の奥で絶叫している涼子お嬢さんしか、そこにはいなかったと。ただ――」

「何です？」

「お嬢さんの身体の周りに、白くて丸いものが漂っていて、それが天に上るのを見た……ような気がすると」

「白くて丸いもの……」

「四つあったそうですよ」

「ひ、人魂？」

「とはいえ今では、お巡りさんも自分が見たと思ったものを、全面的に否定してますけどね。隈取様の涼子お嬢さんが、一時的に錯乱しただけだと、そう解釈しています」

「そんな……」

「警察も相手が幽霊じゃ、どうしようもありませんや」

「でも、他にも怖い目に遭った人が、何人もいるんでしょ？」

「ええ、そうなんですが……。でも、ほとんどの人が改めて訊かれると、自分の勘違いだった、気の所為だったと答えるんですよねぇ。実際はそう感じてなくても」

「いらぬ醜聞を避けるためだわ」

「それに阿曇目家の貴子《たかこ》お嬢さんが、そんな莫迦《ばか》な話があるものかって、そのうーかなり怒ってらっしゃるようで——」

「あっ、そうね。無理もないわ。貴子様は四人の女性と旭正様の命日には、毎月ちゃんと祠にお参りされてますから」

「その自分が、何ら怪異には遭っていないのだから――というのが、貴子お嬢さんの言い分らしいんですけど……。実際に、妙なものを見た、聞いた、体験したという人が後を絶たなくて。ここが御屋敷町じゃなかったら、今頃は大騒動になってるところですよ」

この日以来、小倉屋はあの路地に纏《まつ》わる様々な怪談話を仕入れてきては、お藤に披露するようになった。しかし隈取涼子の体験ほど、深代を心底から戦慄させた話を聞くことはできなかった。

尤も自分自身が、あのような恐怖を味わうことになろうとは、このとき深代は思ってもいなかったのだが……。

二

小倉屋の話に出てきた貴子という女性は、阿曇目家の三女で、親同士が決めた籠手旭正の許嫁《いいなずけ》だった。ただし旭正が学徒出陣した際、まだ十四歳だったため、結婚は彼の復員を待って執《と》り行なわれることになっていた。

ところが、戦死の報が入り、それが間違いで帰って来たと思ったら、精神を病んでいて婚礼どころではなくなった。阿曇目家としては、婚約の破棄を申し出るつもりだった。だが、貴子が反対した。親が勝手に決めた縁談ではあったが、彼女は子供の頃から旭正が好きだったからだ。

「ご恢復《かいふく》されるまで、私はいつまでも、あの方をお待ちしております」

こうはっきり宣言されると、阿曇目家の勇貴《ゆうき》元公爵も娘の堅い決意を無下《むげ》にはできない。そのうえ籠手家の旭櫨元伯爵が、事あるごとに二人の婚約が有効であることを仄《ほの》めかしてくる。元とはいえ公爵家と縁《えにし》ができるのを、元伯爵の旭櫨は何より望んでいたからだろう。

しかし、あの恐るべき喉裂き連続殺人事件が起こり、その犯人として旭正が自害する。

事件の痛ましさを嘆きながらも、ひょっとすると阿曇目元公爵は安堵《あんど》したかもしれない。二十代の半ばとなった貴子が、このままでは完全に婚期を逸する恐れがあったからだ。被害者の娘さんには気の毒ながら――それに四人目の犠牲者は、当家の女中のお里である――旭正がいなくなったことに元公爵がほっとしたとしても、そうそう非難はできない。

だが困ったことに事件後、貴子は路地の犯行現場を訪れては、熱心にお参りをするようになる。毎週一人ずつ被害者が出て、五週目には旭正が自害している。彼女はそれぞれの命日に、つまり少なくとも一週間に一度は、路地へと足を運び続けていた。本来なら籠手家がすべき、氏神様の祠の新たな建立を阿曇目家が行なったのも、そんな娘の訴えがあったためである。

肝心の籠手家の旭櫂元伯爵はというと、孫の供養も碌《ろく》にせず、況《ま》して被害者家族への謝罪も全く行なわないまま、旭正の弟の旭義《あきよし》を一日も早く呼び戻そうとしていた。

この旭義という人物は、優れた頭脳と人格を持ち祖父の覚えも目出度かった兄に比べ、年を追うごとに不良化する正に籠手家の鼻つまみ者だった。よって戦中、疎開の名目で近江《おうみ》にある遠戚の神社に預けられ、戦後もそのまま放っておかれていた。もちろん当初は、神武《じんむ》天皇の東征神話の中に現れる先導神《みさきがみ》を祀神とした由緒ある神社で、その厳格なる神事に触れさせ、少しでも更生すればという意図があったのだろうが、旭正が復員してからは全く捨て置かれた状態だった。

その旭正が信じられない死を迎えたため、旭櫂元伯爵は弟の旭義を呼び戻そうと考えた。しかし旭櫂の余りの身勝手さに、次男を預かった神社側と感情の縺《もつ》れが起こり、ようやく決着を見たのが今年の晩夏の頃だったのである。

なぜ旭櫂が、出来の悪い旭義に拘《こだわ》ったのかというと、有ろう事か貴子との婚姻を目論んでいたからだ。要は籠手家の嫡子が阿曇目家から嫁を迎えることができさえすれば、元伯爵は満足なのだろう。それまで兄の旭正しか見向きもしなかったのが、掌《てのひら》を返したように弟の旭義を猫可愛がりしはじめた。ちなみに旭正と旭義の父親は入り婿のため、籠手家では今なお祖父の旭櫨が実権を握っている。

しかし、この新たな婚姻を阿曇目元公爵は拒絶した。また貴子本人も、その気がないことを明言した。如何《いか》に兄弟とはいえ旭正と旭義では、天と地ほどの差があった。実際、誰が口にしたわけでもないが、旭義と結婚するくらいなら心を病んだ旭正と生活した方が貴子は幸せになれたに違いない、そんなひそひそ話が御屋敷町には広がったほどだ。

ところが、さすが旭櫨の孫と言うべきか、旭義は執拗なほど貴子に付き纏《まと》いはじめた。もちろん彼女には一切の交際を断わられたが、彼は唯一の機会を逃さなかった。必ず毎週、彼女がお参りをする祠の側で、待ち伏せるようになったのだ。

これには貴子も困った。路地を覗いて旭義がいれば、出直すことも度々《たびたび》だった。だが、そんな彼女の対応を見て、彼は相手が完全に路地の奥へと達した後で、自分も入るように作戦を変えてきた。逃げ場のない路地の中で、しかも祠の側まで行きながら、何もせず引き返すことを躊躇った貴子は、仕方なく旭義と少しだけ話をするようになる。

尤も、旭義が喜んでいられたのも束の間《つかま》だった。この秋口から阿曇目家に寄宿をはじめた、栗森篤《くりもりあつし》という勇貴元公爵の知り合いの息子が、しばしば二人の間に割って入るようになった所為《せい》だ。

篤自身は騎士道精神から、お世話になっている家のお嬢さんを守るのだと言ったそうだが、恐らく彼も貴子のことを想っていたのだろう。そのため路地の奥では、奇妙な三角関係を巡る争いが起こるようになる。

何より祠の前で騒がれるのを嫌った貴子は、二人に約束をさせた。栗森篤は阿曇目家の二階の自室から彼女を見守ること。籠手旭義は無理に彼女を引き止めないこと。以来、三人の奇妙な関係が続いていた。

――という事情を深代は、小倉屋とお藤の間で行なわれる日々の会話から少しずつ仕入れ、今ではその全体の状況を自分なりに把握していた。

そこまで熱心だったのは、阿曇目家の貴子が好きだったからだ。物心が付いた頃から、向かいの家のお姉さんには遊んで貰った覚えがある。それが、あの事件が起こってからは変わった。深代が訪ねて行けば、今でも相手はしてくれる。だが、そこに以前の貴子を見出すことはできない。天真爛漫に彼女が笑うのを、再び目にすることはない。

年の瀬が近付くにつれ、深代は心配になってきた。もうすぐ旭正の一周忌がやって来る。ひょっとすると貴子は、その日にあの祠の前で、彼の後を追うつもりではないか――そんな思いに囚われて仕方がなかった。

それが路地に纏わる怪談を耳にしてからは、その日にあの祠の前で、お姉さんは連れ去られるのではないか――という恐怖へと取って代わった。何に連れ去られてしまうのかは、自分でもよく分からなかったが……。

（きっと小倉屋さんやお藤さんなら、旭正様か、四人の犠牲者のお姉さんたちか、いずれにしろ死者に引かれるに決まってるって、そう言うだろうな）

冬休みに入った初日の夕方、二階の自室からぼうっと路地の方を見詰めつつ、深代は考えていた。

逢魔《おうま》が刻《とき》が近付いた四丁目通りには、もう街灯の明かりが瞬《またた》いている。しかし辺りが完全に暗くならないうちに点った灯火は、逆に夕暮れ時の薄暗さを一層引き立てているようにしか映らない。

それに路地の出入口は辛うじて街灯の明かりが届いていたが、その奥はすっかり暗闇に覆われている。もちろん深代の部屋から、路地の中を覗くことはできない。見えるのは手前の阿曇目家の煉瓦塀と、その向こうの籠手家の煉瓦塀、それに突き当たりの東側一帯に広がる大垣家の真っ黒な森だけである。

と、そのとき祠があると思われる辺りから、何か白くて丸いものが、すうっと天に上がるのが見え、次の瞬間ぱっと消えた。

（えっ？　今のは何……）

咄嗟に座っていた椅子から身を乗り出した深代の瞳に、再び白くて丸いものが上がり、そして消える有り様が映った。それがもう一度、更にもう一回……。

涼子お嬢さんの身体の周りに、白くて丸いものが漂っていて、それが天に上るのを見た……という派出所の巡査の台詞が、たちまち彼女の脳裏に蘇《よみがえ》った。

今日は誰の命日でもない。つまり路地の奥には、貴子もいなければ旭義もいるはずがない。いや、そもそも自分は陽が傾く前から、ずっと窓の外を見ていた。その間、路地へ入った者は誰一人としていない……。

（人魂……）

それから三日後の夕暮れ時、深代は同じような光景を再び目撃することになる。咄嗟に路地へ駆け付けようかと思ったが、真っ暗な空間の中に入ることを考えると、とても部屋から出る気がしない。

更に翌日、町が黄金色に包まれはじめた頃、

（今なら路地の奥まで行けるかも……）

ようやく、そう思えた。この時間帯なら、何が起こっているのか見届けることができる。ずっといる必要はない。変な現象がはじまったところで、すぐに逃げればよい

のだ。

路地の怪異を目撃すれば、小倉屋とお藤の会話にも仲間入りできる。いや、それよりも貴子の役に立てるかもしれない。

勇んだ深代は表に出ると、左手を阿曇目家の、右手を籠手家の塀に挟まれた路地の前に立った。そこまでは夢中で来たものの、さすがに細長く延びる薄闇を目《ま》の当たりにして、足が止まった。助けを求めるように左右を見やる。しかし、自分以外に四丁目通りには人っ子一人いない。

(やっぱり戻ろうか……)

思わず弱気になる。けれど薄暗い路地を覗いているうちに、すうっと吸い込まれそうな感覚に陥る。それに背後から受けた西日によって、既に影だけは路地に入ってしまっている。その光景を眺めていると、なぜか己の魂が、この細長い空間に囚われているような、奇妙な焦りを覚えた。

取り返さないと……という思いが頭に浮かぶや否や、深代は路地へと一歩を踏み出していた。

途端に辺りが暗くなった。四丁目通りから見ていた感じでは、まだ充分に西日が射し込んでいたはずだ。なのに実際に中へ入ると、視界が妙に翳《かげ》る。両側の塀が高い所為と、夕陽を背にして進んでいるからだろうか。いや、それにしても余りにも薄暗いのでは……。

すぐに右手の煉瓦塀に、籠手家の潜り戸が現れた。アーチ型に刳り貫《く ぬ》かれた塀の中に、片開きの木戸が見える。路地も半ばまで入ると今度は左手に、阿曇目家の両開きの潜り戸が出現する。この二つの木戸を除くと、路地の左右は煉瓦塀が続くばかりで何もない。ただし事件以来、どちらも閉め切りになっているため、今では塀の一部と化している。

深代は二つの戸口に恐る恐る手を掛けては、それが開かないことを確かめつつ歩いた。別に確認したかったわけではない。少しでも気を紛らわすものが欲しかったのだ。

なぜなら路地を進むに従って、両側の煉瓦塀が上へ上へと延び出しているような、薄闇が更に濃く暗くなっているような、冷たいながらも淀んだ空気が冷気から霊気へと変化しているような、薄ら寒くなる戦慄に次々と見舞われたからだ。

それでも深代は戻ろうとしなかった。いや、できなかった。目の前に延びる次第に濃さを増してゆく暗がりに、己の背中を向けた途端、自分が本物の、真っ暗な闇に呑まれそうな気がして……。

やがて突き当たりに祀られた祠が、ぼんやりと薄闇の中に浮かび上がった。そこまで来ると、行き止まりの塀の向こうに広がる大垣家の鬱蒼《うっそう》たる森の樹木が、煉瓦塀を遥かに越えて立ちはだかり、より深い暗黒を袋小路の終点に蟠《わだかま》らせている。

だが、幸いなことに深代の関心は、自分の背丈ほどある目の前の祠に集中していた。まずは両手を合わせてお参りをすると、繁々《しげしげ》と正面を眺めてから、左右の側面、次いで後ろへと回り込み、それから時計回りに周囲を巡ってみる。しかし、妙なところは何処にもない。

阿曇目家によって新しく建立された祠は、まるで日本の城の城壁のように見える土台の上に小さな社を祀ったもので、それ以外に供養碑があるわけでもなく、貴子が後から据えたと思われる花活けが見えるくらいである。調べると言っても周囲を一通り眺めてしまえば、もう何もすることがない。

(あの人魂は、ここから出たのかな?)

小さな家のように見える祠を見詰めながら深代は首を傾《かし》げたが、これが家だとすると神様が住んでいらっしゃるに違いない。なのに、なぜか目の前の祠に対して、いつしか自分が恐怖を覚えはじめていることに、ふと気付いた。

祠の正面にある両開きの扉を開けて、その中を覗けば何か分かるかもしれない……と思ったものの、そこから人魂が飛び出すのではないかと考えると、とてもできそうにない。いや、そもそも神様の家なのだから、そんな罰当たりなことをしてはいけないはずだ。

そう自分に言い聞かせ——というより言い訳をしつつ——彼女は祠に背を向けようとした。そして路地の奥から一目散に走り出て、家まで帰ろうとした。そのときだった。

ぞっとする悪寒が背筋を伝い下り、背後に何かの気配を感じたのは……。

自分以外に何かがいる。自分の後ろにそれが立っている。自分が全く気付かぬうちに、何かが路地へと入り込んでいる。しかも、それは途轍《とてつ》も無く禍々《まがまが》しい気を発している。

恐る恐る深代が振り返ると、沈みゆく夕陽を背にして真っ黒な影が、路地の出入口を塞ぐようにして立っていた。

逆光のためよく見えないが、その影はひたすら彼女を凝っと見詰めているように、微動だにせず彼女のことを凝視しているように映った。

と——影が揺らいだ。かと思う間もなく、こちらに向かって歩き出した。

（えっ、まさか……）

思わず後退《あとずさ》りした深代の腰に、祠の土台が当たった。ゆっくり祠の側面に彼女が回り込みはじめると、その動きに合わせるように、影も少しずつ奥へと入って来る。

深代は祠の後ろに回ったところで、今更ながら左右と行き止まりの煉瓦塀を見上げた。彼女にとっては正に絶壁とも言うべき赤茶けた壁面が、ただただ三方に聳えるばかりで、もちろん逃げ場などない。いや、大人であろうと塀を乗り越えることは不可能だったろう。

（逃げられない……）

改めて悟った途端、深代は祠の土台に背を預けながら、ずるずるとその場に座り込んでしまった。

やがて――、
ひたひたっ……何かが路地の奥へと、自分のいる祠へと近付いて来る気配を感じた。

（や、やだ……来ないで……）

両手で耳を塞ぐと同時に両足を抱え込み、胎児のような格好で身を縮める。にも拘らず――、
ひたひたひたっ……という何かが迫って来る気配は、一向に消えない。むしろ、どんどん増すばかりである。

そして遂に、それが祠の前まで辿《たど》り着き、そこで止まったのを感じた次の瞬間、
みよちゃん……

そう呼ばれて、彼女の全身の皮膚が瞬時に粟立《あわだ》った。が、本当の恐怖はそこからだった。祠の正面にいるそれが、ゆっくりと後ろに回りはじめたのが、すぐ分かったか

らだ。

　そして突然、彼女の肩に何かが触れて……、
　深代の絶叫が路地で反響する中、気が付くと彼女の身体は揺さぶられていて、目の前には阿曇目家の貴子の、心配そうに自分を覗き込んでいる顔があった。

　貴子によると出先から帰って来て、籠手家の前を通って路地の前に差し掛かったところで、ふと奥に目をやると、子供が祠の裏に入り込む光景が見えた。それがどうも深代のように思えたので、何をしているのだろうと不審がって、ここまで来たのだという。

「ま、真っ黒けの化物は、いなかった？」

　勢い込んで深代は訊ねたが、貴子は首を振ると、自分が路地を覗いたときには誰もいなかったと断言した。

　深代が祠の正面から横に回り込み、更に後ろへと身を隠すまでの十数秒の間、彼女は黒い影から目を背けていた。つまりその僅かな時間で、あれは消え失せてしまったことになる。なぜなら彼女が祠の裏に入る寸前に、貴子が路地の中を見て、他には誰もいなかったと証言しているのだから……。

　当の貴子は、ちゃんと深代の話に耳を傾けてくれたうえ、それを見間違いだと言って否定するようなことは、決してしなかった。だが、かといって信じているようにも

見えず、子供ならではの幻覚と判断している様子が窺えた。

それでも深代は翌日から再び、夕方になると二階の自室で路地を見張り続けた。そのうち向かいの阿曇目家に寄宿している栗森篤や籠手家の旭義が、我が家の前を通り過ぎるときに、しばしば自分の方を見上げていることに気付いた。恐らく貴子が二人に、深代の体験談を話したのだろう。噂話としてではなく、同じことが再び彼女の身に起きないよう、二人にも注意して欲しいと頼んだに違いない。

こうして年末の運命の日が、あの路地の奥で自らの喉を掻き切って果てた籠手旭正の命日が、遂にやって来たのである。

三

その日は、深代も朝から何だか落ち着かなかった。お藤は昨日から大掃除をはじめていたので、彼女も色々と手伝ってはいた。しかし、昼食を摂ったあたりから次第にそわそわしはじめ、三時のお八つを食べた後は、もう心ここに有らずという有り様で、その頃にはお藤の指示にも頓珍漢《とんちんかん》な言動を繰り返すばかりだった。

「ああっ、もう結構です。お嬢さんにお頼みしても、これじゃ逆に手間が掛かって仕方ないですから」

到頭《とうとう》お藤が怒り出して、お役ご免になった。

深代は急いで二階の自室へ取って返すと、まだ陽が充分にあるうちから路地を見張りはじめた。何かが起こるとすれば、それは今日だという確信めいた気持ちがあった。

少しずつ陽が傾くに従って、御屋敷町にも次第に寂《じゃく》とした雰囲気が漂い出す。世間は師走ということで、何かしら賑《にぎ》わっている気配があるのに、ここだけは別の世界かと見紛うほど静謐な、否、薄気味の悪い寂寞《せきばく》とした空気が満ちつつある。

それが家の中にいても肌で分かるため、しばしば深代の二の腕に鳥肌が立った。

やがて、逢魔が刻がやってきた。二階の窓から目に入る御屋敷町の全てが、たちまち禍々しいほどの朱色に染まってゆく。その毒々しい眺めは、まるで魔物が跳梁《ちょうりょう》するに相応しい背景画のように、深代には映って仕方がない。

そのとき、阿曇目家の玄関が開き、貴子が姿を現した。出入りの花屋がつい先程、届けたばかりの菊の束を両手に抱えている。静々と門まで進むと、四丁目通りに出たところで鷹部家を見上げた。そこで深代を認めると軽く手を振り、徐《おもむろ》に路地へと向かった。

ところが、貴子が路地に姿を消してから五分も経たないうちに、籠手家の方から旭義が現れ、何の迷いもない足取りで路地へと入って行った。

その光景を見た途端、深代は物凄い不安を覚えた。いつしか自分の心臓が、どくどくと煩《うるさ》く脈打つ音が耳に付き、額《ひたい》には冷や汗が流れた。

（お姉さん、大丈夫かな……）

あんな薄暗い路地の行き止まりで、籠手家の旭義と二人切りだと思うと、心配で仕方がない。もちろん、これまで何度も同じ状況を経験しているわけだが、今日は何と言っても旭正の命日である。双方とも平常心を保っていられるかどうか。

（でも、何かあればお姉さんは声を上げるだろうし、そうすれば栗森さんが、すぐに駆け付けるはずだから……）

この瞬間も栗森篤は、きっと阿曇目家の二階の自室から路地の奥に目を凝らしているに違いない。そう思うのだが、何かがあってからでは遅いのではないか……と考え、咄嗟に深代が腰を浮かし掛けたときだった。

路地の奥から丸くて黒いものが、くるくると回転しながら上がったかと思うと、放物線を描きながら煉瓦塀の上を四丁目通りまで飛ぶ奇妙な光景を、目の当たりにした。

その丸くて黒いものには、両目と口に当たる穴のようなものが開いている風に見えた。つまり仮面である。

(今のは、旭正様が被っていた魔物の面……？)

深代が絶句していると、阿曇目家の門から栗森篤が飛び出し、すぐに路地へと駆け付ける姿が目に入った。

それから数分後、摑み掛かる栗森と、それを振り払おうとする旭義の二人が、路地から躍《おど》り出てきた。お互い相手の胸倉を摑んで、今にも殴り合いの喧嘩をはじめそうである。すると騒ぎを聞き付けて表に出たらしいお藤が、大声で助けを求め出した。それに応えて人々が、次々と家から出て来る。そうこうしているうちに誰かが呼びに行ったのか、派出所の巡査が駆け付け――という騒動が四丁目通りで繰り広げられたのだが、問題はそこからだった。

なんと路地の奥の祠の前で、喉を真一文字に裂かれて殺されている貴子が発見された。しかも現場での取り調べで、どう考えても犯人としか思えない旭義は返り血一つ浴びず、肝心の凶器も持っていないことが判明する。血痕については、被害者の背後から首を掻き切ったと考えれば解決するが、凶器が見付からないのは不可解だった。

一部始終を自宅の二階から深代が見ていたと分かると、家に刑事がやって来た。両親は不在だったのでお藤が同席のうえ、彼女は見たままを話した。そこに栗森篤の証言と籠手旭義の供述を加えた結果、事件前後の経緯は以下のようにまとめられた。

五時四十五分　貴子が阿曇目家から出て来て、路地に入る。
　　五十分　旭義が籠手家側から現れ、路地に入る。
　　五十五分　路地の奥から四丁目通りに向けて、黒い仮面が飛ぶのを深代と栗森が目撃する。
六時　　　　栗森が阿曇目家から飛び出し、路地に入る。
　　五分　　旭義と栗森が組んず解《ほぐ》れつの状態で、路地から出てくる。
　　十分　　お藤と近所の人々が集まる。
　　十五分　派出所の警官が駆け付ける。

　この状況から貴子殺しの容疑は当然ながら籠手旭義に向けられた。だが、被害者の喉を真一文字に切り裂いた凶器――床屋で使用される剃刀のようなもの――を、彼は身に付けていなかった。

　真っ先に疑われたのは、現場から投げられた仮面である。しかしながら、四丁目通りの電柱の側に落ちていた面には、その内側に剃刀が貼り付けられた痕跡はなく、血痕も付着しておらず、特に不審な点は見られない。

　ならばと現場に祀られた祠をはじめ、周囲の煉瓦塀、両家の潜り戸、それから阿曇目家と籠手家、並びに路地の突き当たりの大垣家の庭の中まで捜索が行なわれたのだが、何処からも凶器が見付からない。

ちなみに取り調べを受けた旭義は、

「今日は兄の一周忌だから、もう兄のことは忘れて俺との結婚を真剣に考えて欲しい——そう貴子さんに言ったけど、彼女は首を振るばかりで……。それで俺も諦め、帰ろうと路地を戻ってたら、あの栗森とかいう阿曇目家の居候が、いきなり飛び込んで来て。ぎゃあぎゃあ喚《わめ》くので後ろを見ると、貴子さんが祠の前に倒れてる。慌てて駆け寄ると死んでた。そこに栗森が摑み掛かってきて、揉み合ううちに二人とも路地から転げ出た——。はぁ、仮面？　知らないよ、そんなものは。あっ、もしかすると兄が、貴子さんに上げたのかも。つまり覚悟の自殺だよ。えっ、凶器がない？　それじゃ兄によって殺された、四人の女の祟《たた》りじゃないのか」

太々《ふてぶて》しい態度を取るばかりで、犯行を頑として否認した。

ただしその後の調べで、当日の籠手旭義の行動には、どうも妙な点が見受けられることが判明した。家に戻って以来、家内の雑事になど見向きもしなかった彼が、その日は朝から珍しく手伝いをしたというのだ。

まず餅搗《もちつ》きに参加し、臼の餅米を搗くだけでなく、搗きたての餅を捏《こ》ねる作業までした。次いで大掃除では、細長い竹の先に細長く裂いた襤褸《ぼろ》布《きれ》を括《くく》り付け、それを叩《はた》きのようにして高い天井の煤払《すすはら》いを行なった。それから門松作りにも顔を覗かせ、青竹切りにはじまり菰《こも》に包《くる》んで縄巻きするまでを、熱心に手伝ったらしい。

この奇妙な行動に対して旭義は、

「年に一度のことなんだから、家族の一員として手伝うのは当たり前だろ。それに預けられてた神社で、色々と身に付けた作法もあったから、この機会に役立てようとしただけだよ。まぁ夕方には、貴子さんと話し合うつもりだったから、気を紛らわす目的も少しはあったかもしれないけど……」

犯人は自分ではないと否定したときに比べ、ややはにかんだような様子で応えた。

一方の栗森篤は、

「午前中は弓道場の終い稽古がありましたので、家にはおりませんでした。午後からは——実は、勇貴元公爵に貴子さんのことで、少しお話をしたのですが……。そのう——籠手家の旭義氏のことを、このまま放っておいて宜しいのですかという、まぁそのような内容です。それで五時頃でしたか、花屋が菊の束を届けに来たときに、今日は僕もお供しましょうかと貴子さんに申し出たわけですが……独り静かにお参りしたいと仰ったので、それで二階の部屋から、いつも通り路地を見守ることにしたんです。あのとき強引にでも同行していれば、こんなことにはならなかったのに……」

事情聴取が進むにつれて興奮し、貴子を殺した犯人は絶対に籠手旭義に違いないと

断言した。ただ、犯行を目撃したのかという質問に関しては、

「僕の部屋は、ちょうど路地の突き当たりを見下ろす位置にあるんですが、煉瓦塀が高い所為で、その中は見えません。ええ、祠を目にするのも無理ですし、そこに誰がいるのかも分かりません。けど、窓を開けていると、辛うじて気配だけは感じ取れそうなので――それで貴子さんがお参りをされるときには、いつも見守るようにしていたんです。えっ？　いや……別に悲鳴が聞こえたわけでも、特に争うような物音がしたわけでも、何かが……あっ、あの気味の悪い面が飛ぶのは目に入りましたが……それだけで……で、でも、あいつが犯人ですよ！　他に誰がいるって言うんです？」

実際には何も見ていないことが判明しただけだった。部屋を飛び出したのは、深代も目にした例の仮面が空中を舞う光景を目の当たりにし、路地の奥で何か異変が起ったのだと察したためらしい。

結局、路地をはじめ、そこに面した三家の庭を徹底的に捜索したものの、凶器が何処からも発見されなかったため、飽くまでも無実を主張していた旭義は釈放された。

こうして株小路町四丁目は、何とも暗澹《あんたん》たる新年を迎えることになったのである。

内田百閒《うちだひやつけん》は『東京焼盡』で、昭和二十年二月二十五日の空襲によって「大体神田と云ふ所は無くなつたと思はれる。余りの惨状にて気分が悪くなる様であつた」と記しているが、実際は神保町をはじめ幾つかの町の建物は焼け残っていた。そんな僥倖《ぎようこう》な物件の一つが〈紙魚園《しみぞの》ビル〉であり、その一室に〈怪想舎《かいそうしや》〉は入っている。

四

戦前から戦中に掛けて弾圧されていた探偵小説は、戦後になって一気に華開く。まず昭和二十一年三月に筑波書林が『ロック』を、四月に岩谷書店が『宝石』を創刊しただけでなく、両誌とも横溝正史《よこみぞせいし》の長篇本格探偵小説の連載をはじめた。『宝石』は創刊号から『本陣殺人事件』を、『ロック』は第三号から『蝶々殺人事件』を。

この二誌が皮切りとなって、数年間は探偵小説雑誌の創刊が相次ぐことになる。尤もそれ故に玉石混交《ぎよくせきこんこう》であり、自然に淘汰《とうた》され消えゆく雑誌も少なくなかった。この探偵小説誌乱立の中にあって、新興出版社ながら怪想舎の月刊誌『書斎の屍体』は、創刊からの数年間で確実に部数を伸ばしつつ無事に今日を迎えていた。

特に昨年の十二月に発売された新年号は、『宝石』からデビューして人気作家となった江川蘭子《えがわらんこ》の本格推理小説『血婚舎《ちこんしゃ》の花嫁』の新連載と、地方出版社からの刊行にも拘らず処女作の『九つ岩石塔殺人事件』が多大なる注目を浴びた東城雅哉《とうじょうまさや》の怪奇中篇『黒ん坊峠』の読み切りを目玉とした結果、雑誌は飛ぶように売れ創刊以来の新記録を樹立した。

お蔭で後者の担当である祖父江《そふえ》偲《しの》は、まだまだ新人の女性編集者ながら社内でも鼻高々であり、意気揚々としていたわけである。田巻《たまき》編集部長から、暮れに株小路町で起きた元公爵令嬢殺人事件について、刀城言耶《とうじょうげんや》の力を借りられないかと、相談という名の社命を持ち掛けられるまでは——。

刀城言耶とは、作家・東城雅哉の本名だった。彼は文壇でも有名な「放浪作家」で、趣味と実益を兼ねた怪異譚蒐集のため、常に地方から地方へと民俗採訪の旅を続けている変わり者である。よって「流浪の怪奇小説家」などとも呼ばれているのだが、実は知る人ぞ知る探偵の——しかし一筋縄ではいかない——才の持ち主でもあった。

怪異譚を求めて地方を訪れた彼は、そこでなぜか奇っ怪な現象や不可解な事件に遭遇することが多く、しかもその渦中に巻き込まれるだけでなく、気が付くと何となく解決している——という特異な経験が非常に豊富だった。

ただし、この「何となく」が曲者で、これは刀城言耶という人物が、この世の全ての出来事を人間の理知だけで解釈できると断じるのは人としての驕《おご》りであり、かといって安易に怪異そのものを受け入れてしまうのは人として余りにも情けない——と斯《か》く考え、問題の現象や事件に対峙《たいじ》するために起こる、奇妙な状況と言えた。

つまり所謂《いわゆる》「名探偵」の如き快刀乱麻を断つ名推理など望むべくもなく、此岸《しがん》と彼岸を行き来しながら事件の核心へと迫ってゆく——それが刀城言耶だった。要は本人にも自分が関わっている「謎」が論理的解決に至るのか、はたまた不条理な決着を見るのか、最後の最後まで分からない、何とも厄介な「探偵役」を務めるのが常なのである。

彼をよく知る編集者は「怪異蒐集家」と呼ぶが、更に親しい者が「反探偵」と命名したのは、そういう刀城言耶の立ち位置を鑑《かんが》みたからだろう。

それでも大抵の場合、彼は最終的に事件を見事に解決してしまう。そのため噂を聞き付けた人たちが、この隠れた力に縋《すが》ろうとして、執筆依頼ならぬ探偵依頼を版元に寄越すことが、ここ数年で増えていた。もちろん各社とも、本人に成り代わり丁重に断わっているのが現状である。「恐ろしい事件に関わるのは、もう旅先だけで充分ですよ」と、当人が担当編集者に日頃から愚痴《ぐち》っているからだ。

ところが、そんな刀城言耶に対し、選《よ》りに選って版元の編集者である自分が、事件の解決依頼をしなければならないのだから、祖父江偲が戸惑いを覚えたのも無理はない。しかも――、

「事件の関係者は、元華族やないの。部長も刀城先生の生い立ちについては、ちゃんと知ってる癖に」

戦後、大阪から上京して来た偲が、全く抜けない関西弁でぼやく理由が他にもあった。

刀城家は元々が徳川の親藩であり、明治二年に行政官が出した布告（達）によって誕生した華族階級で公爵に叙せられている。つまりは元華族なのだ。

しかし、言耶の父である刀城牙升《がじょう》は若い頃から特権階級を嫌い、長男である自分が戸主となり公爵を継がなければならない現実に反発して家を飛び出し、大江田《おおえだ》鐸真《たくま》という私立探偵に弟子入りをした結果、刀城家から勘当されている。以来、冬城牙城と名乗り数々の難事件や怪事件を解決し、いつしか「昭和の名探偵」とまで讃《たた》えられた人物である。

その息子である言耶が父親の探偵事務所の跡継ぎを嫌い、半ば放浪生活を続けながら執筆活動を続けているというのも、皮肉と言えるのかもしれない。父に反発しながらも、どうやら探偵の才能は受け継いでいるらしい事実も含めて。

ただ父親と同様、刀城言耶も特権階級を苦手とする傾向があった。冬城牙城ほど毛嫌いはしていなかったが、できれば関わりたくないと思っていることは間違いない。

「うーん……やっぱりここは、路地に纏わる怪談話から、それとのう誘い込むしかないかなぁ」

怪異蒐集家と呼ばれるだけあって、とにかく言耶は怪談には目がない。しかも自分が知らない、はじめて耳にする話には、我を忘れて飛び付くという悪い癖がある。相手が何者であろうと、それまでのお互いの関係が仮に最悪であっても、その怪異譚を聞き出すまでは猪突猛進《ちよとつもうしん》する。よって言耶のこの悪癖を突くのは、正に諸刃の剣と言えたのだが……。

「あっ、祖父江君、お久し振りですね。明けまして御目出度うございます。どうぞ本年も宜しくお願いします」

正月くらいは親に顔を見せないと……そう言って旅先から刀城言耶は戻っていた。とはいえ、もう疾《と》っくに松の内も過ぎている。御目出度うもないものである。

聞けば、年末に訪れたとある地方の旧家で、そこの隠居にすっかり気に入られ、是非このまま滞在して新年を迎えるようにと引き止められたのだという。もちろんそれだけで済むわけもなく、案の定、雪に纏わる怪異と足跡のない雪室《かまくら》殺人事件に遭遇したらしいのだが、敢えて詳細は尋ねない。今、そんな暇はないからだ。

祖父江偲が刀城言耶と相対していたのは、怪想舎の応接室だった。今日の午後一杯、全ての客人より優先させて使用できるよう編集部長が取り計らっていることから、もしかすると阿曇目貴子の事件は社長から直接に部長が命じられたのを、そのまま自分へと振ったのではないか、と彼女は睨んでいた。なぜ社長がこの事件に拘るのかは分からないが、恐らく政治的な理由があるのだろう。

（厄介な役目を押し付けられたなぁ）

今更ながら偲は心の中で嘆いたが、挨拶が済んで差し障《さわ》りのない世間話をしたところで、そろそろと自分の立てた作戦を実行に移しはじめた。言耶が夕方まで時間の空いていることは確認済みだが、余り愚図々々もしていられない。

「実は刀城先生、私も実際に行って来たんですけど、株小路町という御屋敷町に、気味の悪い噂が広まってるようなんです」

「へぇ、どんな噂ですか」

予想通り相手が食い付いてきたものの、なぜか当たりが思ったよりも弱い。

（あれ、おかしいな？）

咄嗟に嫌な予感を覚えたが、怪異蒐集家が無心でいられるわけがないと思い直し、彼女は〈首切〉に纏わる怪談からはじめ、そこから肝心の殺人事件まで、時計を気にしながら自然に話を進めた。が、にも拘らず――、

「なるほど。そんな因縁のある場所で、新たに起こった殺人事件の被害者と容疑者が関係者だったわけだから、町の人たちが祟り話を持ち出すのも、まぁ無理はないと思うよ」

あっさりと感想を述べただけで、相手は平然としている。

「えっ……そ、そ、それは、そうですけど……。えーっと、あのう……」

大きく当ての外れた祖父江偲が、それまでの饒舌が嘘のように、もごもご口籠っていると、

「それで、これから現場に行くのかな？　それとも事件の関係者が、ここにお見えになるとか――」

言耶が驚くべき問いを発した。

「ど、どうして、そう思わはるんです？」

「今日は夕方まで時間があるかどうか、事前に訊かれていたこと。先程までの話の間、君が何度も腕時計に目をやっていたこと。全体の話が分かった時点で、どう考えても首切の連続殺人事件から話すのが筋なのに、なぜか路地の怪談からはじめたこと。新たな事件が未解決であること。以上から、単に怪異譚を教えるのが本筋ではなく、それは飽くまでも僕を釣る餌であって他に何か目的があるらしい、それも未解決の事件に関わることじゃないか、とまぁ見当は付く。よって話の後で、現場に連れて

行かれるか、関係者の証言を改めて聞かせられるか、そう考えたわけだけど――」

「あっ、さすが刀城先生！　それで私がした怪談話にも、余り食い付かはらへんかったんですね」

「煽《おだ》てたって駄目だよ。でも、怪異そのものは面白かった。ただ、こちらの知識にない魔物や化物が現れたという話じゃないから――いや、それより前から言ってるけど、その先生って呼ぶのは止めてくれよ。君と五、六歳しか違わないのに、そんな風に呼ばれると、何か物凄く自分が年を取ったような気分になるじゃないか」

「はい、そうでした。けど、そこまで察してらっしゃるいうことは、この事件を引き受けて下さるんやという――」

「どうしてそうなる？　まぁ更に察するところ、君自身が背負った問題というより、上からの要望のような感じはするので、こうやって僕に話すまで、さぞ気を揉んだのだろうと同情はするけど」

「ああっ、やっぱり刀城先生は凄いわ！」

「い、いや、そうじゃなくて――。君のことだから、色々と悩んだんじゃないかとは思うけど、だからといって僕が事件に首を突っ込む必要が――」

「そうそう！　その首を掻き切ったはずの凶器が、何処をどう捜しても見付からへんのです」

「あのねぇ、祖父江君……」

「これ、怪談として捉えると、籠手旭正が阿曇目貴子を呼んだとも、犠牲者の四人の女性が彼女を引き寄せたとも解釈できますし、推理小説的に見ますと行き止まりの路地での一種の密室殺人、不可能犯罪いうことになりませんか」

「えっ……う、うん、まぁそうなるけど。しかし、だからといって――」

「つまり、これは刀城先生にぴったりの、正にお似合いの事件いうことやないですか。元華族がどうのいうんは、この奇っ怪な殺人の前では何の関係もない、うちはそう思います。宜しいですか――」

後は滔々《とうとう》と喋り続ける編集者を前に、ひたすら刀城言耶は途方に暮れた表情を浮かべるばかりだった。

なぜなら祖父江偲には、肝心の事が起こるまでは神経質に色々と考え案じる傾向があるものの、一旦それがはじまってしまえば、それまでの逡巡が嘘のように綺麗さっぱり消し飛び、つい調子に乗るという悪い癖があったからだ。

彼女曰く、「編集者いう仕事は、とても繊細な面と非常に大胆なところが同居してへんと、決して務まらんと、うちは考えてます」ということなので、ある意味この性格に合致しているとも言えた。ちなみに彼女が自分を「うち」と呼びはじめたときは、完全に調子に乗っている最中であることが多い。

怪想舎の上層部が、刀城言耶の担当編集者に彼女を任命したのは、実はそれなりに考えたうえだったのかもしれない。似た者同士ということで。

「なるほど。よく分かった」

偲が一息吐《つ》いたところで、言耶が口を挟んだ。

「あっ、良かったぁ……。ほんまに一時は、どないなることか思うて――」

「じゃあ、今日は興味深い怪談話を聞かせてくれて、本当にありがとう」

「えっ……ええっ！　帰らはるんですか？」

刀城言耶が立ち上がった途端、飛び跳ねるようにして自分も腰を上げた偲は、

「そんな殺生《せっしょう》なぁ。地方では、もっと複雑な事件に遭遇して、それでも見事に解決してはるやないですか」

「それは已《や》む無く巻き込まれたり、そこでお世話になった人を助けるためであったりと、それなりの理由があるよ」

「私、お世話してますよね？」

「そ、それはそうだけど……。いや、そもそも祖父江君とは、仕事の付き合いであって――」

「淋しいなぁ……。そんな風に思うてはったんですか、先生の方は？」

「ち、違うよ。君は立派な編集者だし、それに――あっ、汚いぞ。そんな泣き落とし

みたいな手を使うのは。それから先生って呼ぶのは止めろって――」

「水臭い……。先生は昵懇《じっこん》な編集者より、もう二度と会わへんかもしれへん、田舎の人らの方が大切なんやわ」

「だ、誰も、そんなこと言ってないだろ」

「いいえ、よう分かってます。そもそも先生は前から――」

そのとき応接室の扉にノックの音がした。

偲は慌てて室外へと出ると、すぐに満面の笑みを浮かべながら戻って来て、

「刀城先生、お待ちかねの、鷹部深代さんと同家のお藤さんが、お見えになりました！」

そう高らかに告げ、わざわざ来社して貰った二人を、透かさず言耶に紹介した。

「あっ、は、はじめまして――刀城言耶です」

結局、初対面の挨拶を済ませた後、再び彼は応接室の椅子に座る羽目になってしまった。偲が徒《いたずら》に長話をしたのは、この二人が現れるまでの時間稼ぎだった、とようやく気付いたが、もちろん後の祭りである。

四人の中で笑っているのは、祖父江偲ただ一人。刀城言耶は怒り出さないまでも、（やれやれ、してやられた……）という表情を浮かべている。お藤はというと、言耶の端正な容貌と親しげな物腰に、どうやら年甲斐もなくぽっとなっているらしい。深

代は子供らしくはにかみながらも、興味津々といった眼差しで相手を見ているのは、言耶が当時はまだ珍しかったジーンズを穿《は》いているからだろうか。

「私の方から先生には、一通り説明してあるんです。けど、改めてお二人からも、詳細を話して貰いたいんですけど、宜しいですか」

早速そう偲が水を向けると、

「はぁ、ありがとうございます」

お藤が丁寧に頭を下げたが、どうもその後が続かないようで、もじもじとしつつ黙ったままである。

「えーっとですね、そのうー事件について――」

急速に薄らいでゆく偲の笑みに反して、言耶の表情に邪《よこしま》な微笑みが浮かびはじめた。ただ、それも長くは続かなかった。

「あのうー、私がお話ししても――」

遠慮がちに深代が申し出たからだ。もちろん偲は即座に頷《うなず》くと、彼女に話を促した。

ところが面白いことに、刀城言耶の顔に失望感が漂ったのは最初のうちだけだった。やがて、次第に目の前の女の子の話に引き込まれているらしいことが、偲にも分かるほど、彼の聞く姿勢に熱意が見えはじめた。

(やった！　こうなったら、もうこっちのもんや)

深代が事件の詳細を話している間、彼女は心の中でずっと小躍りし続けていた。

が、全てを聞き終えた言耶の台詞を耳にして、祖父江偲は愕然《がくぜん》となった。

「うーん、さっぱり分からない」

五

「ちょ、ちょっと先生――、何を言うてはるんですか」

「だから、先生って呼ぶのは――」

「ああっ、この事件の謎さえ解いてくれはったら、ご主人様でも、お殿様でも、何でも構いません。先生のお好きなように呼びますから」

「もっと普通でいいよ」

「何が分からへんのです？　これまで解決された事件に比べると、全く大したことないですやろ。こんなん、うちが先生やったら、五分も掛からんと解いてますよ」

興奮すると偲は、関西弁が全開となる。

「また根拠のない、無茶苦茶なことを言うな、君は」

「せやかて——」

「恐らく情報不足なんだよ。幾つか解釈を施す余地はあるものの、今の状態では単なる推測に終わってしまう」

「ごめんなさい。私の話し方が、悪かったんです」

二人のやり取りに突然、深代が割って入った。言耶と偲が、はっとして目を向けると、彼女が項垂《うなだ》れている。

「そ、そんなことはないよ。君のお話はとても分かり易くて、上手だったからね。それに——」

刀城言耶が必死に宥《なだ》めはじめた。祖父江偲は一瞬、これで彼も真剣に考えるだろうと喜んだものの、言耶は深代の誤解を解いただけで満足そうにしている。

（よーし、何が何でも先生の探偵興味に訴えたる！）

そう決意するや否や彼女は、

「世間では、犯人を籠手旭義と見てますけど、真犯人は阿曇目家に居候してる栗森篤やないでしょうか」

「でも栗森氏は、そもそも路地に入ってさえいないじゃないか」

仕方なくという態度だったが、それでも言耶が応じた。

「それが、彼の狙いやったんです」

「自分が嫌疑を受けない状況下で、被害者を殺害したと？」

「はい。それどころか、恋仇に容疑を掛けるいう、正に一石二鳥を企んだわけです」

「ほおっ、どうやって？」

刀城言耶が興味深そうな表情を浮かべたが、見ようによっては、祖父江偲の探偵振りを楽しんでいるようにも感じられる。

「ふっふっふっ……。あることに着目すれば、そんなに難しい問題やありません」

ところが、偲の方は言耶の興味を惹き付けただけでなく、自分の解釈を相手が聞きたがっていると勘違いしたのか、すっかり名探偵気取りである。

「それで、栗森氏は一体どうやって、阿曇目家の二階にいながら、路地の奥へと入り込んだ貴子さんを殺害したんだい？」

「栗森篤が事件当日の朝、何処に何をしに行ってたんか、覚えてはりますか」

「弓道場の終い稽古だろ」

「なんや、覚えてはったんですか。けど、それが分かってはりながら、先生ともあろうお人が――」

「いやぁ、面目ない。ここは是非、祖父江君の推理を拝聴させて貰えないだろうか」

言葉遣いは極めて真面目だったが、言耶の瞳は悪戯《いたずら》っぽく輝いている。もちろん偲は、それに全く気付いていない。

「いいですよ。えへん。栗森篤は、貴子さんが路地に向かった後、こっそり庭に出たんです。そして予《あらかじ》め用意しておいた梯子を、路地の奥に当たる煉瓦塀へと立て掛けると、よじ登った。先に剃刀を仕込んだ矢と、それを引く弓を持ってです」

決まった——という表情で見得を切る祖父江偲に対して、深代とお藤は「あっ」と声を上げながらも、素直には感心できない様子である。なぜなら刀城言耶が、きょとんとした顔をしていたからだ。

「それで？」

「それで——って先生、後はもう分からはるでしょ。つまり栗森は、塀の上から貴子さんを射ったんですよ」

「喉に刺さらないよう、矢の切っ先に仕込んだ剃刀が喉を掠《かす》めて裂くように、彼が弓矢を放ったって言うのかい？」

「それほど名人やったいうことです」

「その裏は、確認は取れてるのかな？」

「えっ……い、いえ、まだです。それは、これから、まあ追々——」

「射った矢は？　あっ、なるほど。矢尻に紐を結んでおいて、後から回収するわけか」

「も、もちろん、そうです」

「けど、それじゃ栗森氏は、斜め上の方向から被害者を射ったことになる」

「はい。それが何か」

「確か貴子さんの喉は、真一文字に裂かれてたんじゃなかったかな？」

「…………」

「どんな弓矢の名人でも、煉瓦塀の上から射って、相手の喉を真一文字に裂くことは、ほとんど無理だろう」

「それは……貴子さんの首が、たまたま斜めに傾いてて……」

「で、犯行後、栗森氏は凶器を何処に隠したと？」

「もちろん、庭の――」

「はずがないよね。路地の北側の阿曇目家をはじめ、南側の籠手家、そして突き当たりの東側の大垣家と、三方の庭は捜索されている。でも、凶器は発見されていない」

「なら、自室に隠したんですよ」

「梯子を片付けてから、凶器を二階の自室まで運び、そこから路地に駆け付けたとしたら、もっと時間が掛かってたんじゃないかな」

「あのう―、そんな暇はなかったと思います」

とても遠慮がちながら深代がはっきり言耶を支持すると、横からお藤も、

「それに栗森さんは、本当に貴子お嬢様のことがお好きだったはずです。これが籠手家の旭義さんの場合なら、報われない想いに逆上して、可愛さ余って憎さ百倍とばかりに、貴子お嬢様を手に掛けたとしても不思議はありませんが、栗森さんが、そんなことをするとは、とても――」

機会と動機の両面に於いて、立て続けに己の推理を否定された偲は、一瞬「うっ」と詰まってしまった。だが、すぐ気を取り直したように、

「やっぱり犯人は、籠手旭義です」

「なるほど。それで凶器の剃刀は？」

掌を返す如く偲が指摘する犯人を変えたにも拘らず、言耶は全く気にした様子もなく、彼女に推理の先を促した。

「祠は木で造られてますから、その隙間に……。あっ、隙間いうたら、煉瓦塀にもあるやないですか。だから、旭義は下見をしたうえで――」

「剃刀と言っても、凶器は床屋で使うようなものらしい。それに被害者の喉は見事に、それこそ真一文字に裂かれていたというのだから、その状況から考えても、剝《む》き出しの刃だけが使用されたとは思えない。つまり柄の部分もあった、と見做《みな》すべきじゃないだろうか」

「刃だけやったら、切り裂き難いいうことですか」

「長くなればなるほどね。仮に持つ箇所に布を巻き付けたとすると、今度は、その布を何処に捨てたかが問題になってくる。ちなみに旭義氏は、身体検査をされたんだろ?」

「はい。凶器は疎《おろ》か、何一つ持ってなかったようです」

「つまり彼が犯人の場合、凶器の剃刀は、完全に現場で処理したことになる。それも栗森氏が路地に駆け込んだ状況から考え、路地の半分から奥で、と範囲が狭まるわけだ」

「そうなると臭いんは、阿曇目家側の煉瓦塀の、潜り戸になりませんか。籠手家の方の戸は、路地を入って割とすぐやけど、阿曇目家のは半ばくらいにありますから」

「でも、開かないように内部から、針金で取っ手をぐるぐる巻きにしてあるんだろ」

「そうなんです……。ちょっと前に錆《さ》びてしもうた針金を、交換したいう籠手家の潜り戸に比べると、阿曇目家の方は随分と傷《いた》んでいたらしいですけど、破られた痕跡がなかったんは、間違いない事実やからなぁ……」

最後は独り言のように、途方に暮れた偲の声音だった。だが、そこから言耶が深代とお藤に話し掛ける姿を目にするや、にんまりとした笑みが顔中に広がった。

「籠手家の旭義氏に関してですが……そうですね、趣味とか特技とか、また普通の人に比べて、こんな変な癖があるとか、何かまだ話してらっしゃらないことはないでしょうか」

　この問い掛けに、二人とも真剣に考える仕草を見せている。しかし結局は首を横に振り、言耶以上に偲を落胆させた。

　応接室に、はじめて沈黙が流れた。深代とお藤は、自分たちの話が役立たなかったのではないかと心配し、偲はせっかく言耶が乗ってきたのに、手掛かり不足の所為で肝心の推理を引き出せないのかと焦っているように見える。

　刀城言耶だけが何を考えているのか、全く読めない顔付きで、逆にのほほんとした風情さえ漂わせていた。

「ああっ！」

　そこに祖父江偲の素っ頓狂な声が上がった。

「ど、どうした？　何か言い忘れてた、重要なことを思い出したのか」

　言耶が勢い込んで訊くと、

「いえ、烏《からす》さんから先生宛てに、また手紙が届いてるんです。お会いしたとき、すぐお渡しせないかん思いながら、うち忘れてしもうてて――」

「なんだ……。先輩からの手紙ですか。それは後からでいいよ」

　言耶がさらっと流したが、深代が奇妙な表情で二人のやり取りを見ていることに気づき、

「僕の大学時代の先輩で、阿武隈川《あぶくまがわ》烏という人がいてね」

律儀にも説明をはじめた。

曰く、彼がクロさんと呼ぶ人物は、小さいながらも由緒正しい京都のさる神社の跡取り息子ながら、本人は継ぐ気があるのかないのか、在学中から盛んに行なっていた民俗採訪を卒業後も繰り返す生活を送り、すっかり民間の民俗学者になっていること。ただ、やたらと顔が広いうえ、異様なほど地方の奇っ怪な儀礼や奇妙な風習などに通じており、その情報を頼みもしないのに出版社気付の刀城言耶宛てで頻繁に送ってくること。でも、その恩恵を自分は受けているので大変有り難いこと。

「何でも、瀬戸内に浮かぶ鳥憑島《とりつきじま》の〈鳥人《ちょうじん》の儀〉が、今年の夏にでも行なわれそうやとかいう、そんな内容でした」

阿武隈川の紹介を言耶が終えたところへ、偲が手紙の用件を伝えたときだった。

「あのうー、籠手家の旭義さんは、算数が得意だったかもしれません」

深代が突然そう口にし、三人の大人を驚かせたが、やはりお藤の反応が一番早かったようで、

「お嬢さん、算数って何です？」

「ほら、旭義さんが戻って来たとき、小倉屋さんが『預けられていたお家で、勘定《かんじょう》を習った』とか何とか、そんなこと言ってたでしょ」

しばしお藤はぽかんとしていたが、次の瞬間、大きな声で笑いながら、

「お嬢さん、あれは数の勘定と違うんですよ。神様や仏様のお出でを願う神事のことで、それを勧請《かんじょう》と言うんです」

どういう漢字を書くかまで、丁寧に話している。

すると、いきなり刀城言耶が、にっこりと微笑みながら、

「なるほど。そういうことか——」

六

「せ、先生！　もしや謎が、解けたとか」

「先生って呼ぶのは——」

「ああっ、そんなこと、今はどうでも宜しいやないですか」

意気込む祖父江偲の迫力に、やや刀城言耶はたじたじとなりつつ、

「うん、まぁ、そうだけど……。いや、実はあることが気に掛かってたものの、それに如何なる意味があるのか分からなかった。で、どうしても先に進めなくって」

「待って下さい。あることって、私や深代ちゃんが話した中に、それは？」

「君の話にも出てきたけど、より詳しかったのは深代ちゃんの方だった」

「な、何です、あることって？」

「その前に、動機の確認をしておきたいんですが」

そう言うと言耶は、お藤の方を見ながら、

「籠手家の旭正氏が事件を起こして自害し、その後、弟の旭義氏が呼び戻された。旭正氏の許嫁だった阿曇目家の貴子嬢との縁組を、弟の旭義氏に引き継がせようという、兄弟の祖父に当たる旭檣元伯爵の考えによって。ところが、阿曇目家の勇貴元公爵をはじめ、何よりご本人の貴子嬢がそれを厭《いと》った。しかし、旭義氏は彼女に対して執拗であり、その狂おしいまでの恋愛感情が、いつしか憎悪へと変化を遂げ、やがて殺意を覚えるまでになった――という解釈で宜しいでしょうか」

「はい。当日は旭正様の御命日でした。きっと旭義……さんは、その日を最後と決めて、貴子お嬢様に言い寄られたのではないでしょうか、それで拒絶されるようなら一思いに殺してしまおう、そう決心してたのでは――。町の人々だけでなく警察の考えも、ほぼ同じものだったと伺っております」

「けど先生、幾ら凶器が発見されんからいうて、明らかに自分が疑われるような状況で、殺人に手を染めるでしょうか」

お藤の後を受け、祖父江偲が今更ながらの疑問を口にした。己の推理を述べたときには、完全に無視した癖にである。

「普通に考えるとそうだけど、最大の理由は、路地の祠でしか貴子嬢とは会えないからだろう。そこにお藤さんも仰ってたように、旭正氏の命日という特別な条件が加わり、その日、その場で決着を付けるんだと、旭義氏が強迫観念的に思い込んだとしても、それほど不自然じゃない。ただし、さすがに凶器を身に付けていては逮捕されるため、それを処理する方法を編み出した――いや、そもそも凶器消失トリックを思い付いたからこそ、貴子嬢殺しを実行したに違いない」

「思い付いた？」

「うん。でも、それだけじゃない。彼は、予行演習までしてるんだから」

「ええっ？　ほ、ほんまですか。いつ、何処で――って、場所は路地に決まってますか」

「そう、路地の奥で、事件を起こす数日前から。そのうちの一度だけ、深代ちゃんに見付かりそうになったけどね」

「わ、私に……？」

深代が驚きながらも、恐怖に震える声を上げると、言耶は子供が思わずほっとするような笑みを浮かべつつ、

「君が勇敢にも、路地の奥まで入ったとき、西の出入口を真っ黒な影に塞がれたっていうお話をしてくれたけど、あれは旭義氏だったんだ」

「でも、深代ちゃんが祠の後ろに隠れて、貴子さんが路地へと入るまでの僅かな間に、その黒い影は消えてるやないですか」

当人が口を開く前に、透かさず偲が突っ込む。

「深代ちゃんに姿を見られた旭義氏は、慌てて籠手家側の潜り戸から戻ったからさ」

「戻った？　せやけど潜り戸の取っ手には針金が、ちゃんと――」

「巻かれてるけど、内側からだろ。それに籠手家側の潜り戸の針金は、錆びていない真新しいものだったという情報があったよね。つまり最近、巻き直されたわけだ。恐らく貴子嬢殺しが行なわれる前日にでも」

「それじゃ、それまで旭義は――」

「潜り戸から路地へと、せっせと出入りしていた。もちろん貴子嬢が路地に向かう日には、ちゃんと正門から出て路地へ赴《おもむ》いたに違いないけど」

祖父江偲は最早、当初の目的を完全に失念しているとしか思えない様子で、

「凶器を消失させる予行演習って、一体どういうことです？」

「三つの点に注目すると、君にも分かると思うよ」

「な、何ですか――」

「一つは、事件が起こる数日前から路地に見られた異変について。もう一つは、事件当日の旭義氏の奇妙な行動について。そして最後に、なぜ深代ちゃんが突然『かんじょう』という言葉を思い出したのかについて」

「ちょっと待って下さい。一つ目は、深代ちゃんが自宅の二階から目撃したいう、路地の奥を飛んでた人魂のことですか。けど、あの話は、やっぱり見間違い――」

「私、確かに見ました」

小さな声だったが、深代がはっきり主張すると、言耶も頷きながら、

「それが人魂かどうかは別にして、彼女が奇妙なものを目にしたのは、事実だと思う」

「分かりました。それで二つ目ですが、これは旭義が、餅搗きや大掃除や門松作りの手伝いをしたこと――ですよね？」

「うん。そもそも家の手伝いをするのが、彼の場合は唐突というか不自然だったわけだが、それはいいとしても――その中で他の行動に比べると、どうしても妙としか思えないことを、彼はしている」

「そ、そうやったかなぁ……」

「普通に考えれば、すぐ分かるよ」

「三つ目は……確かにいきなりで驚きましたけど、深代ちゃん、なんでなん？」

「おいおい、本人に訊くのは反則だぞ」

「反則って、先生——。いつからそないな決まりができたんです？」

真剣に抗議する偲に対して、言耶は苦笑いを浮かべている。

「あかん、分からへん。先生、教えて下さい。はいはい、もう先生とは呼ばんよう、うちも努力しますから」

「おっ、珍しく殊勝だね」

「茶化さんといて下さい。それで？」

そこで刀城言耶は、祖父江偲だけでなく深代とお藤にも順に目を向けると、

「女性よりも背のある旭義氏が天井の掃除をしたり、男の彼が餅を搗いたり門松作りを手伝ったり、というのは納得できますが、搗きたての餅を捏ねて丸める作業にまで手を出したのは、妙に浮いていると感じました」

「そう言えば、どうも変ですわ」

お藤が素直に首を傾げる。

「すると事件の数日前に、深代ちゃんが目撃した、路地の奥から上がったという白くて丸いものとは、ひょっとして餅だったのでは——と連想が進みます」

「えっ？　そんなら——」

「うん。旭義氏は搗きたての餅を、誰にも気付かれないように掠《かす》めると、そこに凶器

の剃刀を埋め込んだ。もちろん刃が外に出るようにして。餅搗きは朝から行なわれました。貴子嬢と会う夕方までには、餅は充分に硬くなります」

「でも、凶器入りの餅を空へ投げ上げ、そっから一体どうするんです？」

尤もな偲の問い掛けに、だが言耶は応えることなく逆に、

「それで深代ちゃんが、なぜ『かんじょう』などという言葉を思い付いたのかだけど、分かったかな？」

「い、いえ……」

「その直前に、僕が旭義氏について趣味とか特技など、何か他に知っていることはないですかと尋ねた後、祖父江君が先輩の話をしたからだよ」

「阿武隈川さんの？」

「そう、君はまず『鳥さん』と言った。人名にしては珍しいこの言葉が、深代ちゃんの記憶を刺激し、鳥勧請のことを思い出させた」

「ああっ、鳥勧請ですか」

思い当たることがあるのか、お藤が大きな声を上げた。

「僕も迂闊でした。旭義氏が疎開した遠戚が近江にあり、しかも神武天皇の東征神話の中に現れる先導神を祀神とした、とても由緒ある神社だと聞いておきながら、そこに気付かなかったとは……」

「どういうことです?」

「この先導神とは、烏のことなんだ」

「か、烏……?」

「そして近江では、鳥喰神事《とりばみのしんじ》が執り行なわれている」

「つまり、その神社では――」

「神への供物である餅などを、先導神である烏に投げ与える烏勧請が行なわれていて、旭義氏は疎開中から戦後も、その神事に関わっていたんだよ」

「そ、それじゃ――」

「事前に餅を何度も投げ、烏が確実に空中で捕らえ、それを持って飛び去ることを実験し、そのうえで本番に臨んだわけだ」

「しかし、烏勧請を行なう神社の近くに棲む烏ならともかく、株小路町の烏が、そんなに上手く――」

「いや、柳田國男《やなぎたくにお》氏が書いておられたけど、しばしば烏は空中を飛ぶゴルフボールを銜《くわ》えて、そのまま飛び去ることがあると。また、かつて子供たちは、丸くて平たい小石を拾っては、空を飛ぶ烏に投げ付けて銜えさせ、『烏かんじょう猫かんじょう』と囃《はや》し立てて遊んだと。氏は、こういった子供の遊びや鳥喰神事によって、烏は投げられた丸くて平たいものを反射的に銜える習性が生まれたのではないか、と考えられた」

「その鳥の習性を、旭義は利用した……」

「うん。さすがに、ぶっつけ本番で試す気はなかったので、予行演習をしたうえでね」

「路地の奥で、餅だけを投げ上げたんですね」

「もう薄暗くなった夕方、路地の奥の辺りは、背後の大垣家の鬱蒼と茂った庭の樹木の所為もあって、かなり暗かった。そこに白い餅があがり、それを黒い鳥がさっと銜えて去るわけだから、深代ちゃんには恰《あたか》も消えたように映った」

「事件のときは、どうだったんです？」

「阿曇目家の二階から栗森篤氏が、鷹部家の二階からは深代ちゃんが、それぞれ路地を見ていることは、旭義氏にも分かっていた」

「ええ、そうでしょうね」

「それで、お兄さんが南方から持ち帰った仮面を四丁目通りへと投げ、二人の注意を路地の奥から逸らしてから、凶器を投げ上げたんだよ」

「そうなると、凶器は？」

「近くに鳥たちの塒《ねぐら》があるに違いないから、そこを重点的に捜せば、あるいは見付かるかもしれない」

そこから祖父江偲は、深代とお藤に丁重に礼を述べながらも些《いささ》か追い立てるような形で見送ると、この刀城言耶の推理をすぐ田巻編集部長に伝えた。

その後どういう経路を辿ったのか定かではないが、翌日には警察が動いたという連絡を深代とお藤から貰い、彼女も正直びっくりした。

株小路町に隣接する小さな森が、地元の動物学者によると近辺の烏たちの塒《ねぐら》だと教えられた警察は、徹底的に捜索を行なったらしい。その結果、齧《かじ》られて半円形になった、剃刀の埋め込まれた餅が発見されただけでなく、なんと餅の表面に残された籠手旭義の右手の指紋が数種、はっきり検出されたというのだ。

もちろん後者の情報は深代とお藤からではなく、偲が知り合いの新聞記者から仕入れたネタである。

「朝に搗いたばかりの餅だったから、夕方の時点では、まだ完全に固まっていなかったんだな。それを旭義氏が強く握ったため、恐らく指が餅に減《め》り込み、くっきりとした指紋が残ってしまった」

事後の報告をするために会った神保町の喫茶店で、刀城言耶はそんな解釈を口にした。

また剃刀には血痕も残っており、血液型が阿曇目貴子のものと一致した。そのうえ被害者の傷口が、その剃刀の刃で付けられたものであることも、どうやら証明されたらしい。

よって籠手旭義は、逮捕されたのだが――。

「犯行は認めてるのに、殺意は否定してる――だって？」

祖父江偲の説明を一通り聞いた後で、刀城言耶は首を傾げている。

「どうも唆《そそのか》されたいうことらしいんです」

「誰に？」

「それが、仮面に……」

「ええっ？　旭正氏が南方から持ち帰ったという、例の魔物の仮面のこと？」

「ええ。仮面が話し掛けてきた……って、そう言うてるらしいんですけど」

「…………」

「それで顔に被ってみると、お兄さんの声がして、貴子さんを殺せと命じられた――と」

「精神的な異常者を装って、罪を逃れようと考えてるんじゃないかな」

「警察もそう判断してるみたいですけど、それでも専門家に、精神鑑定を依頼するいうことです」

「単なる演技レベルじゃないってことか」

「本当のところは、どうなんでしょう？　ただ隈取涼子さんの、あの怪異体験もありますから、強《あな》ち演技とも――」

「うーん、でも隈取涼子嬢の場合は若い娘さんらしく、やっぱり事件の影響を受けた所為で、そういう幻覚を見た可能性は否定できないからなぁ」

「えっ、けど先生――、ほら彼女は他の人らとは違って、事件が起こったときには学校の寮に入ってて、何も知らんかったんですよ。株小路町に戻ってからも、彼女に事件のことを教えた町の人もいないはずやし。せやから彼女の体験には、信憑性《しんぴょうせい》があるんと違いますか」

「うん。しかし涼子嬢は、伯父さんの会社に勤めていた。そこには伯父さんの上のお嬢さんも勤務していて、だから彼女も誘われたという話だった」

「あっ……その上のお嬢さんが、彼女に事件のことを――」

「話したとしても不自然じゃない。いや、むしろ教える方が自然じゃないかな。涼子嬢が事件のことを何も知らない、と分かれば余計にね。彼女は少し堅苦しいくらい真面目だというから、すんなり暗示に掛かったのかもしれない」

怪異譚に目がない癖に、あっさり合理的な解釈を下した刀城言耶に対し、祖父江偲は特に反論しなかった。依頼された立場上そんな割り切った考えを示したが、彼自身が納得していないことを、彼女は知っていたからである。ただし、このときは別に理由があった。

偲は急に声を潜めると身を乗り出し、物凄く思わせ振りな様子で、

「ところで先生、旭義が逮捕された後、あの路地で信じられないものが目撃されてるいう話……ご存じですか」

「い、いや……。信じられないもの——だって？」

「はい、とても怖いもんです」

食い付いてきた相手の顔を眺めながら、大袈裟に眉を顰《ひそ》めつつも彼女は、

（さて、今回の顚末を『書斎の屍体』の次号に書いて貰うには、ここからどう誘導するかやけど——）

と心の中で算段していた。

偲の頭の中には、再び刀城言耶が旅立つ前に、如何にして原稿を仕上げさせるか、実は最初からそれしかない。今日の面談の目的も、そこにあった。

「で、祖父江君——。その信じられないくらい怖い何かって、一体どんなものなんだい？」

すっかり身を乗り出している言耶を前に、

（さぁ、どないしよ。先生の興味を惹き付け、なおかつ引っ張れるもんでないとなぁ）

祖父江偲は無謀にも、即興で怪異譚を創作するつもりだった。

刀城言耶は、そんな企みを、もちろん知る由もなかった。ただ、編集者の作り話に彼が気付き、その恐るべき奸計《かんけい》を悟って呆れ果てるのは、どう考えても時間の問題だった。

「それがですね……。いやぁ、怖いの何のって、ほんまに――」

その後、二人の間でどんな騒動があったかは措《お》くとしても、『書斎の屍体』の次号の目次に、

首切の如き裂くもの　東城雅哉

――という作品が載っており、怪想舎の編集部では祖父江偲の鼻高々な姿が再び見られたことは、まぁ言うまでもないだろう。

迷家《まよいが》の如き動くもの

一

「家が独りでに動いてる……」

菊田美枝《きくたみえ》が薄気味悪そうに顔を顰《しか》めると、

「厭《いや》だ。変なこと言わないで」

仲間の柿川富子《しかわとみこ》は眉を顰《ひそ》め、非難するような眼差しを向けてきた。

「だって富ちゃん……」

「そんなこと思ったら、もう二度とあの峠を越えられなくなるじゃない」

二人は農繁期の四月から十月に掛けて村から村へと行商をする、まだ十代半ばの毒消し売りの少女である。

戦前は頭に菅笠《すげがさ》を被り、両手に手甲《てっこう》を巻き、紺絣《こんがすり》の着物に帯を締めて前掛けをし、両足は脚絆《きゃはん》という出で立ちだった。それが時代と共に蝙蝠《こうもり》傘とエプロンとモンペ姿に変わり、トウヨと呼ばれた紙に油を塗ったマントも今では合羽《かっぱ》になっている。

尤《もっと》も変化したのは服装だけではない。彼女たちの商いは所謂《いわゆる》富山の薬売りと同じで、「越後毒消丸」「ヌガリン」「六神丸」「金証丸」といった薬を扱っているのだが、戦後は包丁や鋏《はさみ》といった金物をはじめ、昆布や若布《わかめ》の乾物、化粧品や衣類、鬢付《びんつ》け油などが商品に加わるようになる。

これは昭和十八年に薬事法が改正され、毒消し売りが許可制となったことに大きな原因があった。鑑札《かんさつ》を得るためには、売り子たちは講習を受けなければならない。だが当時、読み書きのできる売り子は少なく、毒消し売りを断念して別の商いをはじめる者が増えた。それが本来の毒消し売りにも影響を与えたのだ。

また、曾《かつ》て「薬、九層倍《くそうばい》、坊主丸儲け」と言われたくらい毒消し売りは実入りが良かった。特に戦中は軍の斡旋《あっせん》もあり、戦地への慰問品として送られることが多かった。それが戦後、年を追うごとに仕入れる薬の値段そのものが高くなり、次第に儲けが減りはじめ、商売の旨味が少なくなる。ちなみに「九層倍」とは原価の割に売値が高いという意である。

追い打ちを掛けるように、昭和二十三年の新しい薬事法の制定により薬の現金売りが禁止され、二十五年には薬の店頭販売が認められる。

こういった戦後の情勢が、彼女たちに薬以外の商品も扱わざるを得なくさせた。

昭和二十八年に流行《はや》った宮城まり子の「毒消しゃいらんかね」では、

わたしゃ雪国薬売り

あの山越えて村越えて
　ほれちゃいけない他国者
　一年たたなきゃ逢えやせぬ
　目の毒気の毒ふぐの毒
　ああ毒消しゃいらんかね
　　毒消しゃいらんかね

——と歌われ、その存在が一躍有名になった毒消し売りが、この二人の生業《なりわい》だった。

とはいえ美枝も富子も、こんな行商はしたことがない。
「毒消し、よござんすか」
それが毒消しを売り歩くときの口上である。「毒消しゃいらんかね」などと気取った台詞《せりふ》は、彼女たちが知る限り誰も口にしていなかった。

一昨日《おととい》、二人が訪れた植松《うえまつ》村でも、そう呼び掛けながら村の中を歩き回った。そしてその夜は、それぞれ親切な村人の家に一泊したのである。ただし一昨日は村に着いたのが遅かったため、昨日の朝は次の地へと移動する前に、まだ少し商いを続けるつもりだった。

ところが、美枝は泊めて貰《もら》った家で、若い嫁と夜遅くまで話し込む羽目になった。

ちょうど夫の両親が留守にしていたこともあり、嫁は日頃の鬱憤《うっぷん》を存分に喋りたかったのだろう。慣れぬ村の習俗に対する愚痴《ぐち》からはじまった話は、隣近所の村人の悪口から、果ては舅《しゅうと》と姑《しゅうとめ》に関する不満まで延々と続いた。それに美枝が律儀に付き合ったため、すっかり夜更かしをする結果になった。

ただ、そのお蔭で若い嫁とは親しくなれた。嫁が近くの霜松《しもまつ》村の出身だったことから、美枝は同村の彼女の実家や親戚から知り合いの家まで何軒も紹介して貰えた。全く何が幸いするか分からない。

そのため昨日の朝は富子独りが植松村に残り、もう半日だけ同村で行商を続け、美枝は一足先に霜松村へと赴《おもむ》くことになったのである。

「でも、私もお昼からは、霜松村に入れると思う。だから明日の正午まで、お互い別々の場所で商いしよう」

美枝を見送るとき、富子がそう提案した。

恐らく富子は二人で回ると、美枝が紹介して貰った家の恩恵を自分も受けてしまうと考えたのだろう。それを潔《いさぎよ》しとしなかったわけだ。

彼女たちは翌日の正午に、霜松村の大杉神社の境内で落ち合う約束をして別れた。そして先程、それぞれ今日の午前中の仕事を終えて再会した二人は、杉の巨木の根元に座り込んで、ちょうどお昼を使ったところだった。

そのとき、お互いの商いの成果を報告した後で、

「そう言えば昨日、峠を越えたとき、向かいの山に変な家が見えたね」

ふと思い出したように柿川富子が口にしたのが、この奇っ怪な話のはじまりとなった。

「えっ、どんな家？」

菊田美枝が怪訝《けげん》そうに訊くと、彼女は少し得意げに、

「鳥居峠《とりい》には〈天狗の腰掛〉という大きな松の木があって、行商人がお参りすると御利益《りやく》が得られるって、泊めて呉れた家のお婆さんから教えて貰ったんだ」

「あっ、それなら私も、若いお嫁さんから聞いた」

「なんだ、知ってたの」

がっかりした表情を富子は浮かべたが、すぐ咎《とが》めるような口調で、

「せっかく教えて貰ったのに、お参りもしなかったんだ？」

「ううん、したよ」

「だったら向かいの山に、奇妙な家があったでしょう」

「嘘……なかった……」

鳥居峠というのは、植松村から霜松村へ向かう際に越える佐海山《さかい》の頂《いただき》のことである。この山は豊富な資源に恵まれており、古来より二つの村に恩恵を施し続けてい

た。

その山の上に昔、天狗様が舞い降りたという。以来、佐海山は益々「栄え」たと伝わる。天狗が降りた大きな松は〈天狗の腰掛〉と呼ばれ、村人たちは特別視するようになる。

尤も特に祠《ほこら》が祀《まつ》られたり、注連縄《しめなわ》が張られたりしているわけではない。飽くまでも自然な姿が保たれている。その松に、いつしか峠を通る旅人たちが参るようになった。そんな旅の者の多くが行商人だったことから、天狗の腰掛は商いの神様にもなったらしい。

「分かった。みっちゃん、松の木を間違えたんだ」

合点が行ったとばかりに富子が笑っている。

というのも鳥居峠の名の由来が、二本の松の木に求められるからだ。峠の両端に離れて立っているにも拘《かかわ》らず、北側の松は南に向かって、南側の松は北の方角へと、それぞれ上部の枝が伸びている。そのため見ようによっては、巨大な鳥居に映ることから、その名があった。

「でも、天狗の腰掛でしょ？　村境に立つ方の松の木の？」

美枝が確認すると、富子は頷《うなず》きながら、

「そこでお参りしたの？」

「うん、間違いない」

「おかしいわね。ひょっとして、向かいの山の方は見なかったとか」

「けど、あの松の木にお参りしたら、嫌でも目に入るよ。数日前に地震があったって聞いたけど、向かいには山崩れの跡が見えて、樹木も少し流れたような——」

「そう、そこ！」

急に富子は大きな声を上げると、

「木がなくなった向こうに、ぽつんと変な家があったでしょ」

「えっ、何もなかったよ……」

美枝が峠を越えたのは、昨日の朝の七時頃である。一方の富子は十二時くらいだったという。

「五時間の間に、あの家が建ったってこと？」

そう口にしながらも富子は、決して納得しているようには見えない。

「どんな家だった？」

「遠かったから細かいところまでは分からないけど、黒っぽくて……小屋みたいな感じの……」

「だったら、その五時間の間に、本当に建てられたのかもしれないよ。普通の家と違って小屋を作るくらいなら、大して時間が掛からないかも——」

「あんな山の上に？」

「本当に山小屋だったんじゃない。それなら新しく建てたとしても、大して不思議でもないもの」

「うん……けどね……」

「どうしたの？」

「遠くてよく分からなかったけど、そんな新しい屋根には見えなかった……。とても古くて、むしろ廃屋と言った方が似合ってるような、そんな感じだった……。もう何十年も前から、あそこにずっと建っていて……」

「ちょっと御免よ」

そのとき、すこし前に二人の近くに座り、遅めのお昼を使っていた三十代の半ばくらいに見える男が、愛想良く声を掛けてきた。

二

「先程からお前たちが話しているのは、佐海山の鳥居峠のことかい？」

その男は、一目で富山の薬売りと分かる格好をしていた。ただし、荷を背負って歩く商売の割には色白の細面で、さぞ女性客の受けが良いだろうと思われる、ちょっと役者めいた容姿をしている。

そんな好い男が、人懐っこい笑顔を美枝と富子に交互に向けつつ、大きな柳行李《やなぎごうり》と一緒に二人の側に寄りながら、

「いや、決して盗み聞きをするつもりじゃなかったんだ。ふっと耳に入ってね」

こんなとき相手をするのは、まず富子の方である。

「はい、私たち一昨日、植松村に泊まったんです。それで昨日の午前中、別々になんですけど、それぞれ峠を越えて、この村に入りました」

「俺もそうだ。毎月一度、あの村で商売をして、翌日はこの村の知り合いの家に一泊させて貰う。いつもは次の日の早朝、この神社にお参りをし、それから杉造村《すぎつくり》へと行くのが、まぁ俺の行商の道筋なんだが——。今朝は知り合いの家で、ちょっと時間を取られてな。発つのが遅くなっちまった」

男が口にした杉造村とは、霜松村の南に位置する集落のことらしい。

「私たちは、この村、はじめてです」

「そうみたいだな。行商に出てからも、まだ間がないんじゃないかい？」

男の言葉に、それまで愛想の良かった富子が、急に警戒を覚えたような顔付きにな

った。

「私たちの村では代々、女は毒消し売りに出ます。だから私たちも親方の下《もと》で、それぞれ修業を積みました。ですから全く不慣れで、右も左も分からないわけじゃありません」

若いうちは年季の入った経験者に弟子入りをし、一緒に旅をしながら様々なことを教わる伝統が、彼女たちにはあった。今では独立している二人も、最初はそうだった。

特に注意されたのは、「泊めて貰った家でお客さんになってはいけない」という戒《いまし》めである。そんなことをすると「客ならいらない」と嫌われ、もう二度と宿泊することができなくなるからだ。そのため何も言われなくても、とにかく手伝いをするようにと叩き込まれた。赤ん坊がいれば子守りをし、夕飯時であれば料理や配膳や後片付けを行ない、やることがなければ掃除をする。そういう態度を示していると次に行ったとき、「今夜はうちに泊まればいい」と向こうから声を掛けてくる。また今回の美枝のように、隣村の顧客を紹介して貰えるなど自然に可愛がられることになる。

ただし、親方から受け継ぐのは商売のやり方や行商人の心得といった事柄だけで、顧客に関しては飽くまでも自分で開拓しなければならない。それはほとんどの場合、親子の間でも同じだった。よって、はじめて自分たちだけで行商に出て、しかもはじめての土地で商売をする初々《ういうい》しさが二人にはあり、それを目敏《めざと》く男は感じ取ったのだろう。

「なるほど。でも姉さんたちは、こうして立派に独り立ちをしたわけだ」

「ええ。けど行商以外では、いつも二人で一緒ですから」

商売上の縄張りはあったが、それ以外では助け合うのが当たり前である。これは身の安全だけでなく、宿屋に入るときは相部屋にして経費を節約するなど、独りよりも複数で動いた方が何かと便利だったからだ。

「そりゃあ心強いな」

「もちろん——。さぁ、みっちゃん、そろそろ行こうか」

「おいおい、急にどうしたんだ？」

「別に、どうもしません」

彼女たちの場合はまだ若いこともあり、二人での行動には防犯上の効果が一番あったかもしれない。ちょうど今、富子が男を不審がっているように。

「お前たちを、何も捕って喰おうってんじゃないんだから、そう怖がらなくてもいいよ」

「ちっとも怖くなんかありません。これでもみっちゃん、大声を出させたら村でも一番なんよ。私はとても足が速いから、すぐにでも駐在さんのところへ走って——」

「よせよ。参ったなぁ……」

　見ようによっては女誑《おんなたら》しっぽく映る容姿と物腰を、男は持っていた。だから富子は遅蒔《おそま》きながら、余り関わらない方が良いと思ったのだろう。

　実際、毒消し売りを生業にする女たちの間には、旅先で化粧をしてはいけない、男と淫《みだ》らな行為をしてはいけない、色恋沙汰は一切御法度《ごはっと》という厳しい掟《おきて》がある。これに背《そむ》くと本人が罰金を科せられたり、二度と商売ができなくなるだけでなく、家族が村八分にされるなど、かなり重い制裁を覚悟しなければならなかった。

「お前たちをどうこうしようなんて、これっぽっちも考えてないよ」

　困った顔をしながら男は必死に否定すると、

「いや、俺が言いたかったのは、これまで何度もあの峠を通ってるけど、三叉岳《みつまただけ》に家なんか見たことは、ただの一度もないってこと――」

　三叉岳というのが、佐海山の鳥居峠から望める向かいの山のことらしい。

「それと――」

「だから山崩れがあって、それまでは樹木で隠れていた家が、ふと現れたんですよ。私たちの話を聞いてたなら、それくらい分かるでしょ」

「どうもお前は、せっかちでいけない」

　男は苦笑したが、富子が睨《にら》んでいるのに気付くと咳払いをしつつ、

「三叉岳の山崩れは昨日、俺も見てきた。だがな、そんな家なんか何処《どこ》にもなかったってことを、俺は言いたかったんだよ。おっと待ってくれ」

何か反論しそうになった富子を、男は片手を上げて牽制《けんせい》しながら、

「ちなみに俺は、天狗の腰掛だけじゃなく、もう一つの松にも必ずお参りをする。だってそうだろ。鳥居に例《たと》えられる二本の松の片方だけを拝むなんて、どう考えても良くないと思わねぇか。きっと御利益も半分になるぞ」

富子は男の後半の言葉には取り合わず、

「それじゃ、向かいの山の何処にも、そんな家はなかったって言うの?」

「山崩れが起きた所為《せい》で、二箇所ほど樹木が抜け落ちたところは確かにあった。けど、それだけだ」

「あのう……」

そこで美枝が恐る恐るといった口調で、

「小父さんが峠を越えたのは、何時頃でした?」

「ちょっと昨日は、向こうの村を発つのが遅れてな。峠に差し掛かったのが、一時過ぎくらいだったか。それでも二本の松には、いつも通り参ったよ。だから三叉岳の様子も、よく目に入ったわけだ」

「富ちゃんが通ってから、一時間後になるね」

つまり昨日の朝の七時頃には、三叉岳には何もなかった。それが十二時頃には一軒の奇妙な家が出現していた。しかし一時過ぎには再び消えてしまい何もなかった……ということになるのだ。

「でも私……、本当に見たんだから……」

「――らしいな」

男は富子の言葉を否定せず、何やら思案げな表情を浮かべている。それが美枝には堪《たま》らなく怖く感じられ、

「家が独りでに動いてる……」

という冒頭の呟《つぶや》きとなって表れ、気色《けしき》ばんだ富子と少し口論する羽目になったわけだが……。

「ひょっとすると、そいつは――」

しばらく二人の言い合いを黙って見ていた男が、ぽつりとこう漏らした。

「マヨヒガってやつかもしれんなぁ」

再び富子が、不審そうな眼差しを男に向けた。だが、そこには半分ほど問い掛けも含まれていたようで、それを察したらしい男が、

「マヨヒガっていうのは、東北の遠野《とおの》地方に伝わる家の話でな」

「昔話なの？」

やや気抜けしたような彼女の口調である。

「村の者が山中で道に迷っていると、やがて一軒の家を見付ける。それが黒い門を持った立派な屋敷で、とても山の中に建ってるとは思えない。門から中を覗《のぞ》くと、庭には紅白の花が咲いている。鶏が遊んでおり、牛小屋や厩《うまや》もある。なのに、なぜか人の気配が全くしない」

微かに富子が身を震わせたのが、美枝には分かった。

「恐る恐る家の中に入ってみると、朱と黒の膳椀《ぜんわん》が幾つも並んでいて、火鉢に掛かっている鉄瓶では湯が滾《たぎ》っている。ところが、やはり無人で森閑《しんかん》としている。もしや山男の家では……と急に怖くなった村人は慌《あわ》てて逃げ出し、そのうち麓《ふもと》の村まで辿《たど》り着くことができた」

富子が秘かにほっとしたのを感じながらも、美枝は話の続きが聞きたくなった。

「その家から逃げ出すときに、村人は椀を一つだけ持ち出していた。これで米を計ると不思議なことに、いつまで経っても米櫃《こめびつ》が空にならなかったという話でな」

「良い家なんじゃない」

すっかり元に戻った富子が軽口を叩く。

「そうだな。欲のない女が何も取らずに帰って来たら、山から村へと続いている川を、ぷかぷかと椀が一つ、女の家まで流れて来たという話もある」

「親切な家ねぇ」

「マヨヒガは、まぁ遠野地方だけの伝承かもしれんが、お前が見たのも似たような家だと思えば、いいんじゃないか」

ようやく富子に笑顔が戻った。

「私は遠くから目にしただけだけど、少しは御利益があるかもしれないわ。ねっ、みっちゃん」

美枝は頷きながらも、やれやれ……という苦笑が男の表情に浮かんでいるのを見逃さなかった。下手をすれば若い娘に不逞《ふてい》を働く輩《やから》と間違われ、富子に騒がれていたわけだから、さぞかし安堵《あんど》しているに違いない。

ところが――、

「それはマヨヒガではない」

少し離れた杉の巨木の根元で、やはり三人と同じように休んでいた一人の男が、急に立ち上がったと思う間もなく近付いて来て、こう言った。

「お前が見たのは、迷家《まよいが》だ」

三

四十代後半くらいに見える第二の男も、どうやら行商人らしかった。ただし第一の男に比べると、がっしりとした体格に強面《こわもて》という対照的な容姿をしている。その所為か青々とした髭剃り跡も、逆に髭の濃さを強調しているだけで、全然さっぱりとして見えない。むしろ、わざわざむさ苦しさを前面に押し出している感じがある。

この男が担《かつ》ぐと小さく見えそうだが、それまで彼が座っていた杉の根元には、商売用の大きな柳行李が置かれている。

「同じことじゃないんで？」

第二の男から〈迷家〉という漢字の説明を受けた第一の男が怪訝そうに訊くと、

「マヨヒガというのは、その家の目撃談や不思議な椀の話を聞いた者が、わざわざ山に入って熱心に探しても、絶対に見付けることはできん、そういう家のことだ」

新たな男は富子を凝《じ》っと見ながら、そんな補足を加えた。

「そういや、そんな話もありましたね」

呑気そうに第一の男が応じたが、富子の方は透《す》かさず、

「それじゃ、その迷家というのは何です？」

好奇心旺盛で人見知りしない彼女らしく、第二の男にも物怖《ものお》じせずに尋ねた。が、すぐに訊いたことを後悔しているのが、美枝には分かった。

村の若い女性の中でも人一倍度胸のあるのが、柿川富子だった。だから二人で慣れない旅をしていても、とても美枝は心強かった。ただ、気丈な富子にも弱点があった。それは、怖い話が何よりも苦手だということ……。

せっかく最初の男がマヨヒガの話をして、自分の見た奇妙な家に何ら害はないどころか、富貴を齎《もたら》す良い家かもしれないと安心したばかりなのに、それが壊されそうな予感を覚えたのだろう。かといって知らないままでも不安で仕方がない、という逡巡が彼女に見て取れる。

もちろん第二の男が、富子の事情を知る由もない。徐《おもむろ》に渋い声で喋りはじめた。

「三叉岳は、雲海が原と呼ばれる山岳地帯のほぼ中心に位置しておる。ちょうど信州と飛驒と越中という三国の境に当たるわけだ。こっちから眺めても分かる通り、それは険しくて厳しい地域だ」

はじめて目にした美枝にも、三叉岳は人跡未踏の地のように思えた。佐海山を越えるのも難儀だったが、鳥居峠から望んだ向かいの山容に比べると、こちら側は遥かに

牧歌的だった。

「それでも幾つか山小屋はあって、もちろん登山者もおる。ただ戦後からこっち、山賊が出没してるらしくてな」

「さ、山賊……？」

第一の男が素《す》っ頓狂《とんきょう》な声を出した。

「ああ。数日前にも行方不明者が出て、雲海が原の山賊にやられたんだろうと、専《もっぱ》らの噂だ」

「はぁ、そうなんですか」

第一の男が驚くのと同じように、美枝も本当に日本の話かとびっくりしたが、横から富子が、

「戦後すぐに、大学生が山小屋で殺された事件があったって、前に聞きましたけど」

男が怪談を語るわけではないと分かり安心したのか、殺人事件の話を持ち出した。

美枝は幽霊も怖いと思うが、やはり現実の人殺しの方が大いに危険で害があると感じている。だが、どうやら富子は逆らしい。

「昭和二十一年七月に起こった、烏帽子《えぼし》山麓の濁《にごり》小屋殺人事件だろ。四人で登ったんだが、二人組の男に食料を奪われ、うち二人が殺された事件だ」

「そんな話でした」

「だが、あれは山賊ではない。犯人は復員者だった。当時は途轍《とてつ》も無い食糧難でな。なかなか山に登るのも大変だった」

「本当に、食う物がなかったですよ」

しみじみと第一の男が相槌を打つ。

「しかし、四人の大学生たちは何処かで調達して、新宿で夜行列車を待っていた。そこに二人の復員者が通り掛かった。見ると山に行く若い奴らが、たっぷり食べ物を用意して楽しそうにしておる。そこでつい、ふらふらっと尾《つ》いて行ったわけだ。大学生たちは列車の中でも、山小屋に着いてからも、飲み食いをした。その光景をずっと眺めていた二人の復員者は、彼らが寝静まってから、一人ずつ丸太で撲殺しはじめた」

「犯人の気持ちも分かるような気がするけど……」

第一の男が感想を漏らしたが、美枝は事件当時の山小屋の様子を想像しただけで、もう怖くて仕方がない。

「それで、二人の復員者は捕まったんですか」

好奇心に満ちた口調で富子が尋ねる。

「頭を殴られたものの一命を取り留めた大学生の一人が、死んだ振りをして様子を窺い、隙を見て逃げた。翌朝、警察のジープが山小屋を目指しておると、葛《くず》温泉近くまで来たときに、ちょうど降りて来た犯人たちと出会《でくわ》した。向こうは警察だと気付いていない。そこで麓《ふもと》の町まで送りましょうとジープに乗せると、二人はぐうぐう眠りはじめた。で、彼らが目覚めると、そこは警察署だった——という落ちだな」

「へぇ、面白い。本当の話なんでしょう？　小説や映画みたいねぇ」

単純に富子は喜んでいる。しかし美枝は、犯人が逮捕されたと聞いて、ようやく安堵することができた。もし殺人の話だけで終わっていたら、今後は旅先で寝ようとするたびに、丸太で撲殺される恐怖を感じていたかもしれない。

「少なくとも戦前は、山に血腥《ちなまぐさ》い犯罪など無縁という風潮があった。それが戦後、まぁ特に終戦から数年ほどは、日本人は狂っておったからな」

色々と思い当たる体験があるらしい。しばらく男は遠い目をしていたが、

「そういった狂乱の世情が、本来は平和的な山にも押し寄せてきたわけだ」

気を取り直したように再び話しはじめた。

「ただな、山が平和的なのは、飽くまでも人間が起こす犯罪とは関わりのない場所だから、という意味でだ。山そのものが決して安全なわけではない。むしろ人知を超えたものがいる分、人間にとっては、どれほど犯罪が蔓延《はびこ》る町よりも数段は危険なところと言える」

話の雲行きが怪しくなってきたためか、富子が急に大人しくなる。

「儂《わし》はこれまで、様々な地方を巡って来た。林業に携わる村が多かった所為か、山の

怪異な話はよく耳にした」

男の商いが何なのか、美枝は少し興味を持った。だが、富子はそれどころではないようである。

「山に棲《す》む化物というだけでも、山姥《やまんば》、山地乳《やまちち》、山爺、雪爺、山童《やまわろ》、厭魅《まじもの》、山鬼《さんき》、山女郎《やまじょろう》、一本ダタラ、山魔《やまんま》、山男、山女、雪女、黒ん坊……などと数え切れないくらいだ。けどな、まぁこいつらは妖怪みたいなもんだ」

山の化物に全く詳しくない美枝でも、それらを一括《ひとくく》りにして「妖怪」の一言で片付けるのは、さすがに乱暴ではないかと思えた。だが、もちろん口は挟まない。

「それに比べると迷家はな、家の化物だ」

「…………」

「ただの家ではない。迷家――つまり『迷う家』と書くだけあって、この家は生きておる」

「う、動くんですか……」

黙ってしまった富子に代わり第一の男が問い掛けると、男はこっくり頷いた。

「どうしてです？　何のために？」

「喰うためだ。人を……」

当たり前だと言わんばかりに男は、

「山に入って道に迷い、おまけに日暮れが近付いたら、誰でも焦る。そこに一軒の家が現れたら、どうする？　助かったとばかりに入るだろ」

「でも、それが迷家……」

「ああ。ただな、一箇所にいたんでは、迷い込む人間を凝っと待たなきゃならん。だから迷家は、自分で動くんだ。次の餌を求めてな」

富子の顔は疾《と》っくに強張《こわば》っている。彼女を気にしつつも美枝は、思わず男に訊いていた。

「それじゃ、富ちゃんが見たのは……」

「迷家かもしれん」

「け、けど、見ただけなら……。それも遠くからだから、べ、別に問題はないでしょ？」

「さあな。ただ、人にとっては忌《い》むべきもんだ。それを目《ま》の当たりにするのは、やっぱり良くねぇとしか――」

「わ、私が見たのは、屋根だけです！」

叫ぶように富子が、二人の会話に割って入った。

「山の木が崩れた向こうに、屋根だけが……ぽつんと……。そ、それしか見なかったから……」

自分に迷家の禍《わざわ》いが降り掛かるはずがない……と彼女は言いたいらしい。

しかし、男は首を振りつつ、

「家とは言っても、まともな家とは違う。それが迷家だ」

「どういう意味ですか」

富子に代わって、美枝が質問する。

「旅人が家の中に入ると、屋根がなかったり、後ろ半分が消えていたり、床が地面だったりと、迷家は不完全なんだ」

「造り掛けのように？」

「ああ。時には玄関だけで、屋内には柱のみが立っていたという話もある。だから屋根だけなんてのは、それが迷家だった正に証拠だろ」

「ところで——」

肝心なことを忘れているとばかりに第一の男が、

「あなたは、鳥居峠を越えて来なさったので？」

重々しく第二の男が頷く。

「そのとき、この娘さんが見たという家は……？」

「おったよ」

四

第二の男が鳥居峠を越えたのは、時間は不確かながら今日の昼頃だったらしい。その際、天狗の腰掛から三叉岳を望んだところ、黒っぽい半ば朽ちたような家の屋根が、間違いなく山頂に見えたという。

昨日の朝の七時頃、三叉岳に家はなかった。

同日の十二時頃、一軒の奇妙な家が出現した。

同日の一時過ぎ、再び家はなかった。

今日の昼頃、またしても家が姿を現した。

「まるで昨日と今日、昼飯を食べるために、山奥から迷家が出て来ているみたいだな」

第一の男の言葉に、富子が震え上がった。

「へ、変なこと言わないで下さい」

彼女に代わって美枝が抗議すると、男は慌てたように、

「いや、すまない……。けど、こっちの方にまで来ることはないんでしょ？」

富子に謝ってから、そう第二の男に確認した。

「迷家の言い伝えが、雲海が原の周辺に集中しておるのは間違いない」

「だったら安心――」

「ただな、相手は山の化物だ。町中ならいざ知らず、そこが山中ともなると、どんな山でも絶対にやって来ない保証などないだろ」

「佐海山でも？」

「ああ、そうだ」

二人の男の会話に、すっかり富子は参っているようである。すぐ側に置いた荷物を今にも背負って、この場から逃げ出しそうな様子だった。とはいえ迷家に対する防護策を何も知らぬ状態で、このまま行商を続けて良いものか、と不安がってもいるのが美枝には分かる。できれば第二の男から、その辺りの話を聞きたいのだろう。

それなのに――、

「儂が山で聞いた話に、こんなのがあった」

更に追い打ちを掛けるように、第二の男が迷家に纏《まつ》わる気味の悪い話を語りはじめてしまった。

「戦後すぐのことだ――」

ある山好きな男が三叉岳の三叉小屋を目指して、信州方面から雲海が原に入り込んだ。今回の戦争さえなければ、もっと早い時期に挑んでいた山である。それなりの計画も立て、以前から準備を進めていた山行きだった。だが、もちろん戦時中は山登りどころではない。

終戦を迎えた男がまず考えたのが、三叉岳のことである。装備は全て揃っていた。手入れもしてある。問題は入手が困難な食料品だったが、苦労して掻《か》き集め何とか準備を整えた。後は天気の良い日を慎重に選ぶだけだ。

その甲斐あって、ようやく男は憧れの山岳地帯に入ることができた。

早朝から昼頃までは足取りも軽やかに、予定通りに進んでいた。登った距離と歩いた時間も、ほぼ計画したままである。この分なら出発前に予測した午後三時には、三叉小屋に着けるだろう。昼を食べたところで男は、そんな風に午後からの状況を読んでいた。

ところが、急にガスが出てきた。山の天気は変わり易いとはいえ、些《いささ》か奇異な感じを覚える。しかし、たちまち視界が悪くなりはじめたので、男は道を見失わないように注意しながら先を急いだ。

信州、飛驒、越中、どの方面から登っても三叉岳までは一本道だが、その一本がどれか分からない。

そう言われるほど雲海が原の地形は複雑で難所も多く、山道を辿ることも難儀だった。もちろん山に慣れていて地図が読める者であれば、ほとんど問題はない。ただし油断していると道を誤り、そのまま遭難する恐れは充分にある。濃いガスが発生した状況では尚更である。

黙々と歩を進めていると、後ろで妙な気配がした。立ち止まって振り返るが、何も見えない。再び歩き出す。するとまた妙な気配を感じる。立ち止まって振り返る。何もない。凝っと耳を澄ます。何も聞こえない。

何度そんなことを繰り返したか。もう習慣のように立ち止まり振り返ったところで、真っ白な靄《もや》の中に提灯の明かりのような光が、ぼうっと浮かんでいるのが目に入った。

こんな山の中で、ガスが掛かっているとはいえ日中に、誰が提灯など点すだろう？と思った途端、急に怖くなった。

慌てて前を向いた男が、それでも足元に気を付けながら慎重に歩き出したときだった。

した、した、した……

後ろの方から何かが、こちらに向かって近付いて来た。

それは荒れた山道を歩いているにしては、変にべったりとした湿ったような足音に聞こえた。

男はぞっとした。なぜなら三叉岳への登頂が困難なのは、この辺りの地形の峻険《しゅんけん》さだけではないことを、ふと思い出したからだ。

山海には昔から怪異が付き物である。雲海が原も例外ではない。いや、むしろ多かった。その中でも特に忌まれていたのは〈後追《あとお》い小僧〉と呼ばれる化物である。

これは山に入った人間の後を、とにかく追い掛けて来る。目的があるわけではないらしい。こちらが気付くと、もう追われているのだ。決して追い付かれてはならないという。もし自分の真後ろまで迫って来られて、もう駄目だというときには、振り返って真正面からそれと対峙しなければならない。そうしないと助からないと言われていた。

厭な話を思い出した、と男は焦った。完全に信じているわけではないが、山に伝わる怪異を莫迦《ばか》にするつもりもない。長年に亘って山登りを続けていると、奇妙な話や無気味な体験談は幾つも耳にするうえ、自分でも不思議な目に一度くらいは遭っているものだ。

だから少し足を速めた。ただ、恐怖に我を忘れると怪我をする羽目になる。最悪の場合は道を誤り遭難してしまう。闇雲に駆け出すことはせず、飽くまでも心を落ち着けながら早足で進んだ。最初のうちは――。

した、した、した……

相変わらず気味の悪い気配が、後ろからする。でも、もう振り返ることはせず、ひたすら前へと進み続けた。上へと登り続けた。と突然、

したした、したした、したした……

後ろの足音が速まった。えっ……と男が戸惑う間もなく、ぐんぐん追い上げて来る。近付いて来る。迫って来る。

それが真後ろまで来ている。

もう山道に対する危険よりも、後ろのそれに覚える恐怖の方が遥かに勝《まさ》っていた。男は無我夢中で駆け出した。何度も足を滑らせ転びそうになりながらも、どうにか走り続けることができた。これまでの登山経験に助けられたのかもしれない。

やがて……真っ白な靄の中にふっと、いきなり一本の柱が現れた。驚いた男は額《ひたい》をぶつけそうになる寸前で、正に間一髪のところで何とか柱を躱《かわ》した。

立ち止まって確かめると、それは樹木などではなく、間違いなく柱だった。黒光りのする古い柱が、山道の真ん中に立っていたのだ。

全く訳が分からなかった。だが、とにかく関わらない方が良いと判断し、柱を大きく避けつつ先を急いだ。

すると今度は靄の中から、真っ黒な板壁が出現した。山道を遮《さえぎ》るように屹立《きつりつ》してい

る。すぐに男は、これを新たな怪異と見做《みな》した。だから柱と同じく、なるべく板壁にも触れないように注意して通り過ぎた。

奇妙な家の部位は、次々と姿を現しはじめた。足場の悪い山道が板間になり、何もない尾根の中空に梁《はり》が浮かび、垂直に切り立つ岩壁が棚と化し、二つ並んだ石の塚の横に竈《かまど》が蹲《うずくま》り……といった無茶苦茶な具合である。

そのうちガスが晴れ出すと、変な家の一部を目にすることもなくなり、男はほっとした。が、それも束《つか》の間《ま》、日暮れが間近に迫っていることに気付き、愕然とした。

おかしい……。本当なら疾っくに三叉小屋に着いているはずなのに、それが影も形も見えないなんて妙だ……。

このままでは野宿になる。それなら一刻も早く適した場所を探さなければならない。完全に陽が落ちてしまう前に、今夜の塒《ねぐら》を確保する必要がある。

そういう眼差しで男が、再び周囲を確認したときだった。

すぐ近くに家があった……。

ほんの先程まで全く目に付かなかったのに、いつの間にか一軒の家が存在していた。

大きさは山小屋くらいだったが、造りが民家のように華奢《きやしや》に見える。玄関の戸は妙に小奇麗なのに、その横の小窓は汚れていて内部を覗くことができない。正面の壁は板なのに、側面は煉瓦《れんが》を使っている。ちぐはぐ……というのが、その家に対する印象だった。

とはいえ、男に選択肢はなかった。家を見付けた途端、日が暮れてしまったからだ。それは夕刻という時を経ることなく、一気に夜の帳《とばり》が山中に降りた感じだった。ほとほと……と玄関の戸を叩きながら案内を乞う。何の応答もない。恐る恐る戸に手を掛け、そっと開けたところで、男は仰天した。

家には後ろ半分がなかった……。

よく雲海が原で発生するという地震で崩れたのかと思ったが、どう見ても造り掛けのように映る。しかし普通は、こんな奇妙な家の建て方はしないはずだ。まず前半分だけを完成させるなど、今まで聞いたことも見たこともない。

とても薄気味悪かったが、家の中は一応屋内になる。夜の山中で野宿をするよりは増しだろう。幸い前半分の板間には囲炉裏《いろり》もある。

男は火を熾《おこ》すと夕飯を摂り、家の隅っこで早々と寝ることにした。夜が明ければ、太陽が昇れば、きっと三叉小屋に着けるだろうと思いながら……。

どれくらい眠ったろうか。ふと目が覚めた。何かの気配を感じる。そっと目を開けてみると、家の中が騒がしい。いや、実際に物音がしたり話し声が聞こえるわけではない。ただ何か忙《せわ》しい雰囲気が漂っている。

その夜は、月も星も出ていない闇夜だった。それでも暗がりに目が慣れてくると、ぼんやり家の中の様子が分かってきた。そう、家の内部が……。屋内が広がっていた。前半分しかなかったのに、今や後ろの半分が出来掛かっている。先程から感じていた騒々しさは、これだったのだ。

それにしても、こんな山の中で、こんな真夜中に、一体どんな方法で、そしてなぜ、誰が造っているというのか……。

家の後ろ半分に目を凝らすと、ぼうっとした提灯の明かりのようなものが、ゆらゆらと揺れながら動いている。その光の軌道を追うように、少しずつ残り半分の家が出来上がっていくのが分かった。

咄嗟《とっさ》に男は、真っ白い靄の中で目撃した奇妙な家の部位と、自分を追い掛けて来た後追い小僧のことを思い出した。どうしてかは全く見当も付かないが、山道に散らばった家の材料を集めたあれが、今、この家を完成させようとしているのかもしれない。そう考えた途端、堪らなく怖くなった。家が出来上がったときに何が起こるのか、自分はどうなるのか、それを思うと身体が震えた。

そうっと起き上がった男は物音を立てないように、だが手早く身支度を整えると、寝ていた隅っこから玄関までゆっくり這い出した。恐らく今なら、あれは家造りに夢中だろう。こちらに注意を払っていないに違いない。

どうにか玄関に辿り着き、静かに戸を開け、一目散に逃げ出そうとしたところで、男は固まった。月明かりと星明かりが、一気に射し込んできたからだ。

闇夜ではなかったのか。でも、何もない家の後ろ半分から見上げた夜空には、確かに月も星も出てはいなかった。あれは本当の空ではなく、自分はこの家の見えない真っ暗な天井を目にしていただけだったのか……。

呆然と男が立ち尽くしていると、後ろの方で気配がした。

した、した、した……

こちらに気付いたあれが、真っ直ぐ近付いて来たのだ。

慌てた男は家から飛び出すと、無我夢中で山道を駆け登りはじめた。

したしたした、したしたした、したしたした……

後ろからあれが追い上げて来る。昼間とは比べものにならないくらい、あれの動きが速い。

このままでは追い付かれる。その前に振り返って真正面からあれと向き合わなければ、自分は助からない。そう思うのだが、どうしても立ち止まることができない。仮にできても、きっと後ろを向く度胸はないだろう。第一それで絶対に助かるという保証はないのだ。いや、命は無事に済んだとしても、あれを目にしたために気が狂《ふ》れてしまっては、何にもならないではないか。もしかすると助かるという意味は、そういうことではないのか。

男が絶望的な気分になったとき、したした……という気配は、すぐ真後ろまで迫って来ていた。今にも背後から抱き着かれ、ずるずると山道をあの家まで引き摺って連れて行かれるのではないかと、もう気が気ではない。

息が上がり、足が縺《もつ》れ、頭が痛む。目の前の登りを駆け上がるのが精一杯だった。最早、体力も気力も限界だった。登り切った後のことは何も考えられない。そこで自分は終わるのだと覚悟を決めた。

急な登りを一気に駆け上がる。そうして視界が開けた先に、一軒の山小屋があった。

三叉小屋だ！

心の中で叫ぶと同時に、全ての力を出し切って男は走りに走った。

小屋の入口に着くと、透かさず戸を開けて中に入り、すぐに閉めると閂《かんぬき》を下ろし、崩れるように床に座り込む。この動作を男は一瞬で行なっていた。

やがて――、
した、した、した……という気配が、小屋の周囲を回りはじめた。まるで壁の何処かに穴でも見付けて、そこから内部に入り込もうとしているかのように……。

「その恐ろしい気配は夜が明けるまで、一晩中ずっと続いたそうだ」

第二の男が語り終わった途端、後の三人から、はぁ……という溜息が漏れた。いつしか三人とも息を詰めるようにして、男の話に引き込まれていたのである。

「その登山者は、夜明けを迎えたことで、どうにか助かったわけで？」

「怪談話として残っておるんだから、きっとそうなんだろう」

第一の男の問い掛けに、第二の男が素っ気無く答える。すると富子が、

「た、ただの怖いお話で……、つまり、お山の怪談ということで……、ほ、本当にあった話じゃないんですよね？」

「さぁな。しかし、昔話ではない。戦後すぐの話というんだから、儂には本当らしく思える。いずれにしろ迷家のことは、もう忘れるに限る。関わると碌《ろく》なことがない」

「お前たち、この村での仕事は、もう終わったんだろ」

第一の男が親切心からか、次の地域への移動を勧めた。しかし富子は、心配そうに美枝の顔を見詰めている。

「どうした？　さっさと次の村へ行けばいいじゃないか。それとも、まだ行商が済んでないのかい？」

「それが――」

実は隣村で紹介して貰った家が、まだ数軒だけ残っているのだと、美枝が遠慮がちに打ち明けた。少し躊躇《ためら》ったのは、まず富子を思ってだった。自分の臆病の所為でこ

の村をさっさと去り、仲間の行商を邪魔したとなれば、間違いなく彼女は居《い》た堪《たま》れない気持ちになるだろう。

「なるほど。そりゃ確かに勿体無《もったい》いな」

「みっちゃん、それは全て回らないと——」

予想通りの反応を富子が示したので、美枝は慌てて躊躇した二番目の理由を口にした。

「ただ、紹介して貰ったと言って訪ねても、余り良い顔をしない家もあって……。それで後回しにしたんですけど……。どうしたもんかと……」

「そういうことか。こりゃ欲を掻くと、むしろ損をするかもしれんぞ」

「どういうことです？」

思案げな表情をする第一の男に、美枝は思わず突っ込んでいた。

「俺が毎月一度、植松村で商売をして、それから杉造村へ行くという話はしただろ。その途中、この村で一泊し、この神社でお参りするということも」

「はい。そう聞きました」

「だったら、この村に泊まるのに、なぜ商売を全くしないのか……と、お前は思わないかい？」

言われてみればそうである。植松村から杉造村へ行くのに、男は必ず霜松村を通っている。ならば、この村でも商売をすればよいではないか。

「実はな、植松村と霜松村は昔から仲が良くないんだ。共に林業で食べてることもあって、山林境界地の問題でも以前から争いが絶えなくてな」

男の話に美枝は驚いた。泊めて貰った家の嫁の愚痴に付き合い、うんざりしながらも我慢したのが、結果的に顧客の紹介に繋《つな》がり喜んでいたのに、むしろ商売の邪魔になったのだから当然である。

「その嫁さんの実家くらいは大丈夫だろうが、親戚や知り合いと広がっていくと、下手をすると反感を買うだけかもしれん。もちろん紹介は有り難いが、俺たちのような商いの、これが難しいところだな」

すっかり元気をなくした美枝を見て、男も気の毒に思ったのだろう。

「まっ、これも勉強と思って、これから気を付ければいいさ。その嫁さんも、別に悪気があったわけじゃないだろ。お前に善かれと思ってしたことなんだから」

「そうだよ、みっちゃん。この辺りは験《げん》が悪いから、もう次に行こう」

富子にしてみれば、美枝の行商を妨げさえしなければ、もう今すぐにでも佐海山の側から離れたいに違いない。

「どれ、儂もそろそろ行くか」

第二の男が立ち上がると、

「こりゃ、すっかり長居をしちまったよ」

第一の男も側に置いた荷物を担ぎはじめた。

「さぁ、私たちも仕度をして――」

そう言って富子が、美枝を促したときだった。

「いやぁ、こういう偶然があるから、怪異譚蒐集の旅はやめられないんですよ」

杉の巨木の裏から声が聞こえたと思ったら、奇妙な風体の第三の男が姿を現した。

五

刀城言耶《とうじょうげんや》と名乗った第三の男は、まだ地方では珍しいジーンズパンツを穿《は》いていた。美枝たちは衣類も扱うため知っていたが、もちろん行商したことはない。彼女たちの客には、まず絶対に売れない代物《しろもの》である。

言耶は各地に伝わる怪談綺譚の類を蒐集するために、全国を旅しているという。そんなことをして食べていけるのかと美枝は不思議だったが、第一の男が色々と尋ねた結果、小説を書く作家だと分かり驚いた。文筆業の人を目にするのは、生まれてはじめてだったからだ。

ちなみに言耶の自己紹介を受け、すぐに明るく返事をしたのは、その第一の男だった。

「反魂丹《はんごんたん》売りの萌木《もえぎ》と申します。越中富山の反魂丹、鼻糞丸めて万金丹、それを飲むやつぁアンポンタン……という囃《はや》し唄がございますが――」

という具合に喋り続け、それとなく言耶が第二の男に水を向けなければ、いつまでも止《や》まなかったかもしれない。

しかし、肝心の第二の男は無愛想だった。「九頭《くず》だ」と少し躊躇ってから応えただけで、胡散臭《うさんくさ》そうに刀城言耶の頭の天辺から足の爪先まで、じろじろと無遠慮に眺めている。

美枝と富子は二人の後で、それぞれの名前と毒消し売りであることを説明した。

全員が名乗ったところで萌木が早速、

「それで、こういう偶然というのは何のことで？」

「僕は昨夜、杉造村に泊まったのですが――」

「へぇ。俺は今日、そこに行くんですよ」

「入れ違いですね」

言耶は笑いながらも、とんでもないことを口にした。

「実は今朝、迷家に泊まって命拾いをしたという人の話を、正に聞いてきたばかりでして――」

「ええっ！　あなたも迷家の話をご存じなんで？」

萌木が驚きながら目を剝《む》きつつ、九頭と言耶を交互に見ている。

「はい。それも昨夜、その体験をしたばかりの方から、お聞きすることができました」

「法螺《ほら》話じゃないのか」

新たな話し手が現れたのが面白くないのか、ぶすっとした口調で九頭が難癖《なんくせ》を付けた。

「いえ。少なくとも体験者は、そんな嘘を吐《つ》く必要のない人です。お話の内容も、信《しん》憑性《ぴょうせい》があると感じられました」

「それ……怖い話ですよね？」

透かさず富子が確認する。しかし、物凄く厭がっている感じがない。どうやら彼女は一目で、刀城言耶という人物を気に入ったらしい。

「仰る通りです。ただ、このままでは迷家の悪夢から、あなた方もなかなか逃れられず、今後の商いにも支障を来すかもしれません」

黙ったまま富子が頷く。

「そういう場合は、むしろ徹底的に相手を理解するに限るわけです」

「相手……ですか」

富子だけでなく美枝も、いや萌木も、ぽかんと言耶を見詰めている。

だが、刀城言耶は皆の反応などお構い無しに、

「僕が泊めて頂いた杉造村のお宅に――ここは元の庄屋さんに当たる家なのですが――その人が担ぎ込まれたのは、今朝の未明でした」

いきなり迷家の話をはじめた。

下田《しもだ》勘一《かんいち》は終戦を迎えるまで、さる軍需工場で技術者の職に就いていた。それが戦後、急に仕事がなくなる。新しい勤め口は色々とあったが、しばらく俗世間から離れたくなり、若い頃は好きだった山での暮らしを夢見ていた。

そんなとき、三叉岳の三叉小屋を買わないか、という話が舞い込む。持ち主は戦死したらしく、遺族が売りたがっているという。聞けば、まだ子供たちも幼く、未亡人は持っていても仕方ない小屋を手放したいらしい。相手の事情に深く同情した彼は、言い値で小屋を買うことにした。

若い頃はあちこちの山に登っていたが、彼にとって雲海が原は未踏の地だった。まずは視察に出掛けようと考え、昔の山仲間に声を掛け準備を整えることにした。しかし生憎《あいにく》、直前になって同行者の親戚に不幸が起こる。慌てて他の山仲間に当たってみ

たが、何分にも急な話で誰も都合が付かない。一抹の不安を覚えながらも、結局独りで三叉岳を目指す羽目になった。

彼が単独での山行きを躊躇したのは、雲海が原の峻険な地形だけでなく、その移り変わり易い天候を心配したためだった。晴れていれば空気は澄み、色鮮やかに高山植物は咲き誇り、氈鹿《かもしか》や雷鳥《らいちょう》などの野生動物が見られ、雲海川源流の清流では岩魚《いわな》が釣れる別天地になる。だが、少しでも天候が崩れれば、仮令《たとえ》真夏でも冷風で忽《たちま》ち体温を奪われ、強風で吹き飛ばされる恐怖に耐え、雷雨を恐れることになる。川筋では増水による鉄砲水を警戒しなければならない。いや仮に天気が良くても、この辺りに多発する地震の脅威には絶えず晒《さら》されるのだ。

天国と地獄を合わせ持つ地——と呼ばれるのが、ここ雲海が原だった。

彼が入ったのも、信州方面からである。東京から近かっただけでなく、三つの行程の中では最も難所が少なく、何より峡谷沿いを進む距離が一番短かったからだ。

今回の山行きで彼が警戒したのが、何と言っても鉄砲水だった。川から充分に離れており、この高さなら大丈夫と判断してテントを張っていても、簡単に流されるという。瀑布のような勢いで流れる鉄砲水に呑まれると、全てが持って行かれ、テントや遺体は疎《おろ》か全く何も残らないらしい。

事前に計画を立てる中で、そんな恐ろしい話を耳にしていた彼が、天気に関わりなくなるべく川筋を歩きたくないと思ったのも無理はない。

幸い当日は晴れだった。前日、麓の村で一泊していた彼は、まだ夜も明け切らぬ早朝から入山した。

昼頃までは晴天が続き、登攀《とうはん》も順調だった。なのに獅子岩の尾根で昼食を摂り、再び歩き出した直後、急に山が大きく揺れた。咄嗟に尾根の岩肌に伏せ、ひたすら治まるのを待つ。と、山の下方から、もわもわっと真っ白なガスが、ゆっくり湧き上がってくるのが見えた。その光景は、まるで山が身震いをしたために、山肌を覆っていた靄が一斉に舞い上がったかのように映った。

あれに包まれると大変だ、と彼は思った。気付くと足を速めていた。もちろん視界が遮られ、登山が困難になるからだ。

しかし、それだけではなかった。山肌を這うように上がって来る白い不定形の塊《かたまり》に、なぜか途轍《とてつ》も無い嫌悪感を覚えた。山を登っている最中にガスに巻かれたことは、これまでにも何度もある。いつも忌々《いまいま》しく思うのは事実だが、ここまで厭《いや》だと感じたことは一度もない。本当にぞっとするのだ。あれの中に自分が浸ると想像しただけで……。

そのとき彼の脳裏に、今回の計画を立てた際に聞き及んだ雲海が原に纏《まつ》わる怪異の幾つかが、ふっと浮かんだ。

ひたすら登山者を付け回す後追い小僧、後ろから前から「おーい」と呼び掛け山中で道を迷わせる呼び女、岩壁を登攀していると腰に抱き着き落とそうとする板婆《いたばば》、山小屋の振りをして泊まった者を喰らう迷家……など、自然の障害とは別の恐ろしい脅威の存在を、まざまざと思い出してしまった。

「莫迦《ばか》々《ばか》しい……」

わざと彼は声に出し、それらを否定した。そんな話は、ただの山に伝わる怪談に過ぎない。ここまで岩壁も登っているが、板婆などという化物は出てこなかったではないか。呼び女の声も聞こえない。ガスを怖いと思うのは当たり前の心理である。そう彼は自分に言い聞かせた。

とはいえ先は急いだ。真っ白い靄は着実に、こちらへ近付いて来ている。あれに巻かれてしまったら視界が悪くなり、実際に困るのは間違いない。

ところが、彼の速度に合わせる如く、まるで彼の後を追っているかのように、どんどん白いガスが迫って来る。後ろを振り返るたびに、確実に距離が縮まっている。いつしか真っ白い靄そのものが、何やら生き物めいて見えはじめる。

「ど、どうかしてるぞ」

再び声に出して己を叱咤するが、その弱々しい声音は、もやもやっとした冷たい粒子に流され、すぐに消えてしまう。

はっと気付いたときには、もう薄気味の悪いガスに追い付かれていた。

そのときだった。

ぴちゃ、ぴちゃ、ぴちゃ……

後ろの靄の中で、とても変な音がした。

濡れた岩場を裸足で歩いているようにも、裸の腹を両手で叩いているようにも、唾《だ》液《えき》が満ちた口の中で舌鼓を打っているようにも聞こえる、何とも言えぬ嫌らしい響きである。

ぞっと背筋が震えると共に、二の腕に鳥肌が立った。恐る恐る振り返ると、全く訳の分からない無気味なものが、後方の白いガスの中にいた。ゆらゆらと蠢《うごめ》いていた。

いや、そんな風に見えただけで本当は何もいないのだ、と彼はすぐに自分を戒めた。が、次の瞬間、それが真っ直ぐこちらに近付いて来る気配を感じた。

咄嗟に彼は駆け出した。後ろの存在から逃げるために。それが潜む白い靄から抜け出すために。

だが、走っても走っても、ふうっとガスが追い付いて来る。逃げても逃げても、ぴちゃ、ぴちゃ、ぴちゃ……と気味の悪いそれが尾いて来る。

身の毛のよだつ追っ掛けっこが、真っ白な靄の中でどれほど続いただろうか……。

もう走って逃げるのも限界だと感じたところで、目の前に急な登りが現れた。思わず挫《くじ》けそうになる。その場に座り込み、運を天に任せそうになった。

せめてあの上まで逃げようと決め、最後の力を振り絞って駆け上がると――、
そこには迷家が、彼を待ち構えていた。

屋根だけの家だった。地面から屋根だけが生えている。四方の壁は全くない。切妻屋根で破風《はふ》に当たる箇所に、獣の毛皮の如きものが下がっている。その幕のようなものが、どうやら入口らしい。

このとき彼は、とにかく疲れていた。腰を下ろし、できれば横になって休みたかった。だから目の前に現れたのが、もう迷家でも構わないと思った。確かに屋根だけしかないが、少なくとも家には見える。余りにも不自然な存在であり、もちろん受け入れ難いが、ただの屋根ではないか。それに比べると、後ろから追い掛けて来る靄の中に潜む何かは、全く正体の分からない怖さがある。

迷ったのは一瞬だった。背中にぞくっとする冷たい空気を察した途端、彼は迷家へと驀地《まっしぐら》に走り出した。

毛皮の幕《まく》を捲って屋内へと逃げ込むと、てっきり剝き出しの地面と思っていたのだが、意外にも床があった。尤も長方形の板を乱雑に敷き詰めた感じで、決して整ってはいない。いや、むしろ無秩序に積み上げたと言った方がよい。全体が波打ち蠢いているような、それまで目にしたことがない奇妙な床である。今にも脈打って動き出す

のではないか。そう思えたほどだ。

だが、床の上に倒れ込んだ彼が気にしたのは、まず外の様子だった。自分は助かったのか。それとも白いガスは、この奇妙な家の中にまで侵入して来るのか。

毛皮の下から真っ白い靄が、ふうっと流れて来る様子が見えた。慌てて家の奥へと進むが、すぐ行き止まりになった。後方の破風に当たる箇所には毛皮ではなく、数枚の板切れが壁のように地面から立ち上がっている。

袋の鼠──。

靄の中で蠢く気味の悪いものは、この迷家と最初からグルだったのだ。白いガスが犠牲者を追い立て、迷家が捕まえる。そうして共に、ゆっくりと餌を喰らう……。

自らの想像に慄《おのの》いた彼は、無我夢中で奥の板切れを取り除きはじめた。だが、どれほど排除しても次から次へと板切れが出てくる。ここから逃げるのは絶望的だと諦め掛けたとき、ふと屋内の様子に気付いた。靄が家の中に満ちていないのだ。慌てて振り返ると、なぜか毛皮の隙間《すきま》から入って来る気配も全く感じられない。

しばし躊躇った後、彼は入口まで戻って外を覗いてみた。すると信じられないことに、徐々にガスが後退しているではないか。それと同時に、あの悍《おぞ》ましい気配も次第に遠離《とおざか》って行くのが分かり、思わず安堵の溜息が漏れた。

ところが、知らぬ間に山中には夜の闇が降りていた。既に、とっぷりと日が暮れている。今から三叉小屋を目指すのは、どう考えても無謀だろう。今夜は嫌でも、ここ、ここに泊まるしかなさそうである。

覚悟を決めた彼が、捲っていた獣の毛皮を下ろすと、からからっという乾いた音が響いた。何だろうと再び捲って表に目をやると、飛び込んだときには見逃していたらしい、屋根から吊り下がった幾つもの骨が見えた。

動物の骨か……。

そう常識的に判断するのだが、ここが浅茅原《あさじがはら》の一つ家のように思えてくる。そもそも屋根だけの家など、それこそ常識では有り得ないのだから……。

とはいえ今の彼には、どうすることもできない。とにかく夜明けまで待つしかない。

懐中電灯を取り出し、改めて家の中を見回す。立つことはできないので、座ったままで方々を照らしてみる。

すると、波打つ板間の上に敷かれた筵《むしろ》が目に付いた。そこには風呂敷包みをはじめ、蒲団、竹行李、米袋、樽といったものが認められ、辛うじて人間の生活臭が感じ取れたのだが……。その眺めは皮肉にも、彼を不安にさせた。

こんな奇妙な家を、わざわざ誰が造ろうとするだろう……。

こんな奇妙な家に、わざわざ誰が住もうとするだろう……。

いずれにしても、到底まともな人間の考えることではない。それだけは間違いない。

リュックサックから食料と水筒を取り出すと、味気ない食事を済ませる。全く食欲はなかったが、明日のために食べておかなければならない。それから平らな板間の部分を探し、蒲団を敷くと倒れ込むように横になる。

毛布を肩まで掛けると、むっと獣臭く息が詰まりそうになった。その他にも色々と酷い臭いが混じり合い、鼻がもげそうだった。しかし山中の夜は冷える。こんな毛布でも有り難いと思うべきなのだ。

そのうち動揺も徐々に治まり、登山の疲れもあって、うとうとしはじめたところで、すぐに目が覚めた。

ざっ、ざく、ざっ、ざく、ざっ、ざく……

何かが家の周りを歩いていた。

もしかすると数十分も前から、得体の知れぬそれは、屋根の周囲をずっと回っていたのかもしれない。彼が休んで静かになった途端、ようやく耳に入ったようにも思える。

先程のあれが再び現れたのか、と震えた。なぜかは分からないが家の中に入れないため、ああやって周囲を回っているのかもしれない。ただ、凝っと耳を澄ませているうちに、どうも気配が違うことに気付いた。あれが如何《いか》にも湿っていた感じだとすると、こちらは乾いた足音に聞こえるのだ。

足音……？

そう、何者かが屋根の周りを、ぐるぐると歩いていた。

彼は毛布を頭から被ると、早く何処かへ立ち去れと一心に念じ続けた。それでも無気味な足音は、ざっ、ざく、ざっ、ざく……と歩き回るのを止めない。いつしか足音が家の中へ、毛布の中へ、頭の中へ侵入して来るように思え、自分が今にも発狂しそうな恐怖を覚える。

大丈夫だ。ここに入って来られないからこそ、ああやって周囲を回っているのだから……。

彼が自分自身に言い聞かせたときだった。ぴたっと足音が止まった。それも入口の辺りで……。

確かめるのは怖かったが、何が起きているのか分からない方が、もっと厭だった。そっと毛布の隙間から覗くと、捲られた毛皮の向こうに、真っ黒な影が見えた。ほとんど入口を塞《ふさ》ぐほどの大きな黒々とした影が微動だにせず、こちらを見詰めているように映る。

最初は熊かと見紛《みまが》った。これまでに覚えた恐怖とは別種の、もっと生々しい戦慄が背筋を走る。だが、すぐに野生動物よりも、もっと恐ろしいものだと確信した。熊の脅威が問題にならないくらい、ずっと悍《おぞ》ましい何かだと……。

と、入口が闇に閉ざされた。大きな影の背後から射し込んでいた星明かりが、急に途切れた。

捲られていた毛皮が下ろされ、禍々《まがまが》しい黒い影が家の中へと入って来たのだ。

やがて、ぎぃぃ、ざぁぁ……という板間を踏み締める音が、ゆっくり近付いて来た。真っ直ぐ彼の方へと……。

もう生きた心地がしない。目を瞑《つむ》って狸寝入りを決め込もうとしたが、とても怖くて逆に目を閉じることができない。かといって開いたままで、何を目にするのかと考えると、それだけで気が狂いそうになる。

どちらも選べず中途半端に薄目を開けていると、ぬっと目の前に真っ黒な顔が突き出された。と同時に獣臭い息が、むっと彼の顔に吹き掛かり、思わず咳き込んでしまった。

「何だ、お前は……」

野太い声は、明らかに人間のものに聞こえた。が、ほっとするどころではない。こんな山の中で一体……という先程の疑問が忽《たちま》ち蘇《よみがえ》り、堪らなく怖くなった。これなら、まだ化物の方が増しかもしれないと感じた。

「おい……」

急に身体を揺すられた彼は、反射的に飛び起きた。そして何を言われたわけでもないのに、これまでの経緯《いきさつ》を全て正直に話していた。

彼が喋り終えても、影は無言だった。その頃になると暗がりに慣れた目が、ぼんやりとだが影の容姿を認めはじめた。

まるで昔話に出てくる山男だった。頭は短く刈り込んでいたが、もじゃもじゃの髭を顔一面に生やし、獣の皮の服を着ている。猟師か樵《きこり》かと考えたが、それらしい装備が家の中にはなかったはずだ。第一この家が変ではないか。山で生活の糧《かて》を得ている者が、こんな奇っ怪な家を建てるはずも、そこに住むはずも絶対にない。

いつの間にか男は、彼に背中を向けている。ごそごそと身動きしていたが、何をやっているのか一向に分からない。

「今夜は、ここに泊まっても……」

良いだろうかと遠慮がちに尋ねると、男が微かに頷いたように見えた。

この際、男が何者で、なぜ奇妙な家に住んでいるのか、という問題は捨てて置くことにした。山中で迷ったにも拘らず、僥倖《ぎょうこう》にも宿を確保できたと思えばいい。

そんな風に気持ちを切り替え眠ろうとした。しかし、なかなか神経が静まらない。

それでも身体は疲れていたのだろう。いつしか、うとうとと寝入っていたらしい。

目が覚めたのは、なぜだったのか。家の中は真っ暗だった。ただ、入口の方から妙な音がしていた。

ざぁぁつ、ずぅぅつ、ざぁぁつ、ずぅぅつ……と、何かと何かが擦れている。何処かで耳にしたような……と思っていると突然、ある映像が脳裏に浮かんだ。それは幼い頃、母が砥石屋で包丁を研いで貰っている場面である。

男が刃物を研いでいた……。

こんな夜中に、こんな暗がりの中で、なぜ刃物の手入れなどしているのか。

再び浅茅原の一つ家を思い出す。あれは鬼畜のような老婆が旅人を殺害する話だが、この男も同類ではないのか。

そう考え震えていると、獣の臭いが染み込んでいる毛布から別の臭気が漂っていることに、遅蒔きながら気付いた。何処かで嗅いだような……と思った途端、血の臭いだと分かった。少なからぬ量の血糊を、この毛布は吸っている。

男が研ぐ刃物の音と、毛布に染み付いた血の臭いから、どんどん恐ろしい厭な想像をしてしまう。

まさか……と自分の臆病さを笑いたかったが、この場の状況を鑑《かんが》みればみるほど、莫迦げた妄想と一笑に付すことができなくなる。そのときになって後悔するよりも、後で笑い話になった方が良いに違いない。

彼は逃げ出すことにした。

だが、すぐに頭を抱えた。自分が家の奥へと入っていたからだ。入口から出るためには、男の側を通る必要がある。いや、屋根だけの家のため、男を乗り越えなければならない。それも相手が横になっていればであり、座っている状態ではどうすることもできない。入口に近付こうとすれば、間違いなく気付かれてしまう。

どうしよう……？

またしても、自分が袋の鼠になったことを悟った。しかも今度は、この狭い空間の中に脅威も同居しているのだ。絶望の余り目を閉じていると、奥の方から冷気を感じた。

そっと寝返りを打ち、暗がりの中で目を凝らす。そこには板壁があるばかり……ではなかった。この家に飛び込んだとき、入口の反対側から出ようとして、破風に当たる箇所の板切れを何枚も取り除いていた。あのとき空けた隙間から今、外気が流れ込んでいるのだ。

逃げ出せるかもしれない……。

できるだけ物音を立てないように奥まで這うと、彼は板切れを一枚ずつ取り外しはじめた。すると、すぐ外の星明かりが射し込んできて、思わず焦った。しかし、幸い男はこちらに背中を向けている。自分の動向を気付かれる前に、なんとか穴を広げなければならない。

外の冷たい夜気で頭をしっかりさせながらも、その冷気を男が感じないかと恐れつつ、作業を急ぐ。やがて右腕が通り、頭が出て、片方の肩が抜けるようになったところで、ぴたっと刃物を研ぐ音が止んだ。

彼も身動きせず、凝っと家の中の様子を窺う。文字通り息詰まるような苦しい時が過ぎ、再び刃物と砥石の擦り合う音が響き出した。

もう大して時間は残されていない。そこからは少し大胆に、余り物音を気にせず板切れを取り除いていく。

ようやく、どうにか這い出せる大きさの穴が空いた。一応リュックサックを毛布の中に入れ、さも自分が寝ているような格好に整えると、我が身一つで外へと出る。後は一目散に駆け出した。三叉小屋を目指してではなく、下りの山道の方向へと。

しばらくして後ろの方から、何か叫び声のようなものが聞こえてきたが、もちろん無視して走り続けた。そして、杉造村の村外れで倒れているところを、夜明け前に同村の人に発見されたのだった。

六

「擦り傷や打ち身はありましたが、よく大きな怪我もせず、無事に下山できたものだと、村の人たちも驚いていました」

刀城言耶の話が終わると同時に、富子と萌木が大きく溜息を吐いた。もちろん美枝も、すっかり聞き入っていた。

第三の男の登場を快く思っていないらしい九頭でさえ、かなり引き込まれていたように見える。

「その屋根だけの妙な家っていうのが、やっぱり迷家だったので？」

まず萌木が口を開いた。

「さぁ、どうでしょうか。普通の山小屋でないことだけは確かですが……」

「村の者が調べに向かってないのか」

そう九頭に言われ、言耶は自分の非を責められたように恐縮しながら、

「何分にも今朝の話なので……。そんなに早い対応は、村でも無理じゃないでしょう

か。それに、こう言っては何ですが、下田さんは飽くまでも他所者《よそもの》です。三叉小屋にしても、別に村で必要としているわけではありません」

「そんな冷たい……」

富子が憮然としたが、美枝が紹介された顧客に関する問題を思い出したのか、

「そりゃ、何処でも自分の村が一番可愛いのは、当たり前だと思うけど……」

「そうですね。でも、僕が泊めて頂いた家のご主人が夕方に出掛けるので、その序《つい》でに営林署に報告しておくと仰っていました。ですから明日の朝までには、何らかの手が打たれるかもしれません」

「迷家に対して……ですか」

萌木の半信半疑の口調に、言耶は微笑みつつ、

「不審家屋と不審者の調査、ということになるのではないでしょうか」

「なるほど。で、その下田さんが出会った奇妙な家が、こちらの娘さんが見た黒い屋根と同じだなんて、あなたは言い出すつもりなんじゃ……」

まさかの萌木の問い掛けに、言耶が頷いた。

「ええっ！　それじゃ二人が見たのは、本物の迷家だと？」

驚いたのは彼だけではない。美枝も富子と顔を見合わせ、お互い目を丸くした。九頭も言耶を凝視し、この青年が何を言い出すかを見極めようとしているかに見える。

「迷家だったかはともかく、同じ屋根だったのではないか、と僕は思います」

「だから、屋根だけの同じ迷家なんでしょ？」

「いえ、同じ家の屋根だけです」

言耶が何を言っているのか、さっぱり美枝には分からない。しかし、富子も萌木も戸惑っているのは一緒である。九頭は相変わらず表情が乏しかったが、彼の話を理解しているとは思えない。

「この杉の巨木の裏で僕は、皆さんのお話をすっかりお聞きしてしまいました」

四人それぞれの反応を楽しそうに眺めながら、言耶が話を続ける。

「そして偶然にも、昨夜の下田さんの体験と合わせると、柿川富子さんを悩ませている迷家の謎に対して、ある解釈が下せることに気付いたのです」

「ほ、本当ですか」

ぱっと富子の顔が明るくなった。まだ何一つ聞いていないのに、既に刀城言耶という青年を、彼女は救世主のように見詰めている。

「恐らく植松村の人から聞いたのだと思いますが、数日前に地震があったという話を、お嬢さん方はされていました」

お嬢さんの一人が自分だと気付いた美枝は、富子に数秒ほど遅れて大きく頷いた。

「そのとき三叉岳で山崩れが起こり、山頂付近から樹木が流れた跡に、それまで隠れていた山小屋が現れた。そう富子さんは考えたわけです」

「はい。私が鳥居峠から眺めた光景は、ちょうどそんな風に見えました」

「ところが、彼女から約一時間ほど後に、同じ峠を通った萌木氏には、何も見えなかった」

富子が何か口を挟もうとしたが、それを言耶は眼差しだけでやんわり制止すると、

「ちなみにあなたは、向かいの山の隅々まで目にしている。絶対に見逃すはずがない」

「その通りです」

萌木が力強く肯定する。

「となると考えられるのは、再び地震が起きたために小屋が潰れてしまった、という状況ではないでしょうか」

「えっ……」

「三叉岳を登っていた下田氏は、昨日の昼食後に大きな地震に遭っています。このときの地震は、富子さんが黒い屋根を目撃した時間と、萌木氏が三叉岳を眺めた時間の、正に中間頃に当たる時間帯に起きたのです」

「それじゃ、そのとき……」

「山小屋は潰れた。そのため今まで見えていた屋根の位置が下がり、他の樹木や岩の

陰になって隠れてしまったため、萌木氏には何も見えなかったわけです」

「そういうことか」

「下田氏は、その崩れて屋根だけになった小屋に辿り着いた。板間が無秩序に波打っていたのは、元々が四方の壁を構成していた板だったからでしょう。それが恐らく一気に、内側へと倒れたのだと思います」

「しかし、そう上手く崩れますかね？」

「考現学の創始者である今和次郎《こんわじろう》氏が、大正十三年に相模《さがみ》津久井郡で、地震のために屋根だけになった農家の事例を採集されています。また氏は、とある海辺の村でも、津波のために屋根だけになった住居を訪ねています。きっと同じことが、三叉小屋でも起こったのでしょう」

「ええっ！　み、三叉小屋だってぇ？」

「はい」

「だったら、下田さんという人は、自分の山小屋に泊まったことに——」

「なりますね。九頭氏のお話で、登山者が後追い小僧から逃げているとき、目の前の登りを駆け上がると三叉小屋があったとされています。下田氏の場合も、目の前に急な登りが現れ、それを上がると屋根だけの迷家があったと話しています。どちらも似た立地だと思いませんか。お二人とも雲海が原に入られたのは、同じ信州方面からです」

「し、しかし、そうなると迷家の主らしき山男は？」

納得でき兼ねる口調で萌木が突っ込むと、言耶は九頭の方を向きながら、

「あなたが話しておられた、それは山賊だったんじゃないでしょうか」

「うむ……」

返事の代わりなのか、九頭は唸っただけだったが、後の三人も言葉が出ない。

「下田氏が、本当に後追い小僧に出会ってしまったのかどうか、それは僕にも判断できませんが、それが小屋に入って来なかったのは、屋根から吊るされた魔除けの骨の所為ではないかと思います」

言耶は特に美枝と富子に顔を向けながら、

「山に入る人たちは、とても敬虔《けいけん》な心を持っています。山賊とはいえ、迷信深いのは当たり前です」

「なるほど」

ようやく萌木が相槌を打つ。

「山賊は、下田氏の話を聞いて驚いた。自分が勝手に根城にしている小屋の正式な主人が、目の前にいるのですからね。でも相手は、まさかこの屋根だけの家が三叉小屋だとは思ってもいない。ここは脅して、厄介払いをしようと考えた」

「包丁を研いだのは、ただの脅しだったのか」

「いえ、実際のところは分かりません。九頭氏の話では、数日前にも行方不明者が出て、雲海が原の山賊にやられたという噂があるくらいですから、本当に下田氏を始末しようとした可能性もあります」

「いずれにしろ、逃げて良かったわけか」

「あのう……」

そこで美枝が、勇気を出して口を挟んだ。どうしても言耶に尋ねたかったからだが、

「大丈夫です。あなたのことを、決して忘れているわけではありませんから」

先回りされたうえ、にっこり笑われた。

「あっ、そうか。こっちの娘さんの、三叉岳には小屋の屋根どころか何もなかった、という証言があったんですよ。あれはどうなるんです？」

二人のやり取りの内容に素早く気付いた萌木が、美枝に代わって疑問を口にすると、

「私も、それをお訊きしたかったんです」

透かさず富子が、言耶の顔を見た。

「当日の午前中に、地震がありましたか」

美枝と富子が同時に首を振る。

「つまり、美枝さんが三叉岳を見たとき存在していた樹木が、富子さんが目にする前に山崩れで流れて、それで三叉小屋の屋根が出現したわけではない――と分かります」

「しかも二人は、峠の同じ場所から三叉岳を望んでいる」

萌木の言葉に、美枝と富子は顔を見合わせてから、こっくりと言耶に頷いてみせた。

「天狗の腰掛と呼ばれる、峠に生えている松でしたね」

「そうそう。俺もよく知ってる木だ」

「でも、松の木は鳥居峠の名に因《ちな》んで、二本あると聞きましたが――」

「いや、だから松の木を間違えていないか、わざわざ娘さんたちも確かめたんだよ。その結果、二人とも天狗の腰掛の方の松でお参りをし、そのとき三叉岳に目をやったと分かった。完全に同じ場所から同じ方向を見たわけだ。なのに片方には何も見えず、片方には小屋の屋根が見えた」

「いえ、違います。お二人が天狗の腰掛にお参りしたのは間違いありませんが、それは別々の松だったのです」

「なんだって？」

「菊田美枝さんがお参りしたのは、峠の北側の松じゃありませんか。そして柿川富子さんが問題の黒い屋根を見たのは、峠の南側の松だったのでは？」

またしても二人は同時に頷き、その瞬間、再びお互いの顔を見て「あっ」と叫んだ。

「自分も相手も参ったのは、天狗の腰掛だった。それだけ確認できれば、実際の位置関係まで突き止めようとはしませんからね。いえ、もしあのまま二人だけで会話を続けていたら、やがてそこまで突っ込んだ話をしていたかもしれません。でも、萌木氏が話に加わり、次いで九頭氏も参加し、おまけに僕まで出て来てしまったので、お二人も今更そんな基本的なことには気が回らなかった」

そうでしょう？　という表情で言耶が微笑んでいる。

「どうして、美枝ちゃんは間違ったんで？」

萌木の馴れ馴れしさが気になったが、それよりも美枝は、彼の疑問の方が遥かに気掛かりだった。

「今のあなたの言葉が、全てを物語っています」

「俺の？　言葉……？」

「あなたは、松の木を間違えたのは、菊田美枝さんだと決め付けています。つまり鳥居峠の南側の松こそ天狗の腰掛だと、あなたも信じていらっしゃるわけです」

「信じるも何も、実際に――」

「植松村の人から、そう教わった。柿川富子さん、あなたもそうじゃありませんか」

二人が肯定すると、言耶は美枝を見ながら、

「一方、菊田美枝さんに松のことを教えたのは、霜松村から嫁入りしたばかりらしい、元霜松村の住人でした」

「ということは……」

と続けながら、まだ萌木は理解できないらしい。もちろん、美枝も富子も同様である。

「要は、植松村の人にとって天狗の腰掛は鳥居峠の南側の松であり、霜松村の人にとっては北側の松である――という特殊な状況を知らないが故に、三叉岳に於ける山小屋消失の謎が生まれたのです」

「しかし、どうして天狗の腰掛に纏わる伝承が、この二つの村では異なるので？」

「いえ、恐らく伝承の内容に、余り大差はないと思います」

「じゃ、松の木だけが違う？」

「そうです」

「なぜです？」

「二つの村にとって天狗の腰掛という存在が、村境を表しているからです」

「あなたは、お嬢さんたちに説明したじゃありませんか。植松村と霜松村は、昔から山林境界地の問題で争ってきたと。ですから佐海山の北側に位置する植松村では、峠の南側の松を天狗の腰掛と見做し、山の南側に位置する霜松村では、峠の北側の松を天狗の腰掛と見做している。なぜなら、我が村の村境を山の反対側に設《もう》けることにより、佐海山を自分の村の領土だと主張するためにです」

「えっ……」

「あっ……」

「佐海山には豊富な資源があり、昔から二つの村に恩恵を施してきたと言います。その二つの村が山林境界地で揉めている間柄だと知った瞬間、僕には山小屋消失の真相が、何となく見えはじめました」

「なるほど……」

「あなたは仰っています。峠から見た三叉岳には、山崩れの跡が二箇所あったと。その一箇所が峠の南側の松から望んだところであり、三叉小屋があった地点です。そして、もう一箇所が偶然にも峠の北側の松から望んだ場所だった。そのため不可解な山小屋の消失現象が起こったように、余計に見えてしまったのだと思います」

「はぁ……」

「ちなみに佐海山は、その存在が村を〈栄え〉させるという事実から、それが〈さか

い〉に転じたと考証することもできますが、二つの村の〈境《さかい》〉の意味が元々あった
――と単純に考える方が、この場合は良いのかもしれません」

言耶に漢字の説明までされ、皆は十二分に納得がいったようだった。

が――、
そこで萌木が慌てた口調で切り出した。

「でも、そうなると、この九頭さんが見たときに、またしても三叉岳に現れていた黒い屋根については、どうなるので？　たった一日のうちに、小屋を再建したとでも？　それとも彼が目撃したのは、まさか本物の迷家だったなんてことが……」

「もちろん、違います」

言耶は否定すると、九頭の方を見ながら、

「その真相は、あなたが三叉小屋にいた山賊だったから――ではないですか」

七

五人の間に沈黙が降りた。

萌木は滑稽なほど、ぎょっとした表情を浮かべている。美枝は富子と顔を見合わせ、思わぬ展開に驚いていることを、お互いに確認した。

爆弾発言をした刀城言耶は、飄々《ひょうひょう》とした顔付きで相手を眺めており、肝心の九頭は無表情のまま、凝っと言耶の視線を受け止めている。

「妙だなと思ったのは、あなたのお嬢さんたちへの関わり方でした」

言耶は少し微笑むと、

「萌木氏が遠野地方に伝わるマヨヒガの話をして、せっかく柿川富子さんの不安を取り除いたのに、あなたは迷家の話をわざわざ持ち出し、再び彼女に恐怖を与えました。どうしてでしょう？　先《せん》から様子を拝見していましたが、とても萌木氏のように話好きとも思えません。そんなあなたが、なぜか迷家の話だけは熱心にされた——」

「確かに、妙だ……」

ぽつりと萌木が呟く。

「僕には、柿川富子さんが三叉岳に見た屋根の存在を、訪れた者には幸福が舞い込むマヨヒガだと思って欲しくない。逆に忌むべき迷家だったと認めて欲しい。そう九頭氏が望んでいるように感じられました」

「それは富子ちゃんの注意を、三叉岳の三叉小屋から逸らせるために？」

萌木の馴れ馴れしい呼び方に当人は眉を顰めたが、それも一瞬で、後は言耶ばかりを熱心に見詰めている。

「彼女たちは、行商をしていきます。近隣の村々を回りながら、三叉岳には幸福が舞い込むマヨヒガがある……などと話されたら、どうなるでしょう？　そのうち好奇心旺盛な者たちが出てきて、山に入り込んで家を探すかもしれません」

「それが山賊の……仕事には、差し支えると思ったのか」

山賊の商売と言い掛けて、萌木は言い直したらしい。

「山好きな登山者は、放っておいても入ってきます。山賊の仕事には困りません。ただし、妙な好奇心を持った近隣の村人たちに押し掛けられるのは、いい迷惑だと考えたわけです」

「やっぱりな。どうも俺は最初から、この男は行商人らしくないと睨んでたんだ」

いい加減な自慢を萌木が口にした。だが、九頭の視線が自分に移ると慌てて目を逸らせて、言耶の背後に隠れる素振りを見せた。

「ええ、あなたの観察は正しかったのです」

しかし、当の言耶が賞賛の言葉を掛けると、萌木は彼の後ろに回ることができなくなったのか、あたふたとしている。

「本当の行商人であれば、自分の大切な商売道具を、あんな風には放り出さないはずですからね」

言耶が指差す先には、九頭が独りで休んでいた巨木があり、その根元に大きな柳行李が置かれていた。

「お嬢さん方も萌木氏も、ご自分の商売道具は、ちゃんと手元にあるんじゃないですか」

「もちろん」

萌木の言葉に美枝たちも頷いたが、続けて富子が恐々《こわごわ》といった口調で、

「そうなると、あの柳行李や服は……」

「自分と体格のよく似た本物の行商人を襲って、恐らく手に入れたんでしょう。下田氏に逃げられた彼は、取り敢えず三叉小屋を出て、しばらくは別の山で仕事をする必要があった。ただし、髭もじゃで毛皮の服では、余りにも目立ちます。そこで髭を剃り、行商人に化けることにした」

「ところが、別の山へと向かう途中、富子ちゃんの話を耳に挟んだわけか」

「はい。山賊という仕事柄、その市場を狭めてしまうのは死活問題です。いずれ戻って来たときに、邪魔になるマヨヒガの噂が三叉岳に流れていては困ると思った」

「それじゃ、九頭というのも嘘の名で?」

「僕が顔を出した後で、なんとなく自己紹介をする雰囲気になってしまった。困ったでしょ彼は咄嗟に、自分が語った濁小屋殺人事件の話から、適当な変名を考えたのでしょ

う」

「えっ、あの話の中に、九頭なんて名前が出てきたかな？」

「復員者の犯人たちが警察のジープと出会したのが、葛温泉の近くだったじゃありませんか」

「あっ、そうでした……。こりゃ全く——」

　そのとき急に、九頭と名乗った男が、ぬっと立ち上がった。

「で、儂をどうすると？」

　早くも萌木は逃げ腰になっている。一方の言耶は困ったように頭を掻きながら、

「まぁ僕の解釈は、飽くまでも状況証拠に基づいたものですから——。家屋消失の謎にしても、あなたが山賊だという指摘にしても、そういう解釈ができるというだけです」

「ふん。今になって逃げを打つのか」

「えっ？　ということは、あなたは自分が三叉小屋の山賊だったと、自ら認めるのですか」

　呑気そうに尋ねる言耶の上着の裾を、萌木が後ろから引っ張っている。相手を刺激するようなことを言うなと、きっと忠告したいのだろう。

「口だけは達者な青二才と、若い娘に色目を使う腰抜けの薬売りと、その女が二人

……という頼りない顔触れで、まさか儂を捕まえようとでも言うのか」

ぶるぶると萌木が首を振るのを見て、男は残忍そうな笑みを浮かべている。

「そんな無茶をする前に、まず己の心配をすることだな」

「ええ、そうかもしれません。でも同じことが、あなたにも言えますよ」

「なんだとぉ」

詰め寄る男に、にっこり言耶は笑うと、

「柿川富子さんは俊足をお持ちらしいので、真っ先に駐在所まで走って貰うことができます。菊田美枝さんはよく通る声の持ち主ということで、取り敢えず助けを呼んで貰うのに好都合です。そして、お二人を神社の境内から逃がす間くらいなら、僕と萌木氏の二人で、どうにかあなたと渡り合えるんじゃないかと思うのですが……。読みが甘いですかね」

甘いとばかりに萌木が力強く頷いたが、肝心の男は全く応えない。しばらく刀城言耶、萌木、富子、そして美枝と順番に見詰めた後で、

「お前らの顔は、よーく覚えた。儂がいなくなった後で、もし駐在所に駆け込むようなことをしたら、仮に何年掛かろうが必ず復讐する」

そう脅すと背中を向け、特に急ぐ様子も見せずに神社の境内から出て行ってしまった。

男の姿が見えなくなった途端、萌木が大きな溜息を吐いた。

「あんたも無茶をするなぁ」

それから半ばは抗議、半ばは呆れた表情を言耶に向けた。

だが、そんな萌木を完全に無視するように、富子が毅然とした口調で、

「このまま逃がすんですか。あの男は、人殺しをしているかもしれないのに？」

「おいおい……。だからこそ、こっちも何もできないんだろ」

萌木の言い分を再び相手にせず、富子はひたすら言耶だけを見詰めている。

「私、今からすぐ駐在所に走ります」

「いけません」

「どうしてです？」

「あの男が神社の出入口で、我々が飛び出して来るのを待ち伏せしている可能性が、かなり高いからです」

「えっ……」

「あんな脅しが完全に通じないことは、彼も分かっているはずです。よって念のため、神社の出入口を見張るくらいはするでしょう。特に、あなたが走り出して来ないか、それを気にしているに違いありません」

「でも、このままじゃ――」

「大丈夫です。いずれ彼も、僕たちへの脅しが効いていると判断し、ここを立ち去るはずです。そうなると、あの行商人風の格好にも拘らず手ぶらで歩いている姿は、どうしても他人《ひと》の注意を引いてしまいます」

そう言われて美枝は、男が柳行李を忘れて行ったことにはじめて気付いた。

「注意を引いても、それだけじゃ――」

「いえ、今頃は近隣の駐在所の全てに、下田氏が見た不審者の情報が伝わっているはずです」

「えっ？　だって最初にあんたは、村の元庄屋が営林署に届けるのは、早くても今日の夕方になると言っただろ？」

萌木が反論すると、言耶は首を振りつつ、

「なぜ九頭という男性は、わざわざ柿川富子さんに迷家の話をしたのか――と考えた段階で、ここは嘘を吐いておこうと思いました。本当は午後一番で、元庄屋のご主人が営林署と駐在所に行っているはずです」

透かさず富子が興奮した声で、

「そ、それじゃ下田さんの話を延々とされたのは、もしかすると時間稼ぎのために？」

「ええ、まぁ……」

今や刀城言耶を見詰める富子の瞳には、ありありと尊敬の念が宿っている。そのうち彼の旅の様子から著作の題名、または個人的なことまで尋ねはじめ、今夜の宿の心配までしはじめる始末だった。

それを萌木が、ひたすら面白くなさそうに眺めていたが、やがて出発の準備を整えると、

「とにかく、結構な体験をさせて貰ったよ。お蔭で予定が大いに狂ったけどな。で、もうそろそろ大丈夫そうかい？」

神社の出入口を指差し言耶の確認を取ると、

「また、そのうち何処かでな」

おざなりの挨拶と共に、さっさと姿を消してしまった。

「ああ、煩《うるさ》いのがいなくなって清々した」

富子は嬉しそうに声を上げると、

「みっちゃん、今夜は刀城言耶先生と一緒に、何処かに泊まろうよ。ううん、相手は恩人の作家先生なんだから、村の掟にも反しないよ」

「で、でも、ご都合が……」

「それは大丈夫よ。そうですよね、先生？」

「えっ？　い、いや……」

かなり強引な富子の誘いに、明らかに言耶も困惑しているようだった。

ところが、急に微笑みを浮かべると、

「あっ、先程の迷家のような話を、ひょっとしてお二人はご存じじゃありませんか」

「……………」

「つまり、あなた方の村に伝わっている、または行商した先で体験したり聞いたりした怖い話、不思議な話、奇妙な話などがありましたら、それを伺《うかが》わせて頂くということで――」

「……………」

「もちろん僕の方でも、御返しに取って置きの怪談を――」

「みっちゃん、行こうか。私たちの予定も、随分と遅れたみたいだしね」

富子に引き摺られるようにして、美枝は神社を後にした。

最後に振り返った彼女が目にしたのは、杉の巨木の根元に独り座り込み、ぽかんとこちらを見ている刀城言耶の姿だった。

隙魔の如き覗くもの

一

その隙間《すきま》が目に入った途端、まるで何かに吸い寄せられるように、嘉納多賀子《かのうたかこ》は引き戸へと近付いて行った。ほとんど無意識の行動だった。いや、むしろ反射的に身体が動いたと言うべきかもしれない。

それから彼女は少し身を屈《かが》めると、扉の隙間から向こうの世界をこっそり覗《のぞ》いた。

五字《ごじ》町立五字小学校の本校舎の西の端、図書室をはじめ図画工作室や音楽室という特別教室が入った別棟へと通じる廊下が、その扉の向こうにはある。

今夜、宿直に当たっている山間久男《やままひさお》の代わりに、多賀子は見回りをしていた。もう夜の八時を回っているため、ほとんどの教師は既に帰宅している。

ただ、別棟の図画工作室には彼が残っていた。しかし、渡り廊下に展示した児童の作品は疾《と》っくに片付けられているだろうから、わざわざ電灯を点《とも》しているとは思えない。つまり扉の向こうは真っ暗なはずである。

ところが、多賀子が隙間から覗いてみると——、ぼうっと幻想的に輝く淡い光の中で、奇っ怪な人影が揺らめいていた。それも二つの人影のうち一方は逃げ、もう一方が追い掛けているように見える。ずっと奥まで続く何もない細長い通路の天井、窓、壁、床といった全体にまで広がった影が、ぐるぐると追い駆けっこをしている。

その廊下は現実には存在しない場所であり、その光景も現実には有り得ない映像だった。途中から天井と両側の壁と床とが融合したように、まるで平面化した如く廊下が歪《ゆが》んでいる。正に異形《いぎよう》の空間と化している。そんな中で、なんとも無気味な鬼ごっこが繰り広げられていた。

鬼ごっこ……。

ふと多賀子がそう思ったのは、追い掛ける方の人影の頭に、はっきりと二本の角があったからだ。

本物の鬼に追い掛けられる鬼ごっこ……。

では、必死に逃げているのは誰なのか、と考えるまでもなく分かった。縦に短いのに横幅があり、髪の毛が蝟《はりねずみ》のように逆立っている特徴的な影が、全てを物語っている。

校長だ……。

つまり坂田亮一《さかたりよういち》が、選《よ》りに選って鬼に襲われている場面を、多賀子は幻視したらしらない。

いのだ。

そんな莫迦《ばか》な……。

引き戸の隙間を覗いていたのは、ほんの一瞬だった。二つの影を認め、その正体を察したところで、透《す》かさず扉を閉じた。

余り長く見詰めても良いことはない。それにいつまでも隙間を開けておくと、そこから何か得体の知れぬ悪いものが、こちら側へずるっと這い出して来そうに思えてならない。

また見てしまった……。

この気分を覚えるのが、彼女は堪《たま》らなく厭《いや》だった。隙間を覗くと、その危険が多分にあることは、長年の経験から分かっているはずなのに――。

またしても覗いたという罪悪感と、わざわざ厭なものを見たという後悔の念が交じり合い、ずんっと胸に重苦しく伸し掛かってくる。

しかし、目の前に隙間があると覗かずにはいられない。どれほど忌《い》まわしい光景を突き付けられるか知れないのに、どうしても無視することができない。

そう、隙間が彼女に見せるのは、いつも決まって邪《よこしま》な眺めばかりだった。知らずにいれば何事もなく過ぎていたものを、真実を目の前に映された所為《せい》で、彼女の人生が大きく変わった過去が幾度あったことか……。

だが、今回の光景は余りにも異様だった。もちろん、そもそも扉の隙間の向こうに、何かを幻視する行為そのものが異常と言える。それでも無気味な人影の鬼ごっこは、幾ら何でも奇っ怪過ぎた。それが一見、民話的な眺めであるが故に、余計に禍々《まがまが》しく思えてしまう。

校長を襲う鬼……。

たった今、目にした映像には、一体どんな意味があるのか。すぐ本人に知らせた方が良いのか。それとも放っておくべきか。または既に手遅れなのか……。

別棟に通じる引き戸を背にしながら、ひたすら彼女は震え慄《おのの》いていた。

二

嘉納多賀子は物心が付く頃から、襖《ふすま》や障子《しょうじ》などをぴったり閉めないと、必ず祖母に叱られた。

普段は優しい祖母なのに、襖や障子、風呂場や厠《かわや》や納戸《なんど》の板戸など、所謂《いわゆる》扉に相当するものの開け閉めには、大層なほど煩《うるさ》く厳しかった。

特に閉めたとき、隙間を残してしまうと……。

小さいながらも彼女は、自分が女だから祖母が躾《しつけ》をしているのだと、漠然とだが理解した。

嘉納家は神戸《ごうど》地方の芦生《あしゆう》でも旧家に当たり、築百数十年も経った木造家屋の母屋は部屋数も多く、「嘉納さんとこのお屋敷は……」と言われるほどの規模を誇っている。代々が女系の家で、祖父も父も入り婿《むこ》だった。家の実権は祖母が掌握《しょうあく》しているが、まだまだ男尊女卑が強かった時代であり、また田舎であったため、表面的には入り婿が当主に納まる格好になる。

そういう環境に生まれた所為か、多賀子は幼い頃から既にある種の気品を漂わせていた。一歩外へ出れば「嘉納屋敷のお嬢ちゃん」と呼ばれ敬われたことからも、自然と子供らしくないお淑《しと》やかな風情が身に付いたのかもしれない。

何事にもおっとりとした彼女は、裏を返せば何もしないお姫様のようなもので、それが扉の開け閉めにも表れ、幾度となく祖母の小言を受ける羽目になったのだろう。

嘉納家には、「奥座敷」と呼ばれる部屋があった。代々、隠居した当主が籠《こも》るところで、多賀子が生まれる前までは祖父の部屋だった。ただ、他界してからは閉め切られたままで、滅多に使われることがない「開かずの間」と化していた。

あれは尋常小学校と高等小学校が国民学校へと名称が変わった年の、彼女が七歳の桃の節句だった。

毎年、お雛様を飾っていた部屋が、改築することになった母屋の一部に当たっていたことから、その年は雛壇を別の場所に据《す》える必要があった。しかし、どの部屋も差《さ》し障《さわ》りが出るため、結局、長い間ずっと閉め切られていた奥座敷に飾られることになった。

先祖代々受け継がれてきた嘉納家のお雛様は、それは見事な造りを誇っている。毎年の節句には親戚はもちろんのこと、近隣の家々からもわざわざ見物に来るほどで、かなり有名だった。

この桃の節句から三、四日の間は、正月や誕生日などの祝い事のときにしか桐の箪《たん》笥《す》から出されない、とても豪華な晴れ着を多賀子は纏《まと》わされ、「あんれ、お姫様のようだ」という大人たちの賛美の声を聞きながら、雛段が飾られた部屋に大人しく座っているのが常だった。

雛祭り中は毎日のように色々なご馳走《ちそう》が食べられ、親戚の叔母さんや従姉《いとこ》たちからも可愛がられる、正月や誕生日よりも楽しい行事である。

だが、多賀子が最も好きなのは、実はこの祭りの日々が終わった後の日常にあった。

泊まり掛けで来ていた親戚も帰り、節句の初日から三日目くらいまで見物を遠慮していた近隣の人々へのお披露目も終わり、後は裏の蔵に仕舞われるだけの状態でお雛様が放っておかれる期間が、必ず毎年一日か二日はある。

ただ、さすがに地方の旧家だけあって、時期の過ぎたお雛様をいつまでも飾っておくと、その家の女の子の婚期が遅れるという昔ながらの俗説を気にしており、どんなに長くても一週間以上出しておくことはない。

最も人の集まる節句前後の二、三日は、家の中は天手古舞《てんてこまい》の忙しさであり、母や使用人たちも全く息を吐《つ》く暇がない。ようやく増しになる四日目くらいは、今度は近隣の家々からの訪問が少なからずあり、それなりの対応をしなければならない。

これら全ての訪問客がいなくなるのが、毎年ほぼ五日目である。その頃になると母や使用人たちは、もうぐったりとしている。お雛様を仕舞うのは、更に一日か二日後になってしまう。

それまで皆が口をそろえて誉《ほ》めていたお雛様が、急に誰からも見向きもされずに放っておかれる。そんな状況が多賀子は好きだった。自分独りだけで心置きなく、いつまでも眺めていられるからだ。幼い彼女が味わう、それは何とも言えぬ至福の時だった。

その年は母屋の改築があったため、近隣の人々も遠慮したのか、例年より訪問者は少なかった。よって早々と、彼女にとって幸福な時が訪れた。しかも飾られたのが奥座敷なので、周りに家人の気配もとんとなく、本当に独り静かに心行くまで雛段を観賞することができた。

一日、二日とお雛様に見蕩《みと》れて過ごし、もう明日には裏の蔵へと仕舞われる三日目の夕方だった。

こんな風に三日の間も、お雛様を独り占めにできた経験はなかったので、多賀子はいつになく興奮していた。明日には片付けられてしまうと思うと、この日は朝から奥座敷に籠って、飽きることなくお雛様たちを眺めていた。

途中、母が顔を覗かせて昼食に呼んだのと、午後の三時に祖母がお八つを持って来てくれた以外は、常に独りだった。

ひょっとすると母は、疾っくに蔵の中へと仕舞いたかったのかもしれない。でも余りにも多賀子が執心なので、祖母と相談して出しておいたのだろうか。実際この三日の間、誰も彼女の邪魔をする者はいなかった。

お八つを食べ終わって少しすると、多賀子はうとうとと寝入ってしまった。

ふと目覚めると、柱の上の時計は午後五時を過ぎている。そろそろ母のところへ行って、夕飯の手伝いをしなければいけない。彼女がする手伝いと言っても、実際は母の周りをうろうろするだけである。しかし小学校に上がる年の正月に、「夕飯の支度を手伝う」と祖母に約束している。それを破るわけにはいかない。

少し慌《あわ》て気味に起き上がると、多賀子は今一度お雛様を一瞥《いちべつ》してから奥座敷を出た。そうして二部屋ほど、台所の方へ向かったときだった。

あっ、ちゃんと襖は閉めたかな？

そんな思いが頭を過《よぎ》り、忽《たちま》ち不安になった。母の下《もと》に行くことばかりを考え、いつものように注意せず、お座なりに閉めたような気がする。

明日は裏の蔵に仕舞うわけだから、後で祖母が様子を見に来るかもしれない。もし、そこで完全に閉められていない襖を目にしたら、幾ら夕飯の手伝いをしていても必ず叱られるに決まっている。

確かめないと……。

そのまま踵《きびす》を返すと、多賀子は奥座敷へと戻った。

手前の部屋に入ったとき、案の定と言うべきか、少し開いた奥座敷の襖が見えた。また文字通り「間」の悪いことに、祖母が最も嫌う四、五センチほどの隙間が開いている。

その長細い闇を凝視しつつ、多賀子は少し早足で進んだ。祖母に見付からないうちに、早く閉めてしまいたい。そんな一心で近付き、襖に手を伸ばしたところで――、細い隙間の向こうに覗く目と、目が合った……。

その目は、七歳の多賀子が立っている目線と、ちょうど同じ高さにあった。まるで襖の向こうに誰かが座った、または中腰の格好のまま、片目だけ隙間に宛《あて》がって、こちらを覗いているように見える。

随分と長い間、その目と多賀子は見詰め合っていたように感じたが、実際は二、三秒だったのかもしれない。

ぴしゃと音がして、はっと我に返ると目の前の襖が閉まっていた。

咄嗟《とっさ》に手を伸ばし、襖を開けようとして――、

「開けるんじゃありません！」

驚いて後ろを振り向くと、手前の部屋の襖を半開きにした状態で、祖母が立っていた。

「お前も見たのかい……」

溜息を吐くように、そう呟《つぶや》いた祖母の口調には、何処《どこ》か諦めにも似た雰囲気が感じられる。

「向こうのお部屋に誰かいるの？」

多賀子が尋ねると、祖母は無言のまま近付いて来て、襖を少しだけ開けた後すぐ静かに閉めたうえで、再び開けると奥座敷へと入った。

「座りなさい」

そして雛段の前に正座し、彼女を呼んだ。

早く台所へ行かなければと思う反面、夕飯の手伝いを約束した祖母が座れと言っているのだから良いのだと考え、多賀子も奥座敷に入った。

「今から私の言うことを、よぉーくお聞き」

祖母は諭《さと》すような口調で、ゆっくりと話しはじめた。

たった今、多賀子が見たものは〈隙魔《すきま》〉という魔物だという。それは代々、嘉納家の女性たちが見るものなのだという。隙魔は必ず物の隙間に現れる。この隙間の「隙」というのは、人が油断しているとき、心がぼうっとしている状態のことで、隙間の「間」というのは、そういう状況に人が置かれている真っ最中の、その瞬間を指す。

心がぽっかりと無防備に開いていると、何物かに付け入られる。つまり身体に侵入され、憑《つ》かれてしまう恐れがある。その何物かが隙魔なのだ。だから決して隙魔に隙間を見せてはならない。隙魔に魅入られてはいけない。

多賀子には難解な言葉を使いながらも、それでも祖母は何度も何度も、彼女が理解できたと思う——恐らく自分が納得できる——まで話し続けた。

しかし結局、彼女にはよく分からなかった。隙間を見せると隙魔が現れるから気を付けろ、という祖母の話は理解できるのだが、なぜ隙魔に注意しなければいけないのか、肝心な説明がなかったからだ。

祖母にそのことを尋ねても、

「とにかく戸という戸は、きちんと閉めなさい。隙間を開けておくと、隙魔がやって来る……」

と繰り返すばかりで、それ以上は何も言わない。

隙魔というのは恐ろしい魔物だから、それを呼び出す状態を作らないようにする必要がある……。そう彼女は自分なりに解釈した。

次に多賀子が隙魔を見たのは、国民学校四年生の夏の林間学校のときだった。五年前に隣県の山間部にある長明寺に開設された林間学校は、学童疎開がはじまるまでは普通に続けられており、その年も夏休み中に実施された。

この林間学校の特色は、全ての活動を同学年同士でまとめることはせず、学年を超えて同じ組の学級を一つに合わせ、その新たな組み合わせで行動させる点にあった。その年の彼女の組は、六年生と一緒になった。

朝の涼しいうちは勉強をし、昼からは昆虫採集や山菜採りや麓《ふもと》の小川での水遊びなどに熱中した。上級生は下級生の面倒を見ることも、活動の一環だった。その上級生も夕方からは寺の人に教えを乞いながら、基本的には自分たちで夕食の支度をする。もちろん下級生も手伝いをしなければならない。

多賀子は林間学校が楽しかった。一年生で同じ組になって以来ずっと親友の鵜野《うの》久留美《るみ》と、四年生で再び一緒になれたばかりか、一学期は班まで同じだったからだ。そのため一学期の延長と言える林間学校でも、常に行動を共にすることができた。それが彼女には、とても嬉しかった。

尤《もっと》も同じ寺には、入学してから彼女を陰で虐《いじ》め続けている六年生の富島香《とみしまかおり》もいた。嘉納家に劣らぬ旧家の一人娘である香は、事ある毎に絡んでくる。理由は分からない。隙あらば多賀子を莫迦にし、意地悪をし、時には抓《つね》ったり叩いたりした。だが決して人前ではせずに、必ず陰でした。

しかし、そんな香の存在も気にならないほど、その年の多賀子は林間学校を満喫《まんきつ》していた。これまでで一番楽しい夏だったかもしれない。

とはいえ毎年感じる、あの焦渇《しょうかつ》とも焦躁《しょうそう》とも付かぬ奇妙な感覚が、完全に消えることはなかった。久留美との心躍《おど》る合宿生活の楽しさとは全く関係のないところで、どうにも堪え難い恐れにも似た気持ちが湧き上がってくるのを、やはり止めることはできなかった。

食事時も、勉強中も、就寝時も、いつでもお寺の戸という戸は開け放たれている。その状態が、まず落ち着かない。さすがに毎年ともなると随分と慣れたが、どうしても我慢できなかったのは夜だった。

山間部の寺のため、早朝には気温が下がる。よって就寝時には戸が閉められるのだが、完全に閉ざされることはない。蚊取り線香が焚《た》かれる向こう側で、必ずある程度の隙間が開けられているのだ。

祖母は前の年の冬に他界していた。だが、幼い頃から躾けられた戸の開け閉めは、もう完璧に身に付いている。そんな多賀子にとって、あちこちで戸の隙間が開いている状況は堪え難かった。広場恐怖や閉所恐怖にも似た、隙間恐怖とでも言うべき精神状態に、そのときの彼女は陥っていた。

夜になると決まって、何人もの友達に周りを囲まれていながら、荒涼とした草木ひとつ生えていない荒れ地の真ん中で、たった一人で寝ているような気分を味わった。全員が寝ている間の相手をしてくれるのなら、それが富島香でも構わないとまで思っていた。

その夜も眠れず、厠に行くような振りをして起きた。寺の本堂を半分に分けて、男子と女子が寝ている。昼間の遊び疲れから皆ぐっすり眠っており、目を覚ましている者はいない。何ら取り繕《つくろ》う必要がないのは、毎晩同じだった。

それでも多賀子は物音を立てないように、そっと本堂を抜け出した。外廊下を忍び足で歩いているうちに、ようやく落ち着いてくる。隙間だらけの空間の外へと出たため、ほっと安心したのだろう。

蒲団部屋なら、ゆっくり眠れるかな……。

ふと、そう思った。朝になって皆が起き出す前に、こっそり戻っておけば大丈夫ではないか。もし見付かっても、厠に行って来たと見られるに違いない。

そんなことを考えていた所為か、いつしか寺の家屋部分へと足を踏み入れていた。

あれ、なんだか気持ちいいなぁ。

豆電球が点された廊下を歩くうちに、心地好くなる。裸足の裏に、ひんやりとした廊下が快感なのかと思ったが、すぐに本当の理由が分かった。

廊下の両側の襖が、全て閉ざされていたからだ。

恰《あたか》も一面の壁のように映る襖の列が、廊下の両側にずっと続いている。その間を進みながら、多賀子は久し振りに何とも言えぬ安堵感《あんどかん》を覚えていた。

なんて気持ちいいんだろう。

上下左右が完全に閉ざされた細長い空間が、何処までも続けば良いのにと感じながら、静かに歩んで行く。

――と突然、違和感を覚えた。

戸惑いつつも立ち止まり、気になった左手に目を向けた彼女は、思わず慄いた。

襖が少しだけ開いていた……。

ほんの四、五センチだろうか。襖が完全に閉まり切らず、とても細長い口を開けている。

そこに隙間があった……。

多賀子の脳裏に、七歳の頃の記憶が一気に蘇《よみがえ》った。今にあの隙間から目が覗くんだ、と思い震えた。隙魔が現れるんだ、と悟り怯《おび》えた。

ところが、隙間の向こうは真っ暗だった。たとえ目が覗いても分からないくらい、黒々とした闇があった。

気が付くと多賀子の方が、隙間に目を近付けていた。隙間から向こう側を覗こうとしていた。

あっ、久留美ちゃんだ……。

隙間の向こうには、鵜野久留美がいた。それも学校の女子便所の中にいるようだった。そこに意地の悪そうな笑みを浮かべつつ、富島香が入って来た。半ば泣きそうな表情を浮かべ、怖《お》ず怖ずと差し出した久留美の右手には、綺麗な赤いリボンが握られている。

それは以前、久留美と一緒に色違い――多賀子は赤、久留美は青――を買ったお気に入りのリボンで、こっそり学校に持ってきていたものだ。それが一学期の最後の体錬の授業の後、急になくなった。

香はリボンを受け取ると、とても厭な笑い声を上げながら個室の中に腕だけ伸ばし、それを便器の中に捨て――、ぴしゃと音がして、はっと気付くと、目の前の襖が閉まっていた。

今のは何だったの……？

呆然としたまま、その場に多賀子は立ち尽くした。それがいつの間に本堂に戻ったのか。目が覚めると元の場所で横になっており、もう朝を迎えている。

その日の午後、多賀子は夕食の炊き込み御飯に入れる山菜採りをしていたとき、それとなく久留美に探りを入れた。

「私と色違いで買ったリボン、まだ持ってる？」

「えっ……、う、うん。けど、もう学校には持って来ない方がいいと思う」

「そうだね」

「上級生に見付かると、取られちゃうし……」

「先生にも怒られるからね」

「そ、そうだよ」

「ところで久留美ちゃん、どうして私のリボンを富島さんに渡したの？」

そんなことを言うつもりではなかった。口にする前も、口にしているときも、自分では全く意識していない。口にした後で、久留美の固まってしまった表情を目にして、ようやく何を言ったのかを理解した。

このとき以来、鵜野久留美は多賀子を避けるようになる。

やがて二学期がはじまり、最初の体錬の授業の後で――、彼女の服の上に、ぽつんと青いリボンが置かれていた。

多賀子は思った。自分は隙魔に隙間を見せてしまい、隙魔に魅入られてしまったのだろうか。だから親友の久留美を失ってしまったのだろうか……。

三

次に多賀子が隙魔を見たのは、中学校二年生の文化祭のときである。

演劇部に在籍していた彼女にとって、その年の秋の文化祭は自分が主演の一人となる特別な舞台だった。六月から準備が進められた出し物は、夏目漱石の「こゝろ」をかなり大胆に脚色した「三つの心」という作品である。原作では下宿のお嬢さんを巡る〈私〉と〈K〉の心の葛藤が描かれているが、劇ではそこに〈お嬢さん〉の心の動きまで加えて、原作にはなかった奇妙な三角関係を演出しているところがミソだった。

多賀子の役は、その美しい〈お嬢さん〉である。つまり主役の一人だ。張り切ったのは言うまでもないが、それだけが理由ではなかった。長身で眉目秀麗な〈K〉の役を務めるのが、一年先輩の和川芳郎《わがわよしろう》だったからだ。

芳郎は彼女にとって、実は遅い初恋の相手だった。小柄で陰気な面相の〈私〉役の西部靖《にしべやすし》もいるとはいえ、場面によっては芳郎との二人芝居のようなシーンも多い。見よう次第では二人の主演作とも映る。本読みから立ち稽古、舞台でのリハーサルと、多賀子は幸せの絶頂だった。

「三つの心」の脚本は、同じ演劇部の木々美嘉子《きぎみかこ》が担当していた。中学校への入学と同時に入部した二人は、それ以来の親友である。

文化祭の出し物の脚本は、細かい変更も加えると、本番までかなり修正される。役者にとっては大変だが、多賀子はむしろ歓迎した。なぜなら脚本が直されると、西部靖の〈私〉と多賀子の〈お嬢さん〉との絡みが減り、逆に和川芳郎の〈K〉とのシーンが増えていったからだ。

「三つの心」の内容を考えれば、三人のバランスが崩れることはおかしかった。ただ、変更後の脚本の方が良くなっているのが部員にも分かるため、〈私〉役の西部をはじめ反発する者は誰もいない。

しかし、多賀子は疑っていた。芳郎に対する彼女の想いに気付いた木々美嘉子が、やや意識的に〈お嬢さん〉と〈K〉の絡みを増やしているのではないか——と。

その証拠に美嘉子は、芝居の練習が終わった後も打ち合わせと称して、多賀子と芳郎を誘うことが多かった。美術部と掛け持ちをしていた彼が、そちらの部活で残った場合でも、演劇部の自分たちと上手く帰りが一緒になるように調整する。演劇部の打ち合わせは西部にも声を掛けていたが、脚本の変更と共に彼が参加する回数は減っていった。そして一学期の終わりには、三人だけで集まっても不自然ではない状態を、彼女は作り上げていた。

夏休みに入る前、美嘉子に言われた。

「お芝居も大事だけど、芳郎先輩のことも頑張らないとね。私の見るところ、彼も満更じゃないと思うよ」

ひょっとして自分のために、少し脚本を書き替えてくれたのではないか――と多賀子は訊いてみた。だが、美嘉子は笑って答えない。でも否定はしなかったので、そうだったのだと多賀子は感謝した。

ただ彼女が言うほど、芳郎が自分の方を向いているとは、どうしても思えない。三人で会っている時間が長くなるにつれ、親密な雰囲気が生まれたのは間違いない。しかし彼は飽くまでも演劇部の仲間として、芝居の共演者として、嘉納多賀子という人間を見ているような気がしてならない。

それと、ここにきて心配になったのが、皮肉にも芝居の脚本だった。物語では些細な擦《す》れ違いが切っ掛けとなり、〈私〉も〈K〉も〈お嬢さん〉も、誰一人として恋を成就できぬまま幕となる。もちろん芝居と現実は関係ない。だが多賀子は、そこに己の恋を重ね合わせていた。

かといって脚本を変えるわけにはいかない。さすがに美嘉子も、それは承知しないだろう。

もやもやとした不安を抱えながら、多賀子は夏休み中の稽古を続けた。そして練習に次ぐ練習に明け暮れた夏が過ぎると、本番までの一ヵ月余りは瞬《また》く間に過ぎて行った。

いよいよ文化祭を迎えたとき、多賀子には二つの変化が訪れていた。一つは和川芳郎に対する複雑な感情が、〈お嬢さん〉の演技に思わぬ深みを与えたこと。もう一つは稽古を続けているうちに、芳郎が彼女を意識しはじめたらしいこと。

尤も後者は芝居の練習を通じて、彼が疑似恋愛に陥っただけだったかもしれない。それでも二人の関係が、非常に良い方向へと動き出したのは事実だった。

文化祭の当日、「三つの心」の上演は三時からだった。午後一番の吹奏楽部の演奏が終わると、演劇部の全員で大道具を舞台の上に運び上げて、セットの設置が大急ぎで行なわれた。

劇は四幕物で、下宿の茶の間、〈私〉と〈K〉と〈お嬢さん〉の部屋が、それぞれ必要になる。まだまだ物のない時代である。部員たちは家の襖や障子を外して持ち寄り、なんとか部屋に見えるセットを苦心して作り上げた。

ただし顧問の教師が、余りにも写実的過ぎると呆れ返った背景画だけは、とても立派だった。美術部にも属する芳郎が、存分に腕を振るったからだ。暗転時のセット移動は、嫌《いや》というほど打ち合わせをし練習を重ねているため心配はない。

最後の簡単な打ち合わせも終わり、最も気に掛けていた観客の入りもまずまずというところで、「三つの心」の舞台の幕が上がった。

その日の多賀子は演劇部に入って以来、一番素晴らしい芝居をしていた。顧問の教師が「見ていて鳥肌が立ったぞ」と後から絶賛したほど、それは中学校の文化祭で行なわれる芝居のレベルを超えたものだった。

少なくとも彼女が、舞台上であの隙間を目に留めるまでは……。

場面は第三幕第四場の〈お嬢さん〉の部屋で、多賀子が〈K〉と向かい合って話すシーンだった。向かい合うといっても実際に真正面に相手がいるわけではなく、お互いが客席に対して斜めに身体を向けつつ、台詞《せりふ》を言うことになる。ただ、ある台詞の後で〈お嬢さん〉が立ち上がり、〈K〉の側へと赴《おもむ》くシーンがあった。

そこで多賀子は演出通り、少し客席に背を向けた格好で、芳郎の方へと歩を進めた。彼は移動する彼女を見ることなく、頭《こうべ》を垂れたまま台詞を喋っている。それに被せるように多賀子の台詞が続き、思わず芳郎の側に倒れ込むという手順である。彼の側まで進みながら、彼女が台詞のタイミングを計っていたとき、舞台にセットされた一枚の襖が、いきなり目に飛び込んできた。

その襖と柱の間には、隙間があった……。

ぐぐぐっ——と吸い寄せられるように、多賀子の身体が襖へと傾いた。両目は最早その隙間を凝視している。ほんの一瞬だけ、舞台の向こう側が見えた。だが、すぐに真っ暗な細長い闇が上下に広がって——。

やがて闇の中に、和川芳郎の姿が浮かぶ。戸惑ったような様子で、ただ立っている。すると横手から、すっと木々美嘉子が現れた。お互いが黙ったまま凝《じ》っと動かない。と突然、美嘉子が手紙のようなものを差し出した。それを芳郎が受け取ったのを切っ掛けに、二人は話しはじめる。しばらく会話が続き、急に芳郎が美嘉子にキスをして——。

ぴしゃと音がして、はっと多賀子が気付くと、目の前の襖が閉まっていた。

同時に、「どうしたんだ？　おい！　どうしたんだ？」という小さいながらも心配するような男の声と、ざわざわっと細波《さざなみ》の如く打ち寄せる無数の囁《ささや》きが耳に入り、自分が今いる場所と、その理由を彼女は思い出した。

どうにか舞台は続けた。芳郎をはじめ他の部員も観客も、多賀子が一瞬、台詞を度忘れしたと思ったらしい。

「あそこは残念だったが、全体の出来は素晴らしかったぞ」

上演の後、顧問の教師は慰めの言葉を彼女に掛けつつ、演技については最大級に誉めてくれた。

美嘉子は興奮した口調で、

「とっても良かったよ。三幕のお嬢さんの部屋ではドキドキしたけど、そこからの演技が凄《すご》かった。茫然自失《ぼうぜんじしつ》したお嬢さんの心理が、とても上手く表現されていたもの」

それは当然だった。多賀子の頭の中では、舞台で芝居を続けている最中も――、二人は、あんなことを一体いつ……、あんなことを一体いつ……、一体いつ……したの？

ずっと同じ疑問がぐるぐると回っており、正に彼女の地の状態が茫然自失だったのだから。

文化祭が終われば、もう三人で集まる必要もなくなる。そのうえ各部の三年生は引退の扱いとなる。にも拘《かかわ》らず美嘉子は、何かと理由を付けては三人の関係を続けようとした。

多賀子は何も言わなかったし、何も訊かなかった。国民学校の林間学校で、ぽろっと漏らした言葉の所為で、友達を失った記憶が蘇っていた。

しかし、心の中では常に（一体いつなの？）という苦しい問い掛けを続けていた。当然それは、三人で会っている間も消えなかった。

口には出さなくとも、そういう思いは伝わる。和川芳郎は美嘉子が誘っても顔を出さないことが多くなり、その年の冬には自然に離れて行ってしまった。

「どうしたのよ、何があったの？」

当初、美嘉子は心変わりの原因を知りたがった。だが、そのうち彼のことには触れないという暗黙の了解が、二人の間で出来上がった。美嘉子との関係も多少ぎくしゃくしたが、疎遠になることはなく、それも時が経つに連れて修復された。

やがて、三年生が卒業するときがきた。あの隙間から見た光景は何だったのか、多賀子は卒業式の当日まで悩んでいた。二人が自分に隠れて付き合っていたとは、どう考えても思えない。そんな事実があれば、幾ら何でも気付くだろう。第一それでは美嘉子の言動の説明ができない。

先輩、どういうことですか……？

何百回とした心の中での問い掛けを、卒業証書を受け取る芳郎の背中に向けていた。

式の後、多賀子は直接、芳郎に訊こうと思った。美嘉子にはどうしても言えなかったが、もう自分とは疎遠になっている彼になら……と思ったからだ。

和川芳郎を捜して校内をあちこち彷徨《さまよ》い、ようやく体育館の裏で見付けたとき、彼の側には木々美嘉子がいて――多賀子があの隙間から覗いた光景を再現していた。

あれは過去じゃなかった……。未来の出来事だったんだ……。

学校が別々になっても付き合おう――と約束する二人の声を背中で聞いて、その場を離れた。

次に多賀子が隙魔を見たのは高校二年生、友達の家に行ったときだった。そして、その次が大学一年生の海水浴、その次が四年生のスキー旅行、その次が叔母のお通夜――と、彼女は折に触れ隙魔を見続けた。

隙魔は必ず多賀子の知らない、それでいて彼女を取り巻く、裏の人間関係を教えてくれた。

ただし、それを多賀子が知ったからといって、より良い方向に、その関係が進んだことは一度としてない。むしろ大抵は悪くなった。隙魔が垣間見せる光景が過去のものか未来のものか、その時点では決して分からないということも、徒《いたずら》に多賀子を混乱させた。

そして今、これまで目にしたこともないような、無気味な隙魔を彼女は見てしまったのである。

四

多賀子は咄嗟に図画工作室にいる彼――和川芳郎に知らせようかと思ったが、即座に無理だと気付いた。隙魔が現れた忌まわしい扉を、すぐ開くことなどできないからだ。

仕方なく理科室にいる山間久男のところへ行くと、扉が少しだけ開いている。

まただわ……。

もう覗きたくないと思ったが、目の前に隙間があると抗《あらが》えない。どうしても片方の目の玉が、ぐんぐんと吸い寄せられてしまう。

理科室の奥は明かりが点っていたが、手前は薄暗かった。そこに白衣を纏った小柄な男の後ろ姿があった。実験をするときには必ず着るお馴染みの格好である。ただし何処か悄然《しょうぜん》とした様子は、何かを一心に考えているように見える。

「戦災に見舞われた学校は、授業をしようにも顕微鏡さえない状態が続いている。幸いうちは無事だったけど、それでも理科機器が充実しているわけじゃない」

山間久男の口癖である。

昭和二十八年に理科教育振興法が制定され、翌年に設備基準が作られたものの、一校に割り当てられる予算は少ない。そのため教師は創意工夫する必要があった。

山間先生、また何か考えているんだわ。

彼は愚痴《ぐち》るだけでなく、今の環境で可能な実験は何か、それを常に試行錯誤していた。

こうやって理科室に籠ると、決まって久男は一心に没頭して熱中する。邪魔をすると怒られるので、そっと理科室を離れた。宿直の業務である午後八時の最初の見回りを代わったのも、彼が理科室でやりたいことがあると言ったからだ。

防犯上の理由で、女性の宿直は認められていない。用務員は常駐しているが、戦前から勤める垣根《かきね》は年寄りのうえ、ひょろっとした背の高い痩身のため、いざというとき心許《こころもと》ない。そこで男性教師が持ち回りで宿直を務めているのだが、若くて独身の山間久男と和川芳郎の負担が、どうしても多くなってしまう。

そんな二人を不憫《ふびん》に思い、よく多賀子は全体の戸締まりや最初の見回りを手伝っていた。

しかし、こうなると残っているのは彼女しかいない。そう、宿直室にいるであろう富島香である。

今年の春、五字小学校に赴任が決まったとき、中学校時代に一年先輩だった和川芳郎と国民学校時代に二年先輩だった富島香が、それぞれ奉職していることを多賀子は知っていた。元美術部でもあった芳郎は、図画工作の教師になっていた。

二人には隙魔に纏《まつ》わる嫌な記憶と悲しい思い出があるため、さすがに少し迷った。しかし、この世界は狭い。教師を続けているうちに、遅かれ早かれ何処かの小学校で一緒になるに違いない。ならば早い方が良い。

それに二人とも、隙魔のことは何も知らないんだから……。

多賀子は決断し、それなりの覚悟を持って五字小学校に勤めはじめた。

子供の頃に少し大柄だった富島香は、如何《いか》にも男心をそそる肉感的な女性に成長していた。ただ性格は相変わらずきつく、折に触れいびられた。とはいえ表面上は、概《おおむ》ね無難な関係を保っている。

和川芳郎は再会を素直に喜んでくれた。ただし、それ以上でも以下でもない感じで、そんな反応を喜ぶべきかどうか判断が難しかった。ちなみに木々美嘉子との付き合いは、少なくとも今はないらしい。

年齢が近いこともあり、香より一年先輩の山間久男を加えた三人とは、それなりに親しく付き合っている。四人とも性格も考え方もバラバラだったが、ただ一つ共通していたのは、戦前戦中の学校教育に対する怒りである。それも戦後、掌《てのひら》を返したように百八十度も違う教えを平然と口にした、当時の教師に対する憤怒の念だった。

その対象の一人は、とても身近にいた。昭和二十一年の教職追放令によって一度は教育現場から去ったにも拘らず、戦犯に指定されることがなかったため、二十六年の解除を待ち、更にほとぼりが冷めてから、今度は学校長になって戻って来た坂田亮一である。

坂田が復帰した三年前、同じく五字小学校に新任教師として赴任した山間久男は、腸《はらわた》が煮えくり返る思いだったという。和川芳郎は坂田が在職していることを承知で、この学校の教師になったらしい。富島香は全く坂田の過去を知らなかったが、二人の話を聞くうちに怒りを覚えるようになった、と本人が語っていた。

校長の坂田亮一――ただし今、その彼に何かが起きているかもしれないのだ。

迷いながらも多賀子は、仕方なく宿直室に向かった。

ところが、そこで彼女の目に入ったのは、またしても扉の隙間だった。尤も香のずぼらな性格を考えると、別に意外な眺めではない。

もしかすると、あの続きが見えるかも……。

今までに抱いたことのない妙な期待感から、多賀子は扉に近付いた。だが隙間に片目を付ける前に、彼女の耳が室内から漏れる英語の音読を聞き取っていた。

「戦後、子供たちは米兵に対して、『ギブ・ミー・チョコレート』と叫んだ。戦中は先生から『鬼畜米英』と教えられた相手にね。もちろん必要に駆られて、聞き齧《かじ》った英語を口にしただけだった。でもね、今後は日本の社会でも、英会話力が求められるのは間違いないわ」

香は小学校でも生徒に英語を教えるべきだという考えを持っている。

この意見に多賀子は反対だった。英語の必要性は認めるが、まず母国語をしっかり身に付けるのが先だと思うからだ。

「同時にやればいいじゃない。頭の柔らかい子供のうちに、活きた英会話を学ばせるべきよ」

とはいうものの香も、実際に授業をするわけにはいかない。それでも彼女は教師の給料では高価過ぎる英語教材を購入し、こうやって勉強を続けている。しかも校長と教頭がいないときに、わざわざ学校で行なうのが常だった。どうやら彼女は、そこにも意義を見出しているらしい。

さすがに職員室では落ち着かないのか、芳郎や久男が当直当番のときを見計らって、よくこの部屋を利用している。

邪魔をしたら、きっと嫌味を言われる……。

そう思うと、とても扉を開けて宿直室には入れない。それに芳郎たちがいれば大丈夫なのだが、やはり今でも香と二人だけになるのは、自然と避けてしまう。

どうしよう……。

もちろん坂田の身が心配なのではない。戦中の彼がどんな教師だったのか。それが戦後どのように転身したのか。芳郎と久男に教えられてから、校長の坂田と接するのが、とても苦痛になっている。

「戦時中、学校は皇国民錬成の修練道場だと言われていた」

多賀子が赴任して学校にも慣れはじめたある日、先輩の三人に誘われて呑みに行った小料理屋の座敷で、まず久男が語りはじめた。

「教科も統合されましたね」

すぐに芳郎が相槌を打つ。

「ああ。修身、国語、地理、国史は国民科に、算数、理科は理数科に、体操、武道は体錬科に、音楽、習字、図画、工作、裁縫、家事は芸能科に、農業、工業、商業、水産は実業科に統合された。とにかく国家的な儀式と行事を教科と一体化すること、それが教育の役目だったわけだ」

「そのうち、学校も戦場である――と無茶苦茶なことが叫ばれるようになりました」

「銃後の一体化を図るためには、学校も常に戦場として存在しているのだという意識を、子供たちに植え付けた方が手っ取り早いからな」

「教科書を大切にしないと、竹の棒で頭を殴られたわね」

「開く前には、まず一礼するように――そうしないと罰が当たります。そんな風に教えられました」

香が口を開くのを待ってから、多賀子も会話に参加した。

「当時の教育では――」

決して酒の所為だけではないらしい、赤い顔をした久男が、

「学校は戦場だとされた。つまり兵隊にとっての銃が、生徒には教科書であり筆記用具だったわけだ。だから鉛筆一本でも禿《ち》びた小さな消しゴムでも粗末にしようものなら、ビンタどころでは済まない体罰を受けた」

「忘れ物をした場合も、とても酷《ひど》かったです」

「『戦場に武器を忘れて来る日本の兵隊がいるかぁ！』と怒鳴られ、意識がなくなるくらい殴られたものだ」

「沢《ま》して遊びの道具に使おうものなら――」

「そうだな」

芳郎の顔面が蒼白になっている。久男は相変わらず赭《あか》ら顔だったが、二人の間に気まずそうな沈黙が下りた。

「何か厭な思い出でもあるの？」

学校を出ると、香は二人に対して敬語を使わなくなる。

「和川先生は当時、俺と同じ国民学校だった。ある日、一人の男子生徒が鉢巻きの左右に鉛筆を二本差すと、その格好で鬼ごっこをやりはじめた」

「彼が鬼だったのね」

「ああ……。だから鬼に捕まった者は、鉢巻きと鉛筆を受け取って、自分も鬼に扮したわけだ」

「ところが――」

そこで芳郎が、後を引き受けて喋り出した。

「何人目かに鬼役が替わったとき、その遊びを坂田が見付けたんだ」

「坂田って――坂田校長のこと？」

久男と芳郎が無言で頷《うなず》く。

「坂田は激怒した。『神聖なる筆記用具で遊ぶとは何事かぁ！』と叫びながら、鬼役の生徒をひたすら殴り続けた」

「酷い……」

思わず香が呟き、多賀子も賛同した。ただし似たような光景は、彼女たちも目にしてきている。

「でも、あの当時は――」

それを香が口にすると、久男が首を振りながら、

「行き過ぎた体罰で済めば——いや、当時の体罰は完全に理不尽な暴力に過ぎなかったわけだが——まだ良かった。もちろん全く良くはないのだが、富島先生の言う通り、普通に行なわれていたことだ。特に珍しくはない」

「そうね」

「しかし坂田は、その生徒を殴り殺した」

「えっ……」

多賀子は思わず、香と顔を見合わせた。

「当時、学校で行使された体罰という名の暴力は、とにかく酷かった」

久男は両目を瞑《つむ》ると天を仰ぎながら、

「何よりも、体罰を振るう理由が滅茶苦茶だった。南方で日本軍が次々と玉砕しはじめると、『銃後を守るべきお前らが弛《たる》んでおるからだぁ！』と、週番士官に生徒全員をビンタさせたんだからな」

週番士官とは、上級生の中から特に優秀な者を教師が指名した、言わば風紀係のような役目である。

「ただ、あの頃は、それが普通だと思っていました。もちろん変だ、おかしいとは感じたわけですが、とても口に出せる雰囲気ではなく……」

「戦況が悪化すると、『一億総玉砕』が叫ばれたくらいだからな。無力な子供には、どうすることもできんよ」

再び二人は黙り込んだ。

「でも、生徒を殺してしまうなんて……」

恐る恐る多賀子が口を開くと、思い出したように久男が先を続けた。

「もちろん、坂田は罪に問われなかった。逆に少年の両親の方が、『うちの息子が、ご迷惑をお掛けしました』と頭を下げたほどだ」

「そんな……」

年齢が近かったため、当時の狂信的な雰囲気を多賀子も体感している。ただ、幸い彼女の通っていた学校には、そこまでの厳しさはなかったので、久男の話は衝撃的だった。

「戦後、坂田をはじめ多くの教師たちは、『粗末に扱うと罰が当たるはずの神聖な教科書』に、墨を塗れと指導した。ＧＨＱの命令に従っただけだ、と彼らは言うだろう。じゃあ、戦前戦中にお前たちが暴力まで使って、徹底的に俺たちに叩き込んだ教育は一体何だったんだ？　教科書に墨を塗るということは、自分たちの教えが間違いだったと認めたわけだろ。その責任も取らずに、あいつらは……」

声が震え出した久男が、そのまま言葉を飲み込むと、対照的に淡々とした口調で芳郎が、

「自分の過ちを認めて、または恥じて、教壇を去った先生もいましたね」

「三つのグループに分かれるんじゃない」

香が片手の指を一本ずつ立てながら、

「軍国主義の教育を行ない、教え子を戦場に送り続けたことを心の底から後悔し、戦後は教職から退《しりぞ》いた人。同じ反省をしながらも、その償《つぐな》いを再び教育の場で実践しようとする人。何ら罪の意識も持たぬまま、平然と教師を続ける人――」

「そうだな。二番目は、またその中でも色々な例に分かれると思うけど……。つまり一番目寄りの教師もいれば、限り無く三番目に近い者もいるってことでな」

「しかし坂田は、間違いなく三番目です」

吐き捨てるように芳郎が断言した。

このとき以降、四人は集まると戦前戦中の教師の戦争責任の問題と、それを踏まえた自分たちの教育方針について、いつも話し合うようになった。

校長の坂田亮一に対する断罪は、皆が望んでいた。しかし今更、当時の罪を問うのが不可能なことは、誰もが分かっていた。

その坂田に関する無気味な幻視を、多賀子は体験したのだ。まず三人の誰かに話したいと思うのは当然だった。

それでも見回りを投げ出すわけにはいかない。最後まで務めた彼女は職員室に戻ろうとして、用務員の垣根のことを思い出した。見た目は立派な老人ながら、真面目で働き者のうえ、生徒たちにも優しく人気がある。独りで学校に住み込んでいるので、どうやら家族はいないらしい。

「垣根さん――」

「嘉納先生、八時の見回りですか。ご苦労様です」

娘のような年齢の多賀子に対しても、そう言いながら深々と頭を下げてくれる。

「他の先生方は、もう皆さんお帰りになられましたよね」

「はい。今も残っておられるのは、理科室の山間先生、宿直室の富島先生、図画工作室の和川先生のお三方だけです」

すらすらっと名前と居場所が出てくるのは、三人がよく居残りをしているからだ。

「ですので理科室と宿直室、それに別棟の確認は、次の見回りのときで大丈夫です。あっ、それとも既に、もうお済みですか」

「はい……いえ、それが――」

教師に成り立ての頃、多賀子は息抜きのために、時折この用務員室を訪ねたものだった。そうして他愛のないお喋りを垣根とした。体調の悪くなった子供が、養護教諭に頼るのと似ていたかもしれない。

ちなみに国民学校制度が導入された際、それまでの学校看護婦は養護訓導に変わった。それが昭和二十二年に学校教育法が制定されて、養護教諭に改められている。

彼女が用務員室に来ていたとき、一度だけ隙魔の話をしたことがある。垣根は特に意見を述べず、静かに彼女の体験談に耳を傾けてくれた。信じたかどうかは分からないが、少なくとも莫迦にはしなかったと思う。

「あのう……実は――」

思い切って先程の幻視を口にする。

「校長先生が……」

垣根は素直に驚いたようだ。

「それは嘉納先生も、さぞご心配でしょう。どれ、私がちょっとご連絡してみましょう」

同情するように応じると、職員室へと移動して坂田の自宅に電話を掛けてくれた。信じる信じない以前に、多賀子の不安を汲み取った彼は、できる限り解消できればと考えたのだろう。

「もしもし、坂田校長先生のお宅――はっ？　そのう……校長先生の……、あっ、奥様ですか……。えっ……？　ええっ！　も、もしもし……お、奥様、もしもし――」

電話の向こうは、どうやら坂田夫人らしい。しかし、そのやり取りが明らかにおかしい。

「わ、分かりました。とにかく奥様、落ち着いて下さい。すぐ警察に連絡しますから――いえ、奥様はそのまま、そこにいて下さい。いえ、すぐです。すぐに警察官が参りますので、どうかそのまま、今しばらくご辛抱下さい」

なおも垣根は坂田夫人を宥《なだ》めてから電話を切ると、信じられないと言わんばかりの口調で、

「ご自宅で坂田校長が、こ、殺されていると……」

五

「どうしたの？」

ちょうど警察への通報が終わり、続けて教頭に連絡しなければと垣根が受話器を取ったところに、富島香が現れた。

「あっ、富島先生、大変なことになりました」

坂田家で起こったらしい事件を垣根が話しはじめると、今度は和川芳郎がやって来たので、彼には多賀子が知らせた。

「このことを山間先生は？」

彼女が首を振ると、すぐに芳郎が理科室へ飛んで行き、久男を連れて戻って来た。

「校長が殺されただって！」

「はい。帰宅された奥様が、応接間で発見されたらしく……。ただ、とても取り乱していらっしゃるようで、電話では詳しくお聞きできておりません」

「まぁ、そうでしょうね」

生真面目に答える垣根に対し、久男は慰めるような相槌を打ちつつ、

「それで、教頭先生には？」

「まだこれからです」

「分かりました。垣根さんは教頭に連絡して下さい。私は今から、校長の自宅に行って来ます。遅かれ早かれ学校にも、警察から連絡が入ると思いますので、その前にこちらから出掛けた方が良いでしょう。教頭にも、私が校長宅に向かったと、伝えておいて貰《もら》えますか」

「承知しました」

「山間先生、宿直は私が代わります」

芳郎が手を挙げると、香が横から、

「独りで大丈夫ですか。私たちも行きましょうか」

そう言って多賀子を見たので、嫌だったが仕方なく同意の印に頷くと、

「いや、そんなに何人も押し掛けては、却《かえ》って警察の邪魔になる。恐らく教頭先生も駆け付けると思うので、取り敢えず私と二人いればいいだろう」

　幸い久男が断わってくれた。

　彼が学校を出た後、垣根を加えた四人はしばらく職員室で話し込んでいたが、九時を過ぎた時点で多賀子は香と一緒に帰宅することにした。

　坂田亮一の自宅は、小学校から歩いて十五分くらいの場所にある。少し遠回りになるけど見て行こう——という香の誘いを断わり切れずに、物々しい気配が辺りに立ち籠める惨劇の家の前を、わざわざ多賀子は通って帰った。お蔭で、その夜は悪夢を見てしまった。

　翌日、職員室は大騒ぎだった。授業は普通に行なわれたが、教師たちの多くが浮き足立っていた。何しろ現職の学校長が自宅の応接間で、そこにあった置き時計により頭頂部を殴られ、殺されたというのだから……。

　そんな状況の中、授業の合間を縫って、警察は教師全員に事情聴取を行なった。その結果、山間久男、富島香、和川芳郎の三人が有力な容疑者として浮かび上がった——という噂が一気に広まり、とても多賀子を驚かせた。

　確かに皆で集まれば、いつも坂田に対する批判は出た。しかし、そこには多賀子も

いた。なぜ彼女だけ除外されるのか。それに四人以外には、他に誰もいなかったはずである。どうして会話の内容が漏れたのか。

「どういうことでしょう？」

事件から二日が経った放課後、四人は図画工作室に集まっていた。

「俺たちが気付いていなかっただけで、この四人の言動は、他の先生方の注視の的になってたってことだな」

彼女の疑問に、苦々しく久男が答える。

「それを警察に、わざわざ伝える人がいたわけね」

「教師だけとは限りません。もしかすると父兄の間でも、そんな風に見られている可能性は充分にあります」

香と芳郎の意見に、久男は頷いている。

「坂田は、ほぼ真正面から殴られたらしい。現場が応接間であることを考えても、犯人は顔見知りだと分かる」

「それで私たちが、真っ先に疑われたのね」

「でも、どうして私だけ――」

「あら、それは嘉納先生が、私たちよりも遥かに無垢《むく》に見えたからじゃない」

皮肉な口調で香が応じると、苦笑いを浮かべた久男が、

「容疑者から外れたからって、不満を口にするのはお門違《かどちが》いじゃないか」

「それは、そうなんですが……」

「疑われたものの、嘉納先生のお蔭で、我々には現場不在証明《アリバイ》があると分かったんだから、結果的に問題なしだよ」

芳郎に微笑み掛けられ、その点に関してだけは本当に良かったと、多賀子は改めて思った。

「坂田の死亡推定時刻は、八時前後らしい」

久男は喋りながら、鞄からノートを取り出した。

「その犯行時刻に、俺は理科室に、富島先生は宿直室に、和川先生はここ図画工作室にいたことが、嘉納先生の証言ではっきりしている。学校から坂田の家まで、歩いて十五分は掛かるだろ。走ったとしても犯行時間を加えると、少なくとも往復で三十分は必要になる」

そして開いたノートに、坂田殺しに関する時間の経過を書き出しはじめた。

八時〜十五分　嘉納先生が校舎の見回りを行なう。

八時前後　坂田が殺害される。

　五分　坂田夫人が帰宅し、夫が殺されているのを発見する。

十五分　垣根氏が坂田家に電話をする。

二十五分　警察が坂田家に到着する。

「検死によると坂田は死後、三十分くらいしか経っていなかったという。つまり八時前後に殺されたわけだ」

「奥さんが帰宅したとき、まだ息があったということはないんですか」

芳郎の質問に、久男は首を振ると、

「分からない——というより、彼女に夫の生死を確かめる余裕が、果たしてあったかどうか。ただ死後三十分ということは、奥さんが発見したとき、正に坂田は殺されたばかりだった、と言えるわけだ」

「あの日は奥さん、確かお花の稽古だったと思うけど——」

「ほとんど毎日のように、何か習い事をしているからな」

「結構なご身分よね」

「それでだ。犯行時刻の八時に学校にいた我々には、まず坂田の殺害は不可能だと分かる」

「ただ、学校から十五分という距離が、微妙と言えばそうなんだけどね」

香が自嘲的な意見を口にすると、抗議するように芳郎が、

「お二人はいいですよ。嘉納先生に姿を目撃されたり、声を聞かれたりされてるんですから。それに比べて僕は……」

「いや、むしろ和川先生の現場不在証明の方が、俺や富島先生のものより、しっかりしていると思う」

「そうでしょうか」

「嘉納先生は七時半に、ここ図画工作室を訪ねた。渡り廊下に展示されている生徒たちの作品を片付ける、その手伝いをするために。そうだろ？」

「ええ、夏休み前の授業で生徒たちに、簡単な材料を使った夏らしい工作──つまり風鈴や水車や回り灯籠《どうろう》などを作らせましたので」

「俺も拝見したよ。しかし君は、彼女が宿直当番だった俺の代わりに見回りをすると知り、手伝いを断わり自分独りでやることにした」

「そうです。あれもこれもと彼女に頼み過ぎるのも、ちょっと気の毒に思ったものですから」

「廊下の端から端まで飾られた作品を、君が独りで片付けるには、幾ら何でも三十分は掛かる」

「確かに終わったのは、八時頃でした」

「そうだろ。嘉納先生が八時の見回りをしたとき、既に廊下は綺麗になっていた。もし君が坂田家に行っていたのなら、まだ廊下には生徒たちの作品が残っていたはずだ。これほど立派な現場不在証明はないじゃないか」

「はぁ、言われてみれば……」

「和川先生は、俺たち二人の現場不在証明が完璧だと思ってるみたいだけど、実はそうじゃない」

「えっ、そうなの？」

香は驚いたように大声を上げると、慌てて久男に説明を求めた。

「死亡推定時刻は八時前後だけど、五分くらいは動くだろう。つまり八時前としたとき、ぎりぎり七時五十分だったと見做《みな》すことも可能になる」

香だけでなく多賀子も芳郎も、真剣な眼差しで久男を見詰めている。

「事件当日の放課後、生徒と先生方が帰ってから、いつものように俺たちは職員室に残っていた。やがて七時十分頃に和川先生がこの図画工作室に、二十分頃に富島先生が宿直室に、そして二十五分頃に俺が理科室へと向かった」

「確かに、そうでした」

多賀子が答える。

「嘉納先生は七時半に、ここで和川先生と会っている。ということは、職員室を出た七時十分から半までの約二十分の間に、和川先生が坂田家へ往復して犯行を為すのは、まず不可能と分かる。第一それでは坂田の死亡時刻が、八時前後ではなく七時半前後になってしまうはずだ」

「そうね。で、私と山間先生の現場不在証明が危ういというのは、どういうこと？」

急《せ》かせる香とは対照的に、噛んで含めるような口調で久男が説明を続ける。

「職員室を七時二十分頃に出た富島先生が、実は宿直室には行かずに、そのまま坂田家に向かったとしたら――。もしくは一旦は宿直室に入りながら、頃合いを見計らって抜け出したとしたら――どうだ？　八時過ぎに嘉納先生に声を聞かれるまで、約四十分もあることになる。ぎりぎりの犯行時刻である五十分までに、坂田家に行くことは充分に可能だったわけだ」

「そして校長を殺し、走って学校まで戻って来た――とも考えられると？」

「ああ。同じことが俺にも言える。君より使える時間が五分ほど短いけど、大して変わらない。むしろ男の俺の方が、走るにしても有利だろうからな」

「あなたも覗くのなら、もっと早くしてくれれば良かったのに」

香が理不尽な文句を付けたが、多賀子は動じることなく応じられた。

「それなら大丈夫です」

「どういうこと？」

「実は、先生方の様子について、かなり執拗に警察から聞かれました」

「やっぱりな」

久男が大きな溜息を吐いた。

「山間先生が仰ったことと全く同じ考えを、最初は警察もしたようなんです」

「最初は——ってことは、その後で変わったのか」

「はい。宿直室から聞こえた富島先生の英語の朗読は、落ち着いていて一定の抑揚があったこと。理科室で見た山間先生の後ろ姿は、微動だにせず静かだったこと。この二点について、何度も何度も確認され、念を押されました」

「そうか。ぎりぎりの時刻で犯行を為し、学校に走って戻ったのなら、朗読の声は乱れ、両肩で息を吐き——という状態になっていて当たり前だからか」

「きっとそうだと思います」

「俺が考え付いたんだ。警察が考慮して当然だな」

「なーんだ、脅かさないでよ」

ぼやきながら香が睨むと、苦笑いを浮かべつつ久男が「いや、すまん」と謝った。

だが、すぐ真顔に戻って、

「ただな、俺の見るところ、警察は別の線を追ってるように思えるんだが——」

「それは、学校関係者ではない線という意味ですか」

芳郎が尋ねて久男が頷いたときだった。扉にノックの音がして、用務員の垣根が姿を現した。

「すみません。ちょっと用事を片付けておりましたら、すっかり遅くなってしまいました」

「いえ。こちらこそお呼び立てして——。さっ、どうぞ掛けて下さい」

「はい。失礼します」

二人のやり取りを、香も芳郎もぽかんと見詰めているので、どうやら多賀子と同様、垣根が呼ばれていたことは知らなかったらしい。

「職員室には、もう誰も？」

「はい、先生方は皆さん、疾っくにお帰りになりました」

「そうですか。いえ、今更こうやって我々が集まっていることを、他の先生方に隠しても仕方ないわけですが、垣根さんまで巻き込んでしまっては申し訳ないですからね」

「私は別に構いませんが……」

「まぁ、そういうわけにもいきません」

「こう歳を取りますと、そうそう物事に動じなくなります。それに、ここにいらっしゃる先生方には、日頃から親しくさせて頂いておりますので——」

頭を下げる垣根に、少し辛そうな表情を浮かべた久男は、それでも意を決した口調で、

「では、お言葉に甘えて——。実は教えて欲しいことがあるのです」

「はぁ、何でしょうか」

「坂田校長の秘密です」

「…………」

途端に垣根が絶句した。だが、その態度を見れば、久男が言う「坂田校長の秘密」を知っていることは、どうやら間違いなさそうである。

「教えて貰えませんか」

「…………」

「警察の事情聴取で、何か重大な証言をされたんじゃないですか」

「…………」

「私の友達に、新聞記者がいましてね。今回の事件で個人的に取材を受けたんですが、そのとき彼が、親しい刑事から聞き出したと教えてくれました。ただし肝心の内容までは、彼も摑《つか》んでおりません。でも、校長殺しの充分な動機になる事実が判明したらしいと……。しかも坂田校長は、殺されても文句が言えないような罪を犯していたのだと……」

「罪なら、既に酷い殺人罪を戦中に犯してますよ」

憤《いきどお》る芳郎を宥《なだ》めつつ、久男は尚も垣根に話し掛け続けた。

「警察が発表せず、あなたが口を閉ざしていても、いずれは噂が広まります。その線で警察が動くでしょうからね。そうなってからでは、何か手を打つにしても遅いかもしれません」

「山間先生……」

「はい」

「わ、わ、私は……」

「あなたを責めているわけではありません」

「し、しかし……、私は校長先生が……、あ、あんなことをしていたのを……、し、知りながら……、情けないことに何もできずに……」

「どんなことです？」

「…………」

「彼は一体、何をしていたんです？」

「校長先生は……、せ、せ、生徒に……、て、て、手を……」

「えっ……？」

「出してたんです……」

久男は絶句した後、囁《ささや》くような声で、

「生徒に手を出してた——って、まさか自分の学校の女子生徒を、坂田は強姦していたとでも……」

こっくりと垣根が頷くのを見て、多賀子はもう少しで悲鳴を上げるところだった。

「そ、それ、本当なの？」

香が物凄い剣幕で突っ込むと、垣根は泣きそうな顔付きで再び頷き、

「なぜそのことを知ったんです？」

芳郎の問い掛けには、用務員室に遊びに来る女子生徒たちの中に、いつしか異様な気配を感じるようになり、色々と話を聞いているうちに、まさか……と思える恐ろしい出来事が起きていることを、徐々に察するようになったと答えた。

「いつからです？　被害者は何人くらいです？」

「わ、分かりません……」

それでも粘り強く久男が質問を続けると、この一年間くらいの出来事らしいと判明した。

「も、申し訳ございません！」

頭を深々と下げ、そのまま垣根が土下座しそうになるのを、久男は両手を差し伸べて止めながら、

「あなたの立場では、校長を告発するなど、なかなかできなかったはずです」

「……………」

「それに被害者の生徒たちも、はっきり証言したわけじゃないんでしょ？」

「はい……。とはいえ、様子のおかしな子が増えていたわけですから……、やはり私が……」

多賀子は思った。用務員室を時折訪ねていたのだから、少なくとも自分には相談しても良かったのではないかと。ただしすぐ、ここ以外に行き場がなさそうな彼の弱い立場を考え、とても複雑な心境になった。

「つまり警察は、被害者の女子生徒たちの父兄に疑いの目を向けている——ってこと？」

「そうなるな」

「でも、誰が被害者なのか、坂田がいない今、はっきり分かるのかしら……。垣根さんにしても、飽くまでも異様な気配を感じて、生徒たちの話の中から悍《おぞ》ましい事実を悟った、という感じなんでしょ」

垣根が弱々しく頷く。

「恐らく警察は、垣根さんの証言を基に、坂田の被害者を特定している最中なんだろう。ただ、大っぴらにできない問題だけに、かなり時間が掛かるかもしれないな」

そんな意見を述べた後、

「迷宮入りになれば良いのに……」

ぽつりと久男が呟いた。その言葉に思わず多賀子が賛同すると、香と芳郎だけでなく垣根も、同じ意を表した。

「とにかく教育界から、そして何より五字小学校から、唾棄《だき》すべき存在がいなくなったことを、我々は喜ぶべきだ」

坂田殺しの話を締め括《くく》るように、そう久男が言った。

今後は、警察の捜査を妨げない範囲で、できる限り坂田に被害を受けた生徒の救済に努めるべきだ、という考えで皆の意見が一致して、その日の集まりは終わった。

それから容疑者が浮かんだという話もないままに、一日、二日、三日と過ぎていった。時間の経過と共に、学校内も落ち着きを取り戻しはじめたように見えた。

ところが、多賀子だけは違った。周囲が事件前の日常に復していくのとは逆に、むしろ彼女は事件当日に引き戻されていく感覚を味わっていた。

なぜかは分からない。ただ、もやもやとした何かが、頭の中で次第に広がってゆく。

隙魔の所為なの……？

それは間違いないように思える。警察には、隙魔が見せた幻視のことは話していない。信用されないばかりか、下手をすると自分の証言が疑われてしまうからだ。普通に扉を開けて、向こうを確認したと応えてある。この対処の仕方は、今でも正しかったと思う。にも拘らず、すっきりしない。とても引っ掛かるものがある。

人影の鬼……？

そう、あれは坂田亮一を殺した人物の影だったのではないのか。学校長殺人事件の犯人の姿だったのでは……。

でも、どうして鬼なの？

坂田は戦中、鉛筆を鬼の角に模して鬼ごっこをしていた生徒を殴り殺した――という話が脳裏に蘇る。そんな忌まわしい彼の過去が、今度の事件と何か関係あるのだろうか。

しかし今更、警察に幻視の話などできない。相手にされないどころか、捜査妨害だと受け取られるのが落ちだろう。

だけど気になる……。

最近では毎晩のように、ぐるぐると回る無気味な人影の鬼ごっこが、いつまでもいつまでも頭の中に映り続けて、なかなか安眠させてくれない。

このままでは、隙魔に殺される……。

本気で多賀子は、そう怯えるようになっていた。

六

祖父《そふ》江偲《えしの》は気になって仕方がなかった。

民俗採訪の旅から、刀城言耶《とうじょうげんや》が東京へ戻って来たのを喜んだのも束《つか》の間《ま》、とても元気がないことに気付いたからだ。

先生、どないしはったんやろ？

今回の旅の最大の目的は、予《かね》てから言耶が切望していた瀬戸内海の兜離《とり》の浦《うら》の沖合いに浮かぶ〈鳥憑島《とりつきじま》〉への探訪のはずだった。その島の拝殿で執《と》り行なわれる〈鳥人《ちょうじん》の儀《ぎ》〉という秘儀に立ち会うために、彼は勇んで出掛けたのである。

言耶は二年前に一度、先輩である市井の民俗学者の阿武隈川烏《あぶくまがわからす》から、「今年の夏、例の儀式が行なわれる」という連絡を受け取ったことがある。ただし、それが誤った情報だったため、すっかり張り切った彼は、一気に落ち込む羽目になってしまった。よって今度は念には念を入れて、万端の情報収集をして出発した。そして幸いにもお目当ての儀式は、ちゃんと行なわれたらしい。

尤も言耶はその島で、またしても奇っ怪で不可解な事件に遭遇したという。何処にも逃げ場のない断崖絶壁に祀《まつ》られた拝殿の中から、巫女が忽然《こつぜん》と姿を消したのだ。しかも十八年前にも同じような事件があり、島を訪れていた民俗学者と学生たちも消えてしまい、今回もまた……ということらしい。

だが、当然と言うと言耶は嫌がるが、いつものように彼は事件を解決している。いや、そうだろうと偲が見当を付けているだけだが、まず間違いはないと思う。にも拘らず事件の詳細を教えてもくれなければ、況《ま》して如何なる解決を齎《もたら》したのか一言も話してくれない。

祖父江偲は探偵小説の専門誌『書斎の屍体』を刊行している怪想舎《かいそうしゃ》の編集者で、刀城言耶の担当をしている。言耶自身は東城雅哉《とうじょうまさや》の筆名で、怪奇幻想小説や変格探偵小説を書く作家なのだが、趣味と実益を兼ねた怪異譚蒐集が生き甲斐で、常に全国各地を旅して回っている。そのため、ほとんど東京にはいない。

だから、こうして言耶が好きだという珈琲を出す、神保町の喫茶店〈エリカ〉で会えるのは、偲にとっては非常に貴重な時間と言えた。

「うん。東京で僕と会うのを、祖父江君がとても大切に思ってくれてるのは分かるけど……。でも、どうして僕が、その嘉納多賀子さんという人に会わなければならないんだ？」

刀城言耶が本当に訳が分からないという表情で尋ねると、偲は目の前のテーブルを叩かんばかりの勢いで、

「もう先生、うちの話を聞いてはったんですか」

「えっ……き、聞いてたよ」

偲が自分のことを「うち」と言い出すと、余り碌《ろく》なことがない。調子に乗り過ぎているか怒っているか、いずれかと考えた方が良い。

「せやから、なんや元気のない先生を元気付けよう思うて、奇妙な体験のある人を八方に手を尽くして捜した結果、彼女を見付けたんやないですか」

「うーん……。そもそも、その理由がよく分からないというか……」

「そんなん、決まってます。怪異譚の蒐集に目がない先生に、その手の人の体験談を聞いてもろて、なんとか元気になって貰おういう隠れた意図があるんが――。これは先生に対する、うちの秘かな思いやりであり、陰ながらの涙ぐましい心遣いなわけです」

「隠れた……、秘かな……、陰ながらの……ね？」

「そうですよ。それが何か」

「い、いや……」

「あっ、きっと彼女がそうやわ」

店の出入口を見ていた偲は、そう言うが早いか席を立ち、嘉納多賀子らしい人物をさっさと出迎えに向かった。

「やれやれ……」

その隙にとばかり、言耶が小さく溜息を吐く。

偲が好意でやっているのは分かるが、こうやって相手といきなり会わせる前に、せめて一言くらい相談して欲しい。

でも今回は、奇っ怪な殺人事件を解決してくれ――っていうお願いじゃないだけ、まぁいいか。

言耶は覚悟を決めると、嘉納多賀子らしい女性を連れて、偲が戻って来るのを大人しく待つことにした。

「はじめまして――」

初対面の挨拶をしながら、おやっと言耶は思った。多賀子の顔が、とても憔悴《しょうすい》していたからだ。

まるで何日も眠っていないような……。

もしかすると、これは奇妙な体験を聞くだけでは済まないのかもしれない。そんな厭な予感が、ふと彼の頭を掠《かす》める。

当たり障りのない世間話の後、偲に促されるままに、多賀子が隙魔という怪異に纏わる体験談を語りはじめた。そして、その幻想的な話はやがて、極めて生々しい学校長殺人事件へと発展して——。

「先生、犯人は誰です？」

かなり長い多賀子の話が終わった途端、いきなり言耶は偲に突っ込まれた。

「えっ……？」

「せやから、坂田殺しの犯人は誰なんか、と訊いてるんやないですか」

「ええっ？　そ、そういう話じゃないだろ」

「何を言うてはるんです。目の前で殺人事件の話題を振られて、おめおめ引き下がれますかいな」

「祖父江君、おめおめ……って、僕は別に何も事件の——」

「あっ、せやけど先生も、さすがに被害者の少女たちの身元が判明して、その父兄の情報が分からんかったら、誰が犯人やなんて推理できへんか」

「すみません」

そのとき突然、多賀子が頭を下げて謝り出した。

「吉川《よしかわ》さんからお話を伺《うかが》ったときは、隙魔のことを喋ればいいからということだったんです。でも、話を聞いて下さる方が、作家というのは表の顔で、実は裏では有名な探偵さんなのだと、こっそり教えて貰いました。それで私、つい今回の事件のことをご相談してみようと、勝手に決めて参りまして――」

「えっ？　ええっ？」

吉川というのは、偲と多賀子の間に入っている人物なのだろう。もしかすると、もっと多くの人が関わっているのかもしれない。しかし、何処をどう間違えば「有名な探偵さん」などというデマが伝わるのか。

という疑問を言耶が、優しい言葉で多賀子に尋ねると、

「はい。昨日お電話で、祖父江さんが――」

「あのなぁ……」

「ええやないですか。こうして隙魔の話を聞けたんですから」

抗議しようとする言耶を、あっさりと偲は封じつつ、多賀子に話し掛けた。

「その後、もやもやっとして引っ掛かるもんは、どうなりました？　なんや分かりました？」

「いえ、それが一向に……」

首を振りながら俯《うつむ》く多賀子を目にして、言耶は少し気の毒になった。それで、つい考えたことを口にした。

「あなたが無意識に気にしておられるのは、扉の隙間のことではないでしょうか」

「はっ？　隙間……ですか」

この言耶の発言を耳にした偲は、しめしめと喜んだ。多賀子の話に興味を持った証拠であり、一旦こうなったら事件について必ず関わり、落ち込んでいる暇などなくなるに違いなかったからだ。

そんな彼女の思惑も知らずに、言耶は話し続けた。

「魔物の隙魔のことが、恐らく絶えず頭の片隅にあるのではないですか。そのため事件当日の隙間の不自然さに、あなたは気付かれなかった」

「どういうことでしょう?」

「お話をお聞きすると、富島香さんがいた宿直室の扉が少し開いていたのは、彼女の性格から考えても有り得るということでした」

「はい」

「それを考慮するにしても、特別教室が入った別棟への渡り廊下と理科室の扉、合わせて三つもの隙間が開いていたのは、些《いささ》か不自然ではありませんか」

「あっ、そうやわ。二つやったら偶然で済むかもしれへんけど――」

「うん。三つだと、そこに何者かの意図を感じてしまう。本当なら警察も、その不自然さに気付いたと思う。しかし彼女が隙魔のことを喋らなかったため、普通に扉を開けて渡り廊下や理科室や宿直室を確認したのだと、きっと解釈したんだよ」

偲に応えた言耶は、再び多賀子を見詰めながら、

「一つお訊きしますが、魔なる隙魔の体験を、あなたは以前に、三人の先生方に話されているんじゃないですか」

「は、はい……。赴任して何度目かの呑み会のときに、ついぽろっと……。えっ、ということは——」

「三人のうち誰かが、目の前に隙間があると覗かずにはいられない、というあ、あ、あなたの、習性を利用して、自分の現場不在証明《アリバイ》を作った可能性が出てきます」

やったぁ！

思わず偲は心の中で叫んだ。当初は言耶の好きな怪異譚を聞かせて、彼を元気付けようとした。それが何やら殺人事件の話まであると分かり、これは儲けものだと喜んだものの、事件は彼向きではないように思えた。

ところが、どうやら言耶は学校長殺人事件の中に、犯人が企んだ奸計《トリック》の気配を察したらしい。正に願ったり叶《かな》ったりの状況である。

「まさか……」

歓喜する偲とは対照的に、多賀子の顔面は蒼白だった。

「あの三人の中に犯人が……」

「宜しければ、お三方の人柄や性格など、もう少し詳しく教えて頂けませんか」

「ええ……」

「嘉納さん、折角ですから――」

　ここで多賀子に引き下がられては大変とばかりに、慌てて偲が促すと、彼女は訥々《とつとつ》とした口調で、

「山間先生は正義感が強く、曲がったことが大嫌いな、とても真面目な方です。教科の中では特に理科がお好きで、機器が不足しているどころか理科室さえない学校が多いのに、本校で色々な実験が行なえるのは、山間先生の努力の賜物《たまもの》です」

「生徒の受けは？」

「皆、尊敬していると思います。ただし良い意味で、子供たちには少し近付き難い存在かもしれませんが――」

「よく分かりました。富島さんはどうでしょう？」

「彼女は……、性格はきついです。でも、その分はっきりしているため、曖昧《あいまい》さがないと言いますか、物事の白黒が付き易いと思います。そのうー、子供の頃は……、実は、もっと陰湿な感じがあったんですけど……」

「ということは、子供たちにも人気がある？」

「そうですね。得意な教科は英語なんですが、もちろん小学校では教えていません」

「なかなか面白い人ですね」

「和川先生は優しい人です。山間先生と同じく、色々と工夫を凝らした授業をなさっ

ています」

「富島さんとは別の意味で、生徒たちに人気があるんじゃないですか」

「どちらかと言うと、黙々と独りで絵を描くような大人しい感じの子が、よく放課後に図画工作室を訪ねたりしています」

「なるほど」

「ところで先生――」

三人の紹介が終わるのを待って、偲は先程から感じていた疑問を口にした。

「幾ら扉に隙間を開けておいたとしても、そう都合良く嘉納さんが覗きます？」

「男性二人が当直のとき、嘉納さんは午後八時の見回りを、何度も代わっているという。つまり、その前に扉の隙間を開けておけば、ほぼ八時頃に彼女が覗くことを、犯人は予測できたわけだ」

「あっ、そうやわ」

「で、でも、皆さんの現場不在証明は、とてもはっきりしているじゃありませんか」

そう言いながらも本当に信じて良いのかどうか、多賀子の心は揺らいでいるように見える。

「確かに、それもそうやね」

素直に同調した偲は、

「山間久男さんは後ろ姿とはいえ、ちゃんと目撃されてはる。富島香さんは声だけやけど、英語の朗読を聞かれてはる。和川芳郎さんは姿も声も確認されてへんとはいえ、生徒の作品を片付けてたと分かってる」

「うん。山間氏も指摘していたけど、三人の中では和川氏の現場不在証明が、実は最も強い」

「と言わはりますと？」

「山間氏と富島さんは、八時過ぎに理科室にいた、宿直室にいた、という言わば点の現場不在証明なんだ。しかし和川氏は、七時半から八時頃まで渡り廊下で片付けをしていた、という線の現場不在証明になっている。この差は大きいよ」

「そう言えば――」

多賀子が何かを思い出したように、

「後から刑事さんに聞いたんですけど、山間先生は七時四十五分頃に、和川先生に会いに行こうとして、渡り廊下で片付け中の彼を見たそうです。それで邪魔をしてはいけないと思い、理科室に戻ったらしいです」

「その山間氏の証言で、和川氏の現場不在証明は、ほぼ完全になりましたね」

「残る二人のうち、どっちが犯人なんです？」

せっかちに訊きながらも、すぐに偲は首を傾《かし》げながら、

「せやけど先生、幾ら点の現場不在証明でも、二人とも犯行現場への往復は無理やと分かってますよ」

「そうかな」

「だって——あっ、自転車を使うたんや！」

「もしそうだとしても、息は上がるだろうね。それに学校と坂田家を往復するわけだから、近所の人の印象にも残り易い。況《ま》して普段から、自転車を利用していない場合はね」

「山間先生も富島先生も、自転車には全く乗られません」

控え目な口調だったが、きっぱりと多賀子が否定した。

「そんなら二人にも、絶対に不可能やないですか」

「本当に八時頃、富島さんが宿直室に在室していたら——だけど」

「えっ？　せやから朗読の声が……」

「教師の給料では高価過ぎる英語教材を購入し、彼女は勉強をしていた。これがテープレコーダーのことだったら——」

「英語の朗読を、テープに吹き込んでおいたんや！」

「職員室を七時二十分頃に出た彼女は、テープレコーダーを宿直室に持ち込んでテープの再生を始めると、すぐに坂田家へと向かった。着いたのは四十分頃だろうか。そこで十数分ほど被害者とやり取りがあり、五十分頃から八時の間に殺害した後、学校に戻って職員室に顔を出した」

「とはいえ女性の彼女が、置き時計を凶器に、被害者を真正面から殴り殺せるかどうか——」

「可能やないですか」

「そんなん、何かの理由でいきり立ってたら、なんぼでもできますやん！」

「うん、君はね……」

ぼそっと呟いただけの言耶の言葉を、しかし偲は聞き逃さなかった。

「なんて言わはったんですか……今、うちに？」

「え、えーっと……それにだな、彼女にそこまでの動機があったのか。被害者に対する不満というか、怒りは感じていたのは確かだけど、それが急に殺意へと転じるなら、そんな風に変わった何か動機がないと、やっぱりおかしいだろ」

「それもそうですね」

あっさり偲が乗ってきたので、言耶は思わず、ほっと胸を撫《な》で下ろした。

そのとき、多賀子が顔を強張《こわば》らせながら、

「まさか、その動機って——」

「ええ。女子生徒に対して坂田が行なった、とても下劣で卑劣な犯罪です」

偲は、はっとした。相手が殺人犯であっても、言耶は男性に対しては「氏」を、女性に対しては「さん」を付けることが多いからだ。

「山間氏は正義感が強く、曲がったことが大嫌いで、とても真面目な方だと聞きました。だから、被害者が戦中に行なっていた学校教育に対して何の反省もしないことに、非常なる憤怒の念を抱いていたわけです」

「そこに今度は、校長の信じられない所業を知ってしまい――」

「一気に殺意を覚えた」

「けど先生、山間さんは声やのうて、ちゃんと姿を目撃されてるんですよ」

「本人やない……言わはるんですか」

「後ろ姿だけね」

「その可能性はある」

「せやけど……」

「嘉納さんが扉の隙間から覗いた理科室の手前は、とても薄暗かった。そこに何処か悄然とした姿で、微動だにせず静かに、実験のとき必ず着る白衣を纏った小柄な人物が後ろ向きに立っていた」

「でも、そんな代役を誰が……」

「人間とは限らない」

「頭部に鬘《かつら》を被せて、身体に白衣を着せれば、身代わりになりそうなものが、そこにはあるだろ」

「何です？」

「人体模型――」

「あっ……」

「そうやって佇《たたず》んでいるような姿を見せれば、絶対に嘉納さんが邪魔をしないと、山間氏には分かっていた。だから、そんな子供騙《だま》しでも通用するという読みがあった」

「山間先生が……」

絶句している多賀子を、複雑な表情で言耶は見詰めると、

「ただし小柄な彼が、やはり身長が低かった坂田を殴打したのなら、頭頂部ではなく額《ひたい》の辺りに傷ができるのではないでしょうか。二人の正確な身長が分からないので、この推理は弱いのですが――」

「背の高さは、同じくらいかも……」

「更に彼は、一体どうやって坂田の唾棄すべき犯罪を知ったんでしょう？」

「えっ……」

「用務員さんが薄々察していた以外、誰も坂田の悪事には気付いていなかった。垣根

氏が、もしや……と思ったのも、被害者である生徒の言動からでした。つまり彼女たち自身から教えて貰わない限り、坂田のことは分かりようがなかったはずです。ところが、山間氏は生徒の尊敬を集めていたものの、如何《いかん》せん近寄り難い雰囲気があった」

「彼には知りようがなかったんなら、動機がないことに――」

「なるよね」

偲の後を受けて、言耶が続けた。

「こうなると動機と機会――そして実は現場不在証明が確かめられていない人物は、たった一人しかいないことになる」

「誰です？」

「用務員さん」

「ええっ！」

「まさか……」

偲が驚きの声を上げ、多賀子が信じられないとばかりに首を振った。

「垣根氏は、ひょろっとした背の高い痩身らしいから、凶器を坂田の頭頂部に振り下ろすことは可能でしょう」

「あの方は老人ですから――、とても校長を撲殺できるとは……」

「思えませんよね」

「えっ……」

言耶はあっさり頷きながら、

「それに彼には、坂田を殺害できない理由があった。戦前から勤めていた彼にとって、学校長という存在は絶対だった。だから生徒たちが酷い目に遭っているのでは……と疑いながらも、それを告発できなかった。心理的に坂田殺しを実行できる余地があったのなら、その前に疾っくに彼は、学校長の罪を暴《あば》いていたでしょう」

「そ、そうですよね」

多賀子は狐に摘《つま》まれたような表情を浮かべている。一方の偲は痺《しび》れを切らしたような顔で、

「先生、ええ加減にして下さい。そもそも事件の真相を、ちゃんと見抜いてはるんでしょうね」

「ええ加減に……ってねぇ、祖父江君――」

「どうなんです？」

「あっ、はい……。そうなると生徒たちから、そんな話を聞き出せたのは、誰かということになる」

「人気のある富島さん？」

「いや、彼女の性格から考えて、好かれているのは専《もっぱ》ら男子生徒からじゃないかと思う。女子生徒の場合でも、そんな重い告発はしないのではないでしょうか」

「仰る通りです」

すぐさま多賀子が認めた。

「むしろ、黙々と独りで絵を描くような大人しい感じの子が、放課後に図画工作室を訪ねるという、和川氏の方が適任ではないでしょうか」

「彼が……」

「和川氏なら背もあるため、坂田の頭頂部を殴ることもできます。それに彼には、別の大きな動機があるのではないか、と僕は睨んでいます」

「何ですか」

「戦中に坂田が殴り殺した、男子生徒の復讐です」

「……でも、どうして？」

「これは飽くまでも推測ですが、その生徒は彼の身内だったんじゃないでしょうか。名字の違う仲の良い従兄弟だったとか」

「つまり先生、和川さんの心の奥底には、坂田に対する殺意がずっとあった。それが、自分の教え子たちへの坂田の非道な行ないを知ったことにより、一気に表面化した？」

「うん。だからこそ彼は、坂田に似せた人影を追い掛ける者として、鬼に見える影を嘉納さんに見せたんだよ。鬼の影は、坂田に殺された男子生徒を表していた」

「ちょ、ちょっと待って下さい」

慌てる偲の横で、多賀子も驚きの表情を露《あらわ》にしている。

「鬼に見える影を見せた――って、それは嘉納さんの幻視やないんですか」

「いや、和川氏の仕掛けだよ」

「なんでです？」

「嘉納さんのお話を聞いた限り、これまでの幻視には全て、彼女と関わりのある人が現れている。それも本人と分かるくらいはっきりと。人影だとか、況《ま》して鬼のような異形のものなど一度として登場していない。つまり、この幻視は甚《はなは》だ胡散《う さん》臭《くさ》いというわけだ」

「せやけど、一体どうやって？」

「恐らく回り灯籠の原理を使ったんだと思う」

「あっ、授業で取り上げた……」

「だから二つの人影は、ぐるぐると回り続けていたんだ」

「けど、そないなこと、なんでする必要があるんです？」

「もちろん隙魔の幻視を見せないと、嘉納さんが扉を開けてしまうかもしれないからさ」

「えっ……」

「それが最も大きな理由だ。ただ、ひょっとすると今から自分が手を染める殺人には、立派な動機があるんだということを、そういう形で表したかったのかも――」

「いえいえ先生、それは分かりましたけど、嘉納さんが扉を開けたら、どうやと言うんです？」

「渡り廊下に生徒の作品が、そっくり残っている事実がばれることになる」

「でも、あのとき確かに廊下には、もう何も飾ってありませんでした」

多賀子が声だかに主張したが、言耶は首を振りながら、

「あなたが隙間から覗いたのは、遠近法を駆使して描かれた一枚の大きな絵だったのです」

「…………」

「中学校時代に美術部にも所属していた彼は、そのとき既に演劇部の舞台のセットとして、余りにも写実的過ぎると顧問の教師が呆れ返ったほどの、立派な背景画を描いています。回り灯籠の蠟燭《ろうそく》の他は明かりのない廊下で、しかも扉の隙間から覗いた人に錯覚させる程度の絵を描くことは、彼になら大して難しくなかったでしょう」

「嘘……」

「恐らく彼は、扉から一、二メートルくらいは片付けたんだと思います。ただし、そこから先は大きな絵で塞《ふさ》ぎ、さも全ての生徒の制作物を取り除いたように、あなたに錯覚させた。本当なら、それだけで良いわけですが、先程も説明した通り、幻視を見せないと扉を開けられてしまう恐れがある。考えた末に苦肉の策として、言わば犯行を予告するような影絵にしたんでしょう」

「あの奇妙な光景は……」

「そうです。途中から天井と両側の壁と床とが融合したように、まるで平面化した如く廊下が歪んでいる——ように見えたのは、それが実際に平面の眺めだったからです。大きな絵の裏で回り灯籠が光を放っていたため、キャンバスが半ばスクリーンの役目を果たし、そんな風に異形の空間に見えてしまったんでしょう」

「…………」

「正に諸刃の剣ですね。立体的に見える騙し絵を、回り灯籠が台無しにするかもしれない。しかし、何らかの幻視を見せない限り、扉を開けて渡り廊下に入って来られる心配がある。そのために仕掛けはどうしても必要になる。きっと彼は宿直当番の夜に、何度も絵と灯籠の位置を前後に移動させては、扉の隙間から一番それらしく見える廊下の地点を、必死に探ったのだと思います」

「うーんと要は、時間の経過で捉えると……、先生、ちゃんとまとめて下さい」

自分で考えるのを早々と放棄した偲が、言耶をせっついた。

「和川氏は七時十分頃に職員室を出た。その後、嘉納さんは七時半に図画工作室へと向かった。このとき渡り廊下に生徒たちの作品は、ちゃんとあったわけです」

黙ったまま多賀子が頷く。

「ちなみに七時半頃に手伝いに来て欲しいと、事前に和川氏から言われていたんじゃありませんか」

「そうでした……」

「あなたに渡り廊下の様子を見せるためです。でも、透かさず理由を付けて追い返すつもりだった。考えてみれば幾ら見回りの代役があるとはいえ、八時まで三十分もあったわけです。それを断わるのは、ちょっと妙ですよね」

「そう言われれば……」

「特別教室は別棟にありますから、出入りしても気付かれる心配はない。坂田家には四十五分頃に着き、五十分頃に犯行が為され、八時五分頃に戻って来たとしても、彼が職員室に顔を出した八時十五分から二十分頃までには、まだ十分から十五分の余裕がある。自分から赴《おもむ》いたのは、誰かに呼びに来られるのを防ぐためです」

「騙し絵がばれるから……」

「ええ。ところで坂田夫人の習い事は、学校でも有名だったみたいですね」

「はい」

「ということは、あの日の何時に夫人が帰宅するのか、和川氏に分かっていても決しておかしくないわけです」

「だから現場不在証明を……」

「あなたに渡り廊下を確認させる七時半、同じ廊下を覗かせる八時過ぎ、坂田夫人が帰宅して夫を発見する八時頃――この三つの時間が読めることを前提に、彼は現場不在証明工作を考えた」

「では、実際に生徒たちの作品を片付けたのは？」

「事件の夜です。山間氏に当直を代わりましょうと、彼は申し出ている。時間はたっぷりあります」

「あっ、けど先生――、その山間さんが七時四十五分頃に、和川さんに会いに行こう思うて、渡り廊下で片付け中の彼を見てるやないですか」

「偽証だよ」

「な、なんでです？」

「山間氏は、和川氏と同じ国民学校に通っていた。坂田が戦中に殺した男子生徒が、彼の身内だと知っていたんじゃないだろうか。ただし今になって、急に復讐をするのはおかしい。だから最初は疑ってはいなかった。ところが、坂田の鬼畜の所業が明らかになるに及んで、和川氏に対する疑惑が次第に頭を擡《もた》げてきたのかもしれない」

「じゃあ、彼を庇《かば》おうとして……」

「最初に証言していないのが、まず妙だよ。それに職員室を七時二十五分頃に出て、理科室に行って授業のことを真剣に考えていた山間氏が、四十五分なんていう中途半端な時間に、ふと和川氏に会いに行こうとしたなんて、かなり不自然だとは思わないか」

「言われてみれば……」

偲が珈琲を追加注文して三人分が運ばれて来るまでの間、誰もが口を開かなかった。

新しい珈琲を静かに味わい、一息吐いたところで言耶が、

「こんな風に隙魔のことを利用されたのは、あなたにとって――」

「いえ、それはいいんです」

低いながらも、きっぱりとした口調で多賀子が応える。

「そんなことよりも、私は……」

「遅かれ早かれ、警察も気付くと思います」

「えっ……」

「今は、被害者の生徒の父兄を洗っているかもしれませんが、容疑者が浮かばなけれ

ば、いずれ学校内部に再び目を向けるはずです。あなたの目撃証言が、全て扉の隙間から覗いただけだった——と分かれば尚更ね」

「…………」

「山間氏にご相談なさって、そのうえで和川氏とお話をされてはいかがですか。もちろん富島さんの力も借りられるようでしたら、そうされて——」

多賀子は随分と長い間、凝っと俯いていたが、やがて顔を上げると決心したように、

「はい、分かりました。どうも色々とありがとうございます」

深々と頭を下げると、そのまま暇乞《いとまご》いを告げた。

「なんや被害者よりも、犯人に同情してしまう事件でしたね」

そう口にしてから、しまった……と僕は思った。言耶を元気付けるための企てが、そもそも台無しになっているのに、そこに止《とど》めを刺す必要はない。

何か気の利いたことを言わなければ、と焦るのだが、良い言葉が全く浮かんでこない。

「あっ……せやった！」

そこで彼女は、怪想舎の編集部宛てに送られてきた、奇妙な葉書のことを思い出した。あれを見せれば、また言耶の好奇心がむくむくと湧き起こるかもしれない。

急いで鞄から取り出すと、言耶に差し出しつつ、

「実はこんな変なもんが、編集部に届いてるんですけど――」

「うん？」

それは普通の官製葉書で、表には怪想舎の住所と「編集部気付　刀城言耶先生」と書かれている。差出人の名前は一切ない。そして裏には――、

「こ、これは……」

言耶が驚くのも無理はなかった。

真っ白な葉書の裏には、絶海の孤島に見える小さな島から飛び立つ、二羽の鳥の絵が描かれているだけで、他には何も記されていない。

ところが、なぜか言耶が微笑んだ。民俗採訪の旅から帰って来て以来、少しも浮かべなかった笑い顔を今、偲に見せているのだ。

「先生、それ――」

何ですか……と訊き掛けて彼女は止《や》めた。

別に何でもええわ。先生が元気になってくれはったら。

刀城言耶が元の明るさを取り戻すこと。祖父江偲が望んでいたのは、それだけだったのだから――。

密《ひめ》室《むろ》の如き籠《こも》るもの

第一章　異人

ではない。

義母《はは》は本当に人間なんだろうか……。

巌《いわお》が恐ろしくも信じられない疑いを持つようになったのに、特に理由があったわけではない。

ちょうど一年ほど前、彼女が猪丸《いまり》家に逗留《とうりゅう》することになり、その一月後に父の岩男《いわお》の三人目の妻として改めて家に入ってから、今日まで過ごした日々の生活の中で、確かに何か違和感のようなものは覚え続けている。しかし、そこに人間離れした言動があったとまでは、とても言えない。

もちろん、狐狗狸《こっくり》さんによって彼女が告げる様々な託宣《たくせん》は、誰もができる業《わざ》ではないだろう。だが、同じような行為をする拝み屋なら、捜せば幾らでも見付けられるはずだ。

そうじゃない……。そんなことじゃなくて……。

もっと根本的なところで、もっと芯の部分で、人ではない何かを感じてしまう。人からは決して感じられない気配のようなものを、義母には覚えてしまうのだ。

いつからだろう……。

今になって振り返ると、実は初対面のとき既に、この忌《い》まわしき疑念を抱いていた気もする。または義母との日々の生活を通して徐々に、そんな恐ろしい不安が芽生えていったようにも思える。

何《いず》れにしても一年前の三月下旬、あそこで彼女を目にした瞬間からはじまっていたのだ……。

あの日の夕方、巌は異母弟《おとうと》の月代《つきしろ》を捜していた。普段は家の中で独りで遊ぶことが多く、外に出るときは乳母の染《せん》の側を離れない弟が、屋内の何処《どこ》にも見当たらなかった。

「坊ちゃん、大変や！　小さい坊ちゃんがおらんのや。ついさっきまで縁側で遊んどったのに、何処ぞに行ってしもたんか……。後生《ごしょう》やから、坊ちゃんも捜して下さい」

染は今でも、巌のことを「坊ちゃん」と呼ぶ。第三者に対して彼は「大きい坊ちゃん」であり、月代は「小さい坊ちゃん」となる。

「もう僕も十歳だから、坊ちゃんは止《や》めてよ」

何度も抗議しているのだが、全く聞き入れてくれない。そればかりか、

「何を言うてますんや。小学生の間は、誰がどう見ても坊ちゃんですがな」

まだ少なくとも二年はそう呼ぶつもりらしく、巌をげんなりさせた。

ただしそのときは、そんな文句を言っている場合ではなかった。大人しくて人見知りが激しく、少し病弱な五歳の月代が、たった独りで外出するはずがない以上、家の何処にも姿が見えないのは極めて不自然だった。

小さい坊ちゃんのことになると、些《いささ》か大袈裟になる染の性格を差し引いても、彼女が狼狽《うろた》えるのも無理はないと思えた。

「僕は家の外と庭を捜すから、染さんは念のために家の中を——お店の方も含めて、もう一度だけ確認して」

「わ、分かりました」

こういうとき染は、とても素直である。巌を一人前の男として、猪丸家の長男として扱ってくれる。

「徹太郎《てつたろう》伯父さんには、言っちゃ駄目だよ。きっと騒ぐに決まってるから」

川村《かわむら》徹太郎は、猪丸家に同居している月代の伯父である。定職に就《つ》かずにぶらぶらし、偶《たま》に父から頼まれた仕事をしては小遣いを貰《もら》っている。ただ、その金もほとんど博打《ばくち》に注ぎ込んでいるようで、染に言わせると「ありゃ、ただの破落戸《ごろつき》ですよ」ということになる。

父から金をせしめる以外、猪丸家で彼が興味を示すものは何もないように思えたが、唯一の例外が月代だった。とにかく甥が関わる話なら、どんなことに対しても首を突っ込んできて煩《うるさ》い。

巌は玄関から出ると、鉤《かぎ》の手に右へと曲がった石畳の路地を進み、冠木《かぶき》門から顔だけ覗《のぞ》かせ、表の往来を見渡した。

やっぱり外じゃないな。

家業である〈猪丸質店〉の店舗蔵が面した北の往来には、様々な商店が軒を列《つら》ねており、そのため人通りも多い。そんな賑《にぎ》やかな場所に、月代が出て行くはずがない。

ということは、三つの庭のうち……。

門から踵《きびす》を返した巌は路地を戻りつつ、左手の垣根越しに〈前の庭〉に視線を走らせた。ただし往来からも見えるこの庭で、月代が遊ぶことはほとんどない。案の定、彼の姿は何処にも見えず、代わりに巌の伯父の小松納《こまつな》敏之《としゆき》が佇《たたず》んでいた。

染の話によると、伯父は文士くずれだという。文士くずれとは売れない小説を書く才能しかなく、そのため出版社からも相手にされず、仕方なく自費で本を出すものの、やっぱり売れず、それでも自分は作家でございと粋がる人種らしい。三十代後半という年齢の割には、随分と書生っぽく見えるのも、そのためかもしれない。

当然まともな生活はできないため、周りから借金をして食い繋《つな》ぐが、金を返せるわけもなく不義理を重ね、最期は独りで野たれ死ぬのだという。徹太郎よりは幾分か増しながら、なまじ自尊心が強いだけに実は始末が悪い、と染は毒づく。

よく作家はペンより重いものを持ったことがない、などと言われるが、そこだけは伯父も似ていて痩身の弱々しい感じがある。短軀だが身体のがっしりしている徹太郎とは対照的だった。

だが、当人にとっては幸いにも、伯父には兄想いの妹がいた。巌の母である。それは徹太郎も同様で、月代の母がそうだった。結局、敏之も徹太郎も妹の嫁ぎ先に転がり込んで、そのまま居着いてしまったわけだ。

母も義母も亡くなった今、よく父が居候《いそうろう》を許しているものだと巌は不思議だった。ああ見えて実は、二人の伯父は店の役に立っているのだろうか。それとも亡き二人の妻に生前、「どうぞ兄を宜しくお願いします」と頼まれたので、律儀に守っているだけなのか。

何《いず》れにしろ巌は、血の繋がっていない徹太郎だけでなく、実の伯父も苦手だった。だから、気付かれないうちに立ち去ろうとしたのだが、

「どうした？」

透《す》かさず声を掛けられた。

「月ちゃんを見ませんでしたか」

「家の中にいたけどな」

「いつのことです？」

「お昼の後……二時くらいかな。なんだ、姿が見えないのか」

伯父の口調には、まるで月代の行方不明を期待しているような感じがある。

「きっと〈中の庭〉だと思います」

「ああ、そうだな。でも徹太郎君には、彼の大事な大事な甥っ子が見付かるまで、何も言わない方がいいぞ。大騒ぎになるからな。全く単なる居候の癖に、あの子の保護者気取りなんだから」

そう非難する伯父も川村徹太郎と同様、猪丸家の立派な居候である。そして徹太郎ほどではないにしろ、甥である巌の動向に目を光らせているところも、やはり同じだった。

「それはそうと――」

「もし見掛けたら、染さんに知らせて下さい」

巌は話し掛けられたのに気付かぬ振りをして、家の中へと戻った。

廊下を東へ辿《たど》ると、そのまま縁側から中の庭へと降りる。そこは、ちょうど蔵座敷の裏だった。店舗蔵の真後ろに造られた倉庫蔵の、更に南側に蔵座敷はある。

あれ、いないな。

庭の隅に生えている大きな樫《かし》の木の裏も覗くが、月代の姿はない。てっきりこの辺りで遊んでいるものと思っていたので、当てが外れて首を傾《かし》げた。

　この木には、まだ登れないしな。

　誰に教わったわけでもないのに、いつの頃からか巖は樫の木に登って遊ぶことを覚えた。そのうち弟も一緒にと思っていたが、まだ今は幼いので無理である。

　次いで中の庭の東側に続く塀の木戸を開け、隣家との間に延びる路地を覗いたが、そこにも姿が見えない。

　ここでないなら、あとは〈奥の庭〉しかないわけだけど……。

　店舗蔵から倉庫蔵、そして蔵座敷と続く三つの蔵の西側には、ずっと北から南へ猪丸家の木造の母家が続いている。ただし、中の庭までの家屋の前半部分には応接間や客間がある構造上、店舗の一部という認識があった。それに対して中の庭と平行に並ぶ後半は、言わば家族の住居部分に当たっていた。

　母家が終わると、中の庭は西の方まで広がり、奥の庭となる。〈前〉と〈中〉の装飾的で明るい庭先に比べると、単にがらんとしただけの〈奥〉は殺風景だった。その南側に味噌蔵、醬油蔵、酒蔵と三つも大きな蔵があるため、いつも薄暗くて陰気な気配が漂っている。しかも蔵の裏が鬱蒼《うっそう》と茂った雑木林で、三つの蔵の間にまで藪《やぶ》が押し迫って来そうな勢いがあった。そのため店舗蔵のある賑やかな表とは余りにも異なった物寂しい雰囲気が、常に立ち籠めていた。

猪丸家見取図

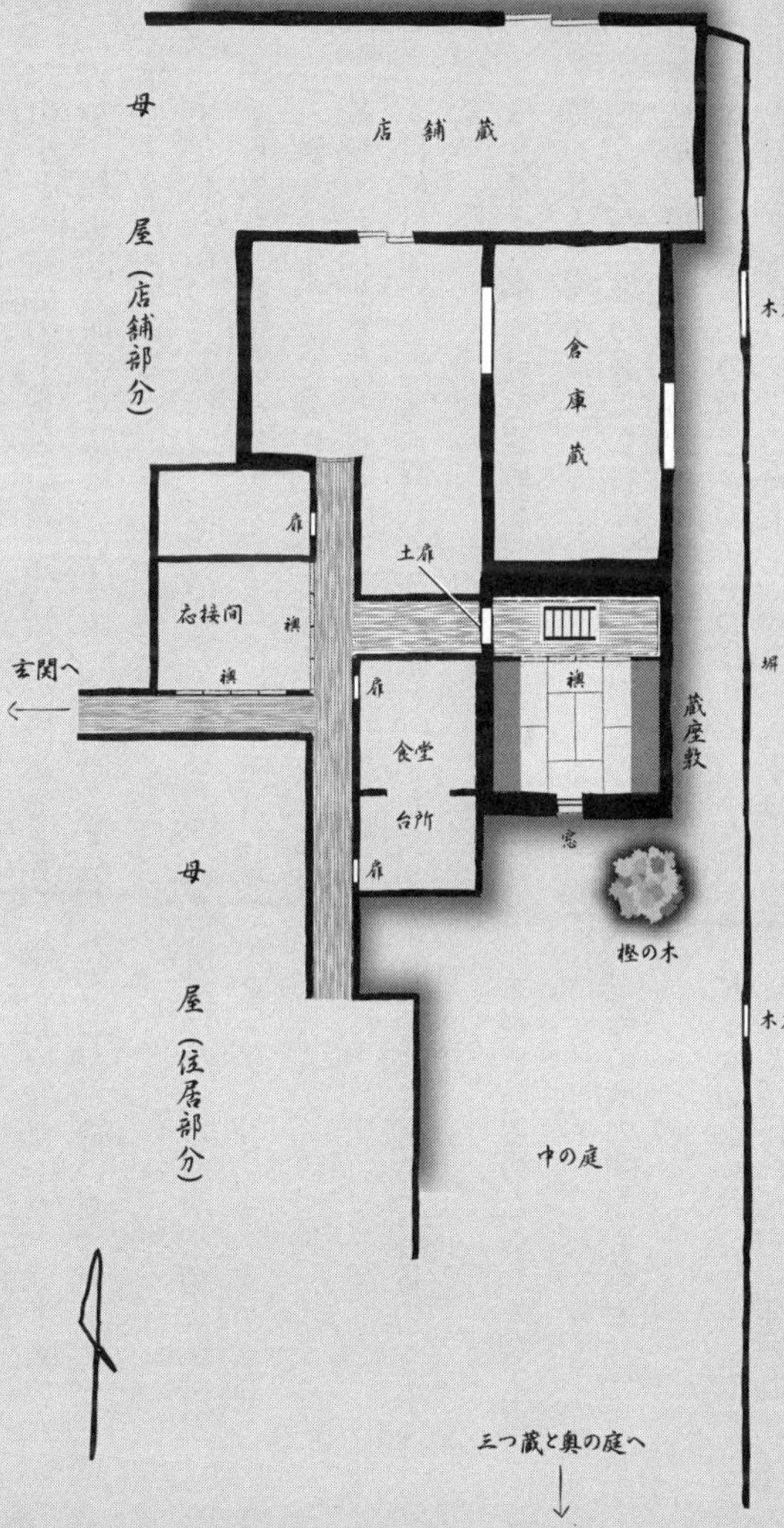
店舗蔵
母屋（店舗部分）
倉庫蔵
木戸
扉
土扉
応接間
襖
襖
玄関へ
扉
食堂
台所
扉
襖
蔵座敷
窓
樫の木
塀
木戸
母屋（住居部分）
中の庭
三つ蔵と奥の庭へ

そう言えば由子《よしこ》義母さんは、そんな奥の庭を毛嫌いしていたな。

由子とは岩男の二番目の妻で、月代の母親であり、徹太郎の妹だった。元芸者のためか、何よりも派手なことが好きで、逆に暗くて陰気なものが大嫌いだったことを、巌もよく覚えている。

まだ小さかった月代が、母親の好みを理解していたはずはないのだが、物心が付く頃から彼も、自ら進んで奥の庭まで行こうとはしなかった。

しかし、中の庭に姿が見えない以上、奥にいるとしか思えない。

あっ、もしかすると徹太郎さんが……。

人目に付かない場所に月代を連れ出し、また良からぬ話を吹き込んでいるのかもしれない。

そう考えた巌は足を速めた。もし弟が困った伯父に捕まっているのなら、一刻も早く助け出してやりたい。

ところが、奥の庭にもいない。これが他の子供なら、三つの蔵の間から雑木林に入り込んだ可能性もあるが、彼に限ってそれはない。

なんだ。染さんの勘違いで、やっぱり家の中にいるんじゃないか。

そう思ったが、すぐに巌は首を傾げた。月代のお気に入りは、由子が三味線を弾いたり、俳句を詠んだり、綺麗な着物を広げたりしていた蔵座敷である。ただし一年前から、そこは開かずの部屋になっていた。

一体あの子は何処に行ったんだ？

神隠しという言葉が脳裏に浮かんだが、家の中で遭った話など聞いたことがない。

それとも、そんな例があるのだろうか。

逢魔《おうま》が刻《とき》を迎えて薄暗さが一層増した奥の庭で、何とも言えぬ不安感に、犇《ひしひし》と巌が包まれていたときだった。

がさがさっ……。

後ろの方で物音がした。その耳に付く音は、何かが藪を掻《か》き分けているように聞こえた。

反射的に振り返り、三つの蔵の隙間《すきま》に目を凝《こ》らす。と、右端の味噌蔵と真ん中の醤油蔵の間から、そこに繁茂する藪の中から、こちらへ出て来ようとしている何かが目に入った。

巌には、それが化物に見えた……。

「ひぃぃ……」

悲鳴を上げたつもりだったが、満足に声が出ない。走って逃げ出したいのに、少しも両足が動かない。ただ突っ立っているだけで何もできない。

やがて――、

それが藪から現れ、蔵の間を進みはじめたところで、化物の正体が分かった。

鬼婆だ！

捕らわれて喰われてしまう……という恐怖を忽《たちま》ち覚えたが、どうしても身動きできない。そうこうしている間にも鬼婆の化物は、確実にこちらへ近付いて来る。しかも、その両側には何匹もの蛇を引き連れている。

庭まで入って来られたら、もう逃げても遅い。

そう巌が悟ったのと、鬼婆が蔵の陰から姿を見せたのが、ほぼ同時だった。

あっ……。

ここでようやく彼は、それが人間かもしれないと思った。しかも意外にも、どうやら若い女性らしいのだ。

推定するしかなかったのは、見た目の所為《せい》だった。ぼさぼさの髪の毛、煤《すす》けたように汚れた顔、元の色が分からないほど擦り切れた着物、同じく粗末な草履《ぞうり》……という容貌と格好は、偶に町で見掛ける乞食よりも凄《すさ》まじい。

あれ……？

彼女の両側にいたはずの蛇が、いつの間にか消えている。

「ちょ、ちょっと待ってて下さい」

染に頼んで、食べ物と着る物を用意して貰うつもりだった。

「すぐ戻って来ますから」

巌が踵《きびす》を返し掛けたとき、女の後ろから、ふっと何かが現れた。

えっ……。

再びぎくっとしたが、それが子供だと分かり安心した。だが、子連れなのだと認めたのも束《つか》の間《ま》、当の子供が月代だったのには度肝を抜かれた。

「ど、どうしたんだ……？」

思わず弟に問い掛けたが、ぽかんとした表情を浮かべたまま何も答えない。その様が、まるで魂が抜けてしまったようで、巌は次第に何とも薄気味悪くなってきた。

そのうち染が奥の庭までやって来て、忽ち大騒ぎになった。月代が得体の知れない乞食女によって攫《さら》われ掛けた……と、彼女が勘違いしたからだ。

慌《あわ》てて巌が状況を説明し、染が女から事情を訊いた結果、雑木林の中で迷子になっていた月代を、ここまで連れて来たらしいと分かった。

途端に染の態度が変わった。湯を入れた盥《たらい》と古着を持って来ると、奥の庭に作られた物置き小屋に女を入れ、身体を拭いてやったうえに着替えまでさせた。更に母家の南端の勝手口から土間に招き入れ、簡単な食事を与えた。

その間、月代は女の側を離れなかった。決して懐《なつ》いている感じでも、甘えている雰囲気でも、親しみを覚えている様子でもない。なのに、ずっと一緒にいるのだ。

囚《とら》われている……？

ふと巌は、そう思った。雑木林の中で一体どんなことがあったのか……と考えただけで、なぜか二の腕に鳥肌が立った。

ところが、そんな月代の態度に、染は一向に気付いた風もなく、熱心に女の面倒を見ながら頻《しき》りに話し掛けている。

「あんた、何処から来たんや？」

「独りか。連れはおらんのか」

「こっちに知り合いでもおるんか」

「なんぞ辛いことがあったんやろうなぁ」

しかし、女は一言も応えない。小首を傾げながら、恰《あたか》も染の言葉が理解できないとでもいう素振りをしている。

ただ、染が名前を尋ねたときだけ、

「よしこ……。葦の子と書いて、葦子《よしこ》……」

ぽつりと口を開いた。

ちょうどそこへ、珍しく父の岩男が姿を見せた。今の時間なら、まだ表の店舗蔵にいるはずである。しかも奥の台所にまで、父がやって来ることなど滅多にないのに。

父の無言の問い掛けを受けて、染が事情を話しはじめた。

だが、既に巌は確信していた。きっと父が、この女性を猪丸家に泊めるように、染に命じるに違いないと。根拠は名前である。巌の母は「好子《よしこ》」といった。月代の母は「由子」だった。そして女は「葦子」と名乗った。もちろん単なる偶然に過ぎないが、父には何処か偏執狂的なところがある。この暗合《あんごう》を見逃すとは思えない。

父は染を呼び寄せると耳打ちしたが、そうしている間にも、ちらちらと葦子を見続けている。

一方の染は、余程意外なことを言われたのか、しばし絶句した後で、

「……畏《かしこ》まりました」

ようやく頭を下げたように見えた。

父が何を染に命じたのか、それは夕食の席で明らかになった。

葦子は風呂を使ったらしく、すっかり汚れを落としたばかりか、薄《うっす》らと化粧までしていた。しかも着ている綺麗な着物は、由子が大事にしていた一張羅《いっちょうら》の代物《しろもの》である。化粧や着物の見立ては染がしたのかもしれないが、全てが父の指示通りなのは言うまでもない。

「これはこれは……」

「何とまぁ……」

母家の前半部分に設けられた洋室の食堂で、既に夕食のテーブルに着いていた小松

納敏之と川村徹太郎が、ほとんど同時に感嘆の声を上げた。

巌は口にこそ出さなかったものの、心の中では二人以上に驚いていた。あの汚くて見窄《みすぼ》らしかった乞食女が、これほど見違えるようになろうとは、全く想像できなかったからだ。

「さぁさぁ、ここに――」

上座の父から見て、自分の斜め右手の席を勧めながら、彼だけが満足気にしている。

ちなみに昨夜まで、そこには巌が座っていた。父の斜め左手の席は、もちろん月代である。そして巌の隣に敏之が、月代の隣に徹太郎という並びだった。

それが父の命により、一席ずつ移動させられた。上座に岩男、彼の右手に葦子、左手に巌、葦子の隣に月代、その前は空席で、月代の隣に徹太郎、向かいに敏之という席順である。

父には分かってたんだ……。

まるで生まれ変わったような葦子の姿を目にした途端、巌は悟った。

湯で顔を拭い、襤褸《ぼろ》の着物を着替えても、葦子は相変わらず乞食女にしか見えなかった。そんな見た目の酷《ひど》さとは裏腹に、その中身が実は素晴らしいことを、恐らく父は即座に見抜いたのだ。

葦子は二十歳そこそこに見えたが、幼い顔立ちからは信じられないほど、男心をくすぐる肉感的な身体をしている。その証拠に、ちらちらと敏之は遠慮がちに、ねっとりと徹太郎は不躾《ぶしつけ》に、どうやら二人とも彼女から目が離せないらしい。染の給仕によって食事がはじまると、敏之も徹太郎も積極的に話し掛け出した。

「御国はどちらですか」

「なぜこの町に？」

「実家は何をされているんです？」

「どうして裏の雑木林にいた？」

「ご両親、それにご兄弟やご姉妹、ご家族はいらっしゃらないんですか」

「何処に行くつもりだったんだ？」

代わる代わる質問を繰り返したが、葦子は小首を傾げるばかりで、相変わらず何も答えない。

父はしばらくの間、三人の様子を黙って見ているばかりだったが、

「ひょっとして、記憶がないのでは？」

突然、彼女の顔を覗き込むようにして、そう尋ねた。

ゆっくりとした動作で、こっくり……と葦子が頷《うなず》いた。その様が幼子のように可憐《かれん》で儚《はかな》く、巖でさえ思わず父性本能が刺激されたほどである。

「全く何の記憶もないんですか。名字や生まれ故郷はどうです？」

「本当に何も覚えてないのか」

納得がいかないのか、敏之と徹太郎は尚も食い下がった。そのとき父が宣言するように、

「葦子さんの話は、もう終わりにしよう」

そう口にすると、ぴたっと二人は黙った。

「ところで、この子を見付けたとき、どんな状況だったんだ？」

それでも徹太郎の方は、葦子と月代の出会いに興味があるのか――いや、むしろ何か引っ掛かるものを感じるのか、再び質問をはじめた。

「迷っていました」

「自分の家の裏にある、雑木林の中でか」

もちろん月代は、これまで一度として足を踏み入れたことがない。だから本当に迷ったとしても頷ける。しかし彼女は、当然その事実を知らない。では、どうして目の前の子供が迷子になっていると分かったのか。それが巌にも、実は不思議だった。

「泣いてたのか」

葦子が首を振る。

「誰かを呼んでたのか」

首を振る。

「途方に暮れた様子で、立ち尽くしてたのか」

やはり首を振る。

「なら、一体どうして――」

「迷っていたから……」

「だから、なぜ迷ってたと分かったのか、それを訊いてるんだ」

「迷っていたからです」

「…………」

両目を剝《む》いたまま徹太郎は天を仰ぐと、処置無しと言わんばかりに、右手の人差し指で自分の頭を叩く動作をした。

頭は大丈夫か。おかしいのではないか。そう言いたいのだろう。

「月代君、君は独りで奥の庭に行ったのかな?」

敏之が尋ねると、弟は自信がなさそうな顔付きをしながらも、小さく頷いた。

「そして独りで、今度は裏の雑木林に入った?」

再び小さく頷く。

「でも、お前は奥の庭に行くのを嫌がってたじゃないか」

透かさず徹太郎が口を挟んだ。

「三《み》つ蔵《ぐら》が怖いって……、蔵の間から見える藪と、その向こうの雑木林が恐ろしいって……、とても嫌がってたじゃないか」

「…………」

口を閉ざして俯《うつむ》いた月代を、徹太郎は凝《じ》っと見詰めていたが、急に猫撫で声になると、

「大丈夫だ。伯父さんが付いてるからな。それに、ここには皆がいるんだから、何の心配もいらない。で、本当はどうだったんだ？　誰かに連れて行かれそうになったんだろ？　そこに兄《にい》ちゃんが来たんで助かった、そうだろ？」

誰かとは言うまでもなく、葦子を指していた。

「義兄さん、何が仰《おつしや》りたいんですか」

言葉こそ丁寧だったが、父が不快感を覚えているのは間違いなかった。

「何がって……不自然だろう？」

川村徹太郎にとって父は義弟になるが、年齢は三十代半ばと彼の方が若い。これは小松納敏之も同じである。ただ敏之が誰に対しても丁寧な言葉遣いをするのに比べ、徹太郎はかなりぞんざいだった。しかし、さすがに居候の身を弁《わきま》えているのか、猪丸家でも父にだけは口調が柔らかになる。

「普段は絶対に近付かない奥の庭の更に奥で、この子が迷子になっていたなんて、ち

ょっと信じられん」

「だからといって、何も彼女が――」

「その肝心の女が、何処の誰とも全く分からず、なぜ猪丸家の裏に現れたのか、それさえも不明というんだからな」

「彼女は記憶を無くしている。仕方ないでしょう」

「記憶を無くすほどの何があったのか……？　ちょっと考えただけでも怖くなるな」

「莫迦《ばか》々々しい」

「いや、決して――」

「とにかく彼女は、猪丸家の客なんです」

二人が言い争いを続けている間、当の葦子は会話の内容が理解できないのか、何とも曖昧《あいまい》な表情を浮かべている。

「巌、お前がどうやって葦子さんと月代を見付けたのか、徹太郎さんに話して上げなさい」

そのうち父に、そう言われた。少なくとも彼女に人攫《ひとさら》いの疑いを掛けることなどできないと、徹太郎に知らしめようと考えたのだろう。

父の思惑通り、巌の話を聞いた徹太郎は口籠り、遂に黙ってしまった。

代わりに敏之が確認するように、

「蔵の間の藪から、まず彼女が出て来た。その後ろに月代君がいた。そういうことか」

「はい……」

「つまり葦子さんが、裏の雑木林から月代を連れ出してくれたってことじゃないか」

父は分かっただろと言わんばかりの表情で徹太郎を一瞥《いちべつ》してから、葦子に笑顔を向けた。

その後は、ほとんど父の独演会となった。主に猪丸家の歴史と家業について、葦子に聞かせるためである。

敏之と徹太郎も、もう何度も耳にしている父の話を我慢して聞いている。敏之が要所々々で合いの手を入れ、父を持ち上げるお追従《ついしょう》を口にするのに対して、徹太郎はぶすっとしたまま、相変わらず不信に満ちた眼差しを葦子に注ぐばかりだったが。

葦子自身は、父の話す内容を理解できているのかいないのか、その表情からは全く読めない。小首を傾げながらも父の方を向いているため、岩男から見ると熱心な聞き手に映るはずである。しかも彼女の曖昧な顔付きが、何とも言えぬ妙な色香を発散しており、それが父だけでなく二人の伯父たちにも影響を与えているのは間違いなかった。

だが、巌は次第に違和感を覚えはじめていた。最初は何に対してか分からなかった。父が自慢話をし、敏之と徹太郎が相手をする。これまで嫌というほど見てきた光景である。今夜はそこに葦子が加わっているだけで、普段と大して変わりがない。その彼女も聞き手に徹しており、全くといって良いほど口を開いていない。

そのとき、ほんの一瞬、葦子と目が合った。ちらっと彼女が、彼の方を向いた。

途端に違和感の正体を察した巌は、いきなり背筋に冷水を流し込まれたような、ぞっとする悪寒《おかん》に見舞われた。

彼女は全て分かっている……？

ぽわんとした表情は飽くまでも見せ掛けであり、本当は自分が何者で、何処から来たのかも、何をしに来たのかも、今どういう立場に置かれているのかも、完全に理解しているのではないか。

巌を一瞥した双眸《そうぼう》の奥には、明らかに知的な光芒《こうぼう》が認められた。いや、そうではない。光を包んでいたのは、とても邪《よこしま》な闇だった。つまり二つの眼に籠る暗闇そのものが、とある意思を持って輝いていたのである。

彼女は、頭がおかしいわけじゃない。むしろ、その逆かもしれない……。

滔々《とうとう》と話し続ける父、熱心に相槌を打つ敏之、不貞腐《ふてくさ》れた様子の徹太郎、無垢《むく》の如き表情を見せる葦子、そして裏の雑木林から現れて以来、ずっと魂が抜けたような月代……の中にいて、巌は自分だけが今、この瞬間に何かが起こっている、その事実に気付いているのではないかと思った。

何か……？　何か良くないことが……。

翌日の夕方まで、月代は妙なままだった。再び姿が見えなくなったので、慌てて巌が奥の庭に行くと、味噌蔵と醤油蔵の間の藪の方を向いて、弟が立っていた。

「月ちゃん……」

声を掛けると、はっと我に返った。ただし彼には、丸々一日分の記憶がなかった。覚えているのは昨日の夕方、同じように三つ蔵の前に佇んでいたこと、それだけである。

「どうして昨日、ここに来たんだい？」

巌が尋ねると、最初は中の庭にいたという。そこで、ふと誰かに呼ばれたような気がした。奥の庭を覗くと、今度は蔵の間から声がした。近くまで行くと、藪の中から手招きされ……、
そこで月代が絶叫した。

後は幾ら訊いても、決して彼は何も答えようとはしなかった。

第二章　蔵座敷

巌の母の好子が、猪丸家に嫁いだのは戦争中だった。当時、岩男は三十歳、好子は二十二歳である。翌年に巌が生まれ、やがて終戦を迎えてほっとしたのも束の間、彼が三歳のときに好子は病死する。

母の死の詳細について、巌は何も知らない。如何《いか》なる病を患《わずら》い、どのような状況で死んでしまったのか、少しも聞かされていない。

好子が逝った次の年、岩男は二十四歳の由子と再婚する。まだ巌は四歳だったが、義母が「色町で一番の器量良し」であり、それを父が身請《みう》けしたのだということを、彼なりに理解した覚えがある。

義母は元の商売柄、様々な芸事に長《た》けていた。ただし家事は一切が苦手らしく、猪丸家に入る際、芝竹《しばたけ》染を伴った。どうやら染も若い頃は色町の人間だったようで、身請けをされて一般の家庭に入ったことがあるという。ただ、詳しい話は語りたがらないので、それ以上は何一つ分からなかった。少なくとも由子が亡くなるまでは……。

当初、染は由子の身の回りの世話をするために呼ばれたらしいが、いつしか猪丸家の台所を取り仕切るだけでなく、巌の乳母の役目までこなすようになる。実際、義母よりも染には遥《はる》かに世話になったと、巌も思っている。

翌年、腹違いの弟の月代が生まれる。自分の名前が父「岩男」と同じ読みの「巌」であることに、何とも言えぬ重みを感じていた彼は、この異母弟の名に羨望《せんぼう》を感じた。もちろん名付けたのは岩男ではなく、由子である。

月代や膝に手を置く宵の宿

彼女が好きだという芭蕉《ばしょう》の句に因《ちな》んで、幼子は名付けられた。ちなみに「月代」とは、月の出の際に東の空が白んでくる様子のことらしい。尤《もっと》も髷《まげ》を結った武士が、額《ひたい》を剃り上げた部分も「月代」と呼ぶのだと、伯父の敏之が教えてくれた。弟が小学校に行くようになったとき、名前の所為で苛《いじ》められないかと、巌は少し心配した。

その月代が三歳、巌が八歳のときだった。由子が急逝する。場所は蔵座敷の二階で、発見者は染だった。医者と父の話を立ち聞きした結果、死因は心臓麻痺だと分かった。

特に病弱だったわけでもない義母が、急に発作を起こして死ぬだろうか……と、巌は子供ながらに不審を抱いた。父があっさり医者の診断を受け入れていることが、何より信じられなかった。

そんなとき、使用人たちの間で流れる噂を、内緒話を耳にするに及んで、巌は戦慄《せんりつ》した。

五年前と同じ……。

蔵座敷の二階で……。

二人とも若いのに……。

また心臓発作なんて……。

五年前と言えば、母の好子が亡くなった年に当たる。二人とも若いのに……とは、母と義母のことではないのか。また心臓発作ということは、母も同じ症状だったのか。そして死亡した場所は、蔵座敷の二階なのだろうか。

父には尋ねなかった。訊いても教えてくれないと分かっていたからだ。むしろ何も知らない振りをして、自分で探った方が早いと考えた。

だが、いざ母の死の真相を突き止めようとして、いきなり途方に暮れた。何をすれば良いのか全く見当も付かない。取り敢《あ》えず誰かに訊こうとしたが、親しく話せるのは染くらいしかいない。しかし彼女が猪丸家に来たのは、母の死後である。

それで仕方なく、昔から店で働く使用人に、それとなく近付いたのだが……、結果は散々だった。皆、巌が何を知りたがっているのかを理解した途端、そそくさと逃げてしまう。

ただ一人、祖父の代から猪丸家で番頭の職を務めている園田《そのだ》家の泰史《やすし》にだけは、潜めた声ながら真剣に忠告された。

「いいですか、坊ちゃん。絶対に蔵座敷の二階に上がっちゃいけません。もし万一、あの部屋に入ってしまっても、決して室内にあるものに手を出しちゃいけない。触ってはなりませんよ。況《ま》して開けるなんてことは……」

泰史の祖父や父親に比べると本人は、三十代半ばという年齢を抜きにしても、猪丸家での勤続年数はまだまだ浅い。若い頃から放浪癖があり、旅芸人の一座に潜り込んでは地方を巡っていたらしい。戦後も復員と共に、ふらっと二年ほど園田家を出ていたという。父親の跡を継いで猪丸質店に勤めはじめたのは、巌の母が亡くなって由子が後妻に入る、ちょうど間くらいである。

「自分には、もう怖いものなど何もなくなってしまいました」

放浪や戦争で色々な体験をした所為だと、よく泰史は口にするのだが、そんな彼が怯《おび》えるのを見て、巌は震え上がった。

一体その部屋で何に気を付ける必要があるのか、具体的に教えてくれたわけではないが、以来、巌は蔵座敷の二階を意識するようになる。

ところが、義母の葬儀が済むと、すぐに父は蔵座敷そのものを封じてしまった。二階に上がるどころか、一階に入ることもできない。完全に開かずの間と化したのである。

　それから一年が過ぎたある日——、蔵座敷の重い土扉に掛けられた、大きな南京錠が外されることになった。葦子が猪丸家に泊まった翌日、この特別な部屋に興味を示したからだ。

　尤も父は、一階に関しては得意そうに披露したものの、二階を見せることには渋い顔をした。それでも彼女が上がりたがったため、仕方なく案内する格好になった。

　ただし階段を上る前に、

「違い棚に置かれている××ばこには、絶対に触らないように」

　そう注意する声が、廊下から蔵座敷の中を窺《うかが》っていた巌の耳に聞こえた。

　××ばこ——って、××箱って意味かな？

　肝心の「××」の部分は聞き取れなかったが、彼には心当りがあった。

　義母が蔵座敷を使っていたとき、一度だけ二階に足を踏み入れたことがある。その際、違い棚に古惚《ふるぼ》けた木製の箱が一つ、ぽつんと置かれていた。なぜ覚えているかというと、それが蓋《ふた》のない奇妙な木の塊《かたまり》に見えたからだ。

　奇妙……と映ったのは、箱の表面にある様々な紋様の所為である。単なる木目ではない。四角形や三角形の幾何学的な形が浮かんでおり、それぞれ微妙に色合いも違っている。まるでバラバラの木片が組み合わさって、一個の箱という塊と化したように見えたため、とても印象に残っていた。

きっとあの箱のことだ……。恐らく泰史が注意したかったのも、あれに違いないと悟った。

でも、どうして……？

箱は年代物のようだったが、店舗蔵の棚に並べられたり倉庫蔵に仕舞われた品々に比べると、大した価値があるとは思えない。第一もし値打物なら、あんな風に蔵座敷の二階に置いておかないだろう。

父と葦子の間に一体どんな会話があったのかは分からないが、この日から蔵座敷は彼女の部屋になった。しかも彼女は二階の押し入れから、とても変梃《へんてこ》なものを見付け出したのである。

夕食が終わった後、皆が寛《くつろ》ぐ応接間で、それを葦子は唐突に取り出した。

「うん、何だ？　面白い形をしているな」

父が興味を示したように、それはハートの形をした一枚の板だった。上部の二つの丸みの裏には小さな車輪がそれぞれ付いており、下部の三角州《さんかくす》のような部分には小さな丸い穴が開いている、何とも珍妙な代物である。

「これは〈自動筆記板《プランシェット》〉というものです」

「何処で見付けた？」

横柄な口調の徹太郎を気にした風もなく、むしろ葦子は微笑みを浮かべながら、

「蔵座敷の二階です」

「何ぃ？」

「まさか！」

その返答には徹太郎だけでなく、敏之も過剰な反応を示した。二人とも何かを言いたそうに、すぐに父を見たが、当人は知らぬ振りをしている。

「あそこには、色々と興味深いものが仕舞われています」

「で、その自動筆記板というのは、何をするものなんだね？」

徹太郎と敏之にはお構いなく、父は葦子に説明を求めた。

「狐狗狸《こっくり》さんです」

「えっ……」

「もちろん、これは西洋のものですが、行なう内容は狐狗狸さんと余り違いません」

前夜の無口さが嘘のように、この夜の葦子は饒舌《じょうぜつ》だった。

「ほう、外国にも狐狗狸さんがあるのか」

「アメリカのものが、日本に伝わったと言われています」

「いつ頃だろう？」

「流行したのは明治二十年前後ですが、日本人で最初に狐狗狸さんをしたのは織田信

長であるとか、あれはキリシタンが伝えた邪法であるとか、色々な説があって本当のところは分かりません」

「そんな昔から……」

「具体的な説も、幾つかあります。妖怪博士の井上円了《いのうええんりよう》によると、明治十七年頃、伊《い》豆《ず》の下田《しもだ》沖で難破したアメリカの帆船の乗組員が、救助してくれた下田の人々に伝えたのがはじまりで、このとき下田にいた各地の漁師たちが、それぞれの母港に戻って広めたというものです」

「急に詳しい話になるな」

「または、アメリカに留学していた理学博士の増田《ますだ》英作《えいさく》が、明治十六年に向こうで使われていた専用の台を日本に持ち帰った。そして翌年、友人たちと新吉原の引手茶屋の東屋《あずまや》で、この台を使用したのが最初だという話もあります」

「一年早いわけか」

「増田は『道理を告げるもの』という意味で『告理《こくり》』と名付けましたが、それが『こっくり』になって『狐狗狸』という漢字が充《あ》てられ、そこに『さん』が付いたと言われております」

葦子が漢字を示しながら説明すると、父が感心したように頷いた。

「尤もらしいじゃないか」

「同じ明治十七年でも、それはアメリカで流行した年で、日本に伝わったのは翌年の横浜であり、品川の芸娼たちが熱中した。『狐狗狸さん』という名前も、彼女たちから生まれた、とも言われています」

「おい——」

葦子の話を遮《さえぎ》るように、徹太郎が口を挟んだ。

最初は蔵座敷の二階に上がったと聞いて驚き、次に突如として饒舌になった彼女に圧倒されたものの、ようやく我に返ったようである。

「狐狗狸さんに詳しいみたいだが、そんな知識を何処で仕入れた？」

「…………」

「岩男さん、ひょっとするとこの女は、見世物小屋の占い師なのかもしれん」

いきなり黙ってしまった葦子から、父に視線を移しつつ徹太郎は続けた。

「前に見たことがあるけど、看板には蛇腹娘《じゃばらむすめ》や河童小僧や熊娘などの毒々しい、けれど客の好奇心を摑《つか》む絵が描いてある。ところが、小屋の中に入ると実際にやってるのは、蛇や蛙を生で食ったりするグロテスクな見世物で、そこに子供のような娘の半裸を絡めて、無理矢理エロチックにした出し物だった」

徹太郎の話に、敏之が頷きながら、

「そこまで酷くなかったが、私も見たことがあります。恐山《おそれざん》のイタコのような、仏降ろしをしている小屋もあって――」

「そう！ そういう小屋だよ。この女は、そこで問題を起こしたため叩き出され、仕方なく独りでインチキ占いをしているんじゃないのか。でも、それじゃ大した稼ぎにならないんで、行く先々で羽振りの良さそうな家を物色し、様々な手練手管《てれんてくだ》を使って潜り込み、ごっそりと鴨《かも》から金銭を巻き上げる。そうやってここまで、きっと流れて来たんだよ」

「義兄さん、もし彼女がそういった人種なら、わざわざ自分からバラさないでしょう」

てっきり怒ると思った父は、逆に微《かす》かな笑みを浮かべている。

「曾《かつ》ての商売道具を見て、つい口が滑ったのかもしれない」

「なるほど」

「それとも早速、我々を鴨ろうとして――」

「代々の猪丸家の当主で、他人《ひと》から出汁《だし》に使われた者など、ただの一人もおりませんよ。それとも義兄さんは、猪丸岩男が、その最初の一人だと言いたいのですか」

「い、いや……も、もちろん違う！」

現代の猪丸家当主の笑みが消えるのを目にし、徹太郎が慌てて否定した。しかし、既に父は葦子の方を向いていて、眼差しだけで先を促した。

「尤も、一口に狐狗狸さんと言いましても――」

驚いたというよりも薄気味悪かったのは、何事もなかったように彼女が話を続けたことだ。巖がそっと窺うと、敏之も複雑な表情を浮かべている。

「欧米で流行したものには、〈机廻し《テーブル・ターニング》〉と呼ばれる方法をはじめ、この自動筆記板や〈霊応盤《ウィージャ・ボード》〉のように、特殊な道具を使った例など、色々と種類があります」

「ほう、どう違うのかね？」

だが父は、全く気にしていないらしい。

「机廻しというのは、複数の人々がテーブルをぐるっと囲んで座り、霊と交信を行ないます。霊が降りて参りますと、テーブルを傾けたり、回したりして教えてくれる。そのときに霊と、ガタンッと一度だけ動くと『はい』であり、ガタッガタッと二度動くと『いいえ』である、という風に取り決めをしておきます。そのうえで霊に対して質問を行ない、その回答をテーブルの動きで教えて貰うわけです」

「面白い！」

どうやら本気で父は、葦子の話に興味を持ちはじめたらしい。

「霊応盤とは、アルファベットと数字が記された盤に、三脚の指示器が付いたものを指します。それに『はい』と『いいえ』を加えた三十六枚のカードを、テーブルの縁《ふち》に沿って並べて使う場合もあり、その際には三脚指示器ではなく、逆様にして伏せたタンブラーやワイングラスを用います。やり方は同じです。参加者が三脚指示器やタンブラーの上に手を置くと、それが自然に動き出して文字やカードを示し、意味のある文章を綴《つづ》るのです」

「最初の方法よりも、随分と複雑だな。それだけ具体的な質問ができるみたいだが」

「机廻しより具体性があり、霊応盤より直接的な方法が、この自動筆記板です」

「どう使うんだ？」

「ここの穴に鉛筆を差し込んで――」

葦子はハートの下部の先端に開けられた穴を指差すと、次いで上部の二つの丸みに、それぞれ自分の左右の手を添えつつ、

「二人の人間が、こうやって各々《おのおの》の片手を置きます。板の下には、予《あらかじ》め紙を敷いておく。すると板が勝手に動き出して、独りでに文字を綴るのです」

「そんなもの、インチキに決まってる」

堪《たま》り兼ねたように、徹太郎が口を挟んだ。

「片手を置く一人は客で、もう一人は占い師なんだろ。だったら占い師の方が、板を動かしているに違いない」

「……………」

「机廻しにしても霊応盤にしても、結局は全て同じなんだよ。インチキ霊媒師や占い

師が、自分の都合の良いように机や板を操っているだけで――」

「やってみましょうか」

父が提案した。徹太郎は一瞬、言葉に詰まったが、

「でも、彼女が片手を置くわけでしょ。それじゃ幾ら試しても……なぁ？」

同意を求めるように敏之を見た。すると伯父はしばらく考える仕草をした後で、

「私が知る限り、狐狗狸さんは普通の人たちが、つまり特に霊感などない者でも行なえますよね？　この自動筆記板はどうなんです？　所謂《いわゆる》霊能者でなければ扱えないのですか」

口調は穏やかで丁寧だったが、明らかに葦子を挑発している。徹太郎は面白くなったぞとばかりに、ニヤニヤと彼女を眺めはじめた。

ところが、意外にも葦子は首を横に振った。

「えっ……？　普通の者でも大丈夫だと？　二人とも素人《しろうと》でも、問題はないというんですか」

こっくりと彼女が頷く。

「よし。俺と小松納さん、あんたでやろう」

徹太郎は敏之を誘うと、次いで父に顔を向けて、

「どうです？」

「義兄さんたちが、二人でやるわけですか」

「もちろん途中で片方と交代して、岩男さんに参加して貰ってもいい。それに彼女が希望すれば、一緒にやっても構わない」

このとき巌は、すぐに徹太郎の考えが分かった。

自分たち二人や父が行なうと動かない板が、葦子が参加した途端に動き出した――という事態を、きっと彼は想定しているのだ。二人のうち一人が彼女の場合だけ、必ず板が動くとなれば、恐らく父も不審に思うに違いない――と踏んだのだろう。

今や徹太郎は挑戦的な眼差しで葦子を睨《にら》んでおり、敏之は父と彼女を交互に見詰めている。父は少し思案する表情を浮かべつつ、実は葦子の反応を待っているように見えた。

いつしか徹太郎だけでなく父も敏之も、そして巌と月代も、皆が葦子を凝っと眺めていた。

そんな五人の視線をものともせず、相変わらず何も理解できないという顔付きのまま、葦子は首を縦に動かした。

「やるんだな?」

徹太郎が俄《にわか》に勢い付いた。

「何も書いていない白い紙と、あの穴に入る鉛筆と、他には何がいるんですか」

敏之は逆に冷静な態度で、早くも必要な準備を考えはじめた。

しかし葦子は、そんな二人を無視すると、徐《おもむろ》に父を見ながら、

「この部屋では、駄目です」

「そうか。何処が良い？」

「蔵座敷の二階……」

第三章　儀式の準備

「冗談じゃない。あそこは駄目だ！」

「それも選《よ》りに選って、あの部屋で降霊紛《まが》いのことをするなんて……」

徹太郎と敏之が、即座に抗議の声を上げた。

「ここでやればいい」

「何処でやろうと、変わりはないでしょう」

やはり義母の由子だけでなく母の好子も、蔵座敷の二階で亡くなったのかもしれない……と巌は改めて思った。二人にとっては、妹が若くして逝去した忌まわしい場所

である。そんな部屋で狐狗狸さんを行なうなど、とても認められないのだろう。

だが、父には何の拘《こだわ》りもないらしい。

「あそこが良いのか」

改めて葦子に尋ね、彼女が頷くと、あっさり決めてしまった。

「岩男さん、あんた――」

徹太郎が思わず立ち上がり、今にも父に食って掛かろうとした瞬間、敏之が葦子に問い掛けた。

「あの部屋を使いたいのは、どうしてです？　なぜ応接間では、ここでは駄目なんです？」

「…………」

「居間や食堂は？　蔵座敷の一階は？」

「…………」

「可能な他の部屋は、一切ないんですか」

「…………」

黙ったままの葦子に、父が優しく話し掛けた。

「蔵座敷の二階を選んだのには、何か理由があるのかな？」

「はい……」

「それが何か、私に教えてくれないか」

「この家の中では、あそこが最も霊の降り易い場所だからです」

徹太郎と敏之だけでなく、父も絶句したように見えた。巌の二の腕には、忽ち鳥肌が立った。

母と義母の死を知っている……？

その可能性を咄嗟《とっさ》に考えたが、葦子は昨日この家に現れたばかりである。染が喋ったとも思えないし、父が教えたわけもない。二人の伯父は当たり前として、月代も論外と言える。もちろん番頭の泰史をはじめ、使用人たちも有り得ない。つまり誰かから聞いたのではないことになる。

あの部屋に入って、感じた……？

彼女が見世物小屋で霊媒師もどきをしていたのかどうか、それは分からない。ただ、あれほど狐狗狸さんについて詳しいところを見ると、少なくとも実演した経験は持っていそうである。いや、もしかすると生業《なりわい》にしていたのかもしれない。

拝み屋だったとか……。

葦子から漂う常人とは違った異様な気配は、その名残りではないのか。

巌が考え込んでいるうちに、狐狗狸さんを執《と》り行なう部屋は、蔵座敷の二階と決まってしまった。徹太郎も敏之も最早《もはや》、反対する気力がないように見える。

最も霊の降り易い場所……。

自分たちの妹が死んだ部屋を、その事実を知らないはずの彼女にそんな風に表現され、かなりの衝撃を受けたのだろう。

ただし、葦子が蔵座敷の二階を選んだのには、他にも理由があった。蔵という構造上、窓を完全に閉ざすと室内が真っ暗になるからだという。

「暗闇でやる狐狗狸さんなど、俺は聞いたことがないぞ」

どうにか立ち直ったらしい徹太郎が、早速《さっそく》そう言って嚙み付いた。

「部屋を暗くする必要があるのは、何らかの詐術をやるからじゃないのか」

葦子の説明によると、まず部屋の中央に絨毯《じゅうたん》を敷き、その上に小さな一本脚の丸テーブルを置く。それからテーブルの周囲に皆が腰掛け、隣合った二人が自動筆記板に片手を添える格好で、狐狗狸さんを行なうという。

「こうしたら、どうでしょうね」

敏之は妙案でもあるのか、父と徹太郎に顔を向けながら、

「蔵座敷の二階の真ん中に、丸テーブルを置いた状態で、我々は部屋の奥に並んで座ります」

我々とは、もちろん小松納敏之と川村徹太郎の二人である。

「岩男さんと巌君は、我々から見て左右の席に、それぞれ座って頂きます」

「巌も参加させるのですか」

父が意外そうに、と同時に認めるつもりはないという口調で問い返した。巌自身は、伯父と父のやり取りを見て、とても複雑な心境だった。参加したい気持ちと、関わりたくない思いとが、相半《あいなか》ばしていたからだ。

「彼が必要なんです。幸い今は春休みですから、少しくらい夜更かししても大丈夫でしょう」

「どういうことだ？」

ようやく再び椅子に腰掛けた徹太郎が、横から口を出す。

「もしテーブルに、ここにいる大人だけで座ることになると、まず等間隔に並ぶでしょう」

「そうだな」

「丸テーブルを囲んだ我々四人を結ぶと、ちょうど正方形になるように」

「なるほど」

「しかし、私と川村君は、あの板に片手を添えるわけですから、余り離れることなく近付いて座らなければならない」

「うん」

「そうなると我々四人を結んだ形は、台形になる」

「俺と小松納さん、あんたを結んだのが、上辺の短い線だな。岩男さんと女を結んだのが、下辺の長い線てわけになるけど——それがどうした？」

徹太郎から父へ、そして父から葦子へと視線を転じながら、敏之は説明を続けた。

「彼女が下辺のどちらの角にいても、暗闇の中で自由に動き回れる範囲ができてしまう」

「何だって？」

声を上げた徹太郎だけでなく父も、更に巌も思わず身を乗り出していた。

「彼女が座った場所から、我々の片方がいる箇所まで、自由に行き来ができるわけです。つまり横から手を出して、自動筆記板に添え、彼女の意思で動かすことも可能ではないのか——と、私は言いたいのです」

「いや、その通りだ」

見る見る徹太郎に活気が戻りはじめたが、父は淡々とした様子で、

「で、義兄さんは、どうしたいんです？」

「先程も言ったように、我々は部屋の奥側に座ります。このとき彼女には丸テーブルを挟んで、向かいの席に着いて貰います。そのうえで我々と彼女の、それぞれ左右の空いた位置に、岩男さんと巌君に座って頂きたいのです」

「だがな、それだと女は二人の後ろを通って、簡単に俺たちに近付けるんじゃないの

か」

「そんな余裕を与えないように、岩男さんと巌君には、テーブルから少し離れた位置に座って頂く。あの部屋なら、そうすると本人とテーブルの間で、そして本人と後ろの壁の間で、ちょうど人が通れるくらいの間隔ができるでしょうね。ただし本当に通ると、前であれ後ろであれ、間違いなく気付かれてしまうほどの――」

「二人に、通せんぼをさせるのか！」

それは面白いとばかりに徹太郎が叫んだ。だが、父は飽くまでも冷静に、

「しかし義兄さん、葦子さんが正面から手を伸ばせば、同じことじゃないんですか」

「彼女には後ろ手で、念のため両手を縛らせて貰います」

一瞬の静寂の間があった後、

「どうせなら、椅子に縛り付けてしまおう」

提案というよりは、徹太郎が決め付けるように言った。そして更に、もっと良いことを思い付いたとばかりに、

「いや、いっそ女抜きでやったらどうだ」

「それは……」

さすがに敏之が躊躇《ちゅうちょ》して父を見ると、

「葦子さん抜きでは、そもそも狐狗狸さんができないのでは？」

「けど岩男さん、我々のような素人でも狐狗狸さんは行なえる——と、その女は言ってる。つまり、専門家は不要ということでしょ」

「どうかな？」

まるで御伺《おうかが》いを立てるように、父が葦子に尋ねた。

「皆さんだけで行なうのは、とても危険です」

「おいおい、さっきは普通の人でも可能だって、あんた言ったじゃないか」

透かさず徹太郎が突っ込む。しかし、彼女は何も応えない。再び父が、

「危険というのは、どういう意味でだろう？」

「あの部屋で、生半可に狐狗狸さんをしては、絶対にいけない……」

「蔵座敷の二階で行なう場合は、葦子さんのような人が付いていないと危ない——と？」

彼女が頷く。

「だったら、他の場所でやればいいじゃないか」

早速、徹太郎が嚙み付いた。

「しかし義兄さん、この家の中では、あの部屋が最も相応《ふさわ》しいわけです」

「その女が、そんな風に言ってるだけだよ」

「蔵座敷の二階でなら、狐狗狸さんを呼び出せるんだね？」

父が念を押すと、葦子が「はい」と答えた。

「よし、分かった」

急に徹太郎は立ち上がると、

「小松納さんが提案した方法で、狐狗狸さんをやろうじゃないか」

「蔵座敷の二階で、彼女も参加して？」

敏之が確認すると、徹太郎は頷きつつ、

「自分がいなけりゃ、俺たちが危ないって言うなら、部屋の中にいて貰おう。ただし、椅子には縛り付ける。それが条件だ」

そう言いながら挑発するように葦子を見た。

「どうかね？」

父が彼女の意向を尋ねる。

「結構です」

「おっと、もう一つ条件があった」

相手が承諾するのを待っていたように、徹太郎が続けた。

「もし狐狗狸さんが来なかったら、即刻この家から出て行って貰う。そういうことで、岩男さんも宜しいですね？」

途端に父が苦い顔をした。どうやら本気で葦子に惹かれているらしい。

「宜しいですね？」

執拗に徹太郎から確認を求められ、渋々ながら父が了承した。

「質問項目は、どうしますか」

眉間に皺《しわ》を寄せた敏之が、さも重大だと言わんばかりに難しい顔をした。だが、父も徹太郎も意味が分からないらしく、ぽかんとしている。

「狐狗狸さんにする、質問の内容です」

「ああ、そんなもの適当でいいだろ」

徹太郎はあっさり切り捨てたが、父は義兄を窘《たしな》めるように、

「いや、せっかく御告げがあっても、そもそも何の役にも立たない質問をしていたのでは、それが無駄になります。ここは何か具体的な内容の――」

「なるほど。だったら、その女自身について訊く、というのはどうだろう？」

「えっ……」

「女の正体は、本人にも記憶がなくて分からない。だから狐狗狸さんに御伺いして、それを教えて貰うわけだよ」

この皮肉な考えが気に入ったのか、徹太郎はニヤニヤと嫌な薄笑いを浮かべながら、睨《ね》め付けるような眼差しを葦子に注いだ。

だが、彼女は特に動揺した風もなく、全てを任せますとでもいうように、父を見詰

めている。

「それでは明日の夜、夕食後に……九時頃からはじめるということで——」

父が皆を見回すと、全員が賛同の意を示したので、その夜はお開きとなった。

翌日の午前中、まず丸テーブルを調達しようとしたが、家の中に適当なものがない。そこで父が倉庫蔵に行くと、

「ちょうど良い大きさです」

葦子が相応しいと認める小さな一本脚の丸テーブルが、質草になっている品物の中から見付かった。

「それは、まずくないですか」

まだ質流れになった品ではないため、敏之が心配したが、

「元に戻しとけば大丈夫だよ」

徹太郎は全く頓着せず、その意見に父も賛同したので、五脚の椅子も絨毯も倉庫蔵の中から調達することになった。

敏之は丸テーブルと椅子を両手に持ったが、徹太郎は自分の一脚しか運ばない。巌は椅子と円形の絨毯だけで手一杯だったため、葦子の分は結局、父が自身の椅子と一緒に抱える羽目になった。

五人が倉庫蔵から丸テーブルや椅子を運び出していると、染が手伝おうとした。し

かし、蔵座敷の二階で狐狗狸さんを行なうのだと知らされた途端、

「なんまいだぶ、なんまいだぶ……」

突然、経を唱えはじめた。彼女の後ろでは、不安そうな表情を浮かべた月代が、染の着物の裾を片手で摑みつつ佇《たたず》んでいる。

「何だよ。縁起でもない」

彼女の六字名号《ろくじみようごう》を耳にした徹太郎が、嫌悪感も露《あらわ》に吐き捨てるように言った。

由子が猪丸家に呼び寄せた芝竹染と、妹を頼って同家に入り込んだ川村徹太郎は、顔を合わせたときから互いを毛嫌いしている。唯一の共通点は、月代の健やかな成長を願うことだけである。ただし、そこには各々の思惑があるようだった。

巖は一癖も二癖もある伯父たちより、遥かに染の方に親しみを感じていた。だからといって彼女に、全幅《ぜんぷく》の信頼を置いているわけではなかったが。

蔵座敷の土扉は、大きく外に開かれていた。昨日、父が葦子を案内しているとき、ここに彼女がしばらく滞在すると決まってから、ずっと開け放たれたままである。

土扉から廊下に入って階段を上がり、一先《ひとま》ず丸テーブルと五脚の椅子と絨毯を、二階の廊下まで運び上げる。それから敏之の提案通りに、家具と各自の配置が決められたのだが……。

二階の部屋の襖《ふすま》が開けられると同時に、巖の視線は入って右手にある違い棚に、ほ

とんど釘付けになっていた。

そこに、あの箱があったからだ。四角形や三角形の幾何学的な模様を持つ、例の謎の箱である。

箱を目にした瞬間、巌は「××箱」の「××」の部分を思い出した。

赤箱だ！

全体が赤茶けたような色をしている。もしかすると元は朱塗りだったのが、長い歳月を経るうちに色褪《いろあ》せたのかもしれない。

記憶にある箱ほど大きくはない。女の子が遊ぶ手毬《てまり》くらいの感じだろうか。

やっぱり蓋がない……。

内部に何かを収納できる箱というよりは、巨大な賽子《さいころ》か積み木のようである。ただし長方形のため賽子にはできず、全ての角が削られているので積み木には相応しくない。

一体あれは何だろう……？

父が葦子に、泰史が巌に注意した口調から考えても、余り良いものとは思えない。むしろ逆に、とても忌まわしい存在に映る。とはいえ処分することもなく、こうして違い棚の上に置かれているのは、なぜなのか。

しかも赤箱は、単に棚の上にあるだけではなかった。その前には、真っ黒と真っ白の柄《え》と鞘《さや》を持つ二つの小刀が、まるで箱を封じるように「×」の形を作って据えられていた。

粗末にはできないが、大切にする気もない。かといって、そのまま捨て置くのは躊躇《ためら》われる。そんな厄介な代物なのだろうか。

父や伯父たちは……。

気にしていないのかと見ると、ほとんど違い棚の方に目を向けようとしない。視界に入っているものの、意図的に直視することは避けている。そんな風に三人とも見える。

父と伯父たちの態度を眺めているうちに、巖は途轍《とてつ》も無く怖くなってきた。

廊下で震える彼の様子に気付くことなく、大人たちは着々と準備を進めていく。

まず部屋の中央に絨毯を敷き、その上に丸テーブルを置くと、南の窓側に敏之と徹太郎が並んで座る。敏之が東側で、徹太郎が西側である。それからテーブルの東西に、それぞれ一脚ずつ椅子を据える。テーブルと椅子の間には、人が通れるほどの距離を開ける。椅子の後ろは、東側は押し入れの襖で、西側には違い棚があるのだが、ここにも共に人が通れる幅を残す。

「岩男さんと巖君に、ちょっと座って頂きたいのですが――」

敏之に促され、父が西の椅子に、巖が東の椅子に腰掛けた。赤箱の前に座らなくて済み、取り敢えずほっとする。

「目を瞑《つむ》って貰えますか」

素直に巌が瞼《まぶた》を閉じると、やがて前を、次いで後ろを、誰かが通る気配を感じた。

「義兄さんのどちらかが、私の周りを歩いているようですね」

父も同じように感じたらしく、そんな声が聞こえたので、巌も自分が感じたままを述べた。

「はい、もう目を開けて頂いても結構です」

巌の側には徹太郎が立ち、父の近くには敏之の姿があった。

「今、私は岩男さんの、川村君は巌君の前後を、できるだけ自分の気配を殺して通ってみました。その結果、どちらにも気付かれてしまったわけです」

「部屋が真っ暗でも、充分に見張りの役目を務められるってことか」

徹太郎の確認に、敏之は力強く頷きながら、

「暗闇に身を置くことで視覚は奪われても、その代わりに神経が研ぎ澄まされるはずですからね。それに彼女も暗がりの中では目が見えなくなる。仮に何処かを通り抜けようとしても、何かに身体を当てずには難しいでしょう」

「ああ。こっそり女が我々の側に来ることは、まず無理だな」

当の葦子の椅子はテーブルの北側に、やはり人が通れるくらいの幅を開けて置かれ

ている。

そこから実際の手順が検討され、更に二つの台が必要だと分かった。狐狗狸さんが自動筆記を行なうための紙を置いておく台と、書かれた後の紙を集めておく台である。

父と伯父が適当なものを倉庫蔵から運び出し、敏之と徹太郎の椅子の両側に、それぞれ一台ずつ据えることにした。

必要なものの設置が全て終わったところで、

「お願いがあります」

蔵座敷に入ってから、はじめて葦子が喋った。

「何だね？」

「あの箱を使いたいのです」

「…………」

絶句するように父が口を閉ざし、しばし沈黙が降りた後で、

「と、とんでもない！」

「何を言い出すかと思ったら――」

敏之と徹太郎が、口々に抗議の声を上げた。

しかし葦子は、飽くまでも赤箱に執着した。

「あの箱が必要です」

結局、父たちが折れた。丸テーブルと彼女の椅子の間に台を置き、そこに箱を載せるだけだと分かり、辛うじて納得したのだ。

だが、巌は不安だった。封じているように見える真っ黒と真っ白の小刀から、あの箱を離してしまうことが……。

午後からは応接間で、狐狗狸さんについて取り決めがなされた。
一、質問項目は、小松納敏之と川村徹太郎が考える。
二、狐狗狸さんを呼び、質問をして、帰って貰うまでの儀式は、全て葦子が仕切る。
三、儀式は蔵座敷の二階で行ない、その場の設定は小松納敏之の案通りとし、葦子の両手は椅子の後ろで縛る。
四、全員が着席してから、部屋の明かりを消す。次に明かりを点《とも》すのは、完全に儀式が終わってからとする。それまでは絶対に誰も席から立ってはならないし、私語も厳禁である。
五、四の項目を尊重しつつも、小松納と川村の両氏が儀式の失敗を確信したときには、テーブルを叩いて知らせることができる。その合図は、三度、二度、三度と叩くことにし、葦子は速やかに儀式を終えなければならない。

この話し合いの後、巖は伯父の指示で、近所の文房具屋まで走った。藁《わら》半紙と鉛筆と細引きを買うためだ。どれも家にあるはずだと言ったのだが、敏之は首を振った。

「全て外から、新しく持ち込んだものを使おう」

葦子の手が完全に触れていないと分かる品を、伯父は揃えたかったらしい。

夕食の後、それぞれが少し時間を潰してから、九時に蔵座敷の二階へと上がった。

敏之が手早く準備を整えていく。まず丸テーブルの上に藁半紙を一枚だけ置くと、まるで表面に吸い付くように紙が貼り付いた。その紙の右下の隅には「一」と番号が振ってある。残りの藁半紙も同じ箇所に、一枚ずつ「二」以降の番号が順に記されている。それらの紙をまとめて、敏之が座る椅子の右横の台に重ねる。それから鉛筆を差し込んだ自動筆記板を、テーブルの上の藁半紙に載せ、狐狗狸さんの用意は簡単に終わった。

「さてと――」

細引きを取り上げた徹太郎が、葦子に向かって太々《ふてぶて》しく顎をしゃくり、椅子に座るように促した。

「本当にいいんだね？」

父が心配そうに尋ねたが、あっさり彼女は頷いただけで椅子に腰掛け、自ら両手を背凭《せもた》れの後ろに回した。

「人間、諦めが肝心だ」

そんな台詞《せりふ》を吐きつつ、徹太郎は彼女の両手ばかりでなく、両足首まで椅子の脚に縛り付けてしまった。

「義兄さん、何も両足まで……」

「いや、何事も念には念を入れて──ってね」

むっとする父を素早く徹太郎は躱《かわ》すと、そそくさと自分の席に座った。敏之も続いたので、仕方なく父も着席する。

「巌君、廊下の明かりを消して、襖を閉めてくれないか」

伯父に言われた通りにして、巌は自分の席へと戻った。

「それでは皆さん、宜しいですか」

敏之の確認に、徹太郎は「ああ」と、父は「ええ」と声を上げ、葦子と巌は黙って頷いた。

「準備しましょうか」

敏之が自動筆記板の片方の丸みに左手を添えると、慌てて徹太郎がもう片方に右手を置いた。

「巌君、部屋の明かりを消して下さい」

天井から下げられた電灯の紐《ひも》を引っ張ると、忽ち蔵座敷の二階は真っ暗になった。

しーん……とした静寂がしばらく続いた後、やがて地の底から湧き上がるような声が、微かに聞こえはじめた。

「狐狗狸さん、狐狗狸さん……、どうぞ御出で下さいませ……」

第四章　狐狗狸さん

漆黒の闇の中で、儀式がはじまった。

部屋の中は、本当に真っ暗だった。伯父たちの後ろにある唯一の窓は、外側の鎧戸《よろいど》まで閉めてあるため、星明かりは全く射し込まない。葦子の後方の襖も、ぴったりと閉じてある。仮に隙間があっても、廊下には窓がない。一階の明かりは消してあるので、階段の降り口から光が漏れるはずもない。

そのうえ蔵座敷の出入口の土扉には、内側から掛け金が下ろされていた。つまり何《なん》人《ぴと》も入り込めず、且《か》つ室内の闇を決して逃がさない、完全に密閉された空間だった。

そんな真の闇の中で、何とも薄気味の悪い唱《とな》え言《ごと》が続いている。

「狐狗狸さん、狐狗狸さん……、どうぞ御出で下さいませ……」

「御出で下さいましたら、その御印を、どうぞ御示し下さいませ……」

ここで少し間が開き――、

「狐狗狸さん、狐狗狸さん……、どうぞ御出で下さいませ……」

「御出で下さいましたら、その御印を、どうぞ御示し下さいませ……」

――と、繰り返しになる。

巌はとても緊張していた。普段ならそろそろ寝ようかという時刻に、大人たちに交じって、こんな異様な儀式に参加している。それだけでも重大事なのに、不正が行なわれないよう見張りの役まで務めているのだから、彼の神経が張り詰めているのも無理はなかった。

にも拘《かかわ》らず、そのうち睡魔に襲われ出した。緊張しているのに眠たい……という変《へん》梃《てこ》な状況は、何とも言えぬ不安感を彼に与えた。

どうしてだろう……？

眠気を追い払うためにも、自問してみる。しかし、そこに葦子の唱え言が聞こえてきて、なかなか考えに集中できない。それどころか益々《ますます》、睡魔に見舞われてしまう。

あっ……。

ここで巌は、はっと我に返った。この繰り返し耳に付く唱え言こそが、自分を眠りへと誘っている元凶だと気付いたからだ。

まるで催眠術のような……。

いや、本当に葦子は、巌たちに催眠術を掛けるつもりなのかもしれない。

しっかりしなくては――。

巌は右手で、左手の甲を思いっきり抓《つね》った。余りの痛みに、途端に意識がはっきりとした。

大丈夫だ。催眠術には掛かっていない。

それに葦子の声が、彼の斜め右方向から聞こえている。ということは、ちゃんと彼女は所定の位置にいるわけだ。

「狐狗狸さん、狐狗狸さん……、どうぞ御出で下さいませ……」

「御出で下さいましたら、その御印を、どうぞ御示し下さいませ……」

尚も唱え言が続く中で、左手の方から、はっと息を呑む気配がした。と同時に、身じろぎしたような物音も聞こえた。

伯父さんたちが……。

身動きしたのかと思っていると、とても微かな音が闇の中から伝わってきた。

それは非常に小さな物音だったが、分厚い壁の向こう側で、何か異形のものが爪を立てているように聞こえ、ぞっとする映像が思わず脳裏に浮かぶ。

部屋の外から……？

蔵座敷の分厚い壁を通して、屋外から聞こえてくるのかと、更に耳を澄ます。

違う……。室内でしている……。

それも正面から——丸テーブルが置かれた方向から——その物音は聞こえる。

あっ……、自動筆記板が動いてるんだ！

と察した途端、藁半紙の上を移動する鉛筆の硬質な音が、テーブルの表面を伝わって暗闇に響いている事実を、はっきり認めることができた。

伯父たちから妙な気配を感じたのは、いきなり片手を置いた板が動き出したため、きっと驚いた所為に違いない。もしかすると慄《おのの》いてさえいるかもしれない。

やがて、物音が止んだ。室内には、しーん……とした静寂が降りる。

「狐狗狸さん、狐狗狸さん……、御出で下さり、誠にありがとうございます……」

先程までと全く変わらない口調で、葦子が口を開いた。だが、その後は再び寂《じゃく》とした。唾を呑み込むのを躊躇《ためら》うほどの、静か過ぎる時が流れる。

「狐狗狸さん、狐狗狸さん……、御質問に入らせて頂きます……」

葦子が続ける。

しばらくしてから、またしても伯父たちの方で身じろぐ気配がし、がさがさっと紙が鳴った。

紙を取り除いた？

一つの質問に対する答えが済む毎《ごと》に、徹太郎がテーブルの上から藁半紙を取り、自分の左横の台に置くことになっていた。だが恐らく彼は、自動筆記板が勝手に動いた現象に動揺するあまり、肝心の取り決めを失念してしまったのだろう。

そう考えると、葦子の「御質問に入らせて頂きます」という丁寧な台詞も納得がゆく。彼女は狐狗狸さんに話し掛けながら、実は徹太郎の注意を喚起していたのだ。

次いで敏之が、自分の右横の台から新しい紙を手に取り、自動筆記板の下に敷く気配がした。このとき二人は、決して板から手を離してはならない。真っ暗闇の中で行なう作業としては、かなり手間取りそうだ。

それでも敏之は、精一杯の早さで紙を補充したらしく、かさかさっという物音がぴたっと止んだ。

「狐狗狸さん、狐狗狸さん……」

待っていたように、葦子が口を開く。

「私は何者なのでしょう？」

少しの間があって、鉛筆が藁半紙の上を移動する微《かす》かな音が聞こえはじめた。

それが止まると、念のために数秒ほど様子を窺っているような間があり、徹太郎が紙を回収して、敏之が補充する物音が聞こえた。

次いで葦子が新たな問い掛けをし、自動筆記板が動いて——という繰り返しが続いてゆく。

「私は何処から来たのでしょう？」

紙の上を移動する鉛筆の音がする。

「私は何処へ行くはずだったのでしょう？」

藁半紙が取り除かれる。

「私は猪丸家の裏の雑木林で何をしていたのでしょう？」

藁半紙が補充される。

「私はこれからどうすればいいのでしょう？」

葦子が質問を口にする。

「猪丸家の商売は今のままで良いのでしょうか」

ここから急に、質問の内容が変わった。

「猪丸家は今の商売をもっと手広くやるべきでしょうか」

そう言えば父が以前、泰史と新しい店舗のことを話し合っていた。

「猪丸家の商売の発展のためには、新天地を目指すべきでしょうか」

まるで最初から本当に、狐狗狸さんに御伺いを立てているような問い掛けが続く。

「岩男さんの跡を継ぐのは誰でしょうか」

二人の伯父の最大の関心事が、実はこれだった。もちろん敏之は巌に、徹太郎は月代に継がせたいと望んでいる。

「この部屋で猪丸岩男さんの先妻の好子は、なぜ亡くなったのでしょう？」

えっ……。

巌は思わず声を上げそうになった。

「この部屋で猪丸岩男さんの後妻の由子は、なぜ亡くなったのでしょう？」

伯父たちは冗談のつもりなのだろうか。それとも真剣に、これらの質問を考えたのか。

「二人の妻の死は赤箱と関係がありますか」

依然として冗談とも本気とも分からない。しかし、あの箱が母と義母の死について、一体どんな関係があったというのか。

「今後もこの部屋で死者は出ますか」

こんな質問は、もういい加減に止めて欲しい。

「赤箱とは一体何なのでしょう？」

きっと知らない方がいい。

「赤箱の中には何が入っているのでしょう？」

巌は次第に怖くなってきた。

「赤箱は処分しても大丈夫でしょうか」

それに幾ら打ち合わせで取り決めたとはいえ、よく葦子は何の躊躇《ためら》いもなく狐狗狸さんに訊けるものだ、とも彼は思った。

そのとき急に質問が途切れ、室内がしーんと静まり返った。

終わったのかな……？

伯父たちの方からも、特に不審な気配は伝わってこない。彼らが考えた項目の全てを、どうやら葦子は済ませたらしい。

巌が安心したのも束の間、

「私が赤箱を譲り受けても宜しいでしょうか」

これまでの問い掛けとは抑揚の違う、はっきりとした葦子の声音《こわね》が聞こえた。

その瞬間、はっと敏之と徹太郎が身じろぎした。明らかに二人が用意した項目にはない質問を、彼女が勝手にしたことが分かる。

だが、自動筆記板は同じように反応した。そして鉛筆が止まり、再び静寂が訪れ、しばらく間が開いてから、徐《おもむろ》に葦子が唱え言を口にした。

「狐狗狸さん、狐狗狸さん……、幾つもの御答えを賜《たまわ》り、誠にありがとうございました……」

闇の中で全く見えないが、彼女が頭を垂れているのが、その声の変化から察せられた。

「狐狗狸さん、狐狗狸さん……、どうぞ御帰り下さいませ……」

またしても頭を下げる。

「狐狗狸さん、狐狗狸さん……、どうぞ御戻り下さいませ……」

引き続き御辞儀をする。

ところが、巌の前の方から微かな物音が聞こえてきた。自動筆記板が動き、鉛筆が紙の上を走る、あの音が……。

狐狗狸さんが帰らない？

「狐狗狸さん、狐狗狸さん……、どうぞ御帰り下さいませ……」

気の所為だろうか。葦子の口調に、ほんの少し焦りを感じるのは——。

「狐狗狸さん、狐狗狸さん……、どうぞ御戻り下さいませ……」

それまで感情的な言動を、少しも示さなかった彼女が、はじめて動揺しているように思える。

「狐狗狸さん、狐狗狸さん、どうぞ元いらっしゃった場所へ、速《すみ》やかに御帰り下さい」

口にする唱え言が、徐々に早くなる。

「狐狗狸さん、狐狗狸さん、元の居場所へ、直《ただ》ちに御戻り下さい」

丁寧だった呼び掛けが、少しずつ命令的な台詞に変化をはじめた。やがて唱え言そのものが呪文のようになり、言葉の意味が全く理解できなくなった頃に、ようやく狐狗狸さんは終わった。

「済みました」

葦子の言葉を合図に、巌が電灯の明かりを点《とも》す。真っ暗闇に眩《まばゆ》い光が一気に輝き、思わず目を瞬《しばたた》かせながらも、彼は室内の様子を確かめた。

正面に座った父は、真っ先に葦子を見てから、巌と二人の義兄に顔を向けた。伯父たちは、自動筆記板から離した己の片手を、それぞれが凝っと見詰めている。板が勝手に動き出した瞬間の気色《きしよく》の悪い感触が、まだ自分の手に残っているかのように……。

葦子は両腕を椅子の後ろに回した状態で、ぐったりと首を傾けたまま身動き一つしない。

そんな全員の様子を、巌は具《つぶさ》に観察していたが、ふと視線が止まった。赤箱を置いた台に釘付けになった。

動いてる……？

狐狗狸さんをはじめる前に比べると、台のあった位置が違うように感じる。しかし、それを言うなら丸テーブルも皆の椅子も、最初のときよりは乱れているように見える。

でも……。

テーブルの上では自動筆記板が動き回っており、椅子には人が座っていたのだ。少しくらい位置がずれても何の不思議もない。

だけど……。

あの箱を載せた台が、ほんの僅《わず》かでも動くわけがないのだ。葦子は触ることができず、父と伯父たちは触るはずもなく、もちろん巌でもない。

箱を封じていた小刀から離したため、狐狗狸さんが行なわれていた間、真っ暗闇の中、あの箱が自動筆記板の動きに合わせて台の上で躍《おど》っている……そんな光景が、まざまざと巌の脳裏に浮かんだ。

「その箱――」

薄気味の悪い事実を指摘しようとしたとき、父が椅子から立ち上がった。そして葦子に近付きながら、相手を案じる口調で、

「大丈夫かね？　今、紐を解《ほど》いて楽に――」

「岩男さん！　待って下さい」

慌てた敏之が、すぐ父の側に駆け寄った。

「紐を解くのは、やっぱり結んだ人の方が良いでしょう」

そう言って徹太郎を手招いたので、この期《ご》に及んでもまだ伯父は、どうやら葦子の

詐術を疑っているらしい。

「縛ったままになってるな」

椅子の後ろに回った徹太郎が、不承々々ながら認める。それでも難癖を付けようと、

「けど、ちょっと緩《ゆる》んでるんじゃないか」

透かさず父が、

「狐狗狸さんを帰そうとして、最後の方は大変だったみたいだから、思わず身体が動いたんでしょう」

「それは、まぁ……」

「両手だけでなく、両足も椅子に縛り付けられているんですよ。抜け出してあの板を操作するなんて、絶対に無理です」

父と徹太郎のやり取りを聞きつつ、葦子の様子を凝っと観察していた敏之が、

「質問する声は確かに、この辺りから聞こえてましたしね」

「おいおい、あんたはどっちの味方なんだ?」

両足の紐を解いていた徹太郎が、思わず抗議の声を上げた。だが、敏之は尚も葦子を見詰めながら、

「それに私は、あの板が動き出したとき、実は右手で板の上と周りを探ってみたんだ

が……」

「あっ……。あれは、あんただったのか！　俺はまたてっきり……」

何か得体の知れないものが、自動筆記板を動かしに現れた……と、どうやら徹太郎は感じたらしい。でも、それを認めるのが恥ずかしくなったのか、

「い、いや……。そう言えば、あんたが動いてるような気配が、ちょっと横でしてたんだよ。そ、それで？」

「何もなかった……」

「…………」

「板の周囲には、全く何もなかった。板に触れていたのは、私と川村君……あなただけだった」

「お、俺たちの間にいたのかも――」

「岩男さん、そして巌君――、誰かが椅子の前後を通った気配がありましたか」

「いいえ、ありませんでした」

父が答えるのと同時に、巌も頷いた。

「しかも彼女は、椅子に縛られていた……」

更に敏之は凝っと葦子を眺めていたが、さっと丸テーブルまで戻ると、

「狐狗狸さんが我々に如何《いか》なる御告げを下さったのか、拝見しようじゃありません

か」

　自分が座っていた椅子の横の台から藁半紙の束を取り上げ、こちらに振ってみせた。

　丸テーブルを囲むように全員が集まると、敏之が藁半紙を扇状に広げ、表に記されている狐狗狸さんの答えを見えるようにした。

「何だこりゃ？」

　徹太郎が素《す》っ頓狂《とんきょう》な声を上げた。紙には蚯蚓《みみず》がのたくったような線が、鉛筆によって描かれている。

「……平仮名でしょうか」

　ざっと全体を確認しながら、敏之が判断しつつ葦子を窺うと、こっくりと彼女が頷いた。

「うーん……、これが平仮名ねぇ……。まぁ読めないこともないか」

「私が質問の内容をお浚《さら》いして、その答えに当たる藁半紙を『一』から順番に、テーブルの上に置いていきますので、その都度《つど》、皆で記されている文字を検討するということで如何《いかが》です？」

「その方が分かり易くていいでしょう」

　敏之の提案に父が賛同し、まるで試験の答え合わせのような作業がはじまった。その結果は、次の通りだった。

問　狐狗狸さん、訪れた印を示して下さい。

答　いる

問　葦子は何者なのか。

答　ほか

問　葦子は何処から来たのか。

答　そと

問　葦子は何処へ行くはずだったのか。

答　なか

問　葦子は猪丸家の裏で何をしていたのか。

答　そと　でて　くう

（この紙のみ書き込みが多く判読不能。辛うじて分かったのが、これだけである）

問　葦子はこれからどうすればいいのか。

答　いる

問　猪丸家の商売は今のままで良いのか。

答　まま

問　猪丸家は今の商売をより手広くやるべきか。
答　ない
問　猪丸家の商売の発展のためには、新天地を目指すべきか。
答　ない
問　岩男さんの跡を継ぐのは誰か。
答　む
問　この部屋で猪丸岩男さんの先妻の好子は、なぜ亡くなったのか。
答　はこ
問　この部屋で猪丸岩男さんの後妻の由子は、なぜ亡くなったのか。
答　はこ
問　二人の妻の死は赤箱と関係があるのか。
答　ある
問　今後もこの部屋で死者は出るのか。
答　ある
問　赤箱とは一体何なのか。
答　じゅ
問　赤箱の中には何が入っているのか。

答　し
問　赤箱は処分しても大丈夫か。
答　ない
問　葦子が赤箱を譲り受けても良いか。
答　なる

第五章　義母

狐狗狸さんの儀式から凡《およ》そ一月後、父は葦子を後妻に迎えた。二十近い年齢の開きも、二人には全く関係がなかった。いや、少なくとも父はそうだろう。葦子がどう思っているのか、それは誰にも分からなかったが……。

巌の伯父の小松納敏之と、月代の伯父の川村徹太郎が反対したのは言うまでもない。もし葦子が男の子を産んだ場合、将来、猪丸家の全財産は彼女と息子のものになる可能性があるからだ。

他人から見ると極端過ぎる考えかもしれない。だが、万事に於《お》いて常識的と言える父も、なぜか自分の妻に関してだけは別だった。一種異様な偏執振りを見せるのだ。それは溺愛とも過保護とも違う、何とも奇妙な振る舞いである。

自分の妹に対する父の態度を見ている伯父たちが心配したのも、だから無理はなかった。

しかし巌は、そんな先の話よりも気になることがあった。葦子を後妻に貰おうと父が決めたそもそもの切っ掛けが、あの日の狐狗狸さんにあるらしいと、番頭の園田泰史から聞かされたからだ。

猪丸質店の事業拡張については、前々から二人の伯父と番頭を交えて、父は何度も検討を重ねてきたという。あの伯父たちが、いつの間に店の経営にまで口を出す立場になったのか、まず巌はその事実が信じられずに驚いた。

泰史の話によると、伯父たちは推進派で、彼は保守派である。父は双方の提案に耳を傾けたが、どちらかというと慎重派の番頭の意見に、より重きを置いていた。

ところが、一年ほど前から理論派の敏之と口が上手くて勢いだけはある徹太郎の二人に、泰史が圧《お》され気味だったという。伯父たちが店舗の拡張を望むのは、支店を自分たちに任せて貰い、甘い汁を吸おうと考えていたからだ。それくらいは巌にも薄々分かった。しかし泰史は、そんな才覚が二人にあるとは思っておらず、仮に事業を広げるにしても彼らに任せるべきでないと考えた。

このままでは無謀な出店計画が罷《まか》り通ってしまうのではないか。泰史は気を揉むばかりだった。それを父が白紙に戻したという。

「坊ちゃんに、こんなことを申し上げるのも、どうかと思いますが——」

誰もいない倉庫蔵の中で、尚も泰史は声を潜めて教えてくれた。

父が支店を出す計画を中止したのも、葦子を猪丸家に入れようと決めたのも、全ては狐狗狸さんの御告げの所為だったのだ……と。

「あのお二人が、お店のことを考えているとは、私には思えません。ですから、狐狗狸さんの御告げが非常に有り難かったのは事実です」

囁《ささや》くような声ながら、泰史の声音は真剣だった。あのお二人とは、もちろん伯父たちのことである。

「泰さんは、狐狗狸さんを信じる？」

ある意味、猪丸家の中で巌が最も信頼している人物は、この番頭だったかもしれない。

「ええ……。私は信心深い方ですから、仮に俗信めいたものでも、一応は重きをおきます」

そう答えた後で、彼は何とも言えぬ表情を浮かべながら、

「ただ、だからといって、この狐狗狸さんを全面的に信用して良いものかどうか。な

かなか難しいところです」

「そうですねぇ。呼び出す場所や、呼び出す人によって、恐らく違ってくるでしょうから……」

蔵座敷の二階で葦子が行なった狐狗狸さんは、やはり怪しいと同時に、また妖しくもあるということだろうか。あの箱が絡んでくるため、余計にそう思えてしまうのは、きっと泰史も同じなのだろう。

とはいえ、伯父たちの企みを挫《くじ》いた点は評価できる。泰史が指摘するように、支店を出しても成功しない可能性があるのなら、狐狗狸さんは正しい御告げをしたわけだ。

父が葦子との結婚を決意したのは、「彼女はこれからどうすればいいのか」という問いの答えが、「いる」と記されていたからだという。父はこれを「葦子は猪丸家に居る」と解釈したのだ。そして更に「自分の跡を継ぐのは誰か」の問いの答えである「む」は「無」であり、これは「まだ継ぐべき息子が生まれていないため」と理解したらしい。

そんな風に葦子が導いたのではないか。巌は疑ったが、泰史は否定した。

「旦那様ご自身が、そうお考えになったのです」

結局、泰史だけでなく巌も、葦子の狐狗狸さんが猪丸家に吉凶のいずれを齎《もたら》すのか、全く判断することができなかった。

しかし、乳母の芝竹染は違った。珍しく父に意見をしたほどである。

「旦那様……、あの女は人ではございません。あれは人外《じんがい》です」

尤《もっと》もその内容が問題だった。巌が義母との生活を通して漠然と抱くことになる疑念を、彼女は早くから感じていたわけなのだが……。

染によると、葦子に関する問いの答えの意味は、こうだという。

「彼女は何者なのか」に対する「ほか」とは、即《すなわ》ち「他」と「外」であり、それは「人」に相対しての「ほか」である。よって「何処から来たのか」の「そと」は、もちろん「外」のことで、これは「異界」を意味する。「何処へ行くはずだったのか」の「なか」は、「外」に対しての「中」なので、「人の世」を指す。「猪丸家の裏で何をしていたのか」の答えのみが判読不能なほど多くの文字が記されていたのは、それほど「外」から「中」に侵入した目的が、複雑で多岐《たき》に亘《わた》っているためで、とても一言では表現できなかったからである。

「旦那様、外のものを中へ入れては、絶対にあきません。しかも招き入れるなど、とんでもない！　どうしても相手をせんといかんのなら、外と中の中間で——ああっ、きっとそれが奥の庭の、三つ蔵の裏の、あの雑木林やったんですわ！　あそこで追い返しておくべきやった……」

最後は、自分が猪丸家に彼女を入れたのが、そもそもの間違いだったと泣き出す始末である。

かなりの独断と偏見に満ちた——それもある方向に偏《かたよ》った——解釈だったため、さすがに二人の伯父も賛同はしなかった。ただ、葦子が如何《いかが》わしい存在に外ならぬという点では、この三人の意見は一致していた。

「莫迦《ばか》々《ばか》しい」

父は当然のように、染の忠告を一笑に付した。

「どうして、もっと素直に考えない？　『ほか』というのは、きっと『他の地方』や『他の地にいた人』という意味だろう」

父の読み解きの方が自然だと巌も感じたが、全く不安がなかったわけではない。なぜなら父は問いと答えの中で、自分に都合の良いものだけに着目しているのではないか、と思えたからだ。

何より巌が気になったのは、赤箱のことである。母と義母の死に関係があり、その箱がある蔵座敷の二階では更に死人が出る……と告げられているのに、父は少しも気にしていない。

「あの箱は、開けようとさえしなければ大丈夫だ」

それとなく巌が心配を口にしても、大した問題ではないと取り合ってくれない。いつから我が家に、どうして蔵座敷の二階にあるのかと尋ねても、

「ずっと昔からだ」

素っ気無い答えが返ってくるばかりである。

父が赤箱を取るに足らぬものと見做《みな》しているかというと、むしろ逆のように思える。余りにも意識し過ぎるため、意図的に考えないようにしているのではないか。

そんな箱に対して行なわれた「葦子が赤箱を譲り受けても良いか」という最後の質問の答えが、「なる」なのだ。染の解釈は「そうなる」、つまり「やがて箱は彼女のものになる」ことを意味しているのだという。

さすがに父も、これは大いに気にするはずだと思った。そもそも最後の質問は、伯父たちが用意したのではない。彼女自身が発したのだから……。

しかし父は、全く取り合わなかった。

「他にも『なる』の意味など考えられるだろう。奇妙な問い掛けをしたのも、あの場の雰囲気に呑まれたからに過ぎない。それに彼女は、決してあの箱を開けないと約束してくれた」

結局、誰一人として父を止められず、猪丸家に葦子が入った。岩男は三人目の妻を迎え、巌は二人目の義母と、月代ははじめての義母と暮らすことになったのである。

新しい義母との生活は、何とも不思議なものだった。最初の義母である由子の場合も、巌はかなりの戸惑いを覚えた。色町上がりの義母の日々の暮らし振りが、余りにも母と違っていたからだ。

母は、父の妻、猪丸質店のお上《かみ》、巌の母、猪丸家の主婦、若い使用人たちの母親代わり……と、本当に幾つもの顔を持っていた。

それに対して義母は、父の妻という以外には何もなかった。いや、その存在と同じか、それ以上だったのが、芸妓としての由子だった。言わば父だけの、専属の芸者だったわけだ。尤も義母の芸は、猪丸質店の商売には役立っていたらしい。そういう意味では母とは全く異なった方法で、義母なりに猪丸質店のお上を務めていたとも言える。

義母の言動は、まだ巌にも理解はできた。もちろん色町の何たるかを知らない彼には、奇矯《ききょう》に思える振る舞いも多かったが、全く受け入れられないほどではなかった。義母の至らない部分は、陰で染が支えていたこともあり、大して日々の生活に不自由を感じなかった所為かもしれない。

ところが、新しい義母は違った。いや、母や二番目の義母とは違っていた、という意味だけでは済まないほど、彼女は異なっていた。

起床にはじまり、洗面、炊事、食事、後片付け、掃除、洗濯、買い物、入浴、そして日常会話に於けるまで、とにかく全てがちぐはぐなのだ。

そう、まるで人としての営みに、まだ慣れていないかのように……。

そのたびに染が、仕方なく世話を焼くことになる。父から直《じか》に頼まれているだけに、知らん顔ができないのだろう。

「やれやれ……。なんで儂《わし》がこんなことを、この歳になってせなならんのや」

よく最初の頃はぼやいていたが、あるとき急に思い付いたように、

「夜のお務めの方は、一体どうなってるんやろ」

ぼそりと呟《つぶや》いた染の言葉が、完全に理解できたわけではない。しかし巌は、蒲団の中で途轍も無い異形のものと添い寝をしている父の姿を想像し、思わずぞっとした。

父の妻、猪丸質店のお上、巌と月代の義母、猪丸家の主婦などを演じる以前に、まず彼女は人間に成り切らなければならないのではないか……。

そんな狂気じみた考えが、ふと脳裏に浮かぶ。それほど彼女の日常生活の言動には、どうしても違和感を覚えてしまう。

結局、義母は店には一切関わらないばかりか、そもそも番頭の園田泰史をはじめ使用人の誰とも顔を合わさなかった。また家の中の用事も、巌と月代の世話も、今まで通り染の役目となった。

何もやる必要のない義母は——その前に何もできなかったわけだが——日がな一日

ぼんやりと過ごした。前庭を望む縁側で、母家の中心を走る廊下の真ん中で、奥の庭の三つ蔵の前で、ひたすらぼうっと佇んでいる。それでいて家の中をうろうろと音もなく歩き回り、つい先程あっちにいたはずなのに、もう今はここにいる、という神出鬼没振りを見せ、巌を仰天させた。

何気なく振り向いた先の、廊下の角、襖の隙間、庭の植え込みの陰から、こちらを凝っと見ている義母を認める瞬間ほど、心臓に悪いものはないと巌は恐れていた。

あるとき染に話すと、

「坊ちゃんもですか！　よく月代坊ちゃんを、そないな風に見てらっしゃるもんやから……。儂は何や今にも、あの女《ひと》に月代坊ちゃんが喰われてしまうんやないか……いう気がしてなりませんのや」

染や伯父たちには似た覚えがないと分かり、余計に巌は震え上がった。

家の中に人でないものがいる……。

数日、数週間、数ヵ月、一年が経っても、この違和感が巌から消えることはなかった。

義母が全く何もしなかったのかと言えば、そうではない。唯一したこと、やりたがったものがある。狐狗狸さんだ。

ほとんど独りでは外出をしない義母が、屋内の何処にも佇んでおらず、家の中をうろつく姿もない場合は、決まって蔵座敷の二階に籠り、狐狗狸さんをしていた。そして御告げの結果を突然、当人に伝えるのである。

「つる、わざわい」

その日、店に見事な古伊万里《こいまり》の壺が持ち込まれ、父は喜んだ。しかし、彼女の言葉を思い出した途端あることに気付き、よくよく鑑定してみると偽物だと分かった。壺は鶴首だったという。

「さんうん、おちる」

これは約半年後に、ようやく伯父の敏之が告白したのだが、このとき彼は文芸誌『柘榴《ざくろ》』の新人賞に作品を応募していたらしい。結果は一次予選も通らなかったみたいだが、受賞者の名前が「天山天雲」だったという。

「はい、すべる」

川村徹太郎が博打で金をするのは珍しくないが、このとき彼は久し振りに打った麻雀で、とても大きな負けを喫したらしい。

「つき、しずむ」

染に「つき」という言葉を聞かせれば、それは月代しか考えられなくなる。だから彼女は大騒ぎをしたのだが、案の定、弟は急に高熱を発し、慌てて医者が呼ばれる羽目になった。

　幸い一晩で熱は退いたものの、染は月代が死んでしまうと信じ込んでいたようで、このとき一気に老け込んでしまったほどである。

「あし、やむ」

　巌が厠《かわや》から出て洗面所で手を洗っていたとき、ふっと耳元で囁かれ、たちまち首筋が総毛立った。恐る恐る振り返ると、廊下を去って行く義母の後ろ姿があった。しばらく震えが止まらなかったが、彼女が口にした言葉は、すぐ忘れてしまった。

　思い出したのは、数日後である。巌は学校の帰りに友達と、少年探偵団ごっこをしていた。前から目を付けていた廃屋が、怪人二十面相のアジトに間違いないと団員たちの意見が一致し、探険することになった。彼は二階の調査を任されたのだが、腐っていた階段を踏み破り、折れた板段の破片が右足に突き刺さった。その所為で三、四日ほど、足を引き摺《ず》ることになった。

　葦子の狐狗狸さんを、猪丸家の全員が信じたわけではない。特に伯父たちは、「あれはインチキだ」と言い続けた。だが、この程度で済んでいるうちは良かったのだ。

　やがて、大きな問題が三つ持ち上がった。

　一つ目は、しばしば父が商売上の懸案事項について、御伺いを立てるようになったこと。二つ目は、いつしか葦子の行為が隣近所に漏れ、そこから町内中に広がり、わざわざ御告げを聞きに来る人が出はじめ、やがて「当たる」と評判になったこと。そして三つ目は、そんな彼女の狐狗狸さんを、なぜか月代が手伝うようになったこと。幸いにと言うべきなのか。泰史によると一つ目の問題は、今のところ上手くいっているらしい。つまり狐狗狸さんの御告げ——正確にはそれを読み解く父の解釈——が、ちゃんと商売の役に立っているのだという。

二つ目の問題は、猪丸家にとっては何とも難儀だった。客商売をしている以上、また町内の人たちに対して、余り邪険な態度は取れない。派手好きだった義母の影響を受けた父は、この頃にはすっかり来客を歓迎する性格になっていたから尚更である。それに飽くまでも皆は、個人的に葦子を訪ねて来る。その目的が狐狗狸さんにあると分かっていても、まさか追い返すわけにもいかない。

相談者が増えるに従い、狐狗狸さんのやり方も変わりはじめた。最初の頃は、二階で義母と相談者が一緒に執り行ない、その間、次の人は一階で待つ決まりだった。しかし、相談者によっては狐狗狸さんとの相性が悪い場合もあり、また一階から聞こえる私語が御伺いの妨げになった。

そのうち義母が、こんなことを言い出した。

「狐狗狸さんを何度も執り行なった結果、蔵座敷は聖なる空間となりました」

よって巫女《みこ》である義母以外の出入りは一切禁止され、応接間が相談者の待ち合い所と化した。

この頃から義母は狐狗狸さんを執り行なうときに、倉庫蔵で見付けた神父の服を着用するようになる。足元まで隠れるほど丈の長いスータンと呼ばれる黒い服なのだが、それを童顔の義母が着ると、たちまち何とも言えぬ異様な雰囲気を醸《かも》し出し、まるで新興宗教の教祖のように見えた。

そもそもなぜ神父の服が質草となっているのか、もちろん巌には分からなかったが、どうして義母が「制服」として選んだのか、何となくだが理解はできた。きっと蔵座敷が聖なる空間と化したため、その連想から聖職者を思い浮かべ、たまたま目に付いたスータンを着用したに違いない。

御伺いの立て方も、次のように改められた。

まず訪れた人々が御伺いの内容を紙に書き、それを義母にまとめて渡す。すると義母が蔵座敷に籠って狐狗狸さんを呼び出し、一つずつ相談事を問い掛け、その答えが自動筆記板で紙に記される。全ての質問を済ませると、義母が御告げの紙を持って土扉から現れ、一枚ずつ該当する者に与える。

最も盛況なときは、相談者の第二弾が玄関の前に、第三弾が玄関と冠木《かぶき》門を結ぶ路地の途中で待っている、そんな状態が頻繁に見られた。

巌はしばしば中の庭の樫の木に登ると、蔵座敷の窓から二階の様子を覗いた。だから、どんな風に義母が狐狗狸さんを執り行ない、それがどう変化していったのか、手に取るように分かった。

巌は、まず父の問題をとても心配した。ただ園田泰史の話を聞いて、伯父たちが大騒ぎをするほど大事ではないとは感じた。もちろん商売のことなど何も分からない。狐狗狸さんに御伺いを立てて、上手くいくとも思えない。それでも番頭の泰史は信頼していたので、彼が大丈夫と見るうちは平気だろうと少し安堵《あんど》した。

あれよあれよという間に義母が、狐狗狸さんの使い手として、言わば拝み屋のような存在となったのには、呆気に取られたとしか言い様がない。ちなみに訪れる人々は皆、彼女のことを「巫女様」と呼んでいる。言われてみれば確かに、義母には何処か神々しい雰囲気が漂っているかもしれない。

だが染は、とんでもないことだと言わんばかりに声を張り上げ、

「坊ちゃん、騙《だま》されたらあかん！　そう見せ掛けてるだけで、あの女の本性は全く別なんや。旦那様は、まんまと籠絡《ろうらく》されてしまいはった。坊ちゃんたちの伯父さんは、ありゃ二人とも頼りにはならん。ええですか、ここは大きい坊ちゃんが、しっかりせんといかんのです！」

最初の頃はともかく、葦子が猪丸家に滞在して日が経つうちに、彼女に対する染の気持ちが負の感情に傾いていったのは、巌も側にいて感じていた。特に父が後妻に迎えると決めてからは、尚更だったに違いない。

その結果、染にとっては大事な大事な月代を葦子に奪われてしまい兼ねない。少なくとも本人は、そう捉えていた。

どうして染がそこまで月代を盲目的に愛するのか、何となくだが分かるような気がするだけに、巌としても辛かった。

あれは義母の由子が亡くなり、四十九日を終えた日の夕方――。

「あの婆さんも因果《いんが》だなぁ」

巌が独りで中の庭に佇んでいると、精進落としの酒に酔った徹太郎が現れ、ふと呟いた。

「染さんのこと？」

巌が尋ねると、そこではじめて彼の存在を認めたように徹太郎が驚いた。かなり酔っているらしい。

「ああ。婆さんが昔、妹の由子と同じように色町で働いていたことは、お前も知ってるだろ」

そう言いつつも、

「こんな話……、子供には聞かせられんよなぁ」

躊躇《ためら》う素振りを見せた。だが、単なる格好だけだったようで、すぐにべらべらと喋り出した。

「ちょっと信じられんがな、あの婆さんも若い頃は、それなりの別嬪《べっぴん》だった。で、やがて身請けをされた。そこで子供にも恵まれ、その息子が成長して嫁さんを貰い、孫が生まれ——と、まぁ前身を考えたら、幸せ過ぎる人生を送ってた」

そんな家族が染にもいたと知り、巌は単純にびっくりした。

「ところが……、えーっといつだ？　もう五年前になるのか……、あの婆さんの家に強盗が入ってな。旦那も息子も嫁も孫も、一家全員が殺された」

「えっ……」

ぎょっとする巌を余所《よそ》に、徹太郎は話し続ける。

「そのとき婆さんは、隣の部屋で夕飯の片付けをしていた。それで助かったわけだが、いきなり天涯孤独の身となって、途方に暮れた。何処にも行くところがない。で、仕方なく古巣に戻って働いていたところに、妹が声を掛けたわけだ」

余りにも悲惨な出来事に、巌は声も出ない。

「この犯人というのがな——」

いきなり徹太郎は顔をぐっと近付けながら、

「野郎じゃなくて、なんと一つの家族だった。分かるか。つまり強盗殺人一家だな。その中には十代の子供もいたっていうんだから……。しかも、その子は襖の隙間から、婆さんを覗いていたらしい。もしも、そいつが親に婆さんのことを喋ってたら……同じように殺されていたわけだ」

そこで急に顔を離すと、

「まぁ戦後からこっち、酷い犯罪が多いわけだが、これほど凄まじい事件も珍しい。ちなみに犯人一家は、まだ捕まっていない。家族で強盗して、人殺しして、逃げてるんだから、すぐにも見付かりそうなもんだがなぁ……。一体どんな隠れ蓑《みの》を使ってるんだか――」

染の恐ろしい過去を教えられ、巌は戦慄した。自分のいた隣の部屋で家族が殺された、という痛まし過ぎる状況にまず震えたが、その犯人が一つの家族だったという真相には、心底ぞっとした。

と同時に、染の気持ちが少し分かった。恐らく染にとって由子は娘のような存在で、きっと月代は孫なのだ。

ところが、せっかく新たにできた娘は亡くなり、今度は孫まで奪われようとしている。そう彼女は思い込んでいるのだから、冷静でいられないのも無理はない。

月代の日常生活の世話は、これまで通り染の役目だった。そういう意味では、いつまで経っても義母と子の関係が、巌も含めた三人の間で成り立たなかった。義母が蔵座敷の二階で狐狗狸さんを行なうとき、月代も一緒に籠るようになった状態が、微笑ましい親子の姿に映るのであれば別だが……。

二人を最初に見付けたのは、巌だった。連日の狐狗狸さん人気が一段落付いた頃、またしても月代の行方が分からなくなった。染と手分けして家の内外を捜し、残っているのは蔵座敷だけとなったため、巌が様子を見に行った。

重くて頑丈な土扉を開け、巌は蔵座敷の廊下に入った。右手の襖越しに声を掛けるが、何の返事もない。念のために室内を窺ったが、義母も月代の姿も見えない。

二階でまた、狐狗狸さんをしているんだ。

その日は、誰も御伺いを立てには来ていなかったが、義母が他のことをしているとは思えない。そう考えて階段を上がると案の定、襖越しに義母の声が聞こえてきた。

「狐狗狸さん、狐狗狸さん……」

邪魔をしては悪いと思い、物音を立てないように襖を少しだけ開き、そっと部屋の中を覗いて仰天した。

丸テーブル上の自動筆記板に、右手を置いた義母がおり、その横に月代が座って同じように左手を添えている、信じられない光景があった。

気が付くと襖を大きく開け、室内に足を踏み入れていた。

蔵座敷に入ったまま一向に巌が出て来ないため、痺《しび》れを切らした染が二階へと上がり、そこから大騒動になった。

染は月代の右手を引っ張って連れ出そうとし、義母は狐狗狸さんがお帰りになるまで席を立つことはできないと言う。その二人の間で、弟は呆然とするばかり……。見兼ねた巌が、取り敢えず狐狗狸さんを終わらせようと提案し、染を宥《なだ》めつつ義母を説得した。

その場は何とか収まったが、このとき以降しばしば月代は、義母のいる蔵座敷に出入りするようになる。ただ、不思議なのは彼の態度だった。

「坊ちゃん！　狐狗狸さんいうんは、とても恐ろしいもんなんや。もう二度と、絶対に、決してしたらあきません！」

きつく染に怒られるたびに、月代は怯えた表情で何度も頷いた。なのに翌日には、また蔵座敷で義母と狐狗狸さんをしている。

巌は弟の様子を観察しながら、本人から少しずつ話を聞くようにした。

「狐狗狸さんって、やってて面白いのか」

自動筆記板が勝手に動くのが、月代には楽しいのかもしれない、そう思って訊くと、

「怖い……」

「じゃあ、どうしてやるんだ？」

「分かんない……。でも、ふわっとした感じがあって……」

「またやりたくなるのか」

月代は本当に自分でも分からないらしく、首を傾げたまま俯いてしまった。

巌は、義母が最初に行なった狐狗狸さんについて、伯父が教えてくれた話を思い出した。自動筆記板が動き出すとき、微かな浮遊感があったという。指先から伝わったその感覚が身体中に広がり、思わずぞっとするらしい。幾ら体験しても、あれに慣れることは絶対にないだろう。そう言っていた。

そんな無気味なものに、月ちゃんは魅せられてしまったのか……。

内向的な性格の所為か、よく空想に耽《ふけ》る傾向が月代にはあった。まだ幼いため当然とも言えたが、彼の場合は度を超えていた。よって狐狗狸さんの妖し気な世界に、自然と取り込まれてしまったのかもしれない。

巌が色々と考えを巡らせていたときだった。

あっ、もしかすると――。

とても単純ながら非常に自然な可能性に、遅蒔《おそま》きながら気付いた。普通ならすぐに思い浮かべていたに違いない。しかし、余りにも義母を取り巻く状況が異様だったため、これまで誰も考えさえしなかったのだ。

実は狐狗狸さんなどに月代は興味がなく、単に蔵座敷の二階にいたいだけではないのか。なぜなら、それは彼が義母に懐いているからだ。

ところが――、

「新しいお義母さんのこと、どう思う？」

巌が期待と不安の気持ち半々で訊くと、何とも言えぬ困ったような顔で、

「よく分かんない……」

「好き？」

「うーん……嫌いじゃないと思うけど……、でも……やっぱり分かんない……」

予想が外れてがっかりしたが、すぐに待てよと思った。染の存在があったからだ。

彼女は日頃から月代に、義母のことを魔物だと吹き込んでいた。狐狗狸さんの御告げが当たるのも、義母が人ではないからだと説明した。彼が頻繁に蔵座敷へ出入りするようになって、益々その悪態には拍車が掛かった。

これでは月代が義母に懐き掛けても、また元に戻ってしまう。その繰り返しが続くばかりである。

正直なところ、巌にも義母のことはよく分からなかった。染のように自信を持って、人でないとは言い切れないが、何か得体の知れないものを義母から、いつしか感じるようになっていた。

だけど……、もし月ちゃんが好きなら――。

仮令《たとえ》どれほど恐ろしい魔物であろうと、それで良いのかもしれない。まだまだ月代は幼い。義理の母親でも――そして彼女が人でなくても――彼には母という存在が必

要ではないだろうか。

三歳で母を失い、四歳でできた義母は悪い人ではなかったが、母親らしいことをして貰った覚えがないまま、八歳で再び死別する。そんな経験があればこそ、どんな形であれ月代には母という存在を与えて上げたい。

余りにも奇妙な考えだと自分でも思うが、これが巌の本心だった。

その新しい義母が猪丸家に入って凡そ一年ほど経ったある日、完全に密室と化した蔵座敷の中で不可解にも殺され、再び月代から、そして三たび巌から母親という存在を奪うことになるとは、もちろん彼は知る由もなかったのである。

第六章　赤箱

「あっ、ここだ」

刀城言耶《とうじようげんや》は思わず声を出し、目の前の蔵を見上げた。

場所は終下市《ついかいち》の目蓮町《もくれん》の往来で、「猪丸質店」と記された看板の下がる、褐色のモダンなタイル張りの外壁を持つ店舗蔵の前である。

正直なところ、ここに来るには躊躇《ためら》いがあった。なぜなら昨年の秋から今年のはじめに掛けて、終下市の繁華街で猟奇的な連続殺人事件が起こり――俗に言う「西東京の喉斬り魔事件」である――それを父の冬城牙城《とうじょうがじょう》が、何とも鮮やかに解決しているためだった。

戦前に「昭和の名探偵」と謳《うた》われた父は当時、あの火鶻《ひこつ》邸殺人事件を解決したばかりで、その休養も取らぬうちに現場に駆け付け、警察が二ヵ月近くも翻弄《ほんろう》され続けた喉斬り魔の正体を、僅か二日で突き止めたのである。

あれから、まだ三ヵ月も経っていない……。つまり人々の脳裏には、忌まわしい喉斬り魔が起こした凄惨な事件の記憶と、颯爽《さっそう》と登場して見る間に連続殺人を終息に導いた冬城牙城の思い出が、くっきりと残っているに違いなかった。

そんなところに、のこのこと顔を出すのだと考えると、言耶は居《い》た堪《たま》れなくなる。すぐに回れ右をして何処か他所へ――昨年の秋、先輩の阿武隈川烏《あぶくまがわからす》と訪れた神戸《ごうど》地方の奥戸《くまど》の集落にでも行きたくなってしまう。

父と自分は関係ない。刀城牙升《がじょう》は冬城牙城という私立探偵だが、刀城言耶は東城雅哉《とうじょうまさや》という怪奇幻想作家なのだ。探偵と作家――何の関係もないではないか。そう思うのだが、どうしても意識せざるを得ない。第一それに彼が気にしなくても、世間が二人を比べようとする。

言耶は趣味と実益を兼ねた怪異譚《かいいたん》の蒐集《しゅうしゅう》を行なうため、日頃から日本各地を歩いていたのだが、なぜか行く先々で奇っ怪で不可解な事件にばかり出会《でくわ》してしまう。しかも様々な事情から首を突っ込むことになり、気が付けば事件を解決していた——という経験が少なくない。

こういった出来事をネタに小説を書くこともあるため、いつしか世間では彼のことを作家としてだけでなく、探偵としても見るようになった。そういう意味では、自業自得と言えるのかもしれない。

しかし、冬城牙城は職業探偵であり、且《か》つ依頼された事件は絶対に解決するという評判を取っている。一方の刀城言耶の本業は文筆家であり、事件にはやむを得ず関わっただけで、その解決も飽くまで偶々《たまたま》だと自分では思っている。

元々は刀城家の御家事情に端を発した父と息子の確執が、両者の関係を何とも言えぬ、当事者にしか理解できない複雑なものにしていた。ただでさえややこしいのに、そこに今度は親子の探偵対決の要素まで加わったのだから、言耶が辟易《へきえき》するのも無理はなかった。

それでも刀城言耶が終下市を訪れたのは、猪丸家に伝わる〈赤箱〉の話に魅せられたからである。

猪丸家の先祖は会津《あいづ》の喜多方《きたかた》の出身で、明治の中頃に先々代がこの地へ移って来たという。その際、喜多方地方に特有の蔵を有した町家を建て、味噌と醬油の商いをはじめた。やがて酒も扱うようになったが、戦後、現当主の岩男の代から質屋に商売代えをし、今日に至っているらしい。そのため家屋の裏には、立派な味噌蔵と醬油蔵と酒蔵が残っているという。

猪丸家の町家には、蔵座敷があった。これは京都の町家などには見られない特徴的な空間で、家の内部に蔵造りの部屋が、言わば丸々すっぽりと収まっている、何とも度肝を抜かれる構造なのだ。

その部屋の中に、先々代が故郷から持って来た問題の箱がある。箱に伝わる話を聞く限り、持参したというよりは押し付けられた、と見做《みな》す方が正しいのかもしれない。

なぜなら喜多方の本家では、その箱が置いてあった蔵座敷で過ごした嫁が何人も、過去に突然死を遂げていたからだ。

そして猪丸家でも今から二年前と七年前に、それぞれ当時の岩男の妻が、同じような死に方をしているというのだから……。

「まるでフィルポッツの『The Grey Room』みたいだな」

この話を耳にしたとき、言耶はそう思った。

イーデン・フィルポッツは、江戸川乱歩《えどがわらんぽ》と森下雨村《もりしたうそん》が監修をした〈世界探偵名作全集〉の第一巻に入れられた『赤毛のレドメイン一家』が代表作とされる英国の作家である。本作は本格探偵小説の傑作とも言われ、乱歩が絶賛している。

しかし言耶は、泊まった者が必ず不審な死を遂げる謎の部屋を扱った『The Grey Room』や、隠退した名探偵が静養先のホテルで夜中に幼児の悲鳴を聞いたため調べてみると、その子供は一年も前に死んでいたと分かる『A Voice from the Dark』などの方が好きだった。

尤も『The Grey Room』では部屋そのものが危険視されるのに比べ、猪丸家の場合は蔵座敷よりも赤箱に問題があるらしいと分かっている。ただ、それがいつしか保管場所の蔵座敷も含めて、忌むべき対象になってしまったようなのだ。

そして昨年の晩春の頃、岩男が何やら素性の怪しい三人目の妻を娶《めと》ったというのだが、その彼女が選りに選って、例の蔵座敷で狐狗狸さんを頻繁に行ない出したと聞くに及んで、言耶は居ても立ってもいられなくなった。

ここまで魅力的な情報を入手しながら、みすみす捨て置く手はない。

会津の喜多方の町家でも珍しいモダンな店舗蔵を眺めながら、改めて言耶が考えていると、ふと視線を感じた。店の右手を見ると冠木門があり、その前に十歳くらいの利発そうな少年が立っている。

「こんにちは。猪丸さんの家の子かな?」

「は、はい……。当家に何か御用でしょうか」

「うん、ちょっと……」

「もし宜しければ、お店の向こう側に、左手に路地がありまして、その中の戸口からでも来店を頂けますが――」

「えっ……」

そこで言耶はようやく、自分が質屋に来た客と間違われていることに気付いた。それも正面からは恥ずかしくて入れず、店の前に呆然と佇んでいると見られたようである。相手は子供なのに……。

「い、いや……違うんだ。そのう―、君のお父さんかな？　猪丸岩男さんに用事があって――」

「あっ、父にですか。個人的に持ち込みをされるんですね。すみません」

「別に謝らなくても……。で、でも僕は――」

「品物については、いつも番頭が扱っておりますもので。もちろん父も拝見致しますが――」

「番頭さんに任せているんですね」

つい相槌を打ってしまい、

「お店だけでなく出張などの買い取りも、当店では泰史さん――いえ、番頭がさせて頂いております」

言耶が質屋の客だと、すっかり少年に信じ込ませたようである。

刀城言耶は自分の身形《みなり》を一通り眺めながら、何処がそんな風に見えるのだろう、と首を傾げた。きっと怪想舎《かいそうしゃ》の担当編集者である祖父江偲《そふえしの》なら、

「その箱みたいな四角い鞄の中に、どっさり質入れするものが仕舞われてると、その子には映ったんですよ。それを生活に困った先生が持って来たものの、なかなか質屋に入る度胸もなく……って、まぁ先生はどう見ても流行作家には思えへん――いや、その前に作家に見えへんかも？」

と、なぜか嬉しそうに言うに違いない。これ以上の誤解をされる前に、はっきり言わなければと言耶は慌てた。

「えーっと……僕は、そのうー、お店の客じゃなくて――、ある方から紹介をされて、お父さんに会いに来た者なんだ」

「あっ、お店とは関係のない、父のお客様……ですか」

「う、うん」

少年は繁々《しげしげ》と言耶の頭の天辺から足の先までを眺めていたが、はっと我に返ったようになり、

「ご、ごめんなさい！　失礼しました。どうぞこちらへ――」

そう言って冠木門から路地へと言耶を導き、玄関まで案内してくれた。

「君は、幾つですか」

「長男の巖で、十歳です」

漢字の説明までしながら、はきはきと答えたので、ほとほと言耶は感心した。

「父には、どのようにお取り次ぎ致しましょう」

「あっ……、えーっと、と、刀城言耶と言います。そのうー、お父さんには、お話が伝わってると思うんだけど……、も、もちろん今日お伺いすることは、事前にお知らせしてあって――」

よい大人の言耶の方が、しどろもどろになる為体《ていたらく》である。

家に入ると、応接間に案内された。そのとき巖が独り言のように、

「今日は相談する人がいなくて良かったです」

そう呟いたのは、狐狗狸さんの依頼人のことだったのかもしれない。かなり盛況らしいと、噂では聞いている。

すぐに老婆が茶と菓子を運んで来たが、巖の祖母のようには見えない。物腰こそ丁寧だったが、明らかに胡散臭《うさんくさ》そうに言耶を眺めていたので、微笑みつつ会釈だけしておく。

茶で喉を潤《うるお》していると、

「お待たせ致しました。刀城言耶先生でいらっしゃいますね――。猪丸岩男でございます」

四十歳くらいの愛想の良い、如何にも大店《おおだな》の主人然とした男が現れた。

言耶が一通り挨拶をして紹介状を渡すと、既に話は充分に通じているらしく、いきなり岩男が赤箱に纏《まつ》わる怪異譚を語りはじめた。それも会津地方の本家から今の猪丸質店までの歴史と、自分の三人の妻たちのことまで、包み隠さず全て喋ってくれたのには、ちょっと言耶も驚いた。

「すみません。とても個人的なお話まで、厚かましくも伺ってしまいまして」

「いえ、この辺りの者にでも、もう大抵は知られていることですから。どうぞお気になさらずに」

「恐れ入ります。それで問題の赤箱なんですが、どういう経緯で会津の本家の方に？」

「いやぁ……、それが全く分からんのです」

岩男は困った表情を浮かべつつ、それでいて怯えた口調で答えた。

「恐らく江戸時代から伝わっているのでは……と思うのですが、いつ、誰が、なぜ会津の本家に持ち込んだのか、私の祖父も知りませんでした」

「開けてはならぬ――という言い伝えは？」

「昔からございました。あの箱が本家に齎《もたら》されたときから、どうもそう言われていたのではないかという気が致します」

「どんな箱なんですか」

「あっ、怪談めいたお話にばかり気を取られまして、肝心の箱のご説明がまだでございました。後ほどご覧に入れますが、大きさはそうですね、これくらいでしょうか」

岩男は両手で箱の体積を表しつつ、

「ただし、蓋はございません。ですから見た目は、切株を四角く切ったように映ります」

「表面は、木目のままですか」

「いえ、幾何学的な模様が組み合わさった――」

「からくり箱ですか。寄木《よせぎ》細工の……」

「さすがでいらっしゃる。実物をご覧にならずに、すぐ当ててしまわれるとは」

「とんでもない。蓋がなくて、幾何学的な模様の組み合わせが表面にある箱となると、ぴんとくる人は多いと思います」

「ご謙遜《けんそん》を――」

「それで、その箱を開けたことは……」

「めっ、滅相《めっそう》もありません！」

強く否定した後で、岩男はふっと身体の力が抜けたように、

「いえ、開けた者がいたわけですが……、それが皆、死んでおりますため……」

ここから話が当事者には重くなるわけだが、言耶が最も聞きたい部分でもある。

「不躾《ぶしつけ》なことをお訊きしますが――」

「はい。何なりと、どうぞご遠慮をなさらずに。先生が怪談……と申して宜しいのでしょうか、そういったお話にご興味をお持ちだと、ちゃんと伺っております。そのうえで来て頂いたのですから、私の知っていることは、全てお伝えする心積もりでございます」

言耶が躊躇しているのを察してか、岩男は先回りして質問をし易くしてくれた。

「ありがとうございます。それではお言葉に甘えまして――。そのうー、実際には何人くらい亡くなられているのですか」

「私が知っている一番古い例は、祖母です。尤も祖父がこちらに参ります前に、祖母は向こうで死んでおりますので、詳しいことは分かりません。ただ、祖母の死について母が話してくれたとき、昔あの箱を開けて死んだ嫁が何人かいたと、聞かされた覚えはあります」

「亡くなるのは、いつもお嫁さんなんですか」

「はい……」

「お母様は、ご無事で――」

「もう亡くなりましたが、普通の病死でした。母は蔵座敷の一階に入っても、決して二階には上がりませんでした。今から考えますと母には、恐らく祖母の死が相当応えていたのでしょう」

「お祖母《ばあ》様の前に亡くなった方々について、お母様は何か仰ってましたか」

「いいえ、祖母の話をしたときだけです。きっと、つい口が滑ったんでしょう。でも母は、あの箱には真剣に怯えていたと思います」

「ほうっ――」

思わず言耶が身を乗り出す。

「好子が嫁いで来たとき――あっ、私の最初の妻ですが、母にきつく言われたそうです。できるだけ蔵座敷には入らないように。入る用事があっても、決して二階に上がってはならない。どうしても上がる必要がある場合は、独りで行かずに自分を――つまり母ですね――誘いなさい。そして二階に上がったら、違い棚に置かれている赤い箱には、絶対に近付いてはならない。そう諭《さと》されたと、私に話してくれました」

「その好子さんが……、奥様が亡くなられたのが、七年前ですか」

「ええ……。その年、ちょうど母が亡くなったばかりでした。どうやら好子は、蔵座敷の掃除をしたかったようです。こんな立派な部屋があるのに、もっと使わないのは勿体《もったい》無いと、前々から思っていたのかもしれません」

「なるほど」

「しかし、好子は非常に従順な嫁でした。あの箱に関わると死んでしまう……という話を信じたかどうかは別として、母の言い付けに背《そむ》く嫁ではなかったのです。ですから蔵座敷の二階の掃除をして、違い棚の上を拭いても、あの箱には触らなかったか、埃くらいは拭ったにしても、まず開けようなどとは考えもしなかったはずなんです」

「ものが秘密箱ですから、知らない方には、そう簡単に開けられないでしょうしね」

「そ、そうなんです。からくり箱など、好子は生まれてはじめて見たに違いありません」

「ところが、奥様は開けてしまわれた……?」

当時のことを思い出したのか、岩男は少し言葉に詰まってから、

「……私が見付けたとき、既に好子は事切れておりました。彼女の右手には、五分の一ほどでしょうか、開いた箱があって……」

「な、中をご覧に――」

「いいえ。すぐに顔を背けたまま、どうにか閉めましたから……」

否定しながらも、岩男の口調は何処か妙だった。

「猪丸さん――」

「はい……」

「目は逸《そ》らされたものの、もしかするとその前に、視界に箱の内部が入ってしまわれたのでは？」

言耶の読み通りだった。岩男は力なく頷くと、

「本当に見る気はありませんでしたし、そもそも見たくもなかったのですが——、ちらっと赤いものと黒いものが……」

「何ですか、それは？」

「赤く見えたのは、箱の内装だと思います。赤というよりも朱色ですね。それも毒々しいばかりの色使いで……。黒っぽいものは、何かの塊《かたまり》のようでした。こちらも黒というより、とても汚く灰色や茶色が混ざり合った感じで……。とにかく吐き気を覚えるような……。そうです。微かにですが、何とも言えぬ厭《いや》な臭いがしました」

「うーん……。その箱は、やっぱり開けない方が良さそうですね」

「はぁ……。ご覧になるのも止められますか」

「いえ。拝見だけさせて頂ければ——」

それから岩男は、二人目の妻である由子の死についても話したが、その状況は驚くほど好子と同じだった。

「その箱を葦子は——あっ、これは今の妻ですが、忌んで遠ざけるのではなく、むし

ろ崇《あが》めて祀《まつ》っている状態でして……」

「祟《たた》り神《がみ》を奉《たてまつ》ることにより、その守護を求めるという方法は、昔から行なわれています。ですから葦子さんの行ないが、とんでもないわけではないのですが……」

「でも、やはり問題があると?」

「祟り神の場合は、なぜ祟るのか、その原因が分かっていることが多いわけです。そもそも祟り神自身の素性が、はっきりしている。ところが、赤箱については一切が謎ですよね。その点、葦子さんは何か仰っていませんか」

「あの箱が、狐狗狸さんだと……。箱の中から、狐狗狸さんが出て来るのだと……」

「えっ……」

「それで私、ちょっと考えたのですが――。こうやって先生に来て頂いたのも、何かの御縁だと思いますので、この機会に狐狗狸さんに、あの箱を一体どうしたら良いのか、はっきりと御伺いを立ててみたいと思っております。それに是非、先生にも立ち会って頂きたいのです」

「葦子さんが最初に狐狗狸さんを行なったとき、赤箱についての質問をされたと、先程ちょっと伺ったのですが」

「あれは義兄たちが、冗談半分のように考えた項目を、ただ葦子が口にしただけです。今度は真面目に、質問も赤箱のことだけに絞って、彼女自身の意思で御伺いを立てたいと思います」

「そうなると狐狗狸さんの御告げも、根本的に違ってくるかもしれませんね」

「あの箱はこれまで、猪丸家では忌むべきもの、邪悪なものとされてきました。ところが葦子は、あの箱を崇め、奉っております」

「正反対ですね」

「ならば、ここで白か黒かを、はっきり付けてはどうだろう？　そう考えました」

「白か黒か……ですか」

「もちろん今、私どもにとっては真っ黒で、邪悪な存在です。でも、狐狗狸さんの御告げの通りにして、それで真っ白になって、猪丸家に幸いを齎してくれる箱に変わるのなら――、正に一石二鳥ではないでしょうか」

「なるほど……」

「それを、あの箱自身に決めさせるのです。どんな結果が出ても、これなら対処できます。先生は、どう思われますか」

「僕は――」

そのとき、一人の男性が応接間に入って来た。とうの立った文学青年という感じを受けたが、本当に第一印象通りの人物だったことを、すぐに言耶は知ることになり驚いた。

「同業のお客さんがいらしていると、巌君から聞いたんですが――」

微かにだが岩男が、明らかに渋い顔をした。どうやら闖入者《ちんにゅうしゃ》を迷惑がっているらしい。しかし、表面上は笑みを浮かべながら、

「最初の妻の兄で、小松納敏之と言います。義兄さん、こちらは刀城言耶先生です。実はある知り合いを通して、あの赤箱の話を先生に聞いて頂くことになって、それで今日、こうしてわざわざお見えになったわけです」

「はじめまして。お邪魔しております」

言耶が挨拶をすると、敏之は礼を返しつつも、

「失礼ながら、寡聞《かぶん》にして存じ上げないのですが、どのような作品を?」

「専門は怪奇小説です。偶に探偵小説も書きますが、拙作は戦前で言うところの変格物でして――」

「ほうっ、怪奇小説に探偵小説ですか。言わば通俗小説ですね」

「はぁ……」

思わず言耶は頭を掻いていたが、ここに祖父江偲がいたら、さぞかし見物だったかもしれない。彼女のことだから、すぐ喧嘩腰で、

「何ですか。その見下げたような言い方は?　通俗小説!　大いに結構やないですか。これぞ大衆娯楽ですよ。読者を怖がらせたり、笑わせたり、驚かせたり、泣かせ

たり……と、決して誰にでもできることやありません。あなた、何様です？　だいたいね——」

と捲《まく》し立てるに違いない。探偵小説の専門誌即ち娯楽雑誌である『書斎の屍体』の編集者のため、恐らく怒り捲ることだろう。

「私も少し、小説を嗜《たしな》んでおりましてね」

「あっ、そうなんですか」

「自分で言うのも面映《おもはゆ》いので、まぁ詳しいことは伏せますが——」

と言いつつ物凄く訊いて欲しいように見えたので、言耶は素直に質問した。

「どういった作品ですか」

「いや、ちょっと文学を志しているだけなんです」

「あっ、なるほど」

「これまでの作品を、一度まとめてみないかと勧められまして、本も出しているんですが——自分では、まだまだ納得できませんでね」

そう言って『鬱屈』という書名の単行本を、さり気なく机の上に置いた。

「義兄さん、刀城先生は——」

「宜しければどうぞ、差し上げます」

「あ、ありがとうございます」

「編集者に見せて頂いても、別に私は構いません。気にしませんから」

「は、はい」

この話題を引っ張るのは良くないと判断した言耶は、礼を言って本を受け取った。

敵視とまではいかないが、敏之がこちらに対して複雑な感情を持っていることは、まず間違いない。言耶が巌に教えたのは、本名だけである。なのに敏之は、「同業のお客さん」と口にした。岩男の紹介から考えても、言耶が猪丸家を訪れることを、事前に敏之は知らなかったと思われる。では、どうして刀城言耶が「同業」だと分かったのか。

刀城言耶が東城雅哉という筆名を持った作家だと知っていた――そう考えるしかない。となると彼の作風に関する知識も持っている可能性がある。でも、全く知らない振りをした。おまけに自費出版らしい本を出してきて、編集者に見せても良いと言い出したのだから、言耶が話を終わらせようとしたのは賢明だったと言える。

「ところで先生、先程の続きですが――」

岩男も同じように感じたのか、すぐに話を元に戻そうとした。

「どうお考えになりますか」

「白黒をはっきり付けると仰いましたが、狐狗狸さんにしても赤箱にしても、どちらかに決められるものではないと思うのです」

「何の話です？」

敏之が割り込んできたため、掻《か》い摘《つま》んで岩男が説明をした後で、

「どうしてですか」

「祟り神を祀る例を挙げましたが、奉ったからといって祟り神が、たちまち善なる神に変わるわけではありません。祀り方が悪かったり、何か粗相《そそう》をすると、やはり祟られますから」

「…………」

「狐狗狸さんも、こちらの質問に答えてくれているうちは良いのですが――。尋ねてもいないことを示し出したり、無茶苦茶に動いて暴走したり、お帰り下さいと言っても聞いてくれなかったり、果てはその場にいる者に憑いたり……と、あるとき突然、まるで反撃を食らうような目に遭う場合もあります」

「おや、刀城さんは、狐狗狸さんなどという代物を、まさか信じてらっしゃるのですか」

敏之が驚いたような表情をしている。

「そもそも探偵小説とは、論理を重んじるものでしょう。合理的精神に基づき探偵が謎を解く。この前提が崩れたら、探偵小説など成立しないのではありませんか」

「いや、仰る通りです。ですから僕が書くのは、本格探偵小説ではなく変格探偵小説

なのです」

「ああ。より通俗性の強い、あれですか」

「それと、どちらかというと怪奇小説が専門ですので――」

「そうなると、私にはちょっと合わないですね。探偵小説なら、まだ理屈がありますから――基本は子供騙《だま》しの読み物だとしても何とか読める。けれど、超常的なものを最初から認めてしまう作品は、どうしても、ちょっと退いてしまいます」

怪奇幻想文学にしても変格探偵小説にしても、それほど単純ではないわけだが、言耶は反論せずにおいた。今は、そういう話をする場でもない。

すると岩男が興味深そうな口調で、

「でも義兄さん、葦子と狐狗狸さんをやったとき、自動筆記板が勝手に動いたんですよね」

「あれは……」

「彼女は椅子に、両手と両足を縛り付けられていた。丸テーブルの左右には私と巌がいて、誰も通っていないことが分かっている。かといって正面は、例の赤箱が邪魔をしている。第一それに板が動いていたとき、板の上にも周囲にも何もなかったと、義兄さん自身が証言をしています」

「…………」

「つまり狐狗狸さんが本当に来た——そういうことになりませんか」

「そ、そうとは限らない」

「でも、板に手を置いていたのは、義兄さんたち二人だけです」

「だから、川村君が動かしたのかも——」

「俺はやってないね」

そこに突然、声が聞こえたと思ったら、如何にも遊び人風の男が応接間に入って来た。

第七章　自動筆記板を巡る解釈

「私の二番目の妻の、由子の兄の川村徹太郎です」

岩男が紹介すると、徹太郎は無遠慮に言耶をじろじろと眺めながら、

「作家のセンセイなんて、はじめて見るな」

「お邪魔しています」

「で、あの女の狐狗狸さんがインチキかどうかってのを、こちらのセンセイに見破っ

て貰おう――そういうわけですか」

徹太郎が強《あなが》ち皮肉ではなく真面目に問い掛けたので、岩男は小さく溜息を吐《つ》きながらも、当日の様子を言耶に説明してくれた。

「どうです、センセイ？」

早速、徹太郎に意見を求められ、何やら妙な雲行きになってきたなと言耶は思った。それでも狐狗狸さんの話には、とても興味を覚えた。

「最も合理的な解釈は、お二人のうちの一人が手を動かした、というものです」

「私じゃない。私は違います」

透かさず敏之が否定すると、徹太郎は胡散臭そうな表情を浮かべながら、

「小松納さん、あんたは一体どっちなんだ？　狐狗狸さんなどインチキだと思ってるのか、それとも実は信じているのか」

「インチキに決まってるでしょう」

「どうも信用できねぇ。あの女が来たとき、確かに最初はそう思ってたみたいだけど、狐狗狸さんをやった後は、誰もあの板に手を触れた者はいなかったたって、あんたは強調した。それなのに作家のセンセイには、狐狗狸さんなど信じるのかと莫迦にした風な口を利いてる。言ってることに一貫性がないんだよなぁ」

「自動筆記板については、客観的な事実を述べたまでです。インチキを暴《あば》くにして

も、その前に起こったとされる現象の詳細を、ちゃんと明確にしておく必要がある。ただ徒《いたずら》に『インチキだ。インチキだ』と叫ぶだけで、全く頭を働かせないのでは、何の進展も有り得ないのですよ」

「お説はごもっとも。で、頭を働かせた結果、俺が動かしたと結論が出たわけか」

「別に……そうだとは……」

「言ったよな、はっきり」

「刀城先生、どう思われます？」

義兄たちの間に流れる不穏な気配を払拭しようとしたのか、岩男が助けを求めるように言耶を見た。

「あの女が喋った狐狗狸さんの話が、そもそも信用できるのかどうか。岩男さん、センセイに訊いてみて下さいよ」

このとき言耶は、猪丸岩男と二人の義兄たちの奇妙な関係に、改めて興味を持った。

如何に妻の実兄とはいえ、当の好子と由子は疾《と》っくに死亡していない。なのに二人は、今も相変わらず猪丸家で暮らしている。余程のこと岩男と馬が合うか、商売に有益な存在であるかなら別だが、どうも違うらしい。むしろ厄介な居候という感じがある。二人が居座っているのは、当人たちの厚かましい性格の所為だとしても、それを岩男がなぜ許しているのか。

一つ考えられるのは、それぞれの妻への岩男の想い故に——という理由である。彼の話を聞く限り、三人の妻たちは生い立ちも容姿も性格も、全てが違い過ぎるほど異なっている。猪丸家に入った経緯も丸っきり別だ。でも、彼が人一倍好色なのかというと、そうではないように思える。

もしかすると岩男は、赤箱の所為で死んだと伝わる猪丸家の代々の女たちの話に憑《つ》かれており、だから自分の妻に特別な感情を持つのかもしれない。その妻たちの願いだったからこそ、それぞれの義兄が猪丸家にいる間は、ずっと面倒を見なければと思い込んでいるのではないか。

その辺りの事情を二人も見抜いているため、岩男に対して余り卑屈にならずに済んでいる。ただ、そうは言っても突然ある日、追い出されない保証はない。この何とも微妙な状態が、岩男と義兄たちの間にはあり、それが独特の関係を成り立たせているような気が、言耶にはしてならなかった。

彼なりに分析をしていると、葦子が話したという狐狗狸さんの由来について、岩男が教えてくれた。

「——という話なんですが、如何でしょう？　私などは漠然とながら、中国からでも伝わったのだろうと思っていましたので、ちょっと意外でした」

「中国には扶鸞《ふらん》といって、実は狐狗狸さんと似たものがあります」

　自分が考えていたことなど噯《おくび》にも出さず、言耶が応えた。

「やっぱりございますか」

「乩筆《けいひつ》という道具を使うのですが、大抵は桃か柳の枝を材料に作られた、持ち手の部分がT字もしくはY字になっている棒で、先端に突起があります。乩筆を持つ人を乩手と呼び、一人の場合は単乩、二人だと双乩と言います」

「狐狗狸さんと似ていますね」

「ええ。ただし扶鸞では、乩筆の先端を置く沙盤《さばん》には砂や灰が敷かれていて、その上に描かれる文字や記号が、神霊からの御告げになる。また乩筆の代わりに、筆を上から吊るす場合もあります」

「歴史的にも古いのですか」

「明《みん》や清《しん》の時代から、既に一般的な占いの方法としてあったようです。面白いのは、欧米で近代心霊主義が盛んになった十九世紀の後半に、中国では曾てないほどに扶鸞が流行している。これを単なる偶然と見るかは――」

「おいおいセンセイ、そんなことはどうでもいいだろう。今は、あの女の説明が正しかったのか、出鱈目《でたらめ》だったのかが問題なんだから」

「あっ、そうでした。いえ、狐狗狸さんの起源については幾つもの説があって、だから葦子さんが仰ったことが間違いというわけではありません。むしろ複数の説を挙げてらっしゃるので、非常に公平かと思います」

「公平ねぇ」

「狐狗狸さんの名前の由来についても、他にも説があります。尤も西洋式の自動筆記板は使用せず、三本の生竹を三叉になるよう中央で結び、その上に米櫃《こめびつ》の蓋を被せ、その三方から三人が片手を置く——という日本式の装置を用いた場合ですが」

「竹ではなく、割り箸を使ったものなら知っていますよ」

敏之が口を挟むと、徹太郎が煩《うるさ》そうな顔で、

「その米櫃の蓋が、一体どうしたんで?」

「この場合は鉛筆も紙もなく、竹は三本もあるので地面に文字を書くこともできません。よって事前に狐狗狸さんと決め事をしておく。例えば蓋が右に傾いたら『はい』で、左なら『いいえ』とかですね」

「なるほど」

「それで狐狗狸さんがいらっしゃって、この装置が動き出すと、その様が如何にも『こっくり、こっくり』しているように見えることから、狐狗狸さんと名付けられたという説です。漢字は御告げをするものの正体から考え、当て字したのでしょう」

「なんだ。そういう狐狗狸さんもあるっていう、それだけの話か」

「小松納さんが仰ったように、竹の代わりに割り箸や筆記用具、または硬貨や杯などを用いる方法もあります」

「センセイ、せっかく説明して貰って悪いが、俺たちが知りたいのは、あの女がインチキ占い師かどうかってことだ」

「はぁ……。そのときの狐狗狸さんの状況を伺った限りでは、葦子さんが自動筆記板に触れるのは、まず不可能なように思えますが――」

「けど、あの板は動いた。俺は絶対に動かしちゃいねぇ」

「それは私も同じです」

すぐに敏之も主張する。何か徹太郎が文句を付けるかと思っていると、意外にも頷きながら、

「まぁな。あんたでもないだろうとは思う」

「……ええ、その通りなんですが――。しかし、そうなるとあの現象は……？」

「刀城先生は、どのようにお考えでしょうか」

どうやら葦子が行なった狐狗狸さんに対し、三人三様の受け止め方をしているらしい。

岩男は狐狗狸さんを信じているが、川村徹太郎は端《はな》からインチキだと思っている。小松納敏之は最初こそ莫迦にしていたものの、有り得ない状況で本当に板が動いたた

め、それからは半信半疑になったというところだろう。

「自動筆記板に片手を置いていたのは、お二人だけ。第三者が触れた形跡は一切ない。にも拘らず板は動いた。もちろん、お二人は動かしていない」

「どういうことでしょう？」

改めて岩男が、言耶に尋ねる。

「超自然的な解釈をすると、狐狗狸さんが現れたから――となります」

「ええ、やはりそうでしょうね」

「ただ、一口に狐狗狸さんと言っても、それが文字通り狐や狗《いぬ》や狸などの動物霊なのか、鬼神といった高次の超自然的存在なのか、はたまた先祖霊のような――」

「おいおい、待てよ」

そこで徹太郎が怒り出した。だが、彼が続けて喋る前に、それを無視して敏之が問い掛けてきた。

「合理的な解釈を行なうと、どうなります？」

「電気による作用でしょうか」

「はっ？　電気……ですか」

「人身電気と呼ばれるものですが、これはメスメリズムやスピリチュアリズムにも通じる――」

「ちょっと待って下さい。所謂それは心霊主義のことでしょう。私が訊いているのは、飽くまでも論理的な解決として何かご意見はないのでしょうか、ということですよ」

「いえ。確かに心霊主義にも触れますが、この場合の解釈として考えられるのは、催眠術なんです」

「ほうっ」

一応は納得したように見えたが、敏之が催眠術そのものを眉唾だと考えていることが、彼の表情には如実に出ている。

「つまり彼女が、我々に催眠術を掛けたと仰る?」

「曰《いわ》くのある蔵座敷の二階という舞台設定が、もう既に催眠効果を与えていると思われます」

「なるほど。一理はありそうですね。ただ、彼女は何ら具体的に、我々に働き掛けてきたわけではない。催眠術というものは、術者が被験者に術を掛けなければいけない。それも被験者側に疑う心があれば、上手くはいかないものだと聞いていますが」

「葦子さんがお膳立てをしたのは、雰囲気のある舞台だけです」

「幾ら何でも、それだけでは――」

「後はお二人が自ら、催眠術に掛かった」

「えっ……」

「自己催眠ですね。いえ、猪丸さんや巌君も含めて、一種の集団催眠と言えるかもしれません」

「そんな莫迦な……。少なくとも私と川村君は、狐狗狸さんなど信じていない。つまり端《はな》から疑っている。なのに自己催眠など有り得ないでしょう」

「自らの意思ではなく、飽くまでも無意識に掛かってしまうのが、自己催眠です」

「どうやって掛かったんだ？」

徹太郎が興味津々の口調で訊いてくる。

「小松納さんは、葦子さんが自分たちに働き掛けた事実はないと仰いましたが、『狐狗狸さん、狐狗狸さん……』と唱える言葉を耳にした段階で、その術中に嵌《は》まってしまった――とも言えます」

「どういうことだよ？」

「暗示です。格好の舞台を設定したうえで、同じ言葉を何度も繰り返す。相手に暗示を与える方法として、これは極めて基本的なやり方です」

「それで？」

「徐々に場の雰囲気が盛り上がり、参加者の緊張も高まる中で、狐狗狸さんに対して『御出で下さいましたら、その御印を、どうぞ御示し下さいませ』と、またしても何度も繰り返し言い続ける」

「確かにそうだった」

「一方、凝っと動かない状態というのは、人間にとっては不自然でつらいものです。普通でもそうなのに、狐狗狸さんのような極めて特殊な状況下では、尚更でしょう。自分では凝っとしているつもりでも、無意識に筋肉が動いたりするものです」

「まぁな」

「一人目の手が無意識に動いたことにより、その振動が板を通してもう一人に伝わり、同じ現象が二人目にも現れたら？」

「…………」

「そこに、もしかすると本当に狐狗狸さんが来ているのでは——という思いが、ほんの少しでもふっと頭を掠《かす》めたらどうでしょう？　とても自己暗示に掛かり易い状態になっていると言えませんか」

「なぜ板が動いたのか、その説明はいいだろう」

まだ不満そうな敏之を放っておいて、徹太郎が話を先に進めた。

「けどな、あの板は文字を書いたぞ。蚯蚓《みみず》ののたくったような下手な平仮名で、まぁ中には無理に読んだのもあったけど、ありゃ間違いなく文字だった。センセイの説明じゃ、どうして板が動いたのかは分かっても、文字の謎は残るんじゃないのか」

「そうですね。あれは一体、誰が書いたのです？」

透かさず敏之が突っ込んできた。

「お二人のうち、どちらかです」

「えっ……」

「な、何ぃ……」

敏之と徹太郎だけでなく、岩男も驚いた表情を浮かべている。

「質問を考えたのは、小松納さんと川村さんです。つまり逆の見方をすると、お二人は質問項目の答えを欲していたと言えることになる」

「あっ……」

岩男は小さく叫ぶと、

「それで義兄たちは無意識に、自ら自分の質問に答えてしまった……わけですか」

敏之と徹太郎は黙ったまま、凝っと考え込んでいるように見えた。ちらちらとお互いが相手に目をやっているのは、自動筆記板を動かしたのは自分ではなく、お前だと言いたいのだろう。ただし、それを証明する手立てがないため、仕方なく沈黙しているのかもしれない。

岩男は、そんな義兄たちの心境が分からないほど、明らかにショックを受けた表情をしている。

「ということは先生……、葦子の狐狗狸さんは、はじめからインチキだったわけですか……。それじゃあ、記憶がないという話も――」

「ただ……」

そこで言耶は三人を見渡すと、

「今の解釈では、質問事項に対する回答が合わないんですよ」

三人が皆、訳が分からないとばかりに言耶を見詰めている。

「ここからは、些か不躾《ぶしつけ》な物言いになるかもしれませんが、その点はお許し下さい」

断わってから言耶が、敏之と徹太郎に交互に目を向けつつ、

「お二人は、猪丸家に葦子さんが入ることを、かなり警戒されていたのではないでしょうか」

岩男の話から推察したのだが、これまでの会話からでも、ほぼ間違いないと言耶は思っていた。

「当たり前でしょう。彼女は素性が全く不明なのですから」

「何処の馬の骨とも分からん奴を、わざわざ家に上げる莫迦がいるかよ」

案の定、すぐに二人は反応を示した。

「そうだとすると、お二人のどちらが自動筆記板を動かしたにしろ、その回答が腑に落ちません」

「どうしてだ？」

徹太郎は何も気付かないみたいだが、敏之は「そうか」と声を上げたため、どうやら言耶の言わんとしていることを察したらしい。

「葦子さんを猪丸家から追い出したいのなら、彼女に関する質問の回答として、もっと本人の不利益になる答えを、紙に記していたはずだからです」

「ところが、あのとき紙に書かれていたのは——」

敏之が問題の回答を思い出すような表情で、

「極めて抽象的な、『ほか』とか『そと』とかといった平仮名だった……」

「そういうことか」

徹太郎が納得のいった顔をした。

「その最たるものが、葦子さんは今後どうするべきかという質問に対して、『いる』と回答していることです。お二人のどちらかの無意識が働いているのなら、ここは『でる』とか『さる』とか『いく』とかになるはずです」

「ああ、センセイの言う通りだ」

「そう言われれば……、店についての質問の答えも、そうでした」

ちらっと二人を見た後で、岩男が言耶に向かって説明した。

「義兄たちは、店の拡張に積極的なのです。なのに商売の今後についての質問には、今のままで良いとか、手広くやる必要はないとか、否定的な回答ばかりでした」

「これで益々お二人が自動筆記板を動かしたとは、ちょっと考えられなくなってきましたね」

自ら自分の解釈を否定しながらも、言耶は何処か楽しそうに見えた。

「もちろん、紙に記されていたのが僅か二文字の平仮名ですから、その意味については読み解く者によって、かなり恣意的になります。でも、それを考慮しても、お二人の気持ちとは正反対に解釈され易い文字が、紙に書かれていたのは事実です」

「うーむ……」

敏之が唸りながら、

「無意識の筋肉作用と自己催眠の組み合わせで、自動筆記板が動いたという推理に、ほとんど私は納得し掛けていました。実は今でも、自分が暗示に掛かったとは思いま――いや、ここは素直になりましょう。思いたくありませんが、刀城さんの説明には、なかなか説得力がありました。それに、あの現象に合理的な解釈を付けるなら、これ以外には有り得ないと感じたことも、大きな理由の一つです」

そこで言葉を切ると、ひたと言耶を見据えつつ、

「ところが、唯一と思われた推理が、ご本人によって覆《くつがえ》されてしまった。となると真相は？　真実はどうなるのでしょう？」

「それは義兄さん、狐狗狸さんは本物だった——ということになるんじゃありませんか」

言耶に代わって、岩男が答える。

「そうなんですか、刀城さん？」

「センセイ、教えてくれよ」

「刀城先生……」

三人に詰め寄られた言耶は、頭を掻きながら、

「一つ考えはあるのですが、その前に現場を拝見できないでしょうか」

「おおっ、そうでした。これは失礼を致しました」

岩男は慌てて立ち上がると、

「少しお待ち下さい。葦子の様子を見て参ります」

そう言って襖を開けて、応接間を出ようとしたところで、「あっ」と声を上げた。

廊下には、葦子と思われる女性が立っていた。

第八章　凍り付く顔

「刀城先生、狐狗狸さんを執り行ないたいと、葦子が申しておるのですが――」

廊下で彼女と話していた岩男が、応接間に戻って来て告げた。

「今すぐにですか」

「はい。もうすぐ夕食なので、それが済んでからにしたらどうだと言ったら、余り遅くなると月代の就寝に差し障《さわ》ると……」

「あっ、そうですよね」

巌の弟で由子の子供ということは、少なくとも六歳以下になる。岩男に訊くと、やはり六歳だと分かった。

「できれば狐狗狸さんの前に、蔵座敷の中を拝見できますでしょうか」

「それは一向に構わないそうです」

「赤箱も含めて……ですが」

「ええ。葦子も今回の狐狗狸さんの目的については、承知しておりますので」

そこで岩男は義兄たちの方を見ると、

「丸テーブルの脚がぐらついているので、新しい机が欲しいそうです。それも今度は、座机が良いと言ってましてね」

「また倉庫蔵で調達しますか」

敏之の提案に岩男が頷き、言耶たちは応接間を出て倉庫蔵へと向かった。

そこには様々な種類の品物が、質草として仕舞われていた。言耶が甚《いた》く興味を惹かれたのは古道具の類である。岩男たちが適当な机を物色している間、独り心行くまで観賞することができ、彼は御満悦だった。

尤も言耶よりも大っぴらに、しかも物欲しげに質草を眺めていたのが徹太郎である。端《はな》から机選びに参加する気はないようで、今にも勝手に何かを持ち出しそうな様子さえ窺える。

新しく選ばれたのは、四本脚の頑丈そうな机だった。太い四本の脚には、それぞれ鳥獣人物戯画を真似たような、凝った彫物が施されている。狐狗狸さんを行なうのに、確かに相応しい雰囲気があるかもしれない。

そんな重厚な机を岩男と敏之が運び出すのを、徹太郎は黙って見ているだけで手伝おうともしない。

蔵へは一番最後に入った言耶が、今度は先に扉から出る。土間から家屋に上がり、応接間の前まで進んで、蔵座敷に続く廊下を曲がると、土扉の前に葦子が立っていた。

「こんにちは」

言耶の挨拶に対し、彼女は小首を少し傾げてから、こくんとお辞儀をした。その仕草だけ見れば童女のようだったが、着用している神父の服の所為で、何とも異様な姿に映ってしまう。

不思議な雰囲気の女《ひと》だなぁ……。

旅先では色々な人物と出会う。その中には「人か魔か」と思わず疑いたくなる者もいた。だが、彼女のような気配を持った人はちょっといない。敢えて近い感じを受ける人を挙げるとすれば、修行を積んだ巫女になるだろうか。

でも、巫女じゃない……。

そう自分で思った癖に、言耶は自らの感覚を即座に否定していた。

近い匂いはあるけど違う。もっと別の……、何か他の……、決して巫女にはないものが……。

普通なら初対面の相手を、凝っと見詰めることなどしない。そんな不躾《ぶしつけ》な態度は取らないのだが、言耶は彼女から目が離せなかった。

一方の葦子は、ひたすら自分を凝視《ぎょうし》する言耶を、ただ静かに見詰め返している。

皆が追い付く僅かな時間、刀城言耶と葦子は二人きりで、全くの無言のままお互いの顔を眺めるばかりだった。

そのとき、土扉が開いた。

「あらっ……」

後ろを向いた葦子が発した声に、言耶は（おやっ）と思った。彼女から受けた印象とは違う感じを、その口調から覚えたからだ。

「狐狗狸さんをはじめます。あの箱の――」

ところが、葦子が続けて口にした言葉の声音と、彼女の陰から月代と思われる男の子が姿を現した途端、合点がいった。

最初の呼び掛けは、母親の声だったのだ。それが次の台詞では、もう巫女に近い存在の話し方に変わっていた。だから、その二つの違いを実感することができたのだろう。

でも、どうして途中で口を噤《つぐ》んだんだ？

不審に思った言耶が、ふと視線を彼女に戻して、ぎょっとした。

そこには、凍り付いた顔があった。

信じられないほど恐ろしいものを目の当《ま》たりにして、一瞬で顔の表情が固まったような、かっと両目を見開いたまま驚愕の表情を浮かべた葦子が、彼の後ろに目を向けていた。

咄嗟に振り返った言耶の瞳に、そのとき映ったのは――、
まず蔵座敷の前の廊下に於いて、
先に立って後ろ手で机を運ぶ猪丸岩男。

同じ机を自分の前で抱えながら、その後から続く小松納敏之。

倉庫蔵で見付けたらしい蛇の作り物を持って、にやけた笑みを浮かべている川村徹太郎。

次いで襖が開かれた応接間で、
そっと襖の陰から蔵座敷を窺う猪丸巌。

机の上の湯飲みを盆に片付ける芝竹染。

その彼女に話し掛けている番頭の園田泰史。

――という情景だった。もちろん染と話をしている男性が番頭の園田泰史だと知ったのは、後からである。

彼女は何を見て、一体それほど驚いたのか。

言耶が顔を戻すと、ちょうど葦子が土扉から蔵座敷へと入るところだった。あ、あ、ある台詞をはっきりと口にしながら……。

「お、おい、葦子！　机は――」

後ろから岩男の声が飛んだ。

だが、まるで彼の呼び掛けを断ち切るように、ずんっと土扉が閉まると、内側から掛け金を下ろしたような気配がした。

言耶が土扉の取っ手を摑み、引っ張ってみたがびくともしない。

「先生……？」

「内部で鍵を掛けられたようですね」

場所を譲りながら言耶が告げると、岩男も土扉を開けようとしたが全く動かない。

「葦子！　おーい！　どうしたんだぁ！」

岩男が土扉を叩きながら、大声で呼び掛けた。しかし、内部からは何の返答も聞こえない。

「普段から狐狗狸さんをするとき、この扉には内側から鍵を掛けるんですか」

「いいえ、そんなこと……いや、はっきりとは知りませんが――」

岩男が自信なく答える後ろで、敏之が廊下に置かれた机を眺めつつ、

「これは必要ないってことでしょうか」

自分から机の交換を希望しておきながら、確かに妙である。

すると徹太郎が、にやにやと笑みを浮かべて、

「こいつを見て、思い出したくない過去が蘇《よみがえ》ったんじゃないのか。それで慌てて蔵

座敷に隠れたと」

　彼が右手で掲げたのは、蜷局《とぐろ》を巻いた大きな蛇の作り物だった。

「それは内部が空洞になっていて、頭から被れるのではありませんか」

「おっ、さすがセンセイ。よくご存じで」

「前に見世物小屋で、影身胞蛇腹娘《えいしんほうじやばらむすめ》という見世物を見たことがあります。そのとき、半裸の小母さんが蛇と絡む様子を延々演じ続けた後、それでも帰らずに残っている客に対して――つまり僕ですね、それと似た被り物をすると、『この世に蛇娘など存在しないことは、皆さんも先刻ご承知』と言われ、体良く追い出されましてね」

「はっはっはっ、こりゃ面白い。作家のセンセイだっていうから、部屋に閉じ籠ってる顔の青白いインテリ野郎かと思ってたら、センセイ、そんなとこに出入りしてんですか」

「いや、これも民俗採訪の一環として――」

　言耶が説明をし掛けると、やや苛《いら》ついた口調で岩男が、

「先生、ちょっとすみません。それで義兄さん、その蛇の作り物が、一体どうしたと言うんです？」

「だから、これを目にした途端、曾て石もて追われた見世物小屋を、あの女は思い出してだな――」

「まだそんなことを言ってるんですか」

「ああやって蔵座敷に隠れたのが、何よりの証拠だと思うけどなぁ」

「ちなみに――」

遠慮がちに言耶が尋ねる。

「それは倉庫蔵にあったんですか」

「ああ。何か面白いものはないかと物色してたら、あの女に相応しそうな代物が目に付いて、ちょっと失敬してきたんだ」

「義兄さん、質草を勝手に持ち出さないで下さい」

「そっちだって机を――」

「これは、もう流れた商品です」

「ところで――」

再び言耶が割って入ると、

「それは、どういう経緯で、こちらの店に？」

「えっ……ああ、番頭が買い付けに出掛けたとき、序《つい》でに何処かで仕入れてきたんでしょう。いや、そんなものでも需要はありますから」

岩男は律儀に教えてくれたが、すぐ蔵座敷に向き直ると、

「葦子は大丈夫でしょうか」

心配そうに二階を見上げる仕草をした。

「ありゃ、絶対に何かあるぞ」

そこに徹太郎が懲りずに絡み、

「何か良からぬ企みでも、秘かにしているのかもしれません」

敏之が加わったうえに、

「どうしたの？」

巌だけでなく、

「坊ちゃんは？　月代坊ちゃんは何処に？」

「旦那様、何かございましたか」

染と泰史までやって来たため、ちょっと収拾が付かなくなってきた。

「皆さん！」

言耶が右手を上げて呼び掛けると、ぴたっと全員が黙った。と思ったのも束の間、

「月代坊ちゃんは、蔵の中なんですか。ちょっと先生、一体あの子は何処なんです？」

染だけは例外のようで、岩男を見習ったのか先生とは呼んだものの、ほとんど言耶に詰め寄る勢いである。

それでも巌が厠に行くのを見たと言うと、さっさと蔵座敷の前から離れてしまっ

た。

「ふうっ……」

思わず安堵の溜息を言耶が吐くと、今度は岩男が詰め寄って来た。

「それで先生、何かご存じのことでも？」

「あっ、いえ……先程、葦子さんが扉を閉められる前に、はっきりと仰ったんです」

「な、何と？」

「こうです。『早く狐狗狸さんをはじめなければ』と小声でしたが、確かに口にされました」

「それじゃ今、葦子は狐狗狸さんをしているわけですか」

「——だと思います」

「妙ですね」

敏之が口を挟む。

「その狐狗狸さんを行なうためには、これまで使っていた丸テーブルでは具合が悪いので、新しい机が必要だと岩男さんに彼女は頼んだわけです。なのに肝心の机を前にして、それを放っておいたまま蔵座敷に籠ってしまった。変ですよね」

「だからあの女は、この蛇を見てだなぁ——」

徹太郎が蒸し返そうとするのを、岩男が窘《たしな》めるよりも早く、意外にも巌が遮った。

「月ちゃんが一緒でないのも、ちょっとおかしいと思います」

「一緒に狐狗狸さんをするからだね？」

言耶が尋ねると、それには岩男が答えた。

「最初の頃はともかく、もう今ではすっかり月代が欠かせなくなっているようなんです」

「今回は赤箱が絡むため、いつも行なっている御伺いよりも危険だと判断して、月代君を加えないでおこうと判断した可能性はありませんか」

「……どうでしょう？　ただ、御伺いが大事であればあるほど、葦子はあの子に手助けを求めたと思うのですが――」

そこに当の月代が、染に伴われて現れた。

「あっ、月代！　こっちに来なさい」

息子の姿を目にした途端、岩男は取り乱してしまったらしく、

「さっきお前が蔵から出たとき、お義母《かあ》さんは何か言わなかったか。大切なことだ。よく思い出しなさい。どうなんだ？」

「…………」

「なぜお前を閉め出して、お義母さんは狐狗狸さんをやろうとしているんだ？　ちゃんと答えなさい」

彼が何かを聞いたに違いないと、義母の奇妙な行動の理由を知っているものだと、ほとんど決め付けている様子だった。

「だ、旦那様……、それが妙なんです」

てっきり染が月代を庇《かば》い、岩男に反撃するかと思っていると、眉間に皺を寄せながら何とも薄気味の悪い口調で喋り出した。

「小さい坊ちゃんが仰るには、奥様は蔵座敷にお入りになる前に、『あの箱を開ける』とか『開けなければ』とか、そんな意味のことを呟かれたいうんですよ」

「ちょ、ちょっと待って下さい」

言耶が慌てふためきながら、染から月代へと顔を向けた。

「お義母さんが何と言ったのか、正確に覚えているかな？ お義母さんが口にした通りに、僕に教えてくれるかな？」

「せやから今、申し上げた通りです」

すぐに染が二人の間に割って入った。

「正確な言葉を知りたいんです」

「そんなもん、坊ちゃんも覚えてらっしゃいませんわ。扉のところで擦れ違い様《ざま》に、ぽつりと呟かれただけやいうんですから」

「………」

言耶は何か気になることでもあるのか、蔵座敷の土扉を凝っと見詰めると、急に黙ってしまった。

「刀城先生？」

その間に、少し落ち着きを取り戻した岩男が遠慮がちに、しかし焦りの滲《にじ》んだ様子で声を掛けた。

「い、いや、すみません。あの先程の一瞬、葦子さんに一体どんな心境の変化があったのか。それが気になったものですから――」

「何かお考えが？」

「いえ、僕には見当も付きません。ただ、このままにしておいて良いものかどうかと……」

「しばらく様子を見るしかないでしょう」

敏之が冷静な態度で、

「おかしな素振りがあったとはいえ、本人が狐狗狸さんをすると言っているわけです。それが終わって蔵座敷を出て来るのを、我々は待っているしかないでしょう」

「しかし義兄さん、葦子はあの箱を開けるとも言ってるんですよ」

「それはまぁ……」

月代の方を見て何か言い掛け、咄嗟に敏之が口を噤んだ。どうやら彼は、幼い子供の証言だから当てにはできない、と思っているらしい。尤もそんな指摘をしたら染に噛み付かれると考え、きっと言葉を濁したのだろう。

「二、三時間、放っておいたらどうだ」

無責任な提案を徹太郎がする。

「義兄さん……」

「赤箱については、正にそれが狐狗狸さんに御伺いを立てる案件なんだから、あの女が口にしたとしても不思議じゃないだろ」

つまり『あの箱を開ける』または『開けなければ』という台詞は、月代の聞き違いではないかと暗に言いたいらしい。ただし甥の耳が正確で、彼女が箱を開けたとしても、それはそれで良いと思っていることが、ありありと表情に出ている。

「そうは言っても……」

岩男は心配そうな眼差しを蔵座敷に向けると、助けを求めるように言耶を見た。

「この土扉の内側の鍵は、どうなっていますか」

「大きな鉄の掛け金です。こちら側の壁に――」

土扉の左手を岩男は指差しながら、

「垂直に立て掛けた掛け金がありまして、それを九十度回転させ、扉の裏側に設けられた受け口に嵌《は》めます」

「大きくて頑丈そうですね」

「外側の閂《かんぬき》と南京錠に比べると単純ですが、何と言いましても蔵の鍵ですから」

「外から開けることは？」

「はぁ、無理です」

「窓はどうでしょう？」

言耶は岩男と一緒に中の庭に出てみたが、ぴったりと閉ざされた南側の観音扉は、やはり内側から鍵が下りているらしく、全くびくともしない。

結局しばらく様子を見るしかない、と渋々ながら岩男も納得した。

ところが、居間での夕食が終わり、応接間に場所を移して一時間が過ぎても、葦子は蔵座敷から姿を現さなかった。

「もう九時ですね」

岩男が柱時計に目をやりながら呟く。

「いつも狐狗狸さんは、どれくらい時間が掛かるのですか」

言耶の質問に岩男が首を傾げていると、巌がはきはきと答えてくれた。

「相談に見える方の人数と、相談内容の数によっても違いますが、蔵座敷の二階に義母が籠るのは、長くても三時間くらいです」

「あのとき、ちょうど六時半でしたね。ということは、そろそろ出て来られるんじゃないでしょうか」

「しかし先生、今回の御伺いは、あの箱に関する件だけです。幾ら何でも長過ぎませんか」

「その御伺いの内容に、もしかすると手子摺《てこず》っているのかもしれませんが……」

この指摘には岩男も感じるところがあるのか、なるほどと頷いている。だが、当の言耶が続けて、

「ただ、それにしても三時間も掛かるのかな――とも思います」

余計なことを言ったため、少し安堵し掛けていた岩男を、再び不安な気分にさせてしまった。

更に一時間が過ぎた。

「十時ですね。これは幾ら何でも、ちょっとおかしいでしょう」

今度は敏之が異常を訴えはじめた。

「葦子……」

呟くが早いか岩男が応接間を飛び出し、蔵座敷の前へと向かったため、言耶たちも慌てて後を追い掛けた。

「葦子……。葦子――。葦子ぉ！」

最初は控え目に、次第に声を張り上げながら、岩男が妻の名を呼んでいる。そのう

ち、どんどんと土扉を叩きつつ、更に大声を上げはじめた。

だが、内部からは全く応答がなく、何の物音も聞こえない。

「こうなったら、もう扉を破るしかありません」

「しかし猪丸さん、この土扉は……」

「懇意にしている宮地《みやじ》工務店を呼びます」

そう言うと岩男は、電話を掛けに行った。

三十分ほどして猪丸家に、ようやく宮地工務店の社長と二人の従業員が駆け付けた。帰宅していた社員を呼び戻すのに時間が掛かったらしい。

岩男から事情を聞き、土扉を一通り調べた社長の宮地は、蝶番《ちょうつがい》を剝《は》がすのが一番手っ取り早いと判断した。もちろん簡単な作業ではなかったが、扉に穴を開けることを考えれば、まだ増しだという。

岩男、敏之、徹太郎、そして言耶が見守る中で、巨大な蝶番の解体がはじまった。月代は宮地たちが来る前に、岩男から休むように言われて部屋に引き取っている。巌は疾っくに就寝しており、染も既に休んでいるらしい。

上下の蝶番を外すのに、約一時間が掛かった。工務店の社員が二人で抱えながら、ゆっくり土扉の右側に隙間を開ける。

最初に勢い込んだ岩男が、次いで言耶が、蔵座敷へと入り込んだ。

「取り敢えず僕たちで、ちょっと見てみます」

敏之と徹太郎が続こうとするのを、やんわりと言耶が止める。蔵の中で何が起こっているか分からないのだから、ここは必要最低限の人数に留めるべきだと判断した。

不満そうな二人の顔から、言耶は視線を扉の裏側へと向けた。右手の壁には、長い鉄の板棒とも言える掛け金の端が取り付けられ、その部分が回転するようになっている。今、掛け金は完全に横に下ろされた状態で、確かに扉裏の受け口に嵌まっていた。つまり葦子が六時半に、内部から施錠したままの形で残っているわけだ。

尚も掛け金そのものを検《あらた》めてから言耶は、ようやく蔵の内部に目をやった。

土扉を入ると、薄暗い廊下が延びている。中央には欅《けやき》の引き出し階段があり、右手には沈んだ色彩の襖が見える。

ぼうっとした光を放つ電灯に照らされた空間は、とても寒々としていた。芝居が演じられる舞台の奈落か、貿易に使用された帆船の船倉のような雰囲気が感じられる。

「念のために、先に一階を確認しませんか」

逸《はや》る岩男を落ち着かせるためにも、まずそう提案した。階段に足を掛けていた岩男は、少し躊躇《ためら》っただけで素直に襖を開けると、座敷に入って明かりを点した。

その瞬間、言耶は驚きの声を発していた。

「これは……」

薄暗くて陰気な廊下とは対照的な、贅《ぜい》を尽くした絢爛《けんらん》たる座敷が姿を現したからだ。

「縞柿《しまがき》ですね」

柱や天井の銀色の地に浮き出た孔雀《くじやく》の羽根のような縞模様は、一万本に一本という高級木材の特徴である。

「鴨居もそうですね。あっ、火鉢や机や座卓も、全てが縞柿じゃありませんか」

建具だけでなく調度品までが、極めて貴重な柿の木で誂《あつら》えられている。

座敷は八畳間で、入って左手に地袋《じぶくろ》の付いた違い棚と一間幅《いっけんはば》の床の間が、右手に押し入れと三幅対《さんぷくつい》の掛け軸の掛かった床の間があり、正面には二枚障子が見える。

「この障子の向こうが、中の庭ですか」

開けると鉄格子があり、閉ざされた観音扉には土扉と同じ掛け金が下りていた。

「先生、早く二階へ……」

言耶が押し入れの中を検めていると、岩男が痺れを切らしたように催促し出した。

「すみません。それじゃ行きましょう」

裏側とは正反対の豪華絢爛たる黄金色の襖絵を眺めながら廊下へ出ると、言耶を先頭に急な階段を上がる。二階にも同じく薄暗い電灯が点った廊下があり、やはり南側に殺風景な襖が見えた。

「葦子さん？　大丈夫ですか」

声を掛けながら、言耶が襖に手を伸ばす。

「旦那さんも一緒です。開けますよ。いいですね」

ゆっくり襖を開ける。

一階が縞柿で統一されていたのに対して、二階は見事な欅尽くしだった。だが、その事実に感心する余裕は、残念ながら言耶には全くなかった。

なぜなら丸テーブルと椅子が倒れ、血糊《ちのり》に染まった藁半紙が散らばる乱雑な座敷の中に、腹から鮮血を流した葦子が横たわっていたからである。

第九章　狐狗狸さん殺人事件

刀城言耶は葦子が事切れている事実を確認すると、取り乱す岩男を必死で宥《なだ》めて蔵座敷から出し、土扉越しに警察への連絡を敏之に頼んでから、現場へと引き返した。

「刺殺か……」

凶器は遺体の腹部の前に放り出された、白い小刀らしかった。岩男の話によると、もう一つの黒い小刀と対で、例の赤箱を封じていたという。その黒い方は違い棚の上にはなく、問題の箱は右腕を下にして横たわった葦子の左手が抱え込んでいる。

「ほとんどお話もできぬまま、こんな状態でご対面をするとは……とても残念です」

言耶は遺体に語り掛けた後、合掌しつつ深々と一礼して黙禱を捧げた。

それから小さく息を吐くと、一通り座敷の中を見渡した。

二階も一階と同じく八畳間である。入って左手は水墨画の描かれた押し入れの襖で、右手は違い棚と床の間があり、正面には鉄格子の嵌まった花頭窓《かとうまど》が見える。窓の外は観音扉が閉まっており、一階と同様の掛け金が下りていた。

「完全な密室だな」

念のために押し入れを覗くが、もちろん誰も潜んではいない。

座敷の中央には、この部屋にはとても不釣り合いな円形の絨毯が敷かれている。ここに狐狗狸さんを行なう丸テーブルや椅子を、どうやら設置していたらしい。

ところが今は、葦子の遺体が絨毯の南端の近くにあり、彼女と窓の間には椅子が二脚、それぞれ東西に向かって倒れている。遺体は東側の椅子の側にあったため、そこに普段から彼女は座っていたのかもしれない。

出入口の襖の方を向いて横たわる葦子の前には、丸テーブルが東側を頭にして横倒しになっており、その一本脚の根元では自動筆記板が二つの車輪を見せて裏返り、周囲には何枚もの藁半紙が散らばっている。大量の紙は、恐らく自動筆記板が文字を綴るために必要なのだろう。藁半紙を置いていたと思《おぼ》しき小さな台が、丸テーブルの西側で横向きに倒れていた。

「つまり犯人は、北側の襖から入って来て、違い棚の小刀を手に取り、そのまま正面から葦子さんに襲い掛かった――ということになるのか」

部屋の中に椅子は他に一脚あったが、押し入れの前――北東の隅――に置かれ、少なくとも今回の狐狗狸さんでは使われていた形跡がない。

「それとも犯人が片付けたか……」

しかし、日頃から猪丸家を訪れている相談者の犯行とは、ちょっと考えられない状況である。

「やっぱり三つ目の椅子は、最初から使用されていないと見るべきだな」

現場全体の状態をはっきり目に焼き付けると、言耶は遺体の周りに散らばる血染めの藁半紙を、じっくりと観察した。

「これは……凶器の血糊を拭いたのか」

小刀に目を向けると、明らかに血を拭ったような跡が窺える。

「でも一体、何のために？」

犯人は凶器の刃に付着した血痕を、わざわざ藁半紙で綺麗にした。だが、鞘に納めたわけではない。白い鞘は小刀の近くに落ちている。血を拭いた後、無造作に小刀を投げ出しただけなのだ。

凶器から血を落とす理由の大半は、それを持ち去るためではないか。現場に残しておくのなら、そのままで一向に構わないはずだ。

「にも拘らず凶器を現場に捨て、その代わりに黒い方の小刀を持って行った？」

再び座敷の中を見渡しつつ、言耶は首を傾げた。

部屋の中に黒い小刀は見当たらない。テーブルや椅子が倒れた際、何処かに飛んだとしても、目に付く範囲に転がっていそうなものである。散らばった藁半紙の下かと思ったが、どうも違う。現場を荒らすわけにいかないので、確かなことは言えないが、特に盛り上がっている藁半紙などはない。

「黒い小刀が本当にあったのかどうか、これは確認する必要があるな」

頭の中でメモをとると、倒れた丸テーブルと遺体の間に落ちた二枚の藁半紙に、言耶は注目した。

どちらにも鉛筆で、文字らしきものが記されている。まだ満足に字を書くことができない子供か、もしくは利腕《ききうで》を怪我した大人が綴ったような、そんな酷い筆跡で平仮名に見える字が、それぞれ二文字ずつ見える。

一枚の一文字目は、菱形を真ん中から分断したような線が二つ並び、辛うじて

「Ｚ」の下が丸まり、そこに小さな「◯」があることから、「る」に見えた。

もう一枚の一文字目は、横の二本の線を斜めに貫く縦の線と、その縦線が途中から左方向に曲がっているため「き」と分かる。二文字目は「十」の縦線の下部の真ん中の左に「◯」が、横線の右斜め上に「゛」の濁点らしきものがあるため、四つの文字の中では「ず」だと最も分かり易かった。

「一枚は『いる』で、もう一枚は『きず』か」

言耶は上着の内ポケットから手帳を取り出すと、それぞれの文字を正確に写し取った。

「赤箱に関する質問の、これは狐狗狸さんの答えなんだろうけど、肝心の問い掛けそのものが分からないからなぁ」

回答から質問内容を推測するにしても、今の状態では余りにも材料不足と言えた。

「赤箱か……」

二階の座敷に足を踏み入れてから、実は一番気になっていたのがそれだった。もちろん、まず倒れている葦子に衝撃を受けたが、彼女が絶命していると分かってからは、ずっと赤箱のことが頭を離れなかった。

そのために敢えて、問題の箱を後回しにした。先に見てしまうと、もう他に何もできなくなってしまいそうに思えたからだ。

　言耶は覚悟を決めると身体の位置を変え、二枚の藁半紙から赤箱へと視線を移した。余り愚図々々していると警察が到着してしまう。彼らに閉め出されてから後悔しても、もう遅い。

　赤箱は葦子の腹の辺りで、彼女の左手によって抱かれていた。側には傷口を押さえたらしい血染めの手拭いがあり、半ば箱を覆《おお》い隠している。つまり箱が開けられた状態のままなのか、現状では確かめられないのだ。

　赤というよりも毒々しいばかりの朱色……。

　何か塊のような黒っぽいもの……。

　とても汚く灰色や茶色が混ざり合った……。

　とにかく吐き気を覚えるような……。

　何とも言えぬ厭な臭いがして……。

　岩男が語った赤箱の中身に関する話が、次々と思い出される。と同時に、これまで何人もが不審死を遂げている事実が、ずっしりと重く伸《の》し掛かってきて、思わず腰が退けそうになった。

「お、落ち着け……。この箱に関わって亡くなったのは、全員が女性だ。それも猪丸家に嫁いで来た女《ひと》に限られている。だから、僕は大丈夫だ……。きっと……多分……

恐らく……」

声に出して己を鼓舞《こぶ》しつつ、箱の近くに転がっていた自動筆記板から外れた鉛筆の端をハンカチで持つと、そっと手拭いを捲《めく》ってみた。

「ふう……」

思わず言耶の口から、安堵の溜息が漏れた。気が付くと、とても厭な汗をかいている。

赤箱は開けられていなかった。そもそもどの面が開くのかは分からないが、何処もズレてはおらず、長方形の箱のままに見える。

「少なくとも葦子さんは、この箱を開けた所為で殺されたわけではない……ということか」

これで一通り見るべきところは確認した。警察が来る前に、蔵座敷から出ておいた方が良い。犯行現場に被害者の家族でもない者が、それも完全な他所者《よそ》がいたのでは、痛くもない腹を探られるのが落ちだろう。

言耶が一階の土扉から出ると、すぐに敏之と徹太郎の質問攻めに晒《さら》された。詳しいことは警察が調べないと分からない——と逃げているうちに、終下市署の警官たちが到着した。

それから次の日の明け方まで、猪丸岩男、小松納敏之、川村徹太郎、刀城言耶の四人は事情聴取を受ける羽目になった。翌日の午前中は、引き続き芝竹染と園田泰史、それに巌と月代の子供までが話を聞かれた。

幸い警官たちの中に、刀城言耶の素性を知る者はいなかった。詳しく調べられる前にと、身元については各出版社の編集者に問い合わせて欲しい、と言っておいた。彼の担当編集者であれば、絶対に余計なことは喋らないからだ。よって言耶の父が冬城牙城であるとバレる心配もない。

尤も祖父江君だけは別だけど……。

怪想舎の祖父江偲なら、言耶が殺人事件に巻き込まれたと知るや否や、仮に父親のことは言わなくても、間違いなくこう主張するからだ。

「刀城先生は名探偵なんです。せやから警察が先生に協力をお願いしたら、そらもう事件が解決したも同じですわ」

こんな台詞を一般市民からずけずけと言われた警察が、言耶に対して良い印象を持つわけがない。

ただし、全く事件に関われないのは少し困りものだった。何より現場検証と検死の結果が知りたい。被害者の夫である岩男に告げられたであろう葦子の死の状況だけでなく、他の情報も欲しい。

言耶は持ち前の人当たりの良さと、地方の頑固で無口な年寄りから地元の怪異な伝承を聞き出すために培《つちか》った手練手管を最大限に駆使して、何とか刑事たちの口を開かせようとした。

その努力が実り、色々なことが分かりはじめた矢先——事件から五日目の午後——岩男が猪丸家の応接間に全員を集めて、こう報告をした。

「葦子は自殺だったと、警察に言われました」

染と泰史が加わっていることに、敏之と徹太郎は不満そうだったが、岩男が「全員に理解しておいて貰いたい」と説明したため、渋々ながら納得した。巌の同席については、染がはっきり、泰史がやんわりと否定する意見を述べたが、これも岩男が「猪丸家の長男として、全てを知っておく必要がある」と退けた。月代は最初から除外されていた。

葦子は自殺だった——と聞かされ、皆がざわつく中で、まず徹太郎が納得したように、

「あのとき蔵座敷には、誰も入れなかったんだから、まぁ当たり前の結論だよな」

次いで敏之も頷きながら、

「自殺とした場合、不審な点は多く残りますが、かといって他殺と考えるには、余りにも無理がありますからね」

「刀城先生は、どう思われます？」

「葦子さんの検死の結果、とても重要なことが分かっていませんか……。いえ、僕は偶々ある警察官から聞き出せただけなんですが……」

「妻が妊娠していた……ことですか」

岩男の発言に、その場が一瞬で寂とした。

言耶が素早く一人ずつの表情を確かめる。驚いているのは誰か。その驚愕の顔は本物か演技か。できれば見極めたかった。だが、なかなか判断が難しく、確実な手応えは得られない。

「にも拘らず警察は、自殺と判断したのですか」

「妊娠三ヵ月ということで、妻は知らなかった可能性があると……。仮に知っていても、それが妻の精神を不安定にさせた一因ではないかと……」

「自殺の動機については、どんな説明を受けられたのでしょうか」

「はっきりした理由は、警察でも分からないみたいです。ただ……妻の普段の言動が普通の人とは少し違っていたこと、狐狗狸さんを熱心に行なっていたことなどから、何かしら精神を病んでいたと見做せる。そう言われました」

「そこに原因を求めたわけですか」

「現場が乱れていたのも、犯人が葦子を襲ったからではなく、彼女が錯乱したからだと……」

「そういう見方も、確かにできますね」

「はっきり言われたわけではありませんが……」

岩男は苦痛に顔を歪《ゆが》めるようにして、

「葦子に戸籍がないことも、そんな結論を警察が下した要因のような気がします」

「すると葦子さんとは――」

「結婚したとはいえ、飽くまでも内縁の妻でした。もちろん彼女の出身地には、ちゃんと戸籍があるのでしょうが、それが何処かも分からない始末ですから、どうしようもありません」

「そうでしたか」

葦子は死しても尚、他所者だったというわけだ。

「私どもは――」

岩男は少し言い淀んでから、

「――私は、葦子に異常など全く認めておりませんでした。確かに変わったところは少々ございましたが、だからといって気が狂《ふ》れていたわけではありません。普通に生活をしてきたのですから」

「ところが、警察は別の見方をしたんですね」

「私は葦子の他人とは違った部分を、彼女の個性だと思いこそすれ、それが如何わしい出身の所為だとか、況《ま》してや人間でない証拠だとか、そんな風に莫迦らしく捉えたことは一度もありません」

岩男の視線は言耶だけに向けられたが、その言葉は応接間にいる数人に対して、明らかに突き付けられていた。

「でも岩男さん——」

その場の重い空気を敏之が取り繕《つくろ》うように、

「自殺の動機というものは、所詮《しょせん》は本人にしか分からないものです。いえ、当人でさえも、なぜ自分は死を選んだのか、往々にして理解できていない場合があるかもしれません」

「そうそう、それにあの女……」

と言い掛けて、さすがに徹太郎もまずいと思ったのか、

「彼女が死んだのは、誰も出入りしなかったし、またできなかった蔵座敷の中なんだから——こりゃ自殺しか有り得ないだろ」

「その点は、警察も同じだったのですか」

言耶が尋ねると、岩男は力なく頷いた後、

「宮地工務店の証言もあって、唯一の出入口である一階の土扉に、内側から掛け金が下りていたことは確かです。また一階と二階の窓には鉄格子が嵌まっているうえ、ど

ちらも観音扉が閉まり、同じく掛け金が下りていたのを、刀城先生と私が見ています。私が蔵座敷を出た後も、先生が出られた後も、何者も蔵から逃げ出していません。複数の人間が警察の到着まで、ずっと土扉の前にいたのですから」

「一階と二階の押し入れの中を、僕は念のために検めました。でも、誰もいませんでした。もちろん警察は、もっと徹底的に捜したと思います。しかし、犯人は見付かっていません」

言耶の後を受ける格好で、敏之が鹿爪《しかつめ》らしい表情を浮かべつつ、

「事件が起きたとき、蔵座敷が完全に密閉されており、且つ事前に誰かが忍び込んでいた事実もないと判明しているのですから、彼女の死に纏わる少々の不審な点は、この際ほとんど問題にならないんじゃないでしょうか。つまり彼女は自殺した——ということになる」

「それにだ」

徹太郎も口を挟んできた。

「他殺だと考えた場合、容疑者がいないじゃないか。誰も彼女を殺す動機を持ってないんだからな」

「そうですか、義兄さん？」

岩男の意味深長な口調に、皆が息を呑む気配が応接間に満ちた。

「葦子の存在を明らかに疎《うと》ましく思っていた者が、決して一人や二人ではなかった事実を、ここにいる誰もが知っていたはずではありませんか」

そのことは薄々ながら言耶も感じていた。警察の関係者から情報を収集すると同時に、彼は猪丸家の人々からも話を聞いている。特に巌とのお喋りは役に立つことばかりだった。

岩男の最初の妻である好子の兄の小松納敏之は、甥の巌が猪丸家の当主になることを望んでいる。そんな彼にとって葦子は目障りだった。そのうえ彼女は妊娠をした。もし男の子を産んだ場合、長男とはいえ甥の立場が危うくなる。これは立派な動機になるだろう。

岩男の二番目の妻である由子の兄の川村徹太郎は、やはり甥の月代にこの家を継がせたいと思っている。つまり敏之と全く同じ動機を持つわけだ。

由子に呼ばれて子供たちの乳母として猪丸家に住み込む芝竹染は、とにかく月代が命だという。しかも葦子のことを、染は邪悪な存在だと思い込んでいた。そんな彼女に月代を奪われた――と本人は信じている――わけだから、充分な動機となる。

園田泰史に関しては、容疑者から外すべきかもしれない。ただ、祖父の代から猪丸家の番頭を務めており、猪丸質店を切り盛りする責任者としては、葦子が行なう狐狗狸さんの御告げに、岩男が商売のことまで頼る姿を見て、かなりの危機感を持ったに違いない。これも動機と見做すべきか。

巌は正直に、義母に対して違和感を覚えると、言耶に話してくれた。しかし、だからといって彼女を亡き者にしたいとは、直ちに考えないだろう。

月代は考慮するまでもなかったが、一応の検討をすると、岩男を除けば最も葦子と上手くやっていたのが、彼だったかもしれない。それが親子の関係ではなく、狐狗狸さんを執り行なう巫女と憑座《よりまし》の間柄だったとしても――。

言耶は二人の関係を、そう見ていた。狐狗狸さんに自動筆記板を動かして貰うよりも、月代に憑依《ひょうい》させたうえで板を操って貰った方が、より効果的な回答が得られたのではないだろうか。

今となっては確かめようもないが、少なくとも葦子と月代が仲良く狐狗狸さんを行なっていたのは、まず間違いない。

そんなことを言耶が考えていると、

「岩男さん、まさか俺たちの中に犯人がいる……なんてことは思ってないよな？」

冗談めかした口調だったが、徹太郎の目は少しも笑っていない。

「警察が言うには、外部から何者かが侵入した形跡は、何処にも見られなかったそうです」

岩男が持って回った言い方をしたため、その場の空気がぴんと張り詰めた。

「あの日の、皆さんの動きなんですが――」
さり気なく言耶は机の上に、いつも持ち歩いている取材ノートを広げると、事件当時の時間経過を全員に説明した。

六時前　　　葦子が応接間に現れる。
　　十分　　倉庫蔵の机を蔵座敷の前まで運ぶ。
　三十分　　月代が蔵座敷から出て来る。
　　　　　　廊下の方を振り返った葦子が突然、蔵座敷に入り内部から施錠する。
七時　　　　夕食がはじまる。
八時　　　　応接間に場所を移す。
十時　　　　岩男が蔵座敷の前で葦子を呼ぶ。
　三十分　　宮地工務店が到着する。
十一時半　　土扉の蝶番が外れる。
　　　　　　言耶と岩男が蔵座敷に入る。

「――と、こういう経過になりますが、夕食の前後、そして応接間に移ってから宮地工務店さんを呼ぶまで、完全に現場不在証明《アリバイ》のある方は、実は誰一人としていらっしやらないんです」

「彼女の死亡推定時刻は？」

敏之が肝心な質問をした。

「六時半から八時半です。死因は腹部の創傷からの出血多量です」

「なるほど。夕食がはじまる前と後は、それぞれ自由に行動してましたからね」

「遺体の側に落ちていた白い小刀が、葦子さんの腹部の傷と一致したため、凶器と断定されました。ただし指紋は、彼女のものしかありません。恐らく小刀を抜いたときに付いたんでしょう。もし犯人の指紋が付着していたとしても、このとき消してしまったわけです」

「抜かなければ傷口から血が大量に流れることもなく、死ななかったのかもしれませんね」

「出血多量死の原因は仰る通りですが、我々が葦子さんを発見したとき、十一時半を過ぎていました。果たして助かったかどうか……」

言耶が言葉を濁すと、敏之も黙ってしまった。しかし徹太郎が無神経に、

「咄嗟に抜いたんだろうな。腹に刃物が刺さってんだから、まぁ無理もない」

「お腹の辺りに血染めの手拭いが落ちていましたから、きっと傷口を押さえたんでしょう」

「それが逆に、命取りになったか」

「残念ながら……。ただ妙なのは、もう一方の黒い小刀が見当たらないことです」

「それは警察にも申し上げたのですが——」

岩男が納得いかないという口調で、

「蔵座敷の中にはないのだから、少なくとも事件が起きたときは、誰かが持ち出した後だったのだろうと言われました」

「誰かと言いますと？」

「大方そんな刃物に興味を持つのは、子供に違いないと刑事さんが——」

皆の視線が集中する前から、巌が激しく首を振っている。

「もちろん、小さい坊ちゃんでも絶対にございません！」

いきなり染が大きな声を上げた。子供と言えば巌と月代しかいないためだろう。

「二人とも違うと思います」

岩男が冷静に否定すると、更に染が続けて、

「小さい坊ちゃんには日頃から、あの二つの小刀は赤箱の邪気を封じる役目があるんで、そないな聖なる刀やから粗末に扱うてはいけませんと、言い聞かせてあります。それを奥様は、赤箱そのものを二つの小刀から離しておしまいになって——」

そこからは、くどくどと葦子に対する文句が終わらず、言耶を辟易《へきえき》させた。

ようやく染のお喋りが済んだところで、

「肝心の凶器が、白い小刀と判明しているわけですから、黒い小刀の行方に警察が熱心でなかったのも理解できます。ただし、もし犯人が持ち去ったのだとすると、これは一つの謎と言えます」

「凶器の白い方は、現場に残しているのに？」

敏之が指摘すると、徹太郎が良いことを思い付いたとばかりに、

「あの女が反撃したんじゃないか」

「黒い方でですか」

「ああ。それを犯人が取り上げた。で、ついそのまま蔵座敷から持って出てしまった

――って、おいおい。いつの間にか話が、自殺から他殺へと変わってるじゃないか」

「刀城言耶さん」

敏之が改まったような声を出すと、

「あなた今ここで、探偵の真似事をなさるおつもりですか」

「是非そうお願いしたい」

言耶が応じる前に、岩男が口を開いた。

「もちろん皆さんから、異論が出なければですが」

敏之と徹太郎は明らかに異議がありそうだったが、何も言わなかった。染と泰史は

かなり居心地が悪いらしく、先程から落ち着きがない。巌は色々と衝撃を受けながらも、好奇心が抑え切れないように見える。

「刀城先生、それで宜しいでしょうか。不躾《ぶしつけ》なお願いですが、お聞き届け頂けるでしょうか」

「は、はい……。僕のような者でも、お役に立てるのでしたら——」

「ありがとうございます」

岩男が一礼すると、その瞬間から今日の集まりの真の目的が、急に表へと顔を覗かせた、そんな雰囲気が応接間に満ちた。

「それでは今から、猪丸葦子さんの死について、皆さんと一緒に考えたいと思います」

改めて言耶が挨拶をすると、いきなり徹太郎が茶々を入れてきた。

「センセイ、名探偵ってのは俺らのような容疑者を前に、独りで滔々《とうとう》と演説をぶってだな。『お前が犯人だぁ！』と真犯人を指差して、見得《みえ》を切るもんじゃないんですかい？」

「いえ……べ、別に僕は、そのうー、名探偵ではありませんので……」

「義兄さん、何か異議がおありですか」

「そうじゃない。ただねぇ、小松納さんも言っていたように、仮に不審な点が多くあったとしても、他殺と考えるには無理があり過ぎる」

「蔵座敷に誰も出入りできなかったから……？」

「そうそう。警察が自殺と判断したのも、その点が揺るがなかったからじゃないんですか」

「ええ、まぁ……」

「てことは、この問題がある限り、探偵さんの出番なんか少しもないんじゃないんですかい？」

水を向けられた言耶は、

「実はそうなんです」

あっさり肯定して徹太郎の口をあんぐり開けさせてから、こう言った。

「そこで葦子さんの死について検討する前に、探偵小説を例に取りつつ、密閉された空間で起こった死の謎について――即ち密室に関する分類を、まず行ないたいと思います」

第十章　密室講義

「そもそもアメリカの作家エドガー・アラン・ポーが、一八四一年『グレアムズ・マガジン』に――」

「おいおい、いきなり訳の分からないことを言い出したよ、このセンセイは」

呆れた顔をしたのは徹太郎だけではなかった。ぽかんとした表情を皆が浮かべている。

「刀城先生、今から何か講義のようなものをなさるんですか」

岩男の口調も明らかに不安そうだ。

「はい。世界初の本格探偵小説であるポーの『モルグ街の殺人』が密室の謎を扱っていますので、そこから簡単に密室ミステリの歴史を説明したうえで、この不可能状況下での死に如何なる種類があり、どのような分類ができるのかを検討した後、それを今回の蔵座敷の密室に当て嵌めて考察をする、という流れで――」

「あのうー……」

岩男が遠慮がちに口を開いた。

「はい？」

「その歴史の説明というのは、そのうー必要なんでしょうか」

「えっ……？」

「いえ、先生のお話に口出しをするつもりは毛頭ございませんが……。すぐに分類の方に入って頂き、葦子の死についてご検討を賜る……というわけには参りませんでしょうか」

そう岩男が提案すると、

「刀城さん、あなたが密室とかいうものの歴史的背景から入りたい気持ちは、同じ物書きである私には理解できます」

敏之が珍しく言耶に味方した。だが、返す刀でばっさりと、

「しかし今は、そんな余裕はないでしょう。ここにいる我々は、もっと即物的な対応を、迅速に求めているわけですから」

「はぁ……」

勢い良く喋り出した言耶だったが、完全に出鼻を挫《くじ》かれて意気消沈した。

怪奇小説が専門である彼にとって、飽くまでも論理的思考に貫かれた本格探偵小説は、常に何処か居心地の悪い他人の家のような感覚がある。どれほど長期間に亘って

滞在しても、いつまで経っても寛げない場所のような存在なのだ。

ただし、そんな探偵小説の中でも、密室や人間消失や足跡のない殺人などの不可能犯罪を扱った作品には、妙に心が惹かれた。その事件に怪奇な伝承でも絡めば、もう言うことはない。最後には怪異な現象の全てが合理的に説明し尽くされ、後には何の余韻も残さない白々とした心象風景が広がったとしても、そういった謎の提示には心がわくわくするからだろう。

「それでは――」

言耶は気を取り直すと、

「我が敬愛するジョン・ディクスン・カーが一九三五年に発表した米国版『The Three Coffins』または英国版『The Hollow Man』の第十七章の〈密室講義〉を基にして、江戸川乱歩先生が昨年『宝石』に発表された『類別トリック集成』の中の［第二］〈犯人が現場に出入りした痕跡についてのトリック〉を参考にさせて頂きながら密室の分類を行ない、蔵座敷の密室に取り組みたいと思います」

徹太郎をはじめ誰もが、相変わらず訳の分からない呪文を聞いているような顔付きだったが、口を開かずに拝聴の姿勢を示している。

「あっ、ちなみにこのカーの作品は、戦前に『魔棺殺人事件』と題して翻訳されていますが、これは粗訳ですので読まない方が良いです。そもそも本作には、二つの密室が出てくるのですが――」

「刀城先生……」

岩男に呼ばれただけで、今度はすぐに自ら脱線を止めていた。

「えーっと……では、まず密室の説明をしておきます。一番分かり易いのは、〈室内側から施錠された部屋〉という概念でしょうか」

「扉も窓も内側から鍵が掛かっている部屋、という状態ですね」

敏之の確認に頷きつつ、言耶が補足する。

「雨や雪が降った後の中庭の真ん中に、殺害された遺体が横たわっているにも拘らず、現場には被害者の足跡しかない。犯人が中庭の真ん中まで往復したはずの足跡が全く見当たらない、という状況も密室になります。室内のように閉じた空間ではありませんが、犯人の出入りが不可能な点は同じですから」

「なるほど」

納得がいったとばかりに敏之が、

「それで江戸川乱歩は単に〈密室トリック〉とはせずに、〈犯人が現場に出入りした痕跡についてのトリック〉という項目にしたわけですか」

「はい。その中で乱歩は、(A) 密室トリック、(B) 足跡トリック、(C) 指紋トリックと三つに分けています。ただ、Cは〈痕跡〉という部分では関わるものの、作例が非常に少ないうえ、どう考えてもAとBとは異質なトリックと言わざるを得ないのですが」

「そのようですね。でも今回、BとCは関係ないでしょうから、いずれにせよ問題はありません。しかし江戸川乱歩という人は、そんなことまでしているのですか。乱歩というと、エログロの通俗小説を書く人だと思っていましたが……。いえ、もちろん私は、彼の小説など読んでいませんけどね」

「乱歩先生には、それこそ怪人二十面相のように幾つもの顔があるんです」

敏之の言葉を言耶はさらっと流すと、

「ちなみに殺人だけでなく人間消失などの謎も、この密室には含まれます」

「どういう例があります？」

「開かずの間に入った者が、いつまで経っても出て来ない。それで部屋に踏み込むと、室内には誰もおらず、全ての窓に内側から鍵が掛かっている。もちろん扉抜け穴もない。唯一の出入口である扉は、複数の人が監視をしていた。この場合、扉に鍵が掛かっていなくても、開かずの間は立派に密室を形成していたと見做されるわけです」

「確かに」

「また、細長い路地の片方から入った人物がもう片方から出て来ず、路地の中にも姿が見えない。両側の出入口に目撃者がいて、その事実を証明している。路地の壁には扉が一つもなく、よじ登ることも不可能である、といった状況でも密室になります」

「先程の中庭の例と同様、頭上は開けっ広げという状態ですね」

「ええ。まとめますと密室の謎とは――」

「おいおい」

痺れを切らしたように徹太郎が口を挟んできた。

「これまでの話は俺にも理解できるけど、今ここで問題になってるのは蔵座敷であって、中庭や路地じゃないだろ。それを小松納さん、あんたまでセンセイと一緒になって、いつまで関係のない話をするつもりだよ」

「あっ……こ、これはどうも……申し訳ない」

恥ずかし気に敏之は俯いたが、はっと我に返った如く言耶を見詰めた。その表情は、知らぬ間に彼との会話に引き込まれていたことに、自分でも驚いているように見えた。

「センセイ、早いとこ〈室内側から施錠された部屋〉に限って、説明を進めて貰えませんかね」

催促する徹太郎に詫びながら、言耶は具体的な話をはじめた。

「カーは密室の犯罪を、まず大きく二つに分けました。一つは〈密室内で事件は起こったが、犯人はそこから逃げたわけではない。なぜなら最初から室内にはいなかったから〉というもの。もう一つは〈密室内で事件は起こったが、犯人は堂々と扉や窓から逃げた。なぜなら問題の扉や窓そのものに仕掛けを施したから〉という分類で、更に前者を七つの、後者を五つの項目に分けて説明しています」

「ちょっと待って下さい」

敏之が首を傾げながら、

「最初の大分類の一つ目ですが、〈犯人が最初から室内にはいなかったから〉という意味が、よく分かりませんが」

「そうそう。部屋の中にいないのに、どうして犯行ができるんだ？」

徹太郎だけでなく皆が理解できないらしく、誰もが途方に暮れた顔付きをしている。

「皆さんが納得できるように、すぐ説明できるのですが、ここは最初から乱歩の分類方法を取りたいと思います。なぜならカーの密室講義を踏まえたうえで、乱歩は非常に分かり易い分類を行なっており、ほとんどの密室犯罪が、この分類の何れかに当て嵌まるからです」

「それならセンセイ、最初から乱歩のものを採用してくれよ」

思わずといった感じで徹太郎が愚痴《ぐち》った。だが、他の全員も同じ気持ちだったかもしれない。

ところが、言耶は涼し気な表情で、

「密室の歴史講義も、カーの密室講義も飛ばしましたので、これくらいはご辛抱下さい」

軽く一礼すると、そのまま続けた。

「江戸川乱歩は〈犯人が現場に出入りした痕跡についてのトリック〉の中の（A）密室トリックに於いて、密室の犯罪を次のように分類しました。

（1）犯行時、犯人が室内にいなかったもの。
（2）犯行時、犯人が室内にいたもの。
（3）犯行時、被害者が室内にいなかったもの。

――の三つです。この整理の仕方は密室犯罪に取り組むうえで、非常に効果的であると僕は思っています。これを更に分かり易くしますと、

（1）犯行時、室内に被害者だけがおり、犯人はいなかったもの。
（2）犯行時、室内に犯人と被害者がいたもの。
（3）犯行時、室内に犯人も被害者もいなかったもの。

——となります」

敏之が少し考える素振りを見せながら、

「具体例を知らないので、まだピンとはきませんが、密室の分類とはどういうことなのか、何となく分かってきました」

「俺は相変わらずさっぱりだぞ」

茶々を入れる徹太郎を無視すると、敏之は興味深そうな様子で、

「その三つの項目の何れかに、必ず蔵座敷の密室が当て嵌まるわけですね」

「合理的な解釈の範囲内であれば——という制限は付きますが」

「それは大いに結構です。いえ、むしろそうでないと困ります。ここで赤箱の呪いや、二人の先妻の祟りを持ち出して貰っても、全く何の解決にもなりません」

「人として考えられるところまでは、論理的思考を用いた推理を試みるつもりです」

含みを持たせるような台詞を吐いたためか、敏之が怪訝《けげん》そうに首を傾げた。

「では、一つずつ項目を見ていきます」

だが、言耶が話を進めると、もの問いた気な表情を残しつつも、それ以上は突っ込んでこなかった。

「まず（1）犯行時、室内に被害者だけがおり、犯人はいなかったもの。この状況だ

けを見ると、事件が起こったときの蔵座敷と、非常に似ていると言えます」

この説明に、全員が一気に引き付けられたように見えた。

「（1）は【イ】から【ヘ】の六項目に分かれます。あっ、基本的には『類別トリック集成』の記述に倣《なら》いますが、僕が勝手に補う部分もありますので、それはご承知おき下さい」

律儀に断わってから、個々の説明に入る。

「【イ】は室内に仕掛けられた機械装置による殺人です。今回の小刀のように凶器が短剣の場合、自動発射装置と呼べるものを事前に室内に設置しておき、そこから刃物を被害者に向けて飛ばすわけです」

「ほうっ」

岩男が感心するような声を出したが、敏之は苦笑を浮かべ、徹太郎は胡散臭そうな眼差しで言耶を見詰めている。

「ただ、このトリックには色々と欠点があります。まず犯人が自動発射装置を作るなり、それに代わるアイデアを考える必要があること。次いでそれを室内に設置する際、被害者には気付かれず、尚且つ被害者の身体に凶器が当たる位置に置く必要があること。そして犯行後、場合によっては装置が室内に残ってしまうため、誰かに見付かる前に処分する必要があること」

「莫迦々々しいですね」

敏之が話にならないとばかりに、

「そんな大仰なことを、誰が考えるというのです。そういう酔狂《すいきょう》な殺人者がいたとしても、余りにも大事《おおごと》過ぎて、すぐにバレてしまいますよ」

「仰る通りです。まぁ舞台設定をはじめ様々な状況が整えば、場合によっては大して手間の掛からない方法もありますが――」

「どんな例が考えられます？」

「雪国に建つ家の、天井の高い寝室で被害者が寝起きをしている。被害者は就寝前に、いつも暖房を点ける癖がある。そこで犯人はベッドの真上の天井に、短剣を雪で固定しておく。すると被害者がベッドに入った後で、雪が解けて短剣が落下する。天井が高いという部屋の構造上、短剣が見付かる可能性は低いうえ、落下の際に加速が付き易い。被害者が寝室に鍵を掛けていれば、密室殺人が出来上がる」

「わざわざ殺人装置を作る必要がないとはいえ、やはり余りにも現実性がないですね」

「それに葦子さんが、この方法で亡くなったとは考えられません」

言耶は【イ】を却下すると、すぐに次の項目へと進んだ。

「【ロ】は室外からの遠隔殺人です。人間の出入りは不可能ながら、凶器は通ることができる隙間を利用して、部屋の外から室内の被害者を殺害する方法です。よって【イ】の完全密室に対して、こちらは準密室になります」

「隙間……ですか」

「蔵座敷を例に取ると、二階の窓が閉まっていなかった場合などですね。でも、あの窓には鉄格子が嵌まっているので、人間の出入りは無理です。しかし小刀だけなら、充分に可能でしょう。犯人は中の庭の樫の木に登ると、葦子さんを呼びます。彼女が窓の側まで来るのを待って、窓越しに小刀を突き刺す。驚いた被害者が部屋の中心へと逃げ、そこで倒れて絶命してしまう」

「現場を見れば、恰《あたか》も部屋の中央で刺殺されたように映るわけですか」

これには敏之も感心したようだったが、彼をはじめ皆の視線が、自然に巌へと注がれている。彼が普段から中の庭の樫の木に登って遊んでいることを、恐らく誰もが思い出したからだろう。

「しかし蔵座敷の窓は、一階も二階も内側から掛け金が下りていました。このトリックは使えません」

言耶はきっぱり否定してから、

「【ハ】は被害者自身に己を殺害させる方法です」

「自殺という意味ではなくて？」

甥に向けていた眼差しを慌てて外した敏之が、怪訝そうな声を出した。

「違います。これは事前に心理的な恐怖を被害者に与えておき、現場となる室内で半狂乱の状態に追い込み、一種の過失死をさせる方法です」

「かなり無理があるでしょう」

「誰にでも有効というよりは、特定の精神状態にある人物に対してのみ、効果を発揮するのだと思います。つまり被害者が条件に合いさえすれば、【イ】の殺人装置より現実的かもしれません」

「うーん……、そういう意味ですか。確かに一理ありますね」

「それと現場になる部屋そのものにも何か因縁がある――といった特殊な背景も、この場合は必要になってきます」

「因縁のある部屋……」

岩男がぽつりと呟いた。

「蔵座敷の二階は、正に当て嵌まるわけです。ただし葦子さんは、そこで狐狗狸さんを行なっていた。赤箱に関しても、恐れるより逆に利用していたくらいです。あの部屋が彼女に心理的な影響を及ぼしたとは、ちょっと考えられません」

「はぁ……」

溜息のような岩男の相槌だった。

「【ニ】は他殺を装おった自殺で、【ホ】は自殺を装おった他殺です。【ニ】の場合は、自殺者が様々な理由で自ら命を絶ったと知られたくないため、色々と策を巡らし他殺に見せ掛けようとする。ところが何らかのミスがあり、現場に誰も出入りできない状況が作られた結果、密室殺人に見えてしまう。【ホ】は説明するまでもないでしょう。殺人を事故や自殺に見せ掛けることができれば、犯人には何の不安も残らないのですから」

岩男が弱々しい声音で、

「他殺を装おった自殺をする動機が、葦子にあったのでしょうか……」

「でも、その場合は犯人が逃げたと見做されるはずの出口を、葦子さんがうっかり施錠してしまった、という状況があったことになります」

「蔵座敷には当て嵌まりませんね」

敏之が即座に否定した。

「反対の自殺を装おった他殺と考えるには、現場が余りにも乱れています。また遺書や動機など、犯人が用意しておくはずの自殺を示唆する要素が、ほとんどありません」

「センセイ、あんたの話は、どうもややこしくていけねぇ」

徹太郎が眉間に皺を寄せながらも、驚くべきことを口にした。

「けど俺には、何となく真相が見えてきたような気もする」

「えっ？　ほ、本当ですか」

言耶は思わず身を乗り出したが、岩男や敏之たちには全く期待していない雰囲気があった。

「やっぱり自殺じゃないか。けど、それが普通ではなかった。センセイの説明にあった、被害者自身に己を殺させるってやつと、他殺を装おった自殺ってやつが交じり合ったようなさ、そんな感じに思えるんだけどな」

「動機は何です？」

「さぁ……。ただ、あのとき蔵座敷の前の廊下で、あの女はきっと何かを見たんだ。それが引き金となって蔵に籠り、半狂乱になって二階で暴れた挙げ句、小刀を自分の腹に突き刺したのさ」

「しかし義兄さん、いきなり自殺までしてしまうほどの動機など、そうあるものじゃありませんよ」

やんわりとだが岩男が反論すると、あっさり徹太郎は黙ってしまった。

「川村さんのご意見は、取り敢えず保留にしておきます。土扉を閉めて掛け金を下ろしたのは、葦子さん自身ですからね」

「しかし、刀城先生……」

「いえ、何も自殺と決まったわけではありません。ただ、葦子さんが思わず蔵座敷に籠りたくなった出来事が、あのとき廊下か応接間で起こったのかもしれない。その状況を犯人が利用したとしたら――」

合点がいったらしい敏之が、

「つまり川村君の意見の、前半分は正解の可能性があるということですか。ただし自殺するまでには至らなかった」

「そうです」

「なるほど。なかなか興味深いですね。しかし、それでは依然として密室の謎が残りますよ」

「はい。ということで続けます。最後の【ヘ】は人間以外の犯人です」

「何ですって？」

素っ頓狂な声を敏之が上げた。だが、他の者も目を丸くして驚いている。

「この場合の現場は、【ロ】の室外からの遠隔殺人に通じる準密室が多いです。人間の出入りは不可能ながら、動物や他のものなら容易《たやす》く侵入できる、そんな隙間があるわけです」

「動物が犯人というのは、一種の事故ですか」

怪訝そうに敏之が質問した。

「そういう例もありますし、ちゃんと人間の犯人がいて、動物を利用する場合もあります」

「それなら、まぁ分かりますが……他のものというのは？」

「密室と化した室内で、被害者が火縄銃で撃たれていた。凶器は現場にあったが、犯人の姿がない。被害者と火縄銃の間に距離があり過ぎるため、自殺では絶対に有り得ない」

「他のものが犯人なんですか」

にっこりと言耶が微笑む。

「何です、それは？」

「太陽です」

「えっ……。そんな、カミュじゃないんですから」

「いえ。太陽が犯人というのは、別に哲学的な意味ではなく、極めて物理的な理由です。室内にはフラスコがあって、そこに太陽の光が当たって銃の火縄の部分に焦点を結んだため、やがて火が付いて弾が発射された、言わば事故だったわけです」

「うーむ……。しかし探偵作家という人種は、よくもまぁ次から次へと、こんな変なことばかりを考え付きますね」

感心するというよりは、ほとんど呆れている敏之の口調である。

「では、次の（2）犯行時、室内に犯人と被害者がいたもの。これに進みたいと思います」

ところが、言耶は一向に気にした風もなく、密室の分類を続けた。

「（2）は【イ】から【ホ】の項目に分かれます。まず【イ】は扉や窓などに仕掛けを施すトリック。犯人が室外に出た後、何らかの方法で室内側から施錠するという方法ですね。小項目の中で【イ】の作例が一番多いことからも分かるように、探偵小説で密室と言えば、真っ先に検討されるトリックかもしれません」

「今回の場合、その問題よりも先に、どうやって犯人は蔵座敷の中に入ったのか、という大きな謎があるのではないですか」

敏之の指摘に、言耶は頷きつつ、

「だからこそ（1）犯行時、室内に被害者だけがおり、犯人はいなかったもの。この分類に当て嵌めて検討することが、最も相応しいように思えたわけですが――」

「それは、ほとんど全て否定されてしまった」

「はい。現場の蔵座敷が、余りにも強固な密室だったからです」

「そこに犯人が、一体どのようにして入ることができます？」

「入るのは、極めて簡単です」

「まさか……」

「狐狗狸さんを終えた葦子さんが、土扉から出て来るのを廊下で待って、何らかの理由を付けて再び蔵座敷の中へ戻れば済むのですから」

「しかし──」

岩男が何か言い掛けるのを、言耶は片手を上げて制すると、

「もちろん、いつ葦子さんが出て来るのか、誰にも分かりません。ですから僕は、彼女が蔵座敷から姿を現したところへ、偶々犯人が通り掛かったのではないかと思っています」

「偶然に……」

「葦子さんが蔵座敷に入ったのは六時半です。夕食は七時にはじまったので、もし狐狗狸さんを終えたのが七時前の場合、食堂にいた人たちには少し犯行は難しいかもしれない。余り時間の余裕がありませんからね」

そのとき食堂にはいなかった芝竹染と園田泰史の顔が強張《こわば》った。

「でも、狐狗狸さんを終えたのが七時半以降の場合、ご主人の猪丸氏を除く全員が席を立っていたので、容疑者の範囲は一気に広がります」

ここで小松納敏之と川村徹太郎、そして巌が不安そうな表情を浮かべた。

「ただし、死亡推定時刻は八時半までです。狐狗狸さんが八時に終わったとしたら、全員に犯行の機会があったことになる」

「しかし刀城さん、最も可能性が高いのは、七時前じゃないですか」

敏之が意見を述べた。

「狐狗狸さんに掛かる時間を考えると、三十分くらいがちょうどでしょう」

「そうだよ。一時間も一時間半も、やっていたとは思えないね」

すぐ徹太郎が賛同する。

「確かに通常の狐狗狸さんであれば、そうでしょうが——あのときは色々と問題のある赤箱についての特別な御伺いだった。しかも当の葦子さん自身にも、妙な素振りが窺えた。時間が掛かってもおかしくない状況だったのかもしれません」

「だとしたら、平仮名の書かれた藁半紙が、もっと何枚も見付かってるはずではないでしょうか」

「それは一理あります。ただし、犯人が狐狗狸さんの時間を錯誤させるために、ほとんどの藁半紙を持ち去った可能性も否定できません」

「し、しかし——」

尚も敏之が七時前犯行説を主張しようとしたが、やんわりと岩男が割って入ると、

「いずれにしても犯人は、蔵座敷から出て来た葦子を見た瞬間、その機会を利用しようと考えたわけですね」

「はい。第三者に見られる前に二人で蔵座敷に入り、一緒に二階へ上がると、そこで

犯行に及んだ」

「そうなると先生、犯人は土扉から逃げるしかありませんよね。でも、あの扉の掛け金を外側から下ろすことなど、絶対にできないでしょう」

岩男の言葉に、全員が首を縦に振っている。

「とても基本的なトリックとして、針と糸を使う方法があります。特に今回のような掛け金の場合、施錠の仕組みが単純ですから、扉の鍵穴や上下の隙間を使って、糸を結び付けた針やピンセットで、外側から鍵を下ろすことは可能です」

具体的なトリックを三つほど紹介すると、皆は素直に感嘆の声を上げた。だが、すぐに敏之が首を振りながら、

「あの分厚くて、何処にも隙間のない土扉では、そんな仕掛けは通用しませんよね」

「ああいう外開きの扉の場合――土扉と同じく向かって左手に室内側の鍵があり、右手に蝶番があったとしますと――予《あらかじ》め蝶番を外しておいて、室内で鍵を掛けた後、扉の左側を開けずに、右側から外に出るトリックもあるのですが――」

「センセイ、あの蝶番を外すだけで、優に一時間は掛かったじゃないか」

呆れたと言わんばかりに徹太郎が突っ込む。

「そうなると逆に、あの土扉でなければ成立しないトリックを、我々は考えるべきかもしれません」

「あるのか、そんなものが」

「土扉の掛け金は普段、室内側から見て右手の壁に、ほぼ垂直に立っています。正確には、やや右寄りに傾いている」

「不用意に掛け金が下りてしまわないよう、そういう造りになっていると思います」

岩男が補足説明をした。

「それを左寄りに傾けるのです。掛け金そのものの重みで下がらない程度に、しかし可能な限り左に傾ける。そんな準備をしてから、そっと廊下に出て、勢い良く土扉を閉める。あれほど重厚な扉です。思いっ切り閉めれば、その衝撃が周囲に伝わり、中途半端に傾いていた掛け金が一気に下りる」

全員が黙ったままだった。極めて現実的であるだけでなく、誰にでも実行が可能な方法を提示されたため、一様に衝撃を受けたらしい。

「そんなに簡単な方法があったとは……」

まず口を開いたのは敏之だった。

「殺人装置や動物犯人と違って、こりゃ如何にも本物そうじゃないか」

徹太郎も素直に感嘆している。

「ただ——」

と言耶が遮った。

「このトリックを使った場合、ある程度の物音がすると思うんです」

「あっ……」

敏之と徹太郎が同時に小さく叫んだ。

「犯行時間がいつであれ、応接間と食堂には必ず誰かがいました。勢い良く土扉を閉めた場合、前の廊下に反響して、どちらの部屋にも音が聞こえたはずです」

岩男が首を傾げつつ、二人の義兄に確認を求めるように、

「そんな物音は、一向に聞こえませんでしたよね」

「ええ。しませんでした」

「ああ。聞こえなかったな」

「ということは、刀城先生――」

「残念ながら――と言うべきか分かりませんが、このトリックは使われていません」

全員が大きく溜息を吐く中、言耶は何事もなかったように、

「一階と二階の窓については、検討する余地はないと思います。どちらも内側から掛け金が下りていたうえに、鉄格子まで嵌まっているのですから。扉と窓の他にも家屋の様々な部分に仕掛けるトリックが、この【イ】の項目では考案されています。が、蔵座敷には使えないものばかりです」

「強固な金庫のようですね。あの蔵座敷は……」

途方に暮れた岩男の物言いに、言耶は少しだけ微笑み掛けると、そのまま説明を続けた。

「次の【ロ】は、実際より後に犯行があったと見せ掛けるトリック。つまり本当の犯行時には、現場は密室でも何でもない状況なんです。密室と化した後で、さも被害者がまだ生きているように見せ掛けることができれば、密室殺人となります。このトリックは被害者のものと思われる話し声や動き回る物音を第三者に聞かせたり、その姿や影を目撃させることによって成立するわけですが――」

「蔵座敷は彼女が入ってから、岩男さんと刀城さんが中に入るまで、ずっと密室だったことは間違いないでしょう」

「仰る通りです。【ハ】は逆に、実際より前に犯行があったと見せ掛けるトリック。最も基本的な方法は、前もって被害者に睡眠薬を飲ませておき、扉を叩いても返事がないので、何かあったのかもしれないと扉を破り、室内に入ったところで実際に殺害するというもの。早業殺人です。これには発見者が犯人という隠れ蓑まであります」

皆の視線が一斉に、さっと岩男に向けられた。

「い、いや……あのときは、せ、先生――」

「蔵座敷の中に入ってから、僕と猪丸氏は常に一緒でした。二階に上がったのも、遺体の側に近寄ったのも、僕が先です。よって彼に早業殺人ができたはずがありません」

　岩男が安堵するのと同時に、一瞬で張り詰めた皆の緊張が途端に弛緩《しかん》した。

「【二】は項目そのものが、一つの代表的なトリックになっています。これは犯行を終えた犯人が扉の陰や他の場所、つまり室内に隠れていて、扉を破って第三者が部屋に入るのと入れ代わるように、または室内から発見者がいなくなってから、外へと逃げる方法です」

「蔵座敷には当て嵌まりませんね」

「廊下側の土扉の前には、あなたと川村氏がおられた。蔵座敷の一階も二階も、僕と猪丸氏で充分に検めたうえで外へと出ました」

「その間、誰も土扉からは出て来ていません」

　敏之の言葉に、頷きながらも徹太郎は何か言いたそうにしている。

「後は警察が到着するまで、ずっと我々は蔵座敷の前にいました」

「センセイ、その時点では容疑者全員が蔵の外にいたんだから、そんなトリックは誰も使えなかったに決まってるじゃないか」

「はい、ご指摘の通りです。最後の【ホ】は列車や船の密室について言及していますが、これはトリックの検討というより、密室現場の特異性に関する項目ですので割愛します」

「それで（2）は終わりですか」

「ええ、残るのは（3）犯行時、室内に犯人も被害者もいなかったもの。これは現場となる部屋の外で被害者を殺害しておき、後から運び込むという方法が、まず一つあります。ただし、ほとんど作例がありません」

「そうでしょうねぇ」

敏之が少し考える素振りを見せてから、

「二度手間もいいところじゃないですか。屍体を移動させなければならないうえ、現場に見せ掛けたい部屋を密室にする必要もあるんですから」

「それと多くの場合に言えるのは、屍体の移動により犯行現場を誤認させるため、犯人の現場不在証明《アリバイ》が成立することです。つまり、わざわざ密室を作る必要がなくなるのです」

「あっ、なるほど」

「（3）のもう一つの例は、室外で襲われた被害者が自ら部屋の中に入り、自分で施錠をするというものです。この場合、被害者の動機として二つのことが考えられます。一つ目は犯人から逃げるため。二つ目は犯人を庇うため」

「犯人から逃げようとして、咄嗟に部屋の中に飛び込み、慌てて鍵を掛けるという被害者の心理は分かりますが、犯人を庇うためというのは？」

「これには被害者と犯人の間に、何か特別な人間関係が存在する場合が多いです。犯人は被害者を亡き者にしようと思ったのに対して、被害者は犯人を庇おうと決心するくらいですから」

「そうですね。ただ彼女に限って言えば、特別な人間関係どころか普通の家族としての繋がりさえ、誰とも築けていなかったと思いますよ」

「ああ、ないない。絶対にない」

完全に否定する二人の義兄を、岩男が複雑な表情で見詰めている。だが、否定まではしない。

言耶は巌と染と泰史の反応も窺ったが、誰もが敏之の意見に納得しているように見える。

敏之が難しい表情を浮かべながら、

「刀城さんは最初に、（1）から（3）まで密室を分類された。そして三つの項目の何れかに、必ず蔵座敷の密室が当て嵌まると仰った」

「はい。合理的な解釈の範囲内であれば――」

「ところが今、三つとも否定されてしまったのではないですか。まさか、これから非現実的な解釈をなさるおつもりじゃないでしょうね」

「それは、まだ早いと思います」

言耶の返答が完全に否定したものではなかったためか、敏之は不審そうな眼差しを向けたが、気を取り直したように、

「では、どうなさるのですか」

「密室の謎に歯が立たない以上、他の要素から攻める必要があります」

「何です、それは？」

「葦子さんに関する不可解な点、その全てです」

「ちょっと待ってくれ」

二人の話に徹太郎が割って入った。

「そもそも密室の話は、蔵座敷の状況から自殺しか有り得ないんじゃないかと俺が言ったことに対して、センセイが異を唱えてはじめたものだろ」

「ええ」

「その結果、どの例にも当て嵌まらないと分かったんだから、やっぱり自殺だったという結論になるのが、筋ってもんじゃないのか」

「ちゃんと覚えてらした？」

「おい、俺を莫迦にしてんのか」

「いえ、とんでもない。ただ、できればこのまま何事もなかったように、蔵座敷殺人事件の検討を続けようと思っていたのですが――」

徹太郎は繁々と言耶の顔を眺めながら、

「センセイ、あんた変わってるよ」

「はぁ、よく言われます」

「でもな、不思議と腹が立たないんだよなぁ」

「あっ、そうですか。一部のというか、約一名の編集者には、とてもよく怒られています」

「へぇー、そいつ自身が、かなり変わってるんじゃないのか」

「さぁ、どうでしょう……」

「何の話ですか」

痺れを切らした敏之が口を挟むと、それを受けるように岩男が、

「刀城先生、これまでと同じ調子で、葦子の死の謎についてご検討を願えませんか」

第十一章　自殺か他殺か

「改めて葦子さんの死を考えるに当たって、まず決めておきたいことがあります」

刀城言耶は仕切り直すように、

「それは現場の状況や不審な点について考察する際、自殺だとすると如何なる意味があるのか、他殺だとすると如何なる解釈ができるのか——この二つの観点から常に見るということです」

真面目な口調で述べると、皆が一様に頷いた。徹太郎でさえ神妙な面持ちである。

「あの日の夕方、応接間に彼女が見えて、今から狐狗狸さんを行ないますと言われたわけですが、これは前から決めてあったことですか」

すぐに岩男が、

「刀城先生がお見えになる少し前に、葦子には話しました。そのとき、良い機会なので赤箱の扱いについて狐狗狸さんに御伺いを立て、その結果を探偵としてもご活躍されている先生にも聞いて貰い、相談に乗って頂こう——と、まぁ勝手に決めてしまったわけです」

「葦子さんは、何と言われました?」

「賛成も反対も、特に口にはしませんでした。黙って頷いただけです」

「不自然な点はなかった?」

「あれは自分から話し出すと、それも極めて特定の話についてはお喋りになりますが、普段は無口ですので……。別に気にはなりませんでした」

「その問題の赤箱についてですが――」

言耶が何を言おうとしているのか、すぐ岩男には分かったのだろう。彼の顔色が瞬時に変わった。

「被害者が意味ありげに抱えていたので、警察は箱の中を調べたそうです」

悲鳴とも付かぬ息を呑む気配が、一斉に応接間に満ちる。

「一応ちゃんと秘密箱を開ける手順に則《のっと》って、つまり仕掛けを解いて開いたらしいのですが……」

「な、何が入っていたんです？」

皆を代表するように敏之が尋ねる。

「箱の内側は朱色に塗られていて、四つの小さな黒い塊が見付かりました」

「…………」

「それは干涸《ひから》びた、何かの肉片のように見えたのですが、警察が調べたところ、どうも切り取られた女性の子宮らしいと……」

「まさか……」

絶句した敏之をはじめ、皆が驚愕の表情を浮かべると共に、顔を顰《しか》めて気分が悪そうにしている。

「ただし、十年や二十年前のものではありません。もっと昔の……仮に殺人事件の被害者の遺体の一部だったとしても、もう疾っくに時効になっている時代のものらしいです」

「そ、そうは言っても、女性の切り取られた子宮なんでしょう？」

「はい。それも四人分です」

「祟るわけや……」

呟いただけの染の声が、応接間に谺《こだま》した。

「よって警察は、今回の事件と赤箱の間には何の関係もないと、そう結論を出しました」

言耶は話を元に戻そうと、わざと淡々とした口調で続けた。

「葦子さんは、赤箱に関する狐狗狸さんの御伺いの件を話されたとき、丸テーブルを新しい机に代えたいと仰ったんですか」

「えっ……ええ、そうです。一本脚がぐらついているからと」

改めて皆と同じように衝撃を受けていたらしい岩男が、慌てて答えた。

「警察の捜査が終わった後、僕は丸テーブルを確認したのですが、そんな感じは何処にもありませんでした」

「なんですって？」

岩男が驚きの声を上げた。大袈裟過ぎる反応に見えたが、葦子から直に頼まれたことを考えると、自然かもしれない。

「不具合はなかったと仰る？」

「はい。あのテーブルは倒されていました。その衝撃で板と脚の接合部分がおかしくなっても、決して不思議ではない。にも拘らず何でもなかったということは、倒れる前から普通の状態だったのだと分かります」

「では葦子は一体、何のために……」

「これから狐狗狸さんを行なうのに、あの丸テーブルでは不都合があった――」

「それはおかしいでしょう」

敏之が異を唱えた。

「それまで散々あのテーブルでやっているのに、今になって代える必要はないはずです」

「赤箱が関わったから……じゃないのか」

徹太郎が指摘すると、敏之は首を振りつつ、

「彼女がはじめて狐狗狸さんをしたとき、私と川村君で考えた質問の中にも、あの箱に関する項目がありましたよ」

「……確かにな。けど、あれは俺たちが用意した質問で、あの女はどうしようもなかった。今度は自分の意思で尋ねないといけないし、御伺いを立てるのも赤箱のことだ

けだったからな」

「特別に注意する必要があった……と？」

二人を交互に見ながら言耶が、

「しかし葦子さんは結局、机を代えることなく狐狗狸さんを行なっています」

「おっ、そうだった。ところでセンセイ、この机の件は自殺と他殺、どちらの手掛かりになるんで？」

「どちらにも関係がありそうで、また、どちらとも無関係かもしれない」

「頼りないなぁ」

「机の件は、実はこの後すぐに絡みます。なので先に進みたいと思います」

「分かった。そうしてくれ」

「倉庫蔵で新しい机を見繕《みつくろ》った我々は、蔵座敷へと向かいました。僕が先頭で、次に机を抱えた猪丸氏と小松納氏、そして蛇の作り物というか被り物を持った川村氏、という順番です。僕だけが少し早く土扉の前に着きました」

言耶は全員の顔を見渡すと、

「このとき葦子さんは、普通の様子だったと思います。普段の彼女を全く知りませんため、確かではありませんが、喜怒哀楽のいずれも示されていない、極めて平常心の状態だったと言えるでしょう」

岩男が補足するように続ける。

「応接間の前の廊下で会ったときも、いつもの葦子でした。それから十数分後、刀城先生は妻を見られたわけですから、先生の見立ては正しいに違いありません」

敏之と徹太郎も同じ意見なのか、特に反論はしてこない。

「このとき月代君が、蔵座敷の中から出て来たわけですが――」

「小さい坊ちゃんは、なーんも悪うないです」

月代の名前が出た途端、染が口を開いた。

「もちろんです。ただ、あのときの葦子さんと全員の言動を――」

「月代坊ちゃんは、優しい子ぉなんです。せやから新しいお義母さんが独りでいるのを見て、なんとのう側に寄ってるうちに、気が付けばすっかり狐狗狸さんを手伝わされるようになって……」

「そのお手伝いについて――」

「儂《わし》が付いていながらまぁ……由子奥様に何とお詫びして良いものやら……」

「あのうー、芝竹さん？」

「何でございましょう？　染で結構です」

「あっ、それでは染さん。あのとき月代君は蔵座敷の中で、何をしていたのですか」

「そんなもん、お義母さんを待ってたに決まってるやないですか。それがなかなか帰って来いひんもんやから、厠に行きとうなって、それで蔵から出たんです」

「そこを僕が見たわけですね。あのとき葦子さんは月代君に向かって、『狐狗狸さんをはじめます。あの箱の――』と話し掛けていました。でも彼は厠に行こうとしていたので、そのまま廊下に出た。彼女は月代君を追って振り返ったところで、いきなり絶句した――というのが、あの数秒間の状況ではなかったかと思います」

「あの顔が……、今でも忘れられません」

ぽつりと岩男が呟いた。

「凍り付いた顔……というのは、正にああいった表情を言うんでしょうね」

敏之が同調すると、徹太郎が少し躊躇《ためら》いながらも、

「正直に言うとな、あの女の顔を見た瞬間、俺はちびりそうになったよ」

「巌君は、どんな風に見えたかな？」

言耶が優しく尋ねると、少年は凝っと考え込んでから、

「この世の終わりのような……、そんな顔に見えました」

「染さんと園田氏も、応接間にいらしたわけですが、葦子さんの表情には気付かれましたか」

「ありゃね先生、この世の終わりやのうて、この世の者《もん》ではない顔付きでしたわ」

染が答えるのを待ってから、泰史は控え目ながらとても困惑した口調で、

「実は――私が奥様をまともに拝見したのは、あのときが最初と申しますか……。ただ、何かに酷く驚かれたらしいのは、まず間違いないと思います」

「お恥ずかしい」

岩男が頭を下げながら、

「葦子は他人《ひと》との付き合いが苦手だったものですから、店の者にも挨拶をさせず終《じま》いでして――」

「いえ、色々と事情がおありだったのですから。それよりも肝心なのは、ほぼ初対面と言える園田氏も皆さんと同じように、ただならぬ表情を葦子さんが浮かべていたと証言したことです」

「つまり……、それは……」

岩男が恐る恐る尋ねる。

「自殺であれ他殺であれ、あの一瞬に動機が生まれた――と僕は思います」

しーんと応接間が静まり返った。

葦子の凍り付いた表情を全員が思い出したところで、あの顔に恐ろしい意味があったと教えられ、誰もが震え上がってしまったらしい。

「幸いにもと言うべきでしょうね」

そんな皆の様子を言耶は観察しながら、

「あのとき葦子さんが目にした光景と、ほぼ同じものを僕も見たことになります」

「確かに刀城さんは、すぐ振り返りましたね」

「そう言えば……、センセイも驚いたような顔をしていたな」

「葦子さんの異様な表情を目の当たりにして、咄嗟に振り向きましたので、きっと僕の顔も普通ではなかったのでしょう」

「何をご覧になりました？」

岩男の問い掛けに、皆が言耶を凝視する。

「あのとき特別なものが見えたとは、どうしても思えません。ということは、僕には全く意味をなさない眺めが、葦子さんにとっては途轍も無い衝撃を受けるほどの光景だった、と考えても良いのではないでしょうか」

「その推理には説得力がありますね」

言葉に出して賛同したのは敏之だけだったが、全員が言耶の解釈を受け入れているのが分かった。

「それも、あのとき蔵座敷の前の廊下と応接間にいた誰かの表情や仕草などの身体的な動きか、または何か物品に対して彼女は反応した、と見るべきでしょうね」

「なるほど。それで刀城さんには、何が見えたんですか」

「振り返ると、まず猪丸氏とあなたが、倉庫蔵から運び出した机を廊下に下ろして佇んでいました。猪丸氏は恐らく葦子さんの顔付きを目にされたんでしょう。どうしたんだ？　という少し驚いた表情をされていた。一方の小松納氏も彼女の変化に気付いたようでしたが、顔に浮かんでいたのは不審そうな感じです。つまりお二人とも、極めて自然な反応を示されていたように思います」

「そう言って頂けると、私も岩男さんもほっとしますが……」

「例の机は、一本脚の丸テーブルに比べると四本脚のどっしりとした重厚なもので、座机という大きな違いがあります。それと脚の部分に鳥獣人物戯画を真似たような、兎や蛙などの生き物が彫られているのも、丸テーブルにはなかった特徴です」

「岩男さん、彼女があの机を目にするのは、はじめてですよね」

ふと思い付いたように敏之が質問すると、少し考えてから岩男が頷いた。

「机を手掛かりの一つとしましょう」

そう言ってから言耶は、徐《おもむろ》に徹太郎に視線を向けると、

「お二人の後ろには、あなたがおられた。にやにやと笑ってらした。正直なところ余り気持ちの良い笑顔ではありませんでしたが――」

「はっきり言うなぁ、センセイ。まぁ、それが当たりだってことは、俺も認めるけどな」

「そして見世物小屋で使う、蜷局《とぐろ》を巻いた大きな蛇の作り物を持っていました」

「ああ。ところで、改めて思ったんだけどな」

「何でしょう？」

「やっぱりあの女は、あのとき自分の恥ずべき過去を思い出したんじゃないのか」

「見世物小屋で働いていたという？」

「そうだ。あの机の脚の彫物には、蛙や蛇などの爬虫類が多くあった。それと蛇の作り物を目にした途端、過去の記憶が蘇ったんだよ。一部の如何わしい見世物小屋では、その手の生き物はよく扱うからな。だから恥ずかしくなって、思わず蔵座敷に逃げ込んだわけだ」

「有り得ない話ではないですね」

「えっ……。刀城先生、そんな――」

抗議し掛ける岩男に、優しい口調で言耶は、

「葦子さんの過去は、一切が不明なわけです。それも本人が話さないというより、どうも記憶を失っている節がある。猪丸氏や巌君に伺った話から、僕にはそう思えてなりません」

「猫を被っておったんです」

染が目の前の机に目を落としながら、身じろぎもせずに呟いた。

「それも化猫の皮を……、魔性の者《もん》の皮を……」

岩男が窘《たしな》めるように彼女を呼んだが、本人は凝っと机を見詰めたまま顔を上げようとしない。

「葦子さんに記憶があったのかなかったのか。今ここで議論しても分かるはずがありません」

言耶は染と岩男の二人を見ながら、

「ただ、あのとき彼女は何かを思い出した、あるいは気付いた、と考えることは有効だと思いますので、このまま続けます」

「で、センセイ、蛇の作り物も手掛かりの一つになるのかい？」

横から尋ねられたので言耶が頷くと、徹太郎は嬉しそうに笑った。

「廊下にいたのは、今の三人だけです。川村氏の後ろでは、応接間の開いた襖の陰から、こちらを見詰めている巌君の顔が覗いていた。好奇心と不安感の交ざり合ったような表情でしたが――」

言耶は微笑みながら、巌に視線を向けると、

「どうして君は、あそこにいたのかな？」

「お、お義母さんが、特別な狐狗狸さんをするって聞いたので……お父さんから聞いたので、それで僕は……」

「見てみたくなった？」

「はい……」

「でも、土扉から蔵座敷の中に入るお義母さんを目にしても、余り面白くはないよね」

「…………」

俯く巌に対して、相変わらず言耶は微笑み掛けている。そこに岩男が怪訝そうに、

「どういう意味です、先生？」

「もしかすると巌君は、お義母さんが蔵座敷の中に入るのを確認してから、中の庭の樫の木に登ったんじゃないのかな？」

はっと巌が身体を強張らせた。

「ほ、本当なのか……」

岩男が慌てて確認すると、当人がこくりと首を縦に振ってから、

「特別な狐狗狸さんを見たくって……、それで樫の木に登りました」

「お前……、そんなこと警察には一言も……」

「ごめんなさい」

項垂《うなだ》れた巌を庇うように、言耶が言った。

「しかし、二階の窓は開いていなかった、そうじゃないのかい？」

「は、はい……」

「狐狗狸さんをするとき、いつも二階の窓はどうだった？」

「開いていました」

「ところが、あの日に限って閉じられていた」

「どういうことでしょうね」

ずっと甥を見詰めていた敏之が、言耶の方を向いて首を傾げた。

「一階の窓は、普段から閉め切られていたのでしょうか」

言耶が岩男に尋ねると、

「由子が——二番目の妻ですが、蔵座敷を使っていた頃は、普通の部屋と同じように開け閉めしていました。それが今の葦子になると、ほとんど一階は使用していなかったので、窓も閉められたままだったと思います」

「土扉を閉めて掛け金を下ろしたのは、葦子さんでした。その後すぐに巌君は中の庭の樫の木に登ったわけですから、二階の窓を閉めたのも彼女ということになりますね」

「その訳は、特別な狐狗狸さんを執り行なうためにでしょうか」

「大きな理由はそう考えられますが、今は葦子さんの取った行動の一つとして、取り敢えず把握するに留めておきましょう」

「分かりました」

「続けます。巌君の後ろには、つまり応接間の中には染さんがいて、机の上の湯飲みなどの片付けをされていました」

「さようです」

染が律儀に答える。

「あのとき染さんは、何かに気付かれませんでしたか。どんな些細なことでも結構なんですが」

「さぁ……、そない仰られても……いつものように台所に食器を下げようとしただけで……」

「蔵座敷の方はご覧になりましたか」

「はい。旦那様方が机を運んでらっしゃるんは、見るともなしに見ておりました」

「葦子さんはどうです？」

「土扉の前に立っとられましたな」

「僕が来る前からですね」

「ええ、そうです」

「そのとき、彼女に何か変化はありましたか」

「別になかった思います。いつものように、ぼうっとしてるだけで――」

「誰も彼女に近付かなかった？」

「ええ、独りでした。それに先生が、すぐ見えられましたからなぁ」

「あっ、なるほど。分かりました。ありがとうございます」

言耶は染に頭を下げると、

「その染さんに話し掛けていたのが、やはり応接間にいた園田氏でした」

「私は――」

泰史は少し話し難そうな様子だったが、岩男が促すように軽く頷いたためか、訥々《とつとつ》とした口調で、

「あのとき染さんに、お願いをしておりました」

「どんなことでしょうか。差し支えなければ教えて貰えませんか」

「そのうー、染さんがお店の方に顔を出して、色々と口出しすることについて……です」

「猪丸質店のことを思うてやないですか。それの何処が悪いんや」

途端に染が嚙み付いたので、泰史はたじたじとなっている。

それを見た岩男が仕方なくといった感じで、

「染さんの気持ちは有り難いけど、店のことは園田君に任せているので、まぁ彼の言うことを聞いて貰って――」

染の行動の根底には月代の跡取り問題が絡んでいる。そのことは言耶にも察しが付いた。だから余計に話が紛糾するのだろう。

「分かった。この話は日を改めて、別の機会にしよう。今はそれどころじゃないだろ」

「けど、旦那様――」

更に敏之と徹太郎も加わって、しばらくは事件そっちのけの話が続いた。

遂に岩男が怒り出し、ようやく休戦となったほどである。

「刀城先生、何ともお恥ずかしい限りで……誠に申し訳ございません」

「いえ、そんな……。僕が勝手にお邪魔をして、またお話をしているわけですから、どうぞお気になさらないで下さい」

岩男に頭を下げられ、逆に言耶の方が恐縮してしまった。

「それで刀城さん、どうして彼女は凍り付いたような顔をしたのか――は、結局は分からず終いということになりますか」

敏之が本来の話へと戻した。

「残念ながら今のところ、葦子さんが目にした光景の中に、これといって強く引っ掛かるものがありません。ただ、染さんから聞いた月代君の証言では、葦子さんと土扉のところで擦れ違ったとき、彼女は『あの箱を開ける』とか『開けなければ』とか、そんな意味のことを呟いています」

「そ、そうでした」

言耶に言われて思い出したのか、敏之が興奮している。

「その直後、葦子さんは皆さんの方を向き、あの凍り付いた表情をしたわけです。そこから彼女が土扉の向こうに姿を消すまでの間に、僕は別の呟き声を聞いているのですが――」

「確か……『早く狐狗狸さんをはじめなければ』でしたか」

言耶から聞いた言葉を思い出すように、岩男が口にした。

「あのとき蔵座敷の前の廊下で、葦子さんが物凄い衝撃を受けたのは、最早ほとんど事実として認めても良いでしょう」

皆が一様に頷く。

「その直前に、彼女は赤箱を開けるような台詞を吐き、今度は直後に、予定通り狐狗狸さんを行なう意思を示した」

「何かに衝撃を受けながらも、赤箱と狐狗狸さんに関しては、そのままだったということですか」

「妙ですよね」

「前後の彼女の呟きからは、大した衝撃を受けていないように感じられます」

「しかし、そうでないことは、あの凍り付いた顔を見ている我々には、よく分かっている……」

「演技だったとはとても思えませんし、そうする理由もないでしょう」

「あの箱に憑かれたんですわ」

ぼそっと染が口を開いた。

「人が関わってはいかんもんやのに、選りに選って奥様は、あれを狐狗狸さんの道具に使うた。せやから箱に憑かれたんですわ」

「憑かれた所為で、どうなったんです？」

言耶が尋ねると、染は何を分かり切ったことを訊くのかという表情で、

「そら先生、箱を開けろ……と、箱そのもんに唆《そそのか》されたんに決まってますがな」

「だから、そんな独り言を呟いた……」

「けど、狐狗狸さんをせんといかんいう意識は、まだ残ってましたんやろうなぁ」

「それが、もう一つの呟きとなった……」

「筋は通りますね」

敏之の言葉に、徹太郎が呆れたように、

「小松納さん、あんた箱の祟りを信じるのか」

「いえ、彼女自身が箱の祟りという迷信に罹《かか》ったんです。自己暗示ですよ」

「だとすると、やっぱり自殺じゃないか。そんな不安定な精神状態のときに、物凄い衝撃を受けたわけだからな」

「それはどうでしょう？」

言耶が否定的な口調で、

「まず赤箱を開けようという意思があった。次いで途轍も無い衝撃を受けた。それから狐狗狸さんを行なう意思を示した。という流れを見る限り、葦子さんが受けた衝撃とは、赤箱や狐狗狸さんに関わる何か、それほど無関係ではない何かということにならないでしょうか」

「なるほど」

敏之はすぐに意味が分かったらしい。

「二つの意思が断ち切られず、連続していることから、そう推理されたわけですね」

「そうすると、どうしても自殺という解釈からは遠退いていきます」

「まぁなぁ……」

不承々々ながら徹太郎が相槌を打つ。

「とはいえ、葦子さんが受けた衝撃とは何か、それを判明させない限り、これ以上の解釈は無意味なわけですが――」

「いや、センセイの言いたいことは分かったから、先を続けてくれよ」

「では、蔵座敷の内部について見ていきます」

言耶は断わると、

「一階と二階の廊下、それに階段に関して不自然な点はありませんでした。一階の座敷も、人が出入りした痕跡はあったそうですが、争いがあったとか、部屋中を動き回ったとか、そういう事実はないそうです」

「現場は二階というわけですか」

念のためという風に敏之が確認する。

「二階の座敷は、丸テーブルと二脚の椅子と小さな台が倒れ、自動筆記板が裏返り、藁半紙が辺り一面に散らばっていました」

「警察は被害者と犯人が争ったとは見ずに、彼女が錯乱した結果だと判断した。そうでしたね」

「その考えには、実は一理あると思います」

「どうしてです?」

「余りにも現場が乱れ過ぎていたからです。全てのものが倒れてひっくり返っている。この眺めが逆に不自然さを喚起するんですよ」

「作為を感じると?」

「なら、さっきのセンセイの話にも出てきた、密室内の偽装自殺じゃないのか」

　徹太郎が勢い込む。

「もしくは、犯人の偽装です」

「えっ……」

「葦子さんは、正面から腹部を刺されていました。つまり犯人は、顔見知りの可能性が高い。それを誤魔化すために、わざと現場を乱した」

「いずれにしろ争いの跡は、信用できる手掛かりにはならないということですか」

「目にしたままを信じるのは、ちょっと危険かもしれません。確かなのは葦子さんが左手で、赤箱をしっかり抱え込んでいたこと。これも犯人の偽装と見做すことはできますが、僕の印象では、あれは彼女自身の意思によると思われます」

「あの箱が、そうさせたんですわ」

　再び染が赤箱の障りについて口にしたが、ほとんど独り言に近い呟きだったので、言耶は聞こえない振りをした。

「凶器の白い小刀は、葦子さんが倒れていた側に落ちており、刃に付着した血糊は数枚の藁半紙で拭き取られていました」

「何のために、そんなことを？」

「黒い小刀がなくなっていた事実から、川村氏は葦子さんがそれで犯人に反撃したのではないか、と仰いましたね」

「おっ、そうだった」

「そのとき、もし犯人が傷を負って、血を流したとしたら──」

「自分の血が付いた黒い小刀の刃を、紙で拭いたんですか！」

敏之が興奮している。

「その場合、拭いた藁半紙は持ち出せば良いわけですが、うっかり現場に残ってしまうかもしれない。既に部屋中に紙が散らかっていたとすると、如何に血糊という目印があるとはいえ、探し出すのは大変です。そこで咄嗟に凶器の刃の血糊も拭き、誤魔化そうとした」

「辻褄は合いますね」

「ところが、紙に付着していた血は全てO型で、彼女の血液型と一致しています。そして関係者の中にO型の人は、一人もいらっしゃいません」

「…………」

「また皆さんを拝見する限り、そういった傷を負っているにも拘らず、無理して隠している方もいないように見受けられます」

「センセイ、あんたは自分の推理を己で否定する趣味でもあるのか」

徹太郎が呆れたように、しかし半ば面白そうに言耶を見ている。

「あっ、いえ……色々と試行錯誤をする癖があるものですから」

「うーむ……」

　敏之が唸りながら、

「確か凶器には、被害者の指紋しか付いていなかったんでしょう？　だから小刀を腹から抜いたのは、彼女自身と警察は見做した。ということは犯人が血を拭き取ったのは、その後になってしまう。余りにも変ですよね」

「かといって葦子さんが、わざわざ拭いたと見るのもおかしい」

「尤もです」

「仮に葦子さんが犯人を庇うために、小刀の柄に付いた指紋を消したかったにしても、刃の血痕を拭う必要は何処にもありません」

「訳が分かりませんね」

「解釈に苦しむものは、他にもあります。狐狗狸さんの御告げが記された――と言っても良いでしょう。二枚の藁半紙です。一枚には『いる』と書かれ、もう一枚には『きず』とありました」

「素直に捉えると、『いる』は存在するという意味の『居る』で、『きず』は怪我を負うという意味の『傷』でしょうか」

「そうですね。『いる』は、弓矢を射る、豆を炒る、刀を鋳るなどもありますが――」

「じゃあ、小刀のことかもしれんぞ。それなら『傷』とも意味が合う」

徹太郎が得意そうな顔をした。

「どうでしょう？　金属を鋳るという意味から小刀を指すというのは、幾ら何でも余りにも回り諄《くど》い説明ですよね」

「文句は狐狗狸さんに言ってくれ」

たちまち徹太郎が剝《む》くれた。

「『きず』は、生のお酢という意味の『生酢』もありますが、まぁ除外して良いでしょう」

「刀城さんは、どう思われます？」

敏之に訊かれ、言耶は何処か遠くを見るような眼差しで、

「最初に二枚の藁半紙を目にしたとき、僕は赤箱に関する質問を狐狗狸さんに行なった答えが、この『いる』と『きず』だと思いました」

「違うんですか」

「もちろん、その可能性は高いです。ただ、もしかすると肝心の質問をはじめる前に、狐狗狸さんが勝手に動き出したのだとしたら……」

「えっ……」

「そして迫り来る危険を、葦子さんに知らせたのだとしたら……」

「つまり……？」

「今、蔵座敷の中には何者かが『いる』状態であり、そいつによって葦子さんは『きず』を負わされるのだと……」

「狐狗狸さんの予言……ですか」

「ええまぁ……」

「おいおい、センセイも小松納さんも一体どうしたんだよ」

慌てた様子で徹太郎が割って入った。

「まるで染の婆さんみたいなこと言って、あんたら大丈夫か」

当の染がいきり立つのを岩男が宥《なだ》めている間、敏之が我に返ったように、

「私としたことが――。いえ、刀城さんの推理が論理的であればあるほど、それが次々と否定されるたびに、どうも人間の理性では割り切れない何かもやっとしたものが、この事件には纏い付いているような気が、恐らく無意識に少しずつ溜まっているのだと思います」

「ああ、あんたの気持ちは分からなくもない」

意外にも徹太郎が同意した。

「上手く言えないけど、薄気味の悪い何かが、あの女の死に漂っていることは間違いないからな」

「ええ。それに残念ながら、彼女が行なった狐狗狸さんに関しては、我々も本物だっ

たと認めざるを得ないでしょうし……。もちろん、だからといって彼女の死が怪異の所為だと、そこまで言うつもりはありませんが……」

「確かにな。あの狐狗狸さんは──」

「説明が付きますよね」

言耶の言葉に、二人が絶句した。

第十二章　狐狗狸さんの秘密

「センセイ、何だって？」

自分の聞き違いではないか、という顔付きを川村徹太郎がしている。

「刀城さんは、彼女の狐狗狸さんがインチキだったと仰るのですか」

そう言った後で、小松納敏之は慌てたように、

「い、いえ、もちろん私も川村君も、自動筆記板が勝手に動くわけがないと思っています。そんな俗信など莫迦々々しいとね。ただ……彼女に対して飽くまでも公平に見た場合、あのとき確かに狐狗狸さんはちゃんと成功したのだと、どうしても認めざる

を得ないんですよ」

「ああ。あれについては俺も、潔《いさぎよ》く負けを認めるしかない」

「葦子さんの狐狗狸さんについて、全てがインチキだと言うつもりはありません」

刀城言耶は二人を交互に見ながら、

「そもそも狐狗狸さんを巡る解釈は、最初にお会いした日に説明したように、色々とあるわけですからね。ただ、猪丸氏と巌君が立ち会い、お二人が実施された狐狗狸さんについては、合理的な解釈も不可能ではない――ということです」

敏之と徹太郎が同時に相手の顔を見て、すぐに言耶に視線を戻した。

「それは是非ともお聞きしたい」

「俺もだ。センセイ、よろしく頼む」

「あのときの状況を、川村君と二人で、念のためにお浚《さら》いしておきましょう」

敏之の提案に、徹太郎が頷く。

「用意したのは、丸テーブル、五脚の椅子、小さな台が三つ、円形の絨毯、『一』から順番に番号を振った二十数枚の藁半紙、鉛筆、細引き、そして自動筆記板です」

「まず部屋の真ん中に絨毯を敷いて、その上に丸テーブルを置き、南の窓側に小松納さんと俺が並んで座ったんだ」

「私が東側で、川村君が西側です。テーブルの真東には押し入れの襖が、真西には違い棚がありますが、その間にそれぞれ椅子を置き、東側は巌君、西側は岩男さんに座って頂きました」

「二人が座った椅子の前と後ろは、人が通れるほどの幅があった」

「ただし、実際に通ると気配で分かることが、事前の実験で判明しています」

「用意周到ですね」

言耶が率直な感想を述べる。

「私の右横には藁半紙を載せた小さな台を、川村君の左横には御告げが書かれた後の紙を重ねておく台を、それぞれ設置しました。テーブルの上には、まず『一』と記された用紙が置かれ、先端に鉛筆を差し込んだ自動筆記板を据えます」

「あの女は、テーブルを挟んで俺たちの正面にいた。でも、あの箱を使いたいと言ったので、女とテーブルの間に台を用意して、赤箱を置いてやったんだ」

「それから川村君が、彼女の手足を細引きで縛りました」

「両手は椅子の後ろで合わせて、両足は別々に椅子の脚に、それぞれ細引きで縛り付けた」

「そこまでの準備をしたうえで、狐狗狸さんをはじめたわけですが――」

「あの板が動いた……」

「もちろん、私は何の力も加えていません」

「俺もそうだ。けど、板が勝手に動いた……」

「自動筆記板が動き出したとき、私はすぐ右手で板の上と周りを探りました。第三者の手が、そこに存在するのではないかと思ったからです。しかし、何もありません。そのうえ彼女の質問する声は、確かに目の前の暗闇から、彼女が椅子に縛り付けられた辺りから、ずっと聞こえていました」

「あの女は動いてない……ってことだな」

「にも拘らず自動筆記板は、ずっと動き続けていたわけです」

「こんな状況なのにセンセイ、あの板を一体どうやって操れたって言うんだ？」

言耶は二人の説明にまず礼を述べると、あっさりとこう言った。

「見る視点を変えさえすれば、すぐに分かります」

「嘘だろ……」

「狐狗狸さんが終わって電灯が点った後で、巌君が小さな異変に気付いています」

敏之が驚いた顔で甥を見ると、

「そんなこと、何も言ってなかったじゃないか」

すぐに言耶が庇うように、

「いえ、とても小さな変化だったので、わざわざ指摘するまでもないと思ったのでしょう。それに狐狗狸さんに参加していた人なら誰でも、その変化に気付けたわけですから」

巌を責めるのは理不尽だと、暗に仄《ほの》めかした。

「なるほど。それで我々が見逃した、小さな異変とは何です？」

「赤箱を置いていた台が、少し動いていたこと」

「えっ……」

「巌君の観察によると、丸テーブルや二人の伯父さんが座っていた椅子も、やはり動いていたらしいのですが、それは狐狗狸さんを行なっていたわけですから、まぁ自然とも言えます」

「しかし、赤箱の台が動くはずがない……」

「ど、どうして動いたんだ、センセイ？」

敏之の不審そうな呟きを受けて、徹太郎が詰め寄ってきた。

「葦子さんが移動させたからでしょう」

「何だって？　あの女は確かに、俺が椅子に縛り付けたんだぞ」

「インチキ降霊術の霊媒師が、詐術を働かないようにと椅子に縛り付けられたとき、まず用いる技は縄抜けです」

「刀城先生！　あなたは葦子が——」

憤る岩男に対して、言耶は落ち着いた口調で、

「彼女がそうだったのかどうか、それは分かりません。ほとんど過去の記憶がなかったのも、恐らく本当だったと思います。ただ、そういった技術を彼女は身に付けていて、それが無意識に出たのかもしれません」

「……とは言え、そんなことをした時点で、葦子は似非《えせ》占い師になってしまう」

「岩男さん」

敏之が義弟に声を掛けた。

「取り敢えず刀城さんの説明を聞きましょう。今までの彼の言動から鑑《かんが》みるに、何も自分の考えが真実だと主張するつもりはないと思います。要は超自然現象に見えた狐狗狸さんでも、視点を変えることにより合理的な解釈ができることを、きっと彼は示したいだけなんですよ」

その言葉に言耶が強く頷くのを見て、岩男は先を続けるようにと身振りで意思表示をした。

「しかしなセンセイ、俺は両手だけでなく両足も縛ったんだぞ」

早速、徹太郎が突っ込んできた。

「足まで解く必要はありません。そんなことをすれば、元に戻すのに時間が掛かり過ぎますからね」

「両手だけ自由にしても、自動筆記板には届かないじゃないか」

「だから椅子ごと移動したんです」

「えっ……」

「それには、目の前にある赤箱を載せた台が邪魔です。まだ明かりが点っているとき、葦子さんは台の位置を記憶しておいた。座敷が真っ暗になると同時に両手の縄抜けをすると、手探りで台を左右どちらかの横に移したのです」

「そして椅子ごと、丸テーブルに近付いたってわけか。けど、そんなことしたら物音がするだろ」

「絨毯を敷いたのは、そのためです」

「あっ……」

「座敷の畳だと、どうしても擦れる音がしますからね」

「待って下さい」

敏之が口を挟む。

「そもそも赤箱を使いたいと言ったのは、彼女自身です。そんな邪魔になるものを、わざわざ自分とテーブルの間に置くでしょうか」

「心理的な壁です」

「どういう意味です？」

「葦子さんと丸テーブルの間には、赤箱を載せた台が存在している。この事実によって皆さんは、彼女が容易にはテーブルに近付けないという心理的な壁を、勝手に作り上げてしまうわけです。葦子さんと丸テーブルの間に」

「…………」

「しかし当たり前のことですが、台は幾らでも動かすことができます」

「その前に、彼女は椅子に縛り付けられていて身動きできないはずだ、という思い込みが我々にはありますしね」

「ええ。二重の壁です」

「いいでしょう。椅子ごと彼女は、丸テーブルに近付くことが可能だった。だが、彼女が自動筆記板に手を出していないことは、私が保証できます。そんな断言などしたくありませんが、飽くまでも公平でありたいですからね」

「板が動いていたとき、周囲で奇妙な気配があったのは確かだ」

徹太郎が少し照れ臭そうに、

「俺は最初、それが狐狗狸さんだと思ってビビったけど、小松納さんの右手だったわけだ」

「ええ。そうやって我々以外の誰も、自動筆記板には触れていないことを確認しました」

「にも拘らずセンセイは、あの女が板を動かせたって言うのかい？」

「はい」

「一体どうやって？」

「自動筆記板を動かす代わりに、それが載っている丸テーブルの方を動かして――です」

「なっ……」

「小松納氏は狐狗狸さんが終わった後、巌君に仰ったそうです。自動筆記板が動き出すとき、指先から微かな浮遊感が伝わってきた……と」

「あっ！」

当の敏之が声を上げた。

「失礼ですが小松納氏は、どちらかというと力仕事は苦手ではないですか」

質問の意図が分からず、敏之は戸惑っているようだったが、

「ええまぁ……。文筆活動などをしておりますと、どうしてもその辺は――」

「そんなあなたが、倉庫蔵から丸テーブルと椅子を一度に運び出したということは、どちらも余り重くなかったのでは？」

「そ、そうです」

「しかも一本脚の丸テーブルを選んだのは、葦子さんでした」

「それじゃ、最初から――」

「自分が両手で持つことができ、尚且つ操り易いテーブルを選んだ、とも考えられます」

「けどセンセイ、そんな状態で藁半紙に平仮名が書けるのかね？」

どうしても徹太郎は納得がいかないらしい。

「藁半紙を丸テーブルの上に置いたとき、まるで表面に吸い付くように、ピタッと紙が貼り付いたといいます」

「えっ、まさか……」

「そこまで葦子さんが、テーブル選びに拘ったかは分かりませんが、この方法を用いるうえで、とても有利な要素になります」

「言えてるな」

「それに藁半紙に記されていたのは、蚯蚓がのたくったような線だった。その文字の解読には葦子さん自身も参加したわけです」

「幾らでも操作はできた――ということですね」

敏之の方は、もう言耶の解釈を受け入れているように見えた。

「刀城さん、そんな技術を彼女が持っていたのは、もちろん過去の生活の中で同じことを行なっていたから、ですよね」

「恐らく――」

言耶が肯定すると、はっと岩男が身じろぎしたが、結局は何も言わなかった。

「だけどなセンセイ」

まだ徹太郎が不審そうに、

「あの女が質問する声は、ずっとテーブルの向こうの方から聞こえていたぞ。これって、あの女が椅子に縛り付けられた位置から、全く動いていない証拠になるんじゃないのか」

「一つの質問がされ、自動筆記板が動く。この繰り返しになるわけですが、板の動きが止まってから次の質問がされるまで、ある程度の間が開いていますよね」

「えっ……じゃあ、そのたびに戻ってたのか」

「もしくは腹話術という手もあります」

「うーむ……」

「葦子さんが狐狗狸さんに、『どうぞ御出で下さいませ……。御出で下さいましたら、その御印を、どうぞ御示し下さいませ……』と言ったとき、すぐに自動筆記板が動いたそうですから、そのときは腹話術だったのかもしれません」

「使い分けたのか……」

「――というように、狐狗狸さんに合理的な解釈を付けることも可能なわけです」

言耶が締め括《くく》ると、岩男が厳しい顔付きで口を開いた。

「刀城先生、そう仰いますが、葦子の過去には狐狗狸さんか、またはそれに似た何か拝み屋紛《まが》いの商売が絡んでいたことは、もう間違いないのではありませんか」

「それは……」

「そして、そんな葦子の過去が、蔵座敷での不可解な死の、大きな要因の一つになっているのではないでしょうか」

「……そうですね」

岩男と言耶の間に流れる空気が余りにも重いためか、敏之は口を挟まず、徹太郎でさえ茶々を入れようとしない。

「僕は当初、密室の謎さえ解けば、葦子さんの死の真相は分かるのではないか、と思っていました」

「あの三つの分類の、いずれかに当て嵌まるとお考えになったわけですね」

「はい。それは絶対に間違いありません」

「しかし、どれにも……」

「(1) 犯行時、室内に被害者だけがおり、犯人はいなかったもの。蔵座敷に葦子さんが入った状況は、正にこれでした。でも、内部で機能する殺人装置や外部から仕掛ける遠隔殺人など、どれも有り得ないと分かった。残ったのは、葦子さんを自殺に追い込む方法です」

「そんな都合の良いものが、あるとは思えません」

「（2）犯行時、室内に犯人と被害者がいたもの。これは一度、葦子さんが蔵座敷から出て来て、犯人と一緒に再び入ったと考えれば当て嵌まるわけです。ただ、土扉から外に出た犯人が、如何にして内側から掛け金を下ろしたのか、その方法が全く分かりません」

「真相は（2）ではないという、その証拠ではありませんか」

「そうかもしれません」

言耶は素直に認めると、

「（3）犯行時、室内に犯人も被害者もいなかったもの。これは葦子さんが蔵座敷に入る瞬間を、ここにいる皆さんで見ているわけですから、あっさり除外することができます」

「すると……」

「ええ……」

二人が顔を見合わせていると、徹太郎が珍しく遠慮がちな様子で、

「岩男さん、それにセンセイ――、やっぱり彼女は自殺だったんじゃないのか」

「でも義兄さん、動機が……」

「まぁなぁ、見当たらないわけだが……。けどセンセイの話を聞いていると、あの蔵

座敷の状況では、とても密室殺人なんてものはできない相談だと、俺には思える」

「三つの分類の、どれにも当て嵌まらなかった。だから——」

「自殺と見るのが、一番自然じゃないか」

「私も、そう思います」

敏之の賛同に対して、岩男が同じ台詞を繰り返した。

「でも、動機が……」

「刀城さんは、どう判断されます？」

敏之の問い掛けに、言耶は何も答えない。

「おい、センセイ？　どうしたんだ？」

徹太郎の呼び掛けにも、言耶は応じない。

そのとき刀城言耶は、ただ一心不乱にあることを考えていた。そんなことが果たして有り得るのか、ひたすら黙考し続けていた。

全員が俯いた彼の真剣な表情を見て、黙ってしまった。しばらくの間、応接間は完全な静寂に支配されていた。

やがて——、

「有り得る……」

言耶が顔を上げて、そう呟いた。

第十三章　真相

「猪丸さん、すみませんが、ちょっと宜しいでしょうか」

刀城言耶が二人だけで話をしたい旨を岩男に伝えると、逸早《いちはや》く察した小松納敏之が、皆を応接間から出そうとした。

「いえ、皆さんはこのままお待ち下さい。我々の方が……そうですね、蔵座敷の一階でお話しできればと思うのですが」

「はぁ、それは一向に構いません」

岩男は不安げな表情をしながらも、素直に蔵座敷まで言耶に従った。

それから二十分ほどの間、言耶は自分の推理と考えを説明し、岩男を物凄く驚愕させると共に、とても悲しませた。

「——如何されますか」

「………皆に、話して下さい」

「承知しました」

二人が応接間に戻ると、ざわついていた気配が急に寂とした。しかし、余りにも憔《しょう》悴《すい》している岩男を目にして、たちまち誰もが思わず息を呑んだのが分かるほど、室内の空気が震えた。

「猪丸さんのご了解を頂きましたので、これから事件の真相を——いえ、恐らく真相だと思われる解釈を述べたいと思います」

「はっきり断定されないのは、具体的な証拠がないからですか」

敏之が遠慮がちに尋ねる。

「はい。全てが状況証拠のうえ、これから調べるにしても、色々と難しい問題がありますので——」

「取り敢えず聞かせて貰おうじゃないか」

川村徹太郎の軽い口調に、言耶は真剣な顔で首を振りながら、

「その前に、一つだけ約束して頂きたいのです」

「何をだ？」

「な、何ぃ？」

「今から僕が喋る真相については、絶対に他言しないことを」

「もし今、その約束を守る自信のない方がいらっしゃれば、どうか席を外して下さい」

「おいおい、そんな……」

「仮に他言された場合、如何なる理由があろうと、その方には猪丸家から出て行って貰うと、猪丸氏は決心しておられます」

ただならぬ言耶の物言いと、悲壮とも言える岩男の顔付きから、ようやく皆にも事の重大さが分かってきたらしい。お互いに顔を見合わせ、戸惑いを隠せない様子である。

それでも真っ先に立ち直った敏之が、

「では、挙手で意思表示を確認しましょうか。岩男さんと刀城さんが提示した条件を守れます、破った場合は猪丸家から出て行きます——という人は、手を上げて下さい」

巌と敏之と園田泰史がほぼ同時に、次いで芝竹染が、最後に徹太郎が、それぞれ右手を上げた。

「皆さん、他言はしないと約束されました。お話ししても宜しいでしょうか」

言耶が最終の確認を取ると、岩男は両目を瞑ったまま無言で頷いた。

「それでは——」

改めて言耶は一人ずつ顔を見詰めながら、

「なぜ他言を禁じるのか、すぐに皆さんにもご理解を頂けると思います」

「どうも、そのようですね」

応じる敏之の口調も重苦しい。

「僕は先程こう言いました。葦子さんの死が自殺であれ他殺であれ、彼女が蔵座敷の土扉の前で振り向いた、あの一瞬に動機が生まれたのだ――と」

「ええ、覚えています」

「そこで彼女が何を目にしたのか、人と物の両方を一つずつ検討していったわけですが、川村氏の指摘にもあった見世物小屋という項目を連想できたくらいで、余り収穫はありませんでした」

「第一あの女が見世物小屋の出身じゃないかってのは、俺が前から口にしてたことだから、別に目新しいもんじゃない」

徹太郎が口を挟むと、言耶は頷きながら、

「つまり葦子さんが、改めて衝撃を受けるとは思えないわけです」

「そういうことだ」

「僕は、葦子さんが最初に行なった狐狗狸さんの解釈を巡って、視点を変えさえすれば合理的な説明が可能だと言いました」

「動かしたのは自動筆記板ではなく、丸テーブルの方だった――という発想の転換でしたね」

「あの瞬間を検討するに当たり、もしかすると僕は一つの視点からしか見ていないのではないか、全く別の見方があるのではないか、と考えました」

「あったのですか」

敏之が心持ち身を乗り出すように訊く。

「はい。葦子さんが振り返って目にした光景の中に、動機となる何かが存在していたと考えるのではなく、光景の全てがそうだった——という可能性もあることに気付いたのです」

「全て……ですって？」

「つまり俺たち全員と、そこにあった物も一緒くたにして、全てに意味があったってのか」

信じられないと言わんばかりの、敏之と徹太郎の物言いである。

「猪丸氏、小松納氏、川村氏の三人に関しては、人物よりも運んで来た物が問題でした」

「四本脚の机と蛇の作り物が……ですか。これによって彼女は、一体どんな衝撃を受けたんです？」

「自分が見世物小屋の出身だった……という過去だと思います」

「お、お、おい！　じゃあ俺が言ってたのは、ほ、本当だったのか！」

「しかし刀城さん、それは川村君が前々から口にしていたことで、今更――」

反論しようとした敏之を、やんわりと言耶は眼差しだけで止めると、

「そうです。あのとき突然、葦子さんが思い出したと見るのは、余りにも不自然です。でも、他にも彼女の記憶を刺激するものが、あの場に存在していたらどうでしょう？」

「それは何ですか」

「園田泰史氏です」

「はっ？　わ、私……が？」

泰史は心の底から度肝を抜かれたらしい。両目と口を大きく開いたまま、言耶を見詰めている。

「あのとき葦子さんは、はじめて園田氏を目にしました。その前に彼女の瞳には、机の鳥獣人物戯画と蛇の作り物が映っていた。これらが結び付いて、あることを彼女は思い出した」

「ま、まさか……」

「曾て自分がいた見世物小屋から、川村氏が手にした蛇の作り物を買って行ったのが、応接間の奥にいる人物だった――ということをです」

「そんな偶然が……」

「これを切っ掛けにして、見世物小屋にいた頃の記憶の多くが、一気に蘇ったのではないでしょうか」

「うーん……」

徹太郎は大きく唸りながら、

「センセイ、俺の見立てが正しかったと言ってくれるのは嬉しいんだが——。けど、あれだけ恐ろしい顔をして、おまけに蔵座敷に籠ってしまうには、過去の記憶が戻ったくらいじゃ弱いと、あんたも睨んでたんじゃないのか」

「ですから恐るべき偶然は、それだけではなかったのです」

「えっ……？」

「見世物小屋のことを思い出すと同時に、彼女にとっては途轍も無く悍《おぞ》ましく、忌まわし過ぎる記憶も蘇ってしまう……そんな眺めが、あのときの光景の中にまだあったのです」

敏之が興奮した口調で割り込んできた。

「刀城さんが仰った、彼女が目にした全ての光景に意味があったという解釈——それを仰っているのですね」

「はい」

「残っているのは、襖の陰から彼女を見ていた巌君と、応接間の片付けをしていた染さんになるわけですが……」

「巌君の姿から、葦子さんは正に〈覗き見る〉という行為を連想した。しかも彼の後ろには、曾て彼女が襖の隙間から覗き見たのと全く同じ光景が、そこに存在していた」

「ど、どういう意味です？」

「染さんの家族が、葦子さんの家族によって強盗殺人の被害者になったとき、その隣の部屋で片付けものをしていた染さんの姿を、襖越しに覗いた葦子さんの記憶が、彼女の脳裏にまざまざと蘇った。あの瞬間に葦子さんを見舞った、顔が凍り付くほどの衝撃の正体が、これなんですよ」

応接間が静まり返った。誰もが言葉をなくしたようだった。

言耶と一緒に戻って来てから項垂《うなだ》れたままの岩男は、その姿勢を変えることなく、凝っと耐え忍んでいるように見える。巌は悲しそうな顔で、染は驚愕の表情で、泰史は痛まし気な眼差しで、そんな岩男を見詰めている。敏之と徹太郎は咄嗟に口を開こうとしたが、何を言って良いのか分からないらしく、結局は黙ったままである。

「し、しかし……」

ようやく敏之が、

「そんな偶然が……、そこまでの偶然が……、本当に起こるものでしょうか」

「確かになぁ……」

徹太郎が相槌を打つ。だが彼の口調は、むしろ信じられない偶然を受け入れているように聞こえた。

「するとセンセイ、例の殺人一家が隠れ蓑にしていたのは、見世物小屋の商売だったわけか」

言耶が頷くと、今度は敏之が、

「つまり刀城さん、あの密室の謎は結局――」

「密室の検討で最後に残ったのは、（1）犯行時、室内に被害者だけがおり、犯人はいなかったもの。この分類の中で、被害者を自殺に追い込む方法だけでした」

「そうでしたね」

「ただし葦子さんの場合は、犯人がいたわけではなかった。彼女自身が、彼女の蘇った記憶が、本人を自殺に追い込んだのです」

「でも、そうなると現場の不可解な状況は？」

「全ては葦子さんの複雑な心理から生まれたのだと思います」

「どういうことです？」

「忌むべき過去を思い出してしまった葦子さんは、途轍も無い精神状態に追い込まれたに違いありません。半狂乱の状態だったかもしれない。ただ彼女自身も、一体どうして良いのか分からなかったとしたら、どうでしょうね」

「発作的に自殺しようとしたわけではない……と仰る？」

「もちろん飽くまでも想像ですが、そう考えると辻褄は合います」

「何のですか」

「葦子さんが、なぜ狐狗狸さんを行なったのか」

「えっ……？」

「蔵座敷に入る前に、どうして『早く狐狗狸さんをはじめなければ』と口にしたのか」

「つまり……」

「自分は一体どうすれば良いのか、彼女は狐、狗、狸、さんに御伺いを立て、た、んですよ」

「あっ……」

敏之が思わず声を上げると、徹太郎が横から口を出した。

「その結果が、『いる』と『きず』だったわけか。けど、これが自殺をする決心になったとは、どう考えても思えないぞ」

「そのままでは、そうですね」

「何だって？」

言耶は上着の内ポケットから手帳を取り出すと、そこに写しておいた藁半紙の文字

を見ながら、

「一枚の一文字目は、菱形を真ん中から分断したような線が二つ並んでいます。だから『い』と読めるわけですが、右側の曲がった線を消すと、『く』になります」

手帳を広げて皆に見せながら、

「二文字目の『る』は、下部の『○』を消すと『ろ』となり、二文字を続けると『くろ』と読めます」

「『いる』じゃなくて『くろ』だって?」

「はい。もう一枚の一文字目の『き』は、横の棒線を一本だけ消すと『さ』になります。二文字目の『ず』は濁点を消すと『す』になり、二文字を続けると『さす』と読めます」

「『くろ』と『さす』って……」

「蔵座敷の中で『くろ』と言えば、黒い小刀が思い浮かぶ。すると『さす』は、その小刀を自分に刺すことだと解釈できる」

「し、しかし彼女が使ったのは、白い方の小刀だったじゃないですか」

敏之の指摘に、言耶は険しい表情を浮かべると、

「葦子さんは、恐らく狐狗狸さんの御告げに従い、衝動的に黒い小刀で自分のお腹を刺したのだと思います。ただし、その後で遅蒔きながら気付いた。このままでは自殺

と見做される。そうなると動機が問題になる。しかも蔵座敷に籠った状況から考え、あの瞬間が絶対に取り沙汰される」

「実際にそうなっていますからね」

「そのとき、徹太郎氏に何度も指摘されていた見世物小屋の件が、また浮上するのではないか。そこから一気に、下手をすると自分の忌まわしい過去が暴かれるかもしれない。そんな不安が、きっと葦子さんの心に芽生えたのです。ひょっとすると僕の、探偵としても活動していると知らされた刀城言耶という人物の存在が、彼女の心配に拍車を掛けた可能性もあります」

「それは間違いないでしょう」

「だから葦子さんは、自殺の痕跡を必死に消そうとした」

「現場が不自然に荒らされていたのには、そんな理由があったんですか」

「自動筆記板から鉛筆が抜けることはあるでしょうが、余りにも両者の間に距離があり過ぎました。葦子さんが鉛筆で、『くろ』を『いる』に、『さす』を『きず』に変えたためです」

「それは分かりましたが……、でも彼女が使ったのは、黒ではなく白い方の小刀じゃありませんか」

「狐狗狸さんの御告げを書き替えただけでは、不安は拭えなかったんでしょう。そこで自殺に使用した刃物そのものも取り替えたんです」

「血糊を拭ったのは、そのためですか……」

「二つの刃物は双児のように同じだったため、創傷も誤魔化せた。もちろん葦子さんは、そこまで考えなかったと思いますが」

「ちょっと待って下さい。問題の黒い小刀は、蔵座敷の中から見付かっていませんよね。彼女は一体どう処理したんですか」

「一番手っ取り早いのは、二階の窓から中の庭に捨てることですが、樫の木に巌君が登っているかもしれない。同じ理由で一階の窓も駄目です。かといって土扉は論外となると、室内に隠したとしか考えられません」

「何処に？」

「恐らく一階の座敷にある、火鉢の灰の中ではないかと思います。人の出入りした痕跡があったと言いますからね。でも警察は、葦子さんの死を自殺としましたし、白い小刀と腹部の創傷も一致したので、そんな細部までは捜索しなかったのではないでしょうか」

「つ、つまり彼女は……」

「お腹に黒い小刀を刺したままで、二階の室内を乱し、狐狗狸さんの御告げを書き替え、小刀を抜くと傷口を手拭いで押さえながら、その血糊を藁半紙で拭い、一階に降りると黒い小刀を火鉢の中に隠し、二階に戻って白い小刀と赤箱を手元に置くと、そのまま横になったのです」

「赤箱は何のために？」

「あの箱に纏わる女性たちの死の話を、葦子さんも知っていました。赤箱が側にあるだけで、自殺とは見做され難いと判断したのでしょう」

「うーん……、そうまでして自殺を他殺に偽装しようとしたとは――」

「いえ、違います」

「ち、違う？　しかし刀城さん、あなたが今――」

「葦子さんは自分の死を、決して他殺に見せ掛けたかったわけではありません。ただ、自殺とは思われたくなかった」

「同じことじゃありませんか」

「もし他殺に偽装するつもりなら、土扉の掛け金を外したんじゃないでしょうか」

「それは……」

「でも、外さなかった。なぜなら猪丸家の誰かに疑いが及ぶことを、彼女は恐れたからです」

「えっ……」

「日常生活に於ける言動が色々と奇妙だったことから、様々な誤解を葦子さんは受けてしまった。ただ、お話を聞いて僕は、彼女が記憶をなくしていたうえに、極めて普通の家庭の暮らしに慣れていなかったことが、皆さんに特異な印象を与えた原因ではなかったか、と感じました」

「い、いや、そんなことは……」

「巌君と月代君を凝っと見詰めていたのも、どう接すれば良いのか分からない……、でも仲良くしたいという戸惑いからではなかったでしょうか」

「…………」

「その証拠に月代君は、葦子さんと一緒に蔵座敷で過ごすようになりました。本人が何処まで意識していたかは不明ですし、また狐狗狸さんを手伝っていた行為は別にするとしても、この二人の姿だけを見れば、彼が新しいお義母さんに懐きはじめていたように見えます」

敏之と徹太郎が染を見やったが、彼女は俯いたまま一言も喋らない。

「ですから葦子さんは、自分の家族の誰かが疑われるかもしれない事態は、何としても避けたかったわけです」

「…………」

「元々の見世物小屋の家族が、もしかすると真の家族ではなかった可能性も鑑みると、はじめて得た自分の家族を守ると同時に、己の忌まわしい過去も知られたくない、封じてしまいたいという思いが、葦子さんの行動となって表れた」

「それは刀城さん、矛盾しているでしょう」

敏之が反論するものの、口調は弱々しかった。

「そうです。決して自殺とは知られたくない。しかし他殺と見做されることにより、家族に迷惑が掛かるのは絶対に避けたい。この矛盾した心理が蔵座敷の密室を作り出したのです」

またしても応接間は静寂に包まれた。ただ、先程の沈黙に悲惨な重さがあったとすれば、そこに今度は悲愁さが加わっていた。

やがて敏之が、しばらく考え込んだ後で、

「あの瞬間に、それだけの偶然が重なったと説明されても、俄《にわか》には信じられないのですが――」

「確かにそうですね。ただ――」

「いえ、待って下さい。にも拘らず刀城さんの推理は、ほとんどの問題点を説明し尽くしていると思います」

「ありがとうございます」

「ただし、一つだけ問題が残ります。月代君が耳にした彼女の呟きです。『あの箱を開ける』とか『開けなければ』とは、一体どういう意味を持っていたのです？　この言葉を彼女は、運命の光景を目にする前に発しています」

「実は最後まで残った問題が、この葦子さんの呟きでした。これのお陰で、今まで述べた解釈の全てが崩れ兼ねません。しかし小松納氏も仰ったように、今の推理で綺麗に説明が付きます」

「ええ、本当にそう思いますよ」

「ああ、それは俺も認める」

敏之ばかりでなく、徹太郎も頷いている。

「どういうことだろうと悩んだ僕は、あることに気付きました」

「何です？」

「誰も月代君から、直接には話を聞いていないという事実です」

「えっ……それじゃ、まさか……」

「染さんが吐かれた嘘ではないか、と僕は考えてみました」

「嘘……？」

「理由はあります。厠に月代君を捜しに行った染さんが戻ってみると、取り乱した猪丸氏が息子を問い詰めはじめた。しかも月代君が、葦子さんの謎の行動について何か知っているに違いないと、決め付けている感じがある。そこで染さんは赤箱のことを持ち出し、猪丸氏の注意を逸らそうとした。飽くまでも葦子さんが自分の都合で、それも他の者には理解できない赤箱に関する理由で蔵座敷に入ったのだと、猪丸氏に思わせようとした」

「まぁ月代に関わることなら、どんな小さな問題でも、確かに大騒ぎする人ではありますが――」

「実際に葦子さんが呟いた、『早く狐狗狸さんをはじめなければ』という台詞を、ちょうど上手い具合に僕が耳にしていたことも、染さんの証言の信憑性《しんぴょうせい》を高めたのだと思います」

「染さん、今の刀城さんのご指摘は――」

敏之の言葉が、ぷつりと途切れた。彼の視線の先で頭を上げた染が、ひたと岩男を見据えている姿を目にして、どうやら口籠ってしまったらしい。

「だ、旦那様……」

染は絞り出すような声で、

「こ、これは一体……どういう……」

相変わらず岩男は両目を瞑ったまま項垂れていたが、ゆっくり面《おもて》を上げると共に瞼を開くと、しばらく凝っと染を見詰めていた。

そして――、

「この通りだ。察してくれ」

机に額《ぬか》ずかんばかりに深々と頭を下げながら、

「あなたさえ構わなければ、このまま月代の面倒を見て欲しい。いや、こんな家にはもういられないというのなら、それなりの補償をして——」

「旦那様……、どうぞお顔を上げて下さい。旦那様には何の罪もないやありませんか」

「いや、そういう問題ではない。これは、私個人の罪云々では済まない……」

いつしか岩男も染も涙ぐんでいる。

「儂のような者で宜しければ、いつまでもお仕えさせて頂きます」

「ありがとう……」

それでも岩男は、後日また改めて染とは二人だけで、今後のことを話し合うつもりだと言った。敏之も徹太郎も珍しく殊勝な口調で、そうするのが良いと賛同した。

「皆さん——」

その場が一先ず落ち着くのを待ってから、言耶は全員に呼び掛けた。

「最初の約束を、どうぞ忘れないで下さい。今ここで耳にされたことは、絶対に他言なさらないようにお願いします。世間に対して葦子さんの死は、飽くまでも謎の自殺で通して頂きたいのです」

誰もが無言ながら、しっかりと頷いたのを目にして、刀城言耶はようやく安堵した。

こうして猪丸家の赤箱に纏わる不可解な嫁の死の怪異譚が、また一つ加わることになった。ただし、それは最後の死者となったのである。

終　章

前略　こんにちは。お元気ですか。

猪丸家に滞在中、巌君には色々とお世話になりましたね。どうもありがとう。

僕からの突然の手紙に、君は今びっくりしているかな。でも、とても聡明な巌君のことだから、なぜ僕が手紙を書いたのか、もう薄々は察しているのではないかと思います。

そう、お義母さんの死は自殺ではありません。あのとき応接間で話した推理は、お父さんと相談したうえで、君を守るために考えた嘘でした。

僕が真相に気付けたのは、江戸川乱歩先生の密室分類のお陰です。それを基に行なった三つの分類を覚えていますか。

（1）犯行時、室内に被害者だけがおり、犯人はいなかったもの。
（2）犯行時、室内に犯人と被害者がいたもの。
（3）犯行時、室内に犯人も被害者もいなかったもの。
お義母さんの死は、この何れにも当て嵌まらず、辛うじて（1）の中の「被害者を自殺に追い込む方法」だけが残るくらいでした。

でも僕は、どうにも釈然としなかったのです。蔵座敷の密室の謎には、もっと別の解釈があるのではないか。そう思われてなりません。しかし、どう考えても乱歩先生の分類には当て嵌まらない。この矛盾は何処からくるのか。

そこで僕は、本当に密室の分類は三つで全てなのだろうか……と疑ってみました。すると、あったのです。犯人と被害者と密室、この三つの要素の組み合わせを単純に考えるだけで、四つ目の分類が浮かび上がってきたのです。

それは――、
（4）犯行時、室内に犯人だけがおり、被害者はいなかったもの。
つまり土扉の内側に犯人である月代君が、外側に被害者であるお義母さんがいた――その刹那に犯行は為《な》されたのです。

犯人、犯行と記しましたが、もちろん月代君に殺意はありませんでした。それと応接間で行なった推理は嘘だと書きましたが、お義母さんの役割を月代君に代えたり、またお義母さんの動機を別の理由に変更するだけで、実は全て活きます。狐狗狸さんを行なったのは、月代君です。彼が御伺いを立てたのは、魔物であるお義母さんを人間にする方法だった――と僕は考えたのだけれど、君はどう思いますか。

月代君はお義母さんに懐きはじめていた。でも染さんが常に「あれは魔物です」と言い続けた。その結果、お義母さんに対する感情が、彼の中では真っ二つに割かれてしまったのではないでしょうか。

悩んだ月代君は、狐狗狸さんに御伺いを立てることにした。その結果、「くろ」と「さす」と読めるような御告げが出た。だから彼は、黒い小刀で刺せば良いのだと判断した。また、このとき彼の頭の中に、染さんとお義母さん、それぞれの言葉が浮かんだのだと思います。

染さんはお父さんに、お義母さんは「外」から来た存在なので、絶対に「中」に入れてはいけなかった。どうしても相手をするのなら、「外と中の中間」でしなければならない。そう言いましたね。

月代君に対しては、二つの小刀は赤箱の邪気を封じる役目がある聖なる刀なので、粗末に扱ってはいけない。そう言い聞かせてましたね。

そしてお義母さんは、狐狗狸さんを執り行なっているうちに、蔵座敷は聖なる空間になりました。そう皆さんに言いましたね。

そこで月代君は、お義母さんが聖なる空間である蔵座敷の「中」へ入る前に、まだ「外」にいるときを狙って聖なる黒い小刀で刺せば、きっと「中」で魔物から完全な人に変化するに違いない――そんな風に解釈したのではないか、と僕は考えました。

あの瞬間、お義母さんが凍り付くような顔をしたのも無理はありません。ただ、咄嗟に月代君を庇わなければと思った。それで僕に、まず『早く狐狗狸さんをはじめなければ』という台詞を聞かせた。自分が刺されたのが、狐狗狸さんの後だと誤認させるためにでしょう。

目の前にいながら、月代君の犯行に僕が気付かなかったのは、凶器の柄が黒かったため、お義母さんが着ていたスータンの黒が保護色となって、恐らく見えなかった所為だと思います。それにしても不覚でした。申し訳ない。

蔵座敷に籠ったお義母さんは、狐狗狸さんの御告げを目にして事情を察した。僕が推理したように月代君の動機を理解したかは分かりませんが、とにかく彼が御告げの通りに行動したことは、あの藁半紙を見れば察しが付きます。そこで文字に手を加えたうえ、凶器まで替えた。

恐らく染さんは、厠へ月代君を捜しに行ったときに、「これでお義母さんも、魔物から人間になるよね」といった問い掛けを、本人からされたのだと思います。もちろん彼女は仰天した。しかし、すぐに月代君の罪を隠そうと決めた。

僕が応接間で話した、お義母さんの死は自殺だったという解釈が本当だとすると、お父さんは曾ての強盗殺人一家の娘の夫で、染さんは被害者家族になります。なのに、お父さんは「この通りだ。察してくれ」と染さんに仰った。あのときのお二人の関係を考えると、この台詞は明らかに妙です。だから内心、僕は冷や冷やしました。幸い二人の伯父さんは不審に感じなかったようなので、ほっと胸を撫で下ろしたのですが……。

繰り返しますが、月代君に殺意はなかった。とはいうものの、お義母さんを殺してしまったのは事実です。今はまだ理解できないでしょうが、成長するにつれ、やがて自分の罪と向き合うことになるかもしれません。または彼の無意識の働きによって、記憶の奥底へと全ては封印されてしまう可能性もあります。今の段階で予想するのは、とても難しいと言えます。

でも、もしそのときが来たら、どうか巖君、弟の力になって上げて下さい。

月代君のことを公にしなかったのは、幼い本人のことを慮《おもんぱか》った結果ですが、君の将来を考えたためでもありました。

仮に彼のことが明るみに出てしまった場合、小松納敏之氏は君を猪丸家の跡取りとするように強く主張し、川村徹太郎氏は当然それに反対するでしょう。そんな事態になると、染さんもどう出るか分かりません。しかし、川村氏と染さんが不利なのは、誰が見ても明らかです。

生々しい言い方になりますが、こういった御家騒動では、時に当事者の命まで脅《おびや》かされ兼ねません。僕はそれを心配しました。

もちろん、お父さんがいらっしゃる限り大丈夫とは思います。四人目の奥さんを貰われ、君と月代君に異母弟ができた場合は、また別の話かもしれませんが……。いえ、お父さんも今回の件で、色々と考えられたようです。巌君も、もっとお父さんとお話をするようにして下さい。

長くなってしまいました。この手紙を読み終えたら、必ず燃やして残さないようにお願いします。

それと将来、いや今すぐでも結構です。この件に関して何か困ったことが起きたら、遠慮せず僕に相談して下さいね。微力ながら、巌君と月代君のお役に立てるよう頑張りたいと思います。

僕への連絡は、別紙に書いておいた神保町にある怪想舎という出版社の、祖父江偲という編集者にして貰うのが一番確実です。その際、きっと色々と訊かれると思うけど、何も答える必要はありません。無視しましょう。

では、巌君の益々のご健勝を、心からお祈り致しております。

昭和二十×年三月吉日

草々

刀城言耶

猪丸巌様

追伸　裏の雑木林には、何があっても近付かないで下さい。いえ、お義母さんが理由ではありません。飽くまでも念のためです。

主な参考文献

柳田國男『なぞとことわざ』講談社学術文庫
野本寛一『神と自然の景観論　信仰環境を読む』講談社学術文庫
佐藤康行『毒消し売りの社会史　女性・家・村』日本経済評論社
伊藤正一『黒部の山賊』実業之日本社
今和次郎『日本の民家』岩波文庫
山中恒『御民ワレ』辺境社
広島平和教育研究所編『戦前の教育と私』朝日新聞社
和田多七郎『ぼくら墨ぬり少国民』太平出版社
一柳廣孝『〈こっくりさん〉と〈千里眼〉日本近代と心霊学』講談社選書メチエ
志賀市子『中国のこっくりさん　扶鸞信仰と華人社会』大修館書店
上田篤・野口美智子編『数寄町家　文化研究』鹿島出版会
江戸川乱歩『江戸川乱歩全集　第十九巻　続・幻影城』講談社
H・ヘイクラフト編／鈴木幸夫訳編『推理小説の美学』研究社出版

解説

村上貴史

■首切の如き裂くもの

四人の娘の首を切り裂いて殺した男は、最後に自分の首も剃刀《かみそり》で切り裂いて自害した。それから一年、連続首切り事件の現場となった路地の奥で、新たな怪事件が発生する。一人の女性がやはり首を切り裂かれて死んだのだ。だが、その袋小路のような事件現場には、凶器がなかった。昭和二十八年の末のことである……。

こんな具合に幕を開ける「首切の如き裂くもの」を第一話とする短篇集は、三津田信三の刀城言耶《とうじようげんや》シリーズの初短篇集だ。

三津田信三は、二〇〇一年に『ホラー作家の棲む家』（文庫化に際して『忌館《いかん》 ホラー作家の棲む家』と改題）でデビューして以降、まずは自分と同名の作家を中心人物に据えた作品群『作者不詳』『蛇棺葬《じやかんそう》』『百蛇堂《ひやくじやどう》』で本格ミステリ的な謎解きを練り込んだボリュームたっぷりのホラー長篇を発表してきた（ボリュームたっぷりであれこれと怪異が描写されているだけではなく、それらが本当に怖いから堪《たま》らない）。そんな彼が二〇〇六年にスタートさせたのが、怪異蒐集家《かいいしゅうしゅうか》であり流浪の怪奇小説家などとも呼ばれる刀城言耶のシリーズである。東城雅哉《とうじょうまさや》名義で小説を発表しつつ、まだ自分が知らない怪異があると聴けば、日本中どこへでも出かけていく青年を、三津田信三はシリーズの探偵役として設定したのだ。

この刀城言耶、怪異蒐集が趣味であるからして、非合理的な事態をもそれとして受け止める。むしろ、彼自身としては謎解きに駆り出されることなど迷惑なのである。たまたま父親が名探偵であるが故に、事件の関係者が彼にも快刀乱麻の謎解きを期待してしまうのだ。そして刀城言耶は、不承不承ではあるが、その期待に応えてしまう。怪異の方が好きなのに、だ。

かくして刀城言耶は事件の謎を現実世界できっちりと解き明かすのだが、事件の周辺には、ときおり解明されないままの怪異が残る。刀城言耶が探偵役を務めるのは、そうした世界なのだ。この合理性と非日常の混在がなんとも魅惑的だ。理性と感情の両面を刺激されるのである。そんな刀城言耶シリーズの魅力を、ぎゅっと圧縮したのが、本書『密室《ひめむろ》の如き籠《こも》るもの』だ。

第一話の「首切の如き裂くもの」では、いくつもの怪奇現象と、その裏側にひそんでいる現世の真相のギャップが実に印象的だ。両者のあまりの落差に思わず口元がほころんでしまう。ぽかんとするのを通り越して笑みが浮かんでしまうのだ。

そう来るか――初手から何とも強烈である。

■迷家《まよいが》の如き動くもの

第二話は「迷家の如き動くもの」である。薬売りの娘二人が行商の途中で奇妙な出来事を経験した。二人の話を付き合わせると、峠から見えるはずの家が消えたり現れたりしているようなのだ。その怪異について二人の会話に別の人物も首を突っ込んできて、家の消失と出現に関する謎は更《さら》に深かったことが判明する……。

謎として提示されるのはまったくの超常現象なのだが、この第二話、実によくできたミステリ短篇である。登場人物の役割分担といい、探偵役（刀城言耶だ）の語りといい、きっちりと練り上げられている。各要素があるべきポジションにおかれ、それによって全体がきちんと構成されていて無駄がないのだ。作中のある〝不自然さ〟までもが合理的であり必然であったことが結末付近で示されるのである。いやはや、まさに名工の技である。

謎解きの筋道にしてもそうだ。家を巡る各人の語りを重ね合わせ、そこから真実を導いていくのだ。この流れは、殺人が連続する様を現場で見続けていた探偵役が、それらの関連から真相を見抜くという本格ミステリの典型パターンと通底していて興味深い。

その美しき本格ミステリを活かして三津田信三が読者に見せたのが〝家〟である。山のなかの家の怪異である。

といえば予《かね》てよりの三津田信三ファンは『山魔《やまんま》の如き嗤《わら》うもの』を想起するだろう。忌《い》み山での一家消失事件や、六地蔵にまつわる見立て殺人を描いた刀城言耶シリーズの第四長編であり、「本格ミステリ・ベスト10」の二〇〇九年版において見事一位を獲得した作品である。

この『山魔の如き嗤うもの』が発表されたのは二〇〇八年四月であるのに対し、「迷家の如き動くもの」は同年九月に発表されている。この一組の長篇と短篇が、お互いに刺激し合いながら三津田信三の頭のなかで育っていったと考えることは、さほど強引とはいえないだろう。

ちなみに同様に本書第一話「首切の如き裂くもの」と第三長篇『首無《くびなし》の如き祟るもの』にも似たような関係を見ることが出来る。『首無〜』が二〇〇七年五月に、そして「首切〜」が同年九月に発表されているのだ。首を切るという行為に着目するか、あるいは首を無くすことに着目するかという相異はあれ、こちらの二作品が三津田信三のなかでどのように生まれてきたのか興味がある。

さて、刀城言耶シリーズは、ホラー要素とのハイブリッドという特色を持ちつつ、こと謎解きに関していえば本格ミステリ好きを強烈に魅了し続けてきた。『厭魅《まじもの》の如き憑《つ》くもの』が〇七年版三位、『首無の如き祟るもの』が〇八年版二位、そして『山魔の如き嗤うもの』の〇九年版一位だ。第五長篇『水魑《みづち》の如き沈むもの』は一一年版の第三位であり、本格ミステリ大賞を受賞している。第二長篇『凶鳥《まがとり》の如き忌むもの』は第一長篇と年度が重なったためベストテン入りは逃したが、実に高い打率で上位に食い込んでいるのだ。

■隙魔《すきま》の如き覗くもの

その〝本格ミステリ力〟を鮮明に著しているのが、第三話「隙魔の如き覗くもの」である。

襖《ふすま》などをきちんと閉めず、数センチの隙間があると、その向こうに隙魔という魔物が現れる。そして油断すると取り憑かれてしまう。多賀子《たかこ》は祖母にそういわれて育った。隙間を空けないように気をつけてはいたが、それでも、時には隙間を覗いてしまうこともあった。そしてその隙間の奥に、彼女は奇っ怪な状況を目撃しながら成長していった。そんな多賀子はある日、図画工作室の隙間の奥にこの世のものとは思えない妖しい光景を目撃した。自分の勤める小学校の校長が鬼に襲われる光景である。それを目にしたあと、彼女は校長が自宅で殺されていたことを知る。どうやら夜八時前後に死んだらしい。そして殺人事件の背後には、校長のある秘密があった……。校長を殺す機会について、小学校の教師たちを中心とする人々がアリバイを吟味される。それこそ分刻みに。

この短篇はそんな一篇なのだ。

そしてその吟味の果てに驚愕《きょうがく》が待ち受けている。この驚愕は、意外な真相を知るという作品世界のなかに閉じた驚愕であるばかりでなく、その真相と怪談の組み合わせ方が生み出す、もう一つ上の次元での驚愕でもあった。その二種類の驚愕が、それぞれの次元でのしっかりした伏線に基づいて読者にぶつかってくるのである。本格ミステリを愛するものの魂を鷲摑《わしづか》みにすること必至の短篇といえよう。

こうした短篇集を、三津田信三はもう一冊世に送り出している。本書の二年後、二〇一一年に刊行された『生霊《いきだま》の如き重《だぶ》るもの』がそれだ。こちらには、刀城言耶が学生時代に遭遇した五つの事件が納められている。雪上の足跡がもたらす不可能犯罪をはじめとして、いずれも魅力的な短篇が——もちろんホラーともしっかり共存している——味わえるのだ。

そうしたミステリとしての魅力に加え、シリーズ読者であれば、刀城言耶という探偵役の若き日の姿を愉《たの》しむことが出来る。巻頭に置かれた「死霊の如き歩くもの」では、奇怪な事件に遭遇した関係者が、名探偵である言耶の父を援軍に狩り出そうという場面まであるのだから愉快だ。しかも言耶にとっては癪《しゃく》なことに、父から伝えられてきた謎のメッセージが事件の解明に貢献してしまう。シリーズの愛読者をニヤニヤとさせる趣向といえよう。

警察と若き日の言耶のやり取りもまた愉しい。帯の惹句《じゃっく》にあるようにこの当時の言耶はまだひよっこである。そのひよっこが、強面の刑事に威圧されながらも事件を解きほぐしていく姿を、この『生霊の如き重るもの』ではたっぷりと味わうことが出来るのだ。是非御一読あれ。

■密室の如き籠るもの

そして本書を締めくくるのが、表題作である「密室の如き籠るもの」だ。書き下ろしの中篇であるこの作品もまた、〝本格ミステリ力〟にあふれている。「隙魔の如き覗くもの」が分刻みのアリバイ吟味という角度から本格ミステリにアプローチしていたのに対し、こちらは密室の吟味という角度からのアプローチだ。

猪丸《いまり》家に突如現れた謎の女。美しいその女は、やがて当主の三人目の妻の座に納まった。そんな彼女がもたらす狐狗狸《こっくり》さんのお告げが的中すると近所でも評判になった頃のこと。蔵座敷の二階で密室殺人事件が発生した……。

文庫で約二七〇頁と、短めの長篇といっていいくらいのボリュームである。そのボリュームの三分の一程度という分量を費やして、三津田信三は刀城言耶による密室の吟味を描いたのだ。それこそジョン・ディクスン・カーが『三つの棺』で展開した〈密室講義〉や、江戸川乱歩の『類別トリック集成』の内容に踏み込んで密室について語り、その語りを通じてこの謎を解いていくのである。

その攻めは、まさに正攻法といえよう。乱歩やカーの研究をふまえ、それに基づいて密室の状況を分析していくのである。隙のなさが生む静かな迫力を堪能《たんのう》したい。

そしてそのうえで、三津田信三がここまで入念に密室を吟味した姿勢の背後を考えてみるとしよう。勝手な想像だが、カーや乱歩という巨匠が分類整理したそれぞれの論をふまえて、自分が密室ミステリを書くとこうなるというのを示したかったのではなかろうか。本作品の密室解明部分を読むと、そんな気がしてきてならないのである。この二大巨匠と三津田信三との対決、その勝敗や如何《いか》に。

しかもそこに自殺か他殺かの吟味も加われば、死者が最後に目撃した光景の吟味も加わる。さらに狐狗狸さんの予言の謎解きも加わってくるのだ。なんて贅沢《ぜいたく》な中篇なのだろう。

ちなみにこの中篇では、祖父江偲《そふえしの》という編集者にも着目したい。作家・東城雅哉（刀城言耶のことだ）を巧みに操る存在として読者に親しまれている彼女だが、この「密室の如き籠るもの」の現場には登場していない。にもかかわらず作品には登場しており、しかも言耶のことを操っているのだ。三津田信三が彼女をどのように登場させたか。その点も愉しんでいただければと思う。

さて、この文庫の解説原稿の締切間際になって、三津田信三の刀城言耶シリーズの新刊の情報が舞い込んできた。『幽女《ゆうじょ》の如き怨《うら》むもの』である。

この作品については、二〇〇八年に三津田信三に当方がインタビューした際も、構想中のものとして紹介して戴《いただ》いていた。当時の言葉によれば、「遊郭を舞台にした作品」であり「戦前・戦中・戦後の遊女が登場して、それぞれの時代で事件があり、そこに幽霊が絡《から》んでくる」という話であった。だが「資料が集まり切らなくて」、『山魔の如き嗤うもの』を先に書いたのだという。だが、『山魔〜』を先に回しただけでは時間が足りなかったのだろう。結局は刀城言耶シリーズに限ってみても『水魑の如き沈むもの』と二冊の短篇集を発表して、そしてようやく今回の刊行に漕ぎつけたのである。おそらくは三津田信三のこと、十二分に資料を集め、読み込み、そして自分の小説として練りに練ったのであろう。だからこその出来映えであった。三つの時代の三つの遊郭における三人の緋桜《ひざくら》という名の遊女たちが遭遇した身投げの連続という怪異を様々な形で語ったこの『幽女の如き怨むもの』。この最新作によって、シリーズの魅力はまた一段と増したといえよう。

だから——既にシリーズ読者である方々にはよけいな一言だが——三津田信三の刀城言耶シリーズに取り憑かれてみよう。その入口としては、シリーズ第一作の『厭魅の如き憑くもの』もよいだろうし、この『密室の如き籠るもの』という短篇集もまた最良の一つといえる。

どこでどんなかたちで取り憑かれてもいいじゃないか。取り憑かれたら逃れられなくてもいいじゃないか。だって、ね。

本書は二〇〇九年四月、講談社ノベルスとして刊行されました。

|著者|三津田信三　編集者を経て2001年『ホラー作家の棲む家』(講談社ノベルス／『忌館《いかん》』と改題、講談社文庫)で作家デビュー。2010年『水魑《みづち》の如き沈むもの』(原書房／講談社文庫)で第10回本格ミステリ大賞受賞。本格ミステリとホラーを融合させた独自の作風を持つ。主な作品に『忌館』に続く『作者不詳』などの〝作家三部作〟(講談社文庫)、『厭魅《まじもの》の如き憑くもの』に始まる〝刀城言耶《とうじょうげんや》〟シリーズ(原書房／講談社文庫)、『禍家《まがや》』に始まる〝家〟シリーズ(光文社文庫／角川ホラー文庫)、『十三の呪《じゅ》』に始まる〝死相学探偵〟シリーズ(角川ホラー文庫)、『どこの家にも怖いものはいる』に始まる〝幽霊屋敷〟シリーズ(中央公論社／中公文庫)、『黒面の狐』に始まる〝物理波矢多〟シリーズ(文藝春秋／文春文庫)、映画化された『のぞきめ』(角川書店／角川ホラー文庫)などがある。刀城言耶第三長編『首無《くびなし》の如き祟るもの』は『2017年本格ミステリ・ベスト10』(原書房)の過去20年のランキングである「本格ミステリ・ベスト・オブ・ベスト10」1位となった。

密室《ひめむろ》の如《ごと》き籠《こも》るもの

三津田信三《みつだしんぞう》

2012年5月15日第1刷発行
2025年4月24日第4刷発行

発行者――篠木和久
発行所――株式会社　講談社
東京都文京区音羽2-12-21　〒112-8001
電話　出版　(03) 5395-3510
　　　販売　(03) 5395-5817
　　　業務　(03) 5395-3615

Printed in Japan

講談社文庫
定価はカバーに
表示してあります

KODANSHA

デザイン―菊地信義
本文データ制作―講談社デジタル製作
印刷―――株式会社KPSプロダクツ
製本―――株式会社国宝社

ISBN978-4-06-277152-8

講談社文庫刊行の辞

二十一世紀の到来を目睫に望みながら、われわれはいま、人類史上かつて例を見ない巨大な転換期をむかえようとしている。

世界も、日本も、激動の予兆に対する期待とおののきを内に蔵して、未知の時代に歩み入ろうとしている。このときにあたり、創業の人野間清治の「ナショナル・エデュケイター」への志を現代に甦らせようと意図して、われわれはここに古今の文芸作品はいうまでもなく、ひろく人文・社会・自然の諸科学から東西の名著を網羅する、新しい綜合文庫の発刊を決意した。

激動の転換期はまた断絶の時代である。われわれは戦後二十五年間の出版文化のありかたへの深い反省をこめて、この断絶の時代にあえて人間的な持続を求めようとする。いたずらに浮薄な商業主義のあだ花を追い求めることなく、長期にわたって良書に生命をあたえようとつとめるところにしか、今後の出版文化の真の繁栄はあり得ないと信じるからである。

同時にわれわれはこの綜合文庫の刊行を通じて、人文・社会・自然の諸科学が、結局人間の学にほかならないことを立証しようと願っている。かつて知識とは、「汝自身を知る」ことにつきていた。現代社会の瑣末な情報の氾濫のなかから、力強い知識の源泉を掘り起し、技術文明のただなかに、生きた人間の姿を復活させること。それこそわれわれの切なる希求である。

われわれは権威に盲従せず、俗流に媚びることなく、渾然一体となって日本の「草の根」をかたちづくる若く新しい世代の人々に、心をこめてこの新しい綜合文庫をおくり届けたい。それは知識の泉であるとともに感受性のふるさとであり、もっとも有機的に組織され、社会に開かれた万人のための大学をめざしている。大方の支援と協力を衷心より切望してやまない。

一九七一年七月

野間省一

宮部みゆき　ステップファザー・ステップ〈新装版〉
宮子あずさ　看護婦が見つめた人間が死ぬということ
宮本昌孝　家康、死す（上）（下）
三津田信三　忌《い》館《かん》〈ホラー作家の棲む家〉
三津田信三　作者不詳（上）（下）〈ミステリ作家の読む本〉
三津田信三　蛇《じゃ》棺《かん》葬《そう》
三津田信三　百《ひゃく》蛇《じゃ》堂《どう》〈怪談作家の語る話〉
三津田信三　厭魅《まじもの》の如き憑くもの
三津田信三　凶鳥《まがとり》の如き忌むもの
三津田信三　首無《くびなし》の如き祟るもの
三津田信三　山魔《やまんま》の如き嗤《わら》うもの
三津田信三　水魑《みづち》の如き沈むもの
三津田信三　密室《ひめむろ》の如き籠《こも》るもの
三津田信三　生霊《いきだま》の如き重《だぶ》るもの
三津田信三　幽女《ゆうじょ》の如き怨むもの
三津田信三　碆霊《はえだま》の如き祀るもの
三津田信三　魔偶《まぐう》の如き齎《もたら》すもの
三津田信三　忌名《いな》の如き贄《にえ》るもの
三津田信三　シェルター　終末の殺人
三津田信三　ついてくるもの
三津田信三　誰かの家
三津田信三　忌《い》物《ぶつ》堂《どう》鬼《き》談《だん》
道尾秀介　カラスの親指〈by rule of CROW's thumb〉
道尾秀介　カエルの小指〈a murder of crows〉
道尾秀介　水の柩
深《み》木《き》章《あき》子《こ》　鬼畜の家
湊かなえ　リバース
宮内悠介　彼女がエスパーだったころ
宮内悠介　偶然の聖地
宮乃《みやの》崎桜子《さきさくらこ》　綺《き》羅《ら》の皇《ひめ》女《みこ》(1)
宮乃崎桜子　綺羅の皇女(2)
三國青葉　損料屋見鬼《けんき》控え　1
三國青葉　損料屋見鬼控え　2
三國青葉　損料屋見鬼控え　3
三國青葉　福　猫　屋〈お佐和のねこだすけ〉
三國青葉　福　猫　屋〈お佐和のねこかし〉
三國青葉　福　猫　屋〈お佐和のねこわずらい〉
三國青葉　母上は別《べっ》式《しき》女《めい》
三國青葉　母上は別式女　2
宮西真冬　誰かが見ている
宮西真冬　首　の　鎖
宮西真冬　友　達　未　遂
宮西真冬　毎日世界が生きづらい
南　杏子　希望のステージ
嶺里俊介　だいたい本当の奇妙な話
嶺里俊介　ちょっと奇妙な怖い話
溝口　敦　喰うか喰われるか〈私の山口組体験〉
三谷幸喜／松野大介　三谷幸喜　創作を語る
三嶋龍朗／協力　小泉徳宏　小説　父と僕の終わらない歌
村上　龍　愛と幻想のファシズム（上）（下）
村上　龍　村上龍料理小説集
村上　龍　新装版　限りなく透明に近いブルー
村上　龍　新装版　コインロッカー・ベイビーズ
村上　龍　歌うクジラ（上）（下）
向田邦子　新装版　眠　る　盃
向田邦子　新装版　夜中の薔薇
村上春樹　風の歌を聴け

村上春樹 1973年のピンボール
村上春樹 羊をめぐる冒険(上)(下)
村上春樹 カンガルー日和
村上春樹 回転木馬のデッド・ヒート
村上春樹 ノルウェイの森(上)(下)
村上春樹 ダンス・ダンス・ダンス(上)(下)
村上春樹 遠い太鼓
村上春樹 国境の南、太陽の西
村上春樹 やがて哀しき外国語
村上春樹 アンダーグラウンド
村上春樹 スプートニクの恋人
村上春樹 アフターダーク
村上春樹 佐々木マキ絵 羊男のクリスマス
村上春樹 佐々木マキ絵 ふしぎな図書館
村上春樹 糸井重里 夢で会いましょう
村上春樹・文 安西水丸・絵 ふわふわ
U・K・ル＝グウィン 村上春樹訳 空飛び猫
U・K・ル＝グウィン 村上春樹訳 帰ってきた空飛び猫
U・K・ル＝グウィン 村上春樹訳 素晴らしいアレキサンダーと、空飛び猫たち
U・K・ル＝グウィン 村上春樹訳 空を駆けるジェーン
T・ファリッシュ著 B・ルート絵 村上春樹訳 ポテト・スープが大好きな猫
村山由佳 天翔る
睦月影郎 密通妻
睦月影郎 快楽アクアリウム
向井万起男 渡る世間は「数字」だらけ
村田沙耶香 授乳
村田沙耶香 マウス
村田沙耶香 星が吸う水
村田沙耶香 殺人出産
村瀬秀信 気がつけばチェーン店ばかりでメシを食べている
村瀬秀信 それでも気がつけばチェーン店ばかりでメシを食べている
村瀬秀信 地方に行っても気がつけばチェーン店ばかりでメシを食べている
虫眼鏡 東海オンエアの動画が6.4倍楽しくなる本〈虫眼鏡の概要欄 クロニクル〉
森村誠一 悪道
森村誠一 悪道 西国謀反
森村誠一 悪道 御三家の刺客
森村誠一 悪道 五右衛門の復讐
森村誠一 悪道 最後の密命
森村誠一 ねこの証明
毛利恒之 月光の夏
森博嗣 すべてがFになる〈THE PERFECT INSIDER〉
森博嗣 冷たい密室と博士たち〈DOCTORS IN ISOLATED ROOM〉
森博嗣 笑わない数学者〈MATHEMATICAL GOODBYE〉
森博嗣 詩的私的ジャック〈JACK THE POETICAL PRIVATE〉
森博嗣 封印再度〈WHO INSIDE〉
森博嗣 幻惑の死と使途〈ILLUSION ACTS LIKE MAGIC〉
森博嗣 夏のレプリカ〈REPLACEABLE SUMMER〉
森博嗣 今はもうない〈SWITCH BACK〉
森博嗣 数奇にして模型〈NUMERICAL MODELS〉
森博嗣 有限と微小のパン〈THE PERFECT OUTSIDER〉
森博嗣 黒猫の三角〈Delta in the Darkness〉
森博嗣 人形式モナリザ〈Shape of Things Human〉
森博嗣 月は幽咽のデバイス〈The Sound Walks When the Moon Talks〉
森博嗣 夢・出逢い・魔性〈You May Die in My Show〉
森博嗣 魔剣天翔〈Cockpit on knife Edge〉
森博嗣 恋恋蓮歩の演習〈A Sea of Deceits〉
森博嗣 六人の超音波科学者〈Six Supersonic Scientists〉

講談社文庫　目録

森　博嗣　捩れ屋敷の利鈍〈The Riddle in Torsional Nest〉
森　博嗣　朽ちる散る落ちる〈Rot off and Drop away〉
森　博嗣　赤緑黒白〈Red Green Black and White〉
森　博嗣　四季　春～冬
森　博嗣　φ《ファイ》は壊れたね〈PATH CONNECTED φ BROKE〉
森　博嗣　θ《シータ》は遊んでくれたよ〈ANOTHER PLAYMATE θ〉
森　博嗣　τ《タウ》になるまで待って〈PLEASE STAY UNTIL τ〉
森　博嗣　ε《イプシロン》に誓って〈SWEARING ON SOLEMN ε〉
森　博嗣　λ《ラムダ》に歯がない〈λ HAS NO TEETH〉
森　博嗣　η《イータ》なのに夢のよう〈DREAMILY IN SPITE OF η〉
森　博嗣　目薬α《アルファ》で殺菌します〈DISINFECTANT α FOR THE EYES〉
森　博嗣　ジグβ《ベータ》は神ですか〈JIG β KNOWS HEAVEN〉
森　博嗣　キウイγ《ガンマ》は時計仕掛け〈KIWI γ IN CLOCKWORK〉
森　博嗣　χ《カイ》の悲劇〈THE TRAGEDY OF χ〉
森　博嗣　ψ《プサイ》の悲劇〈THE TRAGEDY OF ψ〉
森　博嗣　イナイ×イナイ〈PEEKABOO〉
森　博嗣　キラレ×キラレ〈CUTTHROAT〉
森　博嗣　タカイ×タカイ〈CRUCIFIXION〉
森　博嗣　ムカシ×ムカシ〈REMINISCENCE〉
森　博嗣　サイタ×サイタ〈EXPLOSIVE〉
森　博嗣　ダマシ×ダマシ〈SWINDLER〉
森　博嗣　女王の百年密室〈GOD SAVE THE QUEEN〉
森　博嗣　迷宮百年の睡魔〈LABYRINTH IN ARM OF MORPHEUS〉
森　博嗣　赤目姫の潮解〈LADY SCARLET EYES AND HER DELIQUESCENCE〉
森　博嗣　馬鹿と嘘の弓〈Fool Lie Bow〉
森　博嗣　歌の終わりは海〈Song End Sea〉
森　博嗣　まどろみ消去〈MISSING UNDER THE MISTLETOE〉
森　博嗣　地球儀のスライス〈A SLICE OF TERRESTRIAL GLOBE〉
森　博嗣　レタス・フライ〈Lettuce Fry〉
森　博嗣　僕は秋子に借りがある I'm in Debt to Akiko〈森博嗣自選短編集〉
森　博嗣　どちらかが魔女 Which is the Witch?〈森博嗣シリーズ短編集〉
森　博嗣　喜嶋先生の静かな世界〈The Silent World of Dr.Kishima〉
森　博嗣　そして二人だけになった〈Until Death Do Us Part〉
森　博嗣　つぶやきのクリーム〈The cream of the notes〉
森　博嗣　ツンドラモンスーン〈The cream of the notes 4〉
森　博嗣　つぼみ茸《きのこ》ムース〈The cream of the notes 5〉
森　博嗣　つぶさにミルフィーユ〈The cream of the notes 6〉
森　博嗣　月夜のサラサーテ〈The cream of the notes 7〉
森　博嗣　つんつんブラザーズ〈The cream of the notes 8〉
森　博嗣　ツベルクリンムーチョ〈The cream of the notes 9〉
森　博嗣　追懐のコヨーテ〈The cream of the notes 10〉
森　博嗣　積み木シンドローム〈The cream of the notes 11〉
森　博嗣　妻のオンパレード〈The cream of the notes 12〉
森　博嗣　つむじ風のスープ〈The cream of the notes 13〉
森　博嗣　カクレカラクリ〈An Automaton in Long Sleep〉
森　博嗣　DOG&DOLL
森　博嗣　森には森の風が吹く〈My wind blows in my forest〉
森　博嗣　アンチ整理術〈Anti-Organizing Life〉
萩尾望都　森　博嗣　原作　トーマの心臓〈Lost heart for Thoma〉
諸田玲子　森家の討ち入り
森　達也　すべての戦争は自衛から始まる
本谷有希子　腑抜けども、悲しみの愛を見せろ
本谷有希子　江利子と絶対〈本谷有希子文学大全集〉
本谷有希子　あの子の考えることは変
本谷有希子　嵐のピクニック
本谷有希子　自分を好きになる方法
本谷有希子　異類婚姻譚

講談社文庫 目録

本谷有希子 静かに、ねぇ、静かに
茂木健一郎 「赤毛のアン」に学ぶ幸福《しあわせ》になる方法
森林原人 セックス幸福論〈偏差値78のAV男優が考える〉
桃戸ハル編・著 5分後に意外な結末〈ベスト・セレクション〉
桃戸ハル編・著 5分後に意外な結末〈ベスト・セレクション 黒の巻・白の巻〉
桃戸ハル編・著 5分後に意外な結末〈ベストセレクション 心震える赤の巻〉
桃戸ハル編・著 5分後に意外な結末〈ベスト・セレクション 心弾ける橙の巻〉
桃戸ハル編・著 5分後に意外な結末〈ベスト・セレクション 金の巻〉
桃戸ハル編・著 5分後に意外な結末〈ベスト・セレクション 銀の巻〉
森　功 高倉　健〈隠し続けた七つの顔と「謎の養女」〉
森　功 地面師〈他人の土地を売り飛ばす闇の詐欺集団〉
望月麻衣 京都船岡山アストロロジー
望月麻衣 京都船岡山アストロロジー2〈星と創作のアンサンブル〉
望月麻衣 京都船岡山アストロロジー3〈恋のハウスと檸檬色の憂鬱〉
望月麻衣 京都船岡山アストロロジー4〈月の心と惑星回帰〉
桃《もも》野雑《ざっ》派 老虎残夢
桃野雑派 星くずの殺人
森沢明夫 本が紡いだ五つの奇跡
山田風太郎 甲賀忍法帖〈山田風太郎忍法帖①〉
山田風太郎 伊賀忍法帖〈山田風太郎忍法帖③〉
山田風太郎 忍法八犬伝〈山田風太郎忍法帖④〉
山田風太郎 風来忍法帖〈山田風太郎忍法帖⑪〉
山田風太郎 新装版 戦中派不戦日記
山田正紀 大江戸ミッション・インポッシブル〈顔役を消せ〉
山田正紀 大江戸ミッション・インポッシブル〈幽霊船を奪え〉
山田詠美 晩年の子供
山田詠美 A《エイ》2《トゥ》Z《ズィ》
山田詠美 珠玉の短編
柳家小三治 ま・く・ら
柳家小三治 もひとつま・く・ら
柳家小三治 バ・イ・ク
山口雅也 落語魅《ミ》捨理《ステリ》全集〈坊主の愉しみ〉
山本一力 深川黄表紙掛取り帖
山本一力 牡丹酒〈深川黄表紙掛取り帖㈡〉
山本一力 ジョン・マン1 波濤編
山本一力 ジョン・マン2 大洋編
山本一力 ジョン・マン3 望郷編
山本一力 ジョン・マン4 青雲編
山本一力 ジョン・マン5 立志編
椰月美智子 十二歳
椰月美智子 しずかな日々
椰月美智子 ガミガミ女とスーダラ男
椰月美智子 恋愛小説
柳　広司 キング&クイーン
柳　広司 怪談
柳　広司 ナイト&シャドウ
柳　広司 幻影城市
柳　広司 風神雷神(上)(下)
薬丸　岳 闇の底
薬丸　岳 虚夢
薬丸　岳 刑事のまなざし
薬丸　岳 逃走
薬丸　岳 ハードラック
薬丸　岳 その鏡は嘘をつく
薬丸　岳 刑事の約束
薬丸　岳 Aではない君と
薬丸　岳 ガーディアン

2025年3月14日現在